Steve Casal

Stille Tage in Bangkok

oder die erträgliche Leichtigkeit des Seins

Roman

Scientia Praha Publishing

Impressum

steve.casal@outlook.cz
Cover: Germancreativ/Fiverr

Scientia Praha Publishing
120 00 Praha, Italská 2,
IBSN 978-80-906821-0-8

Für mich

Inhalt

Vorwort

Pierre, ein digitaler Nomade, lebt immer wieder für mehrere Monate in Bangkok. Dieses Mal kommt ihm alles anders vor. Düstere Vorahnungen plagen ihn; warum ist er hier, was hält ihn fest? Pierre sucht die Antwort. Wie ein Pathologe beobachtet er Menschen, Straßen, verborgene Orte. Und dann verschwindet John. Hängt das mit dem Mysterium von uralten buddhistischen Schriften zusammen? Pierre geht mit einer jungen Indologin den Spuren nach. Was als Spiel beginnt, wird bald zum tödlichen Ernst.

Stille Tage in Bangkok ist ein Roman über eine Stadt, die ihre dunklen und hellen Seiten hinter leuchtenden Fassaden verbirgt, wo Besucher den eigenen Illusionen erliegen, in der westliches Denken und Fühlen zerfließen.

Warnung: Manchmal rutscht das Skalpell ab, schneidet zu tief und berührt *Samsara,* den ewigen Kreislauf des Lebens: Leser mit festen Weltbildern, strikten moralischen Grundsätzen, unabänderlichen Lebenskonzepten könnten Schaden nehmen.

Autor

Steve Casal ist ein Pseudonym. Steve studierte Rechtswissenschaft und Philosophie, durchlief mehrere Lebensentwürfe, bereist seit vielen Jahren Südostasien, lebt abwechselnd als digitaler Nomade in Bangkok und als sesshafter Nomade in Prag. Daneben schreibt er als freier Autor Essays über Reiseorte, asiatische Kulturen und die Menschen in Südostasien. Steve ist Gründer der Internet-Plattform „Bangkok von Insidern".

„Every man dies, not every man really lives."
— Randall Wallace

Soi 22

Regentropfen trommeln in einem nicht endenden Stakkato auf den Fenstersims des benachbarten Balkons, springen hoch, zerfallen zu feinem Nebel. Keine Form gleicht der anderen, ein unablässiges Schauspiel des Entstehens und Vergehens. Es ist Regenzeit, der Himmel grau; quellende Regenwolken aquarellieren immer neue Grautöne, die in den Fensterflächen der Hochhäuser zu abstrakten Gemälden zerfließen. Durch das Fenster dringen dumpfe Straßengeräusche, die unverwechselbare Kakofonie der Großstadt. Nur langsam weicht der oberflächliche Schlaf nach einem langen, ereignislosen Flug. Missmutig beobachte ich die Kaskaden der nicht endenden Wasserströme. Wieder Liberty Place. Das Zimmer blickt auf den Hof wie beim letzten Mal. Alles ist an seinem Platz: Bett, Schrank, Tresor, Kühlschrank, Mikrowelle, Schreibtisch. Die Klimaanlage schnaubt kalte Luft in den Raum.

Liberty Place, das Serviced Apartment in der Soi 22, beherbergt viele Männer, zumeist ältere Männer. Es sind Männer, die ihre Familie, Karriere und Vergangenheit hinter sich ließen; Männer, die in ihrer früheren Welt keiner vermisst, niemand mehr liebt. Hier wohnen auch die Alleinsamen, die einen anderen Menschen zum Leben nicht brauchen, das Leben nur mit sich selbst teilen. Die Einsamen fühlen sich in dieser Stadt nicht wohl, Bangkok duldet keine Einsamkeit. Die Zweisamen reißt die Energie der Stadt auseinander, saugt sie auf und spuckt sie einzeln wieder aus. Die Bewohner des Liberty kennen einander kaum, wollen einander nicht kennen. Jeder atmet sein eigenes Leben, dringt nicht in das Leben des anderen, behält seine Geschichte, Träume und Ängste für sich.

Soi 22, eine Seitenstraße der Sukhumvit, ist ein bequemes Asyl: Restaurants, Straßenküchen, Hotels, Bars, 7/11 und Family-Mart Läden, 24-Stunden geöffnet. Die Düfte der Straßenküchen wabern durch die Abgase der Taxikorsos. Jede Bar spielt ihre eigene Musik. Barmädchen locken die Gäste mit „once more söör, you handsam, söör". *Pai nai,* wohin gehst du, hauchen die Schönen der Nacht. Sogar Schulmädchen schenken einem *Farang,* dem Fremden, ihr Lächeln.

Auf der gegenüberliegenden Straßenseite erwuchs ein neues Gebäude. Ich kann mich an das alte nicht erinnern. Den Eingang zum Restaurant daneben versperren Bretter; ein unendlicher Kreislauf des Sterbens und der Wiedergeburt. An der mobilen Suppenküche begrüßt mich die Eigentümerin mit einem Lächeln. Sie ergreift einen Schöpflöffel, stopft dünne weiße Nudeln, Sojasprossen und frische Gewürzblätter hinein. Aus einem ungekühlten Gefäß wandern Fleischstreifen hinzu, *Guay teow,* eine Straßensuppe. *Maa wan nii,* heute angekommen, sage ich zu der hellhäutigen Frau aus Chiang Mai. In einem Verschlag aus Holz und Blech, eingezwängt in einer Häusernische, wäscht ihr Mann die Teller. Er bringt die Suppe, beachtet mich kaum. Er beachtete mich noch nie. Mittags bauen sie auf und gegen zwei Uhr nachts wieder ab. Wahrscheinlich leben sie auch in dem Verschlag.

Feuchtwarme Luft erschwert das Atmen. Der Himmel verschandelte sein Antlitz zu einem tiefen Schwarz. Feiner Regen schleicht durch die Straßen. Fremd und bedrohlich wirkt die Soi. Düstere Vorahnungen bedrängen mein Gehirn. Ja, wieder in Bangkok, wieder für lange Monate in einer Stadt, die mich empfängt wie eine Geliebte, nach der man sich sehnte, an die man sich gewöhnte und nicht mehr weiß, ob man sie noch liebt. Ich eile zurück ins Liberty. Nur wenige Meter vor dem Eingang erfasst mich eine mächtige Regenbö. Es ist kein guter Anfang dieses Mal.

Die Agonie meines Tages, aller Tage, endet abends am Hinterausgang. Der Haupteingang ist bereits verschlossen. Tagsüber arbeite ich als digitaler Nomade. Der Kunde oder Kandidat merken nicht, dass der Headhunter, weit weg, von einem unbequemen Holzstuhl mit ihnen spricht. Ich mag die Dämmerung und die Nacht. Am Tage gebärdet sich die Stadt heiß und schwül, verschwimmt in einer polyfonen Symphonie aus Grau und Hässlichkeit. Erst in der Nacht wird sie zur Grand Dame; grell geschminkt im Glitzerkleid erschaut sie die Träume der Entschlossenen, tröstet die Einsamen, lotst die Schüchternen.

Wie ferngesteuert quäle ich mich ich aus dem Raum. Die Erwartung des Bekannten lähmt die Energie. Der Türöffner grüßt mit leisem Summen. Die Tür springt auf. Sofort schlägt mir der unverwechselbare Duft ins Gesicht, den Bangkok aus unsichtbaren Nüstern Tag und Nacht verströmt. „Massage söör, welcome", es sind andere Mädchen als vor sechs Monaten. Vor dem New Cowboy sitzt ein abgemagerter alter Amerikaner vor einem Bier und beschweigt einen anderen alten Mann. Der Amerikaner sitzt immer vor dem New Cowboy, meistens allein, immer vor einem Bier, meistens schon am Vormittag. Er wohnt seit vielen Jahren im exklusiven Ballys Serviced Apartment in der angrenzenden Quer-Soi. Im Danny's Corner harren nur wenige Gäste. Diese offene Eckbar im Westernstil ist mein Wohnzimmer, die nächtliche Theaterloge und Bühne. Von hieraus beobachte ich die Straße, die

Schauspieler, das Publikum und spiele gelegentlich mit. Die Bar schließt erst, wenn keine Gäste mehr auf das „once more söör" antworten. Die Barbesitzerin hält auch die Polizei, die Herren im Braun, gut bei Laune.

Am Ende der Soi 22 tost die breite Sukhumvit, das moderne Bangkok: Apartments, Büros, Shopping-Malls, Hotels, Restaurants. Das schillernde Nachtleben ist hier zu Hause. Die Glitzerwelt spielt Fassade, darunter, darüber, dahinter brodelt es und zischt. Viele Nächte durchstreifte ich bereits die Sukhumvit, streunte in den kleinen Sois, den Seitengassen, wie Dalis Apotheker von Ampurias auf der Suche nach absolut Nichts. Nie dasselbe; ständig wechseln die Sois ihr Gewand, zeigen jede Nacht ein anderes Gesicht. Hochhäuser fressen die alte Bebauung wie Krebsgeschwüre. Nur wenige Fenster der modernen Wohnmaschinen wagen zu leuchten, starren mit dunklen Augen in die engen Sois hinab. In den Straßen wechseln Licht und Schatten, als flackerte über ihnen eine mit dem Erlöschen kämpfende Flamme.

Oberhalb des Portals eines klassizistischen Palastes sonnen plumpe Steinfrauen ihre steinernen Brüste im schalen Mondlicht. Die Neugier siegt. Über eine breite Treppe erklimme ich das haushohe Pantheon, die Rezeption eines luxuriösen Serviced Apartments. Weißer Marmor fließt über Boden und Wände. Forsch tritt der livrierte Wachmann aus einer Nische. Gezwirbelte Kordeln umwinden wie Lametta seine Uniform. Endlich, ein Eindringling, jetzt gilt es zu walten. Sein Körper strafft, das Gesicht verkrümmt zur Wichtigkeit. Ich lächle ihn an, *tongan duu*, ich möchte anschauen. Den Satz lernte ich wegen der Mädchen. Auch der Wächter lässt mich gewähren. Nur selten begegne ich in den modernen Vierteln einigen Gestalten wie dem alten Mann mit seinem verlotterten

Hund; ich, er und wir beschauen uns gebannt. Der gekrümmte Mann ist stumm, allein mit seiner Existenz beschäftigt, der Hund stößt zuweilen ein kratziges, asthmatisches Heulen hervor. Hunde müssen ihre Gedanken aussprechen können. Viele Seitenstraßen enden in Sackgassen. Hohe Mauern mit schmiedeeisernen Toren verbergen prunkvolle Residenzen, umgeben vom tropischen Dschungel. Die Reichen der Stadt wissen sich gut abzuschirmen.

Und plötzlich, ohne Übergang, springt wie aus einem alten Bilderrahmen schäbige Bebauung hervor: mobile Straßenküchen, schmuddelige Werkstätten, plärrendes Straßenleben, marodierende Düfte. Vielstimmige Akkorde verlaufen zu einem tausendköpfigen Orchester, in dem jeder Musiker eine andere Melodie fortissimo spielt. Zwei dunkelhäutige Security Männer in enger Uniform stehen vor einer Straßenküche und kauen an gebratenen Insekten. Im offenen Wohnzimmer lehnt ein Mann mit verrunzeltem Gesicht und nacktem Oberkörper im Korbstuhl. Seine welke Frau massiert ihm die Schultern. Farbdosen heimeln in den Regalen. Auf dem Tisch neben den Essensresten schnurrt eine phlegmatische Katze. Was ist Straße? Was ist Wohnraum? Straße wird Wohnraum, Wohnraum wird Straße. Hier leben die Gassen laut und extrem, ein großer Topf brennender Farben. Eine offene Werkstatt fängt meine Blicke. Mädchen nähen die ganze Nacht. Der Deckenventilator behaucht sie mit stickiger Luft. Diffuses Licht schweift über die blassen Gesichter. Am nächsten Tag wird ein lächelnder Inder, smart und klimatisiert, den Vorbeigehenden zurufen „Come in söör, your suit söör in 24-hours“. Die blassen Näherinnen lächeln nicht. Mit ihren kleinen Freuden leben sie in der dunstigen Werkstatt. Ihre unbekannten Kunden mit den großen Freuden logieren in den funkelnden Hotels. An einer Straßenecke steht ein Mädchen, *pai nai,* wohin gehst du? Die vibrierenden Nervenstränge im Unterleib feiern dionysische Orgien. Ja, ich bin wieder in Bangkok angekommen.

◆

Vor dem Liberty treffe ich John. Wenn wir uns abends zufällig begegnen, flanieren wir manchmal die Sukhumvit entlang. Apa stellte mir John vor einigen Tagen vor: „Mr. John, this is Mr. Pierre, Pierre is also coming every year." Apa ist die Concierge und Seele des Liberty, eine gepflegte Dame mittleren Alters, immer gut gelaunt. Apa versucht die Bewohner gegenseitig vorzustellen. Die meisten sagen „Hello" und gehen vorbei. John begann sofort ein Gespräch. John ist Engländer, Anfang fünfzig, rundes Gesicht und spärlicher Haarkranz. Er kommt seit mehreren Jahren nach Bangkok. In einer südenglischen Kleinstadt baute er früher Häuser für bedürftige Bürger. Seit die sozialen Programme endeten, ist er ständig unterwegs, bereiste mehr als 40 Länder. Wovon er lebt, weiß ich nicht, ich fragte ihn nicht danach. John interessiert sich für Buddhismus, buddhistische Tempel und kennt jede Bar und jedes Nachtlokal in der Sukhumvit auswendig. Tagsüber streift er durch Shopping-Malls und fotografiert Promotions mit thailändischen Models.
„Möchtest du sehen, wo die Japaner ihre Thai Ladys einfangen, you know, 3 inches, 3 minutes, 3 thousand", zitiert John den uralten Witz über Japaner und fügt hinzu: „Die drei Inches in voller Größe natürlich."
Wir bleiben vor dem Ruamchitt Hotel stehen. Eine Treppe führt hinab in die „Thermae". Das Lokal schwimmt im banalen gelbroten Licht. Abgewetzte Holztische blicken

aus der Vergangenheit. Die Lehnen der altmodischen Bänke umspannt brauner fleckiger Stoff. Japaner mit erwartungsvollen Mienen haften an der ovalen Theke. Entlang der Wände stehen die Mädchen in zwei Reihen. Sie sind hübsch und noch mehr jung. Die Mädchen schminkten sich Puppengesichter an, passend zu ihrer neckischen Jungmädchen-Kleidung. Japaner lieben solche Gesichter und solche Kleidung. Kulleraugen schielen im Kreis, werfen Blicke. Nickt ein Japaner, springt die Auserwählte wie ein aufgeschrecktes Jo-Jo. Ich stelle mir vor, wie das Puppengesicht dem schüchternen Japaner ins Ohr haucht: „3 thousand short-time, 5 thousand long-time" und der Japaner zurück flüstert: „Ok, 3 minutes with my 3 inches." Viele der Mädchen arbeiten tagsüber in einer Shopping-Mall oder studieren Marketing. Ein Kellner rast herbei. Kein Gast darf hier kostenlos nach dem Mädchen schauen.

„John, ich kenne die Thermae, das alte Lokal, es lag vor 20 Jahren in der benachbarten Soi. Der Weg zur Bar führte über eine Toilette und in der Küche werkelte ein Polizist."

Den Ruhm der Thermae begründete in den Siebzigern der Coffee-Shop. Dort pflegten die amerikanischen GIs den kulturellen Austausch mit weiblichen Thais. Später entstand das Nachtlokal. Diplomaten mischten sich zur späten Stunde mit Mitarbeitern von ausländischen Unternehmen und gelegentlichen Touristen. An den Tischen saßen finster blickende Waffenhändler neben gelangweilten CIA-Agenten. Vor der Jukebox arrangierten Thais und Farangs windige Visa. Junge Männer massierten den konsternierten Gästen beim Pinkeln die Schultern. Die Luft war stickig, mit Rauchschwaden durchwoben und immer zu heiß. Auch damals waren die Mädchen Freelancer, und im Gegensatz zu heute nicht mehr die jüngsten. Für das

Lokal galt keine Sperrstunde. Die Thermae gehörte der Polizei. Gegen Mitternacht verlassen wir die schüchternen Japaner. Mobile Händler räumen die Straßenstände, verpacken Kleidung, Handtaschen, gefälschte Uhren, T-Shirts, Viagra und elektronisches Spielzeug in riesige Plastiktaschen. Araber in weißen Twabs feilschen noch um den letzten Baht. In der Soi 5 betreten wir das Foodland. Im Eingang des Supermarktes bedient eine Essenstheke die ganze Nacht. Zwei Herren in Businesshemden stochern in ihrem *Phat Thai.* Daneben schweigt ein Paar auf Weltreise. Ein russischer Pilot, noch in Uniform, verabredet am Handy ein Date mit seiner Kurzzeitfreundin. Die Apotheke nebenan versorgt eine arabische Frau in einer unförmigen Abbaya mit Trostpillen für die Nacht. Das Curry Indienstyle kostet nur 80 Baht.

John deutet auf eine Häuserecke: „Komm, ich zeige dir den Höllenschlund."

Neben einem Kebabstand zwängen wir uns an Kleiderständern vorbei und betreten durch eine Häusernische die dunkle Unterwelt. Gleich erscheint Cerberus, ich drehe mich lieber nicht mehr um. Zwei Kathoys versperren uns den Weg, einer greift an meinen Schritt. Friseursalons wienern den Schönen der Nacht die letzten Pickel aus dem Gesicht. Den Eingang zur „Oil Massage" versperren Pappkartons; Wagemutige müssen dort nicht lange auf den Blowjob warten. Wir stolpern in die Eingeweide des Schattenreichs. Schmutziges Licht beflackert die Wände. Von der Decke schlabbern Stromleitungen wie ausgeweidete Därme. Modrige Luft. Hämmernde Musik. Lichtscheue Musikclubs buhlen um die Gunst der Stunde. In den Abfällen der Straßenküchen üben Kakerlaken den Radetzkymarsch. Aus dem Friseursalon staksen zwei erwartungsvoll geschminkte Gesichter, daneben klappern

Kugeln. Die hagere Frau, nicht mehr jung, bemüht den Queue vergeblich, die Kugel trifft nicht. Ihre Schwester im Aussehen fletscht die Zähne, stützt einen ausgedorrten Farang mit Totenkopfschädel. Sein Körper steckt in einer Khakihose. Aus dem löchrigen Gebiss entweicht gellendes Lachen. Ein Hängengebliebener in dieser Stadt.

Ich bestelle für John ein Bier und für mich einen Sang-Som Soda, den thailändischen Rum. Das Pappschild über dem Tresen droht in Großbuchstaben und politisch inkorrekt: „Black man make problem, we not serve him". Die schwüle Luft schwitzt mit uns um die Wette. Eine Ratte streift meinen Fuß. Gäbe es solche Orte nicht, ich hätte das Gefühl, nie in dieser Stadt gewesen zu sein. Mir waren immer schon Städte verdächtig, die aseptisch daherkommen wie ein Oberarzt. Nein, es ist nicht der Schmutz, der einer Stadt die Lebensenergie einhaucht, es ist die besondere Patina, ihre natürlichen Ausdünstungen. Nur wenige Meter weiter tost die parfümierte Glitzerwelt in b-Moll. Vor der Bar sitzt ein Schuhputzer mit zwergigem Körperbau und kaut Nüsse. John deutet auf ihn.

„Dieser kleine Mann kommt jeden Tag, er lebt davon, dass er ab und zu Kunden findet, die eigentlich saubere Schuhe haben. Die Mädchen versorgen ihn mit Snacks. Sieht er aus, als ob er leiden würde? Der Buddhismus lehrt doch, dass der Kreislauf des Lebens vom Leid geprägt ist. Leben sei Leiden. Kommt dir das logisch vor?"

„Ich weiß es nicht, würde aber den Buddhismus jeder semitischen Religion vorziehen. Der Buddhismus belässt die Verantwortung für das eigene Leben den Menschen und belästigt damit kein höheres Wesen."

„Was, wenn wir die buddhistische Lehre etwas umformulieren würden: Das Leben ist Glück, ein positiver Zustand. Das Glück wird zum Leiden erst durch unser

Begehren nach Dingen. Jedes Begehren gebiert ein weiteres Begehren, eine neue Enttäuschung; ein ewiger Kreislauf der Wiedergeburt des Begehrens und der Enttäuschung. Das Begehren ist dabei keine materielle, sondern eine geistige Kategorie. Besitze ich einen Ferrari, ohne ihn zu begehren, leide ich nicht, wenn ich ihn verliere. Habe ich keinen und begehre ihn nicht, stellt sich das Leiden nicht ein."

Verwirrt schaute ich John an.

„Ist das mit dem Glück nicht das Gleiche wie mit dem Leiden, nur umgekehrt formuliert?"

„Ich sehe, du bist noch zu sehr im logischen aristotelischen Denken verfangen. Wenn das Leben Glück ist und nicht Leiden, dann wären die Urformen des buddhistischen Leidens eigentlich ein positiver Zustand. Denn Geburt, Krankheit und Tod gehören zum natürlichen Lebenskreislauf und werden nur zum Leiden, wenn wir sie einem negativen Begehren, einem Nichtwollen unterwerfen."

„Das klingt plausibel, die buddhistischen Lehren wären so viel stimmiger. Was ist aber mit den Mönchen? Würde das nicht deren Stellung erschüttern?"

John antwortet nicht, zuckt mit den Schultern. Wir verlassen die Unterwelt zur Soi 7. Die Straßenhändler räumten bereits die Gehwege. Mobile Bars auf Rädern eroberten ihre Plätze. Mobile Barmädchen locken Mann und Frau, greifen nach Armen und Beinen, umarmen die Unentschlossenen. Plastikstühle und klapprige Tische beherbergen die Nachtschwärmer: vom Dinner heimkehrende glamouröse Paare, schwitzende Touristen in kurzen Hosen, Männer mit gebügelten Hemden und lose umhängenden Krawatten, Bedienungen und Gogo-Tänzerinnen auf dem Heimweg von den bereits geschlossenen Lokalen. Manchmal spendiert ein gutgelaunter Krawattenmann eine Runde. Die Schönen der Nacht patrouillieren mit welken Gesichtern zum ermäßigten Nachttarif. Mobile Barmädchen versuchen die Gäste zu unterhalten, die Gäste unterhalten sich lieber miteinander. Bangkok braucht keine Thermae mehr.

An der Ecke zur Soi 13 besetzen wir zwei Plastikstühle. Ein mageres blasses Mädchen, nicht älter als sechs Jahre, stellt eine Schachtel auf den Tisch. Das Päckchen Kaugummi darin koste nur 20 Baht. John macht Faxen, formt seine Finger zu Tiergestalten. Das Mädchen nimmt das Spiel auf, greift nach seinen Händen, verdreht ihre dünnen Ärmchen, mimt einen Hund, ahmt Johns Bellen nach. Neben uns lachen drei Afrikanerinnen. Das kleine Mädchen greift in die Plastikschachtel und legt das Päckchen Kaugummi vor uns auf den Tisch. Ihre müden Kulleraugen wandern von einem zum anderen. John schüttelt den Kopf und verscheucht das Mädchen mit einem leichten Klaps.

Wir laden die Afrikanerinnen zu einem Bier ein. Die Damen sind um die dreißig, stammen aus Kenia und kommen für drei Monate, das erlaubt ein Touristenvisum. Zwei von ihnen sind drall. Viele Afrikanerinnen sind drall. Die Kenianerin neben mir ist schlank, trägt ein gleichmäßiges Gesicht mit hohen Wangenknochen, wie aus Ebenholz geschnitzt. Braune gezwirbelte Haare berühren die Schultern. Erst später bemerke ich oberhalb der Stirn den schwarzen Streifen. Sie trägt eine Perücke. Das Mädchen berührt meinen Arm. Schon öfters beobachtete ich die dunkelhäutigen Schönheiten an den mobilen Bars und manch eine schlich beim Einschlafen in meine Träume; jetzt wäre die Gelegenheit. Ich frage sie, wie sie mit der thailändischen Konkurrenz zurechtkämen.

„Männer wollen Afrikanerinnen, ich habe kein Problem."

Das Mädchen spricht gut Englisch, verweist auf ihr Diplom in Buchhaltung.

„Die Weißen haben unser Land verändert, sie haben unsere Identität geraubt."

Ich weiß zu wenig über Kenia, kann nicht antworten.

„Afrikanische Männer sind schlecht, haben viele Frauen."

Sie möchte einen europäischen Mann heiraten, eine Familie gründen und in Europa leben. Ich sage ihr, dass viele der gehobenen Restaurants in Bangkok dringend Bedienungen mit Englisch suchen. Englisch sprechende Thaimädchen finden andere Jobs. Sie will wissen, was die Restaurants bezahlen.

„Das dreifache Gehalt einer 7/11 Verkäuferin, mehr als 20.000 Baht."

Sie überlegt eine Weile und berührt wieder meinen Arm.

„Das ist zu wenig, nimmst du mich mit?"

Ich lächle sie an, fahre mit der Fingerkuppe über ihre vollen Lippen. Sie lächelt zurück. Ihr schlanker, dunkler Körper reizt.

„Ich nehme dich ein anderes Mal mit."

Das ist eine Lüge. Ich habe Angst, Angst vor AIDS, trotz Kondom. Ich werde künftig die Ecke an der Soi 13 meiden, aus Angst, eines Nachts keine Angst mehr zu haben. „Kennst du eine zivilisierte Stadt, wo du um 4 Uhr morgens an einer mobilen Straßenbar ein Bier mit Afrikanerinnen trinken kannst?", fragt John und bezahlt.

Ich kenne keine. Meine afrikanische Schönheit bittet mich um 200 Baht. Ich gebe ihr das Geld, es sind 5 Euro. Auf dem Weg zum Taxi erblicke ich das kleine Mädchen von vorhin. Es schläft auf dem blanken Betonboden neben der Straßenüberführung. Auf einem rosa Tuch balgen zwei Welpen miteinander, schubsen einer Babyflasche mit

Milch umher. Die Welpen gehören wie das kleine Mädchen zum Geschäftsmodell. Auf der Überführung arbeitet noch die Mutter, streckt die Hand aus. Daneben schläft ein weiteres kleines Mädchen. Vielleicht ist es nicht die Mutter und mietete die Kleine von Händlern, die das Mädchen ihren leiblichen Eltern in Kambodscha abkauften. Wenn diese Mädchen älter sind und nicht mehr zum Kaugummi- oder Rosenverkaufen taugen, verscherbeln sie die Händler an Bordelle in der Provinz. Wir besteigen ein Taxi. Aus Danny's Corner dröhnt Musik. Barmädchen bekriechen zwei müde Farangs. Die Bar schließt nicht, es sind noch Gäste da. Morgen beginnt wieder eine dieser Nächte, ohne Sinn, ohne Zweck, ohne Ziel.

◆

Der Regen verhangene Himmel empfängt die Dämmerung. Braunes Zwielicht begleitet meine Suppe, achtet nicht auf europäische Mittagszeiten. Aus dem Parrot Café beobachtet Michael die Straße. Das Café ist auch ein Restaurant. Morgens frühstücken hier Farangs ihr Continental Breakfest. Michael ist Amerikaner, Ende vierzig, gut geschnittenes faltiges Gesicht. Mit solchen Gesichtern prahlen Männer, die im mittleren Lebensabschnitt kein Fett ansetzen. Seine schwarzen Haare und funkelnden dunklen Augen verraten italienische Vorfahren. Michael stammt aus San Francisco. Wenn er nicht gerade an der benachbarten Mädchenschule Englisch unterrichtet, kreuzt er mit einem alten Wohnmobil durch Florida und erfreut Kinder mit Comedy Shows. Ich lernte Michael kurz vor meiner letzten Abreise kennen. Auch er wohnt immer im Liberty.

„Hi Michael, how did you enjoy the American life, the American food and the American girls?"

Er zieht eine Grimasse.

„Die einzigen Frauen, mit denen ich in fünf Monaten sprach, waren meine Mutter und meine Schwester."

Michael erzählt von seiner neuen Freundin. Er lernte sie bei einem Englischseminar in der Provinz kennen. Ständig rufe sie ihn an, möchte wissen, wo er ist, mit wem er gerade spricht.

„Sie muss mich innig lieben", lacht er gequält: „Du hast es gut, deine Frau ist weit weg. Was ich aber nicht verstehe, sie ist doch fast 20 Jahre jünger als du und bildhübsch. Dass sie dich gehen lässt, sehe ich ein."

Sein ironischer Unterton ist nicht zu überhören.

„Machst du dir keine Sorgen, wenn du so oft so weit weg bist?"

„Sorgen weswegen, wegen anderer Männer? Weil sie hübsch ist und dazu noch intelligent, werden sich andere Männer für sie interessieren. Das ist doch normal."

Michael schüttelt den Kopf. In Bangkok träumen tausende ausländische Englischlehrer von einem neuen Leben, einer neuen Heimat. Es bleibt ein Traum. Die Gehälter reichen nur für das unterste Niveau eines westlichen Lebensstils. Ihre thailändischen Kollegen akzeptieren sie nicht. Diese Farangs verlieren den Anschluss an ihre früheren Berufe. In der neuen Heimat kommen sie auch nach Jahren nicht an, und ihre alte Heimat will sie nicht mehr. Ein Zusammenleben mit den Thais gelingt nur selten. Und das bereits seit historischen Zeiten.

Die Handvoll britischer Einwohner von Kata, einer Stadt im kolonialen Ostburma, berauschte sich allabendlich mit Booze im örtlichen European Club, off limits für Birmanen. Georg Orwell verewigte ihr Leben in *Burmese Days*. In

Indochina feierten die Vertreter des Indochine française in französischen Clubs, off limits für die Einheimischen natürlich. Die westlichen Kolonialherren bildeten die Oberschicht, prägten die Kultur und das Denken der Einheimischen. Keiner europäischen Macht gelang es jemals Thailand zu kolonisieren. Das Land der Freien trägt seinen Namen zu Recht.

Die erste nennenswerte Zahl von Europäern erreichte Bangkok in der Mitte des 19. Jahrhunderts: Diplomaten, Vertreter von Handelshäusern, Fachleute im Dienste des thailändischen Königshauses. Sie trafen auf eine Gesellschaft, unbeeinflusst von fremden Lebensformen und Denken. Die Thais waren für sie so fremd wie ihre schwer erlernbare Sprache. Die Clubs der frühen Farangs waren nicht off limits für Thais. Aber die Thais waren nicht interessiert, sie lebten ihr Leben und die Fremden das ihrige. Die Oberschicht bildeten nur Thais, die Ausländer blieben immer nur Besucher.

In den Sechzigern und Siebzigern des vorigen Jahrhunderts fluteten amerikanische Vietnamsoldaten die Stadt der Engel für ihre Rest & Recreation. In den Armen engelhafter Schönheiten vergaßen sie die Schrecken des Krieges. Die pragmatischen Thais nutzten die Gelegenheit. Die Entwicklung Bangkoks folgte fortan den Bedürfnissen der amerikanischen Morituri: Hotels, Bars, Nachtclubs und die berühmten Massage Parlours erwachten. Bangkok ist wie ein Kathoy, weder thailändisch noch westlich; die Stadt ist beides.

Nach den Amerikanern kamen die Touristen, befeuert von Berichten über die Sin City in Südostasien. Die westlichen Besuchter fanden fremdartige Tempel, malerische Märkte, eine traditionell lebende Stadtbevölkerung, das schillernde Nachtleben, und sie folgten der Empfehlung von Bertolt Brecht: „Erstens, vergesst nicht, kommt das Fressen. Zweitens kommt der Liebesakt. Drittens, das Boxen nicht vergessen. Viertens Saufen, laut Kontrakt." Die Stadt der Genüsse erfüllt solche Sehnsüchte bis heute, fängt die Besucher ein, bündelt sie an bestimmten Orten, reduziert sie auf ihr genetisches Grundmuster: „Heute Nacht magisches Theater, nur für Verrückte, alles ist möglich, Eintritt kostet den Verstand." Alle Besucher, Expats wie Touristen, treten ein, nur wenige wieder aus, manche verlieren den Verstand. Und sie bleiben immer nur Gäste, Farangs, die Fremden.

Der Fliegende Holländer

Bereits das dritte Wochenende, und es regnet unaufhörlich. HBO zeigt eine Wiederholung. Das Kindle springt nicht an, der Akku ist leer. Ich habe nicht die Energie, das zu ändern. Hunger verstärkt die trüben Gedanken. Im Regal des 7/11 klafft eine verstörende Lücke. Die Snacks verzehrten bereits andere Leidensgenossen. Weiter in der Straße wartet ein Family Markt. Jetzt bin ich ohnehin schon nass. Stoisch wate ich durch die schwappenden Pfützen, beachte die Passanten nicht, die verzweifelt mit ihren Regenschirmen kämpfen.

Vor einem Straßenschrein mit dem Hindu-Gott Ganesha falten Mädchen die Hände. Welches Glück mögen sie von dem göttlichen Vertreiber der Hindernisse einfordern? Die Hindu-Göttin Parvati erschuf Ganesha aus Lehm, während ihr geliebter Ehegatte Shiva auf einer Dienstreise weilte. Als Shiva heimkam, versuchte Ganesha ihm den Zutritt zum Schlafgemach zu verwehren. In einem verständlichen Wutanfall riss Shiva dem Balg den Kopf ab. Auf die flehentlichen Bitten der verzweifelten Mutter besorgte Shiva ihrem verschandelten Sohn einen neuen Kopf, einen Elefantenkopf. Nicht nur die griechischen Götter auf den Olymp bewiesen Sinn für Humor. Seit diesem Vorfall blieb Parvatis Schlafgemach für die anderen Götter fest verschlossen. Die Mädchen werden Parvati die Leichtsinnigkeit danken. Buddha würde ihre Bitten nach irdischem Glück nicht erhören. Vielleicht sollte ich mich auch vor Ganesha verneigen. Er kennt bestimmt die Antwort auf meine Frage, die mich nicht mehr loslässt: Warum ich, warum Vietnamveteranen, englische Dockarbeiter, Pensionäre, digitale Nomaden, Schriftsteller, Modedesigner, Professoren, Literaten, reiche Müßiggänger..., was suchen alle diese Menschen in Bangkok? Was finden sie hier, das es in Europa oder anderswo nicht zu geben scheint?

Auf dem Weg zum Aufzug hält mich Apa an und fragt nach John. Er sei bereits seit zwei Wochen nicht in seinem Apartment gewesen. Die Maids hätten ihr erzählt, dass einige seiner Sachen am Boden verstreut herumlagen und die Hälfte seiner Kleidungstücke im Schrank fehlt.

„In den letzten Tagen rief mehrfach jemand an und wollte mit John sprechen. Der Mann sprach zwar englisch, aber es war bestimmt ein Thai."

Ich schlage vor, dass wir gemeinsam in seinem Zimmer nachsehen. Der Aufzug bringt uns in den siebten Stock. Die indischen Putzgeister säuberten bereits den Raum. Den Schreibtisch rührten sie nicht an. Ausschnitte aus der Bangkok Post, Fotokopien, Blätter mit Bemerkungen, bekritzelte Zeichnungen und weitere Papiere belagern die polierte Holzplatte. Der Zimmersafe steht offen und ist bis auf einen Umschlag mit Mietquittungen leer. Intuitiv hebe ich die Filzunterlage an. Für den Fall, dass in meiner Abwesenheit jemand den Safe öffnet, deponierte ich unter der Unterlage meine Kreditkarten. John nutzte die gleiche Strategie. In der linken Ecke entdecke ich eine blaue SD-Karte, die in Handys oder digitalen Fotoapparaten verwendet wird. Bevor Apa den Safe schließt, nehme ich die Karte an mich.

„Könntest du dich bitte umhören, wo er abgeblieben ist. Du bist doch sein Freund. Nimm die Papiere auf dem Schreibtisch mit, vielleicht enthalten sie Hinweise."

Wie soll ich Apa erklären, dass wir zwar manchmal zusammen ausgehen, aber ein Freund ist John noch lange nicht. Farangs in Bangkok pflegen kaum Freundschaften.

Jeder lebt hier sein eigenes Leben. Nur widerwillig nehme ich den Stapel mit. Wahrscheinlich sonnt John seinen blassen englischen Körper bereits auf einer philippinischen Insel oder bringt den Verkäuferinnen in einer Shopping-Mall in Angel City die Grundlagen des Buddhismus bei. Ich glaube mich zu erinnern, dass er auf die Philippinen reisen wollte. „It is more fun in the Philippines" verkündet in großen Buchstaben die Wand der philippinischen Botschaft in Bangkok; eigentlich eine Kriegserklärung. Warum schickt Thailand nicht wenigstens ein Kanonenboot auf die Reise?

Noch am selben Abend besuche ich eine Sportsbar in der Soi 33. John nahm mich hierher öfters mit. Er kennt Georg, den Eigentümer der Sportsbar. Vielleicht weiß er, wo John abgeblieben ist. Diese Soi lockt die Lebenskünstler. Hostessenbars schmückten ihre Eingänge mit den Namen von verblichenen Malern der Moderne: Dali, Dega, Renoir, Monet... Kunstsinnige Expats parlieren dort mit gunstsinnigen Damen. Anders als ihre bäuerlichen Berufsgenossinnen in den gewöhnlichen Bars stammen die Musen alle aus Bangkok. „That are all marketing undergraduates, you will feel it in your pocket", scherzte John, als ich den adrett gekleideten Hostessen zuwinkte. Sportsbars, das sind Außensitze zur Straße, dahinter spielen klimatisierte Billardtische und riesige Fernseher, auf denen junge Männer einem Ball hinterher laufen oder sich um einen eiförmigen prügeln.

Georg ist ein dünner Schotte Ende 50. Sein Gesicht kerbten leibliche Genüsse, welche die Welt für Männer bereithält. In einem früheren Leben trainierte er in Schottland Rennpferde. Eines Tages begannen sich die Behörden dafür zu interessieren, warum gerade seine Rennpferde so viele Rennen gewannen. So tauschte er das kühle Schottland gegen eine wärmere Klimazone. Er arbeitete auch in Thailand als Pferdetrainer und erlernte die Sprache. Dann begannen die thailändischen Pferdetrainer zu glauben, dass ein Farang für das schlechte Karma ihrer Rennpferde verantwortlich sein könnte. Georg beendete flugs seine Pferdekarriere und managte fortan das größte Hotel im Isaan. Das Hotel betrieb einen eigenen Massage Parlour. Hierher importierte der Eigentümer auch blonde Russinnen, um die erotischen Fantasien asiatischer Kunden zu bedienen. Georg wähnte sich nicht nur in einem Schokoladenladen, sondern gleich in einer Schokoladenfabrik. Wie in einem schlechten Hollywoodfilm verliebten sich zwei Söhne des Hotelbesitzers in dieselbe Russin. Daraufhin erlöste einer der Brüder den anderen mit einem Messer vom endlosen Kreislauf seines irdischen Leidens. Der örtliche Polizeichef empfahl dem trauernden Vater, das Hotel zu verkaufen und mit dem verbliebenen Sohn das Land zu verlassen. Die Familie befolgte den gutgemeinten Rat und lebt seither in den USA. George arbeitete später als Privatdetektiv und als Manager verschiedener Bars und Nachtklubs in der Soi Cowboy. Vor zwei Jahren eröffnete er seine eigene Sportsbar. Georg ist ein begnadeter Geschichtenerzähler. Viele Gäste kommen nur deshalb in die Bar, um seinen Erzählungen über die old good Days zu lauschen.

Georg weiß auch nicht, wo John sein könnte. Er sah ihn seit ein paar Wochen nicht mehr. John fragte ihn, ob er jemanden kennen würde, der Kontakt zu einer Universität hätte. Georg wusste von einem älteren Herrn, der jeden Montag ins Hotel Atlanta kommt, um dort mit dem Eigentümer Kaffee zu trinken.

◆

Gestrig fauliger Geruch füllt die Seitenstraßen. Die Gehwege dämmern grau und düster. Quellende Abfälle bescheren den fiependen Ratten ein fürstliches Festmahl. Der Wind verbläst den Regen zu schwülem Nebel. In den Pfützen spiegeln die bunten Lichter der Leuchtreklamen. Menschen machen sich klein, schweben körperlos durch die schwitzende Feuchtigkeit. Nur der unablässige Strom der bunten Taxis erzeugt die gewohnte Geräuschkulisse. Die Stadt, wie unter einem dampfenden Leichentuch begraben, wartet auf das Ende der Regenzeit. Ich eile zur Sukhumvit, möchte am Straßenstand einen *Khao Gai,* Chickenrice, essen. Der Regen kennt kein Erbarmen. Vor den niederprasselnden Wassermassen rettet mich die Wine-Connection in der Soi 20. Die Tische gähnen gelangweilt, hoffen auf bessere Tage. Wasserfontänen rinnen über die Fensterscheiben, verzerren die Gestalten der vorbeihuschenden Menschen ins Groteske. Warum bin ich zur Regenzeit in Bangkok? Warum bin ich überhaupt hier?

Die Gefühle westlicher Menschen steuert nicht die Ratio, sie führen ein Eigenleben, laufen davon und bescheren Legionen von Psychologen ein ansehnliches Auskommen. Apa sagte beim Frühstück „heute wird es den ganzen Tag regnen" und lachte dabei. Bei den Thais besteht nicht die Dichotomie zwischen Verstand und Gefühl. Sie sind es gewohnt, die Geschehnisse ihren Ursachen zuzuordnen. Weil jetzt Regenzeit ist, regnet es eben. *Samsara* bezeichnet im Buddhismus den Kreislauf des Lebens: Dieses ist, weil jenes ist. Alle Wesen sind im Kreislauf des Lebens gefangen. Warum sollten Thais schlecht gelaunt sein, wenn es in der Regenzeit regnet. Ein älterer Mann mit einer fülligen Gestalt und grauweißem Haar sitzt allein am Nachbartisch. Wir unterhalten uns. Curt lebt seit 15 Jahren in Chon Buri, einer kleinen Stadt direkt am Golf von Thailand. Im Vietnamkrieg diente er als Offizier. Später lehrte er Geschichte an einer amerikanischen Provinzuniversität. Vor einigen Jahren veröffentlichte er unter dem Pseudonym C.P. Tertius den Roman *Every Man Truly Lives Alone*. Der Roman beschreibt geheime Kriegsoperationen in Laos. Sein Held, ein Vietnamveteran, findet in der alten Heimat keinen Halt mehr und führt ein unstetes Leben in Südostasien. Er verliebt sich in eine Karen-Frau. Von Burma verstoßen, von Thailand nicht aufgenommen, ohne Papiere und Hoffnung lebt sie im Grenzgebiet.

Curt erzählt über Laos. In dem vergessenen Krieg belegten US-Bomber den Ho-Chi-Minh-Pfad auf der laotischen Seite mit dreimal so viel Bomben, als im Zweiten Weltkrieg über ganz Japan niedergingen. Die CIA betrieb in Laos geheime Militärbasen und verheizte Hmong-Rebellen gegen den überlegenen Vietkong. Curt kommt öfters nach Bangkok. In der Bangkok Opera spielt er als semiprofessioneller Musiker ein Instrument. Jetzt probt er für das Opernereignis des Jahres. Es ist die Wagneroper „Der Fliegende Holländer".

Ich höre zum ersten Mal von einer Opera in Bangkok. Wir unterhalten uns über die Oper und über Frauen. Frauen sind in dieser Stadt ein ewiges Thema.

„Ich bin jetzt 71, und immer noch besuchen mich zwei Pussys. In Amerika hatte ich drei Frauen, war zweimal verheiratet. Jedes Mal verlor ich ein Haus und ein Stück meiner Seele."

Wir verabreden uns für den nächsten Tag zur Opera.

Die U-Bahn entlässt mich an der Haltestelle *Bangkok Cultural Center*. Nach wenigen Metern verliere ich die Orientierung. Zuvor studierte ich die Richtung auf Googel-Maps: geradeaus, ein U-Turn in eine Querstraße und gleich links. Entweder passte sich die Umgebung nicht Googel-Maps an oder meine Orientierung spielte mir wieder einen Streich. So winke ich ein Motorradtaxi herbei. Die Zeit ist knapp, und die vierbeinigen Kollegen lahmen in den notorischen Verkehrsstaus. Sonst meide ich das Zweirad. Gleich neben dem Liberty gibt es einen Stand. Ich kann die Fahrer Tag und Nacht beobachten. Sie spielen eine Art Dame und trinken aus dem unteren Teil einer abgeschnittenen Plastikflasche unentwegt Bier. Manche haben geweitete Pupillen, vermutlich durch *Jaaba;* Methamphetamine. Die beliebten bunten Pillen unterdrücken Müdigkeit, Hungergefühl und Schmerz, verleihen dem Leben eine rasante Geschwindigkeit. Der Fahrer zirkelt zwischen den Fußgängern auf dem Gehweg. Mit buddhistischer Gelassenheit fährt er zurück auf die Straße und zirkelt zwischen den entgegenkommenden Fahrzeugen der Einbahnstraße. Wir kommen heil an, dafür belohne ich ihn mit dem doppelten Fahrpreis.

Mein 1000 Baht Ticket verschafft mir Zugang zu den oberen Rängen. Den Zuschauerraum unter mir füllen zur Hälfte Farangs. Die männlichen Kollegen kleiden Anzüge. Mich kleiden eine dünne Hose und ein Hemd. Ich besitze in Bangkok keinen Anzug. Das ist ein Fehler. Die Temperatur im Saal verlässt kaum den Gefrierpunkt. Neidisch beobachte ich die wärmend gewandeten Herren, auch wegen der schönen siamesischen Begleiterinnen, die unentwegt ihre Smartphones bearbeiten. Werden die pragmatischen Thais die Handlung der Oper verstehen? Einem dilettantischen holländischen Kapitän gelingt es nicht, das Kap der Guten Hoffnung zu umsegeln und dann verflucht er auch noch die Götter. Dass sich die Götter ärgern und den Frevler auf alle Ewigkeit dazu verdammen, mit einem Geisterschiff auf den Weltmeeren zu kreuzen, werden die Thais noch einsehen. Schwieriger wird es mit der Jungfrau sein. Zunächst schwört sie ewige Treue und hüpft dann von einem Felsen. Aus im Dunklen liegenden mythischen Gründen werden in allen Kulturkreisen den Jungfrauen schicksalhafte Fähigkeiten zuerkannt. Liegt das daran, dass es so wenige gab? An diesem Ungemach beteiligten sich oft die Götter höchst persönlich, jedenfalls die griechischen und indischen.

Die Musik Wagners interpretiert das thailändische Orchester wagnerisch. Die etatmäßigen Bayreuther Opernsänger singen die Libretti auf Deutsch. Dennoch verstehe ich die Texte auf meinem hinteren Platz nur undeutlich. In der Pause entdecke ich in der ersten Reihe ein paar verwaiste Sitze und wechsle von meinem 1000 Baht Platz auf einen 5000 Baht Sitz. Vielleicht überkam einige Begleiterinnen in dem kalten Raum der Heißhunger und es zog sie in das nächstgelegene Restaurant. Jetzt höre ich die Libretti deutlicher, aber verstehe sie immer noch nicht ganz. Dafür kann ich von hier aus die thailändischen Chorsängerinnen besser beobachten. Sie singen offenbar Deutsch, einige Wörter kommen mir bekannt vor. Curt entdecke ich im Chor. Er spielt diesmal kein Instrument. Seinen Bass verlieh er einem Fischer. Im Chor fällt mir ein Mädchen auf. Es überragt die anderen an Höhe und Stimmgewalt. Ihren Gesang karikiert sie mit Grimassen. Was gäbe ich dafür, wenn Senta endlich verstummte und ich nur dem mimischen Gesang dieser Chorsängerin lauschen könnte. Senta erhörte mich. Sie verschwindet hinter der Bühne, verstummt und der Vorhang fällt. Der thailändische Dramaturg erfasste nicht die Bedeutung der Schlussszene; die schicksalhafte deutsche Verzweiflung, Senta zerrissen zwischen Pflicht, Treue und Ehre. Senta geht und die Oper ist zu Ende.

Nach der Vorstellung treffe ich Curt. Es kleidet ihn noch sein Fischerkostüm. Daneben fotografieren sich die Chormitglieder gegenseitig. Mein Chormädchen beschmiegt die männlichen Kollegen mit lasziven Bewegungen und sinnlichen Grimassen.

„Das ist die erste Thailänderin, mit der ich mich gemeinsam fotografieren lassen möchte", sage ich zu Curt.

Curt stellt mich vor. Mit den Chorsängern besuchen wir ein Gartenrestaurant. Ich setze mich neben Lea, das Chormädchen, und kann die Augen von ihr nicht lassen: alabasterfarbene Haut, weder schlank noch füllig, mittellange, schwarze, seidene Haare, hohe Wangenknochen, funkelnde Iris wie bei einer Nachtkatze. Ihre geschwungenen vollen Lippen reißen jeden Mann in einen Strudel erotischer Fantasien, aus dem es kein Entrinnen gibt. Raffael hätte ein solches Gesicht nicht besser formen können. Hinter den grauen Hochhäusern schwimmt der aufgehende Mond im diesigen Stadtlicht. Ich frage Lea scherzhaft, ob sie ein solches Schauspiel aus einer Bar am Fluss beobachten möchte. Sie stimmt zu.

Dreißig Minuten später biegt das Taxi in eine dunkle Sackgasse direkt am Chao Phraya. Über eine steile Wendeltreppe an der Außenwand der Arun Residence gelangen wir in die Amorosa Bar. Hoch oben über dem Fluss besetzen wir einen Außenplatz. Wat Arun, der Namenspatron von gegenüber, verstreut goldenes Licht auf das nachtfarbene Wasser. Die ineinander verflochtenen Spiegelbilder des Mondes und des Tempels huldigen der Wassergöttin *Phra Mae Khongkha*. An solchen Orten schlägt die rasende Stadt den Mantel der Magie um Geräusch, Staub und Feuchtigkeit: „Seht her ihr europäischen Städte, welche von euch ist ein so begnadetes Chamäleon.“ Die flackernde Tischkerze zaubert auf Leas Gesicht wechselnde Schattenspiele. Ich fühle mich wie in einem kitschigen Frauenroman. Manchmal ist das Leben ein kitschiger Frauenroman, deshalb ist diese Romangattung auch so erfolgreich.

Lea studierte zwei Jahre lang Gesang am College of Music der Mahidol Universität. Später eröffnete sie ein eigenes Gesangstudio. Dort unterrichtet sie Thaimädchen aus besseren Kreisen, denen zum vollständigen Glück nur noch eine Gesangskarriere fehlt. Im Orpheus Chor trat sie erstmals vor drei Jahren in Carmen auf. Die letzten Gäste verlassen die Bar. Der junge Barmann kommt an unseren Tisch. Er arbeitet jeden Tag von 2 Uhr nachmittags bis spät in die Nacht. Einen Tag in der Woche habe er frei. Manchmal arbeite er mehrere Wochen ohne Unterbrechung. Nein, er beschwere sich nicht, er sei froh über diesen Job, es gebe schlimmere.

Gegen zwei Uhr morgens wanken wir die Wendeltreppe hinab. Die Straßen gingen bereits zu Bett. In einem düsteren Durchgang zum Fluss gähnen historische Vespas im Schaufenster. Das fahle Mondlicht streift über den chinesischen Tempel am Ufer. Verängstigte Schatten flüchten in das kräuselnde Wasser des Chao Phraya. Lea steigt auf die Kaimauer. Ich bitte sie um eine Arie. Sie intoniert die Habanera in fast einwandfreiem Französisch. Ihr Gesang und Mimik lassen mich die inneren Qualen Don Josés körperlich erspüren. Endorphine fluten mein Gehirn. Ich nehme Lea in die Arme. Sie schmiegt sich an. Für eine nicht endende Ewigkeit bleiben wir in einem innigen Kuss verbunden. Ein scharfer Lichtstrahl reißt uns auseinander. Zwei Herren in Braun beleuchten uns neugierig mit einer Taschenlampe. Die Herren betrachten Lea, mich beachten sie nicht. Lea spricht zu ihnen in Thai. Plötzlich hellen die Gesichter der grimmigen Gesetzeshüter auf. Sie lachen schallend, und sie lachen immer noch, als sie zu ihrem Motorrad zurückkehren.

„Ich sagte ihnen, dass wir Opernarien üben", antwortet Lea auf meinen staunenden Blick.

Ich verstehe nicht, was die Herren in Braun daran so komisch fanden. Der Zauber verflog. Wir gehen zur Straße. Jeder nimmt ein Taxi. Mein Kopf hämmert. Die Stimmung war gut; eine verpasste Gelegenheit. Nicht mal nach ihrer Telefonnummer fragte ich. Künftig muss ich mit den Cocktails aufpassen.

Am nächsten Abend treffe ich Curt im Danny's Corner. Er wohnt in einem einfachen Hotel in einer der benachbarten Sub-Sois. Curt empfängt mich mit einem verschmitzten Lächeln.

„Wie war dein gestriger Abend mit Lea?"

„Wir tranken am Fluss Cocktails. Sie sang für mich die Habanera. Lea ist eine großartige Sängerin, eine lustige Lady, die tolle Grimassen schneiden kann."

Curt nickt mehrmals bedächtig mit dem Kopf.

„Yes, yes, she is a great singer, but she is not a lady."

Michael prustet los, Apa schüttelt amüsiert den Kopf. Bis jetzt glaubte ich, einen Ladyboy, auch Kathoey genannt, sicher zu erkennen. Ladyboys sind eine Laune der Natur, weder Mann noch Frau, sie sind beides, das dritte Geschlecht. Oft werden sie mit Transsexuellen verwechselt, einer Frau im Männerkörper. Wie für den mittleren buddhistischen Pfad gilt für Ladyboys nicht der logische Satz vom ausgeschlossenen Dritten. Warum begehren heterosexuelle Männer überhaupt Ladyboys? Vielleicht liegt es daran, dass die Ladyboys femininer sind als genetische Frauen und sich sexuell wie genetische Männer verhalten.

„Mr. Pierre, it is time that you find a girlfriend", sagt Apa, und Michael nickt ironisch mit dem Kopf.

„Übrigens, ich bin verheiratet."

„Du wärst der erste verheiratete Mann, der von den Reizen thailändischer Schönheiten unberührt bliebe."

„Die Betonung liegt auf dem Wort *friend* und nicht auf dem Wort *girl*."

Und für Apa füge ich zum besseren Verständnis das Wort *true love* hinzu.

„Bisher hatte ich einschließlich meiner Frau nur drei Girl-Friends. Jede von ihnen ist intelligenter als ich, erreicht Mensa-Niveau. Ich konnte sie intellektuell ausbeuten und habe mich mit ihnen nie gelangweilt. Noch nicht mal mit den besten Absolventinnen einer Bangkoker Eliteuniversität könnte ich mich über mehr als das Essen, Restaurants und Shopping-Malls unterhalten."

Michael greift in seine Brieftasche und zieht ein Plastikkärtchen heraus, einen Mensa-Ausweis. Apa schüttelt den Kopf. Sie verstand den letzten Teil unserer Unterhaltung nicht.

„Übrigens, auch eine Operation würde dir nichts nutzen", rufe ich Michael zu, als ich zum Aufzug gehe.

◆

Die leichengraue Fassade zeigt Vergänglichkeit. Wir erklimmen ein alterndes Atriumhaus. Durch die Flure kriecht feuchter, muffiger Geruch. Die einzelnen Apartments schlängeln um einen Innenhof, kleben wie Kaninchenställe an offenen Treppenhäusern. Das Zimmer lockt mit einem breiten Bett. Aus Schränken quillt bunte Kleidung. Von den Regalen glubschen Plüschtiere. Auf dem Schreibtisch streiten Laptop und Kosmetik um die Vorherrschaft. Der abgewetzte Küchentisch beherbergt einen elektrischen Kocher mit zwei Platten, daneben brummt der Kühlschrank. Die Klimaanlage ächzt blechern wie ein verrostetes Grammofon.

Noi zieht aus der Plastiktasche mehrere Zellophantüten mit Streetfood. Fon verteilt die Teller auf dem Boden. Der verweichlichte westliche Rücken gewöhnt sich nur langsam an diese archaische Essenskultur. Ich steuerte dem gemeinsamen Nachtdinner mehrere Portionen Chickenwings bei, frisch erlegt im Kentucky Fried Chicken. Zwei große Flasche Singha Bier aus dem 7/11 leisten Gesellschaft. Meine Sweethearts verzichteten diesmal auf ihre Snacks aus Grashüpfern und anderen unerklärlichen Insekten, das Lieblingsessen der Mädchen aus dem Isaan. Ich fand bisher keinen Gefallen an den Hüpfern, machte ihnen aber die Freude und führte einige dieser lauten Grillen meinem Eiweißhaushalt zu. Im Mund knacken sie wie gegrillte Hähnchenknorpel, den einzigen Geschmack verleiht die scharfe Sauce.

Fon und Noi arbeiten als Bedienungen in der Sportsbar von Georg. Eines Nachts fragte mich Georg, ob ich Fon helfen könnte. Ihr holländischer Freund überweise ihr kein Geld mehr und reagiere auch nicht auf ihre Mails.

„Du bist doch Headhunter, und ihr holländischer Freund ist ein hoher Manager. Du kannst ihn doch sicherlich ausfindig machen und ihm gut zureden."

Ich wollte Georg gerade erklären, dass ein Headhunter einen Manager nur finden kann, wenn er ihn in einem konkreten Unternehmen sucht, als mich Fons verzweifelter Blick streifte. Fon ist 25. Wenn ich von meinen nächtlichen

Wanderungen in die Sportsbar einkehre, errät sie mit untrüglicher Sicherheit meine Trinkwünsche: Gin and Tonic oder Jack Daniels Black Label. Die Flaschen tragen ein Schild mit meinem Namen, ich kaufte sie zuvor; Georges Marketing für VIP-Gäste. Sehe ich verschwitzt aus, trocknet Fon meine Stirn mit einem Erfrischungstuch und erfreut mich mit einem San Miguel Light.

Die Mädchen aus dem Nordwesten, dem Isaan, vereint ein gemeinsames Schicksal: Einfache Farmgirls, bekommen jung ein Kind, der Vater unbekannt verzogen, zahlreiche Geschwister, die Eltern krank, arm oder verstorben, und dann kommt die Freundin zu Besuch, erzählt von der Glitzerwelt, zeigt die neue Handtasche. Georg zahlt den Mädchen kein Gehalt. Sie erhalten einen Geldanteil von jedem Ladydrink, den ein frohgelaunter Gast spendiert. Und sie leben auch von großzügigen Kunden, die den Mädchen gerne ihre Hotelzimmer oder Apartments zeigen. Georg kümmert sich um seine Mädchen wie ein Vater. Er weiß, nur gutgelaunte Bedienungen können die Gäste von einem „once more“ überzeugen.

Fon lernte den Manager in einer Gogo-Bar kennen. Sie verbrachten einen gemeinsamen Urlaub auf Phuket. Ihr Manager versprach, sie nach Holland zu importieren. Zwischenzeitlich überwies er ihr 200 Euro im Monat. Und Fon versprach, nicht mehr in der Gogo-Bar zu tanzen und die Unterkünfte von Kunden zu meiden. Fon arbeitet fortan als Bedienung und überweist die 200 Euro an ihre Familie. Sie lebt von den Ladydrinks und gelegentlichen Hausbesuchen. Fon kannte nur den Vornamen ihres holländischen Managers und seine Skype-Adresse. Mit solchen kargen Informationen ist es nahezu unmöglich, jemanden zu finden. Eine geniale Idee half. Fon kannte das Hotel, wo ihr Holländer in Bangkok wohnte: Manhattan, ein drei Sterne Hotel in Soi 15. Ich wunderte mich schon etwas, dass ein holländischer Manager in einem drei Sterne Hotel nächtigt. Gegen ein bescheidenes Trinkgeld verriet mir die Dame an der Rezeption seinen vollständigen Namen. Erwartungsvoll bemühte ich Google und Linkedin und erzielte gleich einige hundert Treffer. Eine weitere geniale Idee musste her. Ich fragte Fon, von wo der Manager ihr das Geld überweist. Der Bankauszug offenbarte lediglich Abkürzungen und Ziffern. Missmutig erzählte ich Georg über das Ergebnis meiner Bemühungen. Einige Tage später empfing mich Fon mit einem strahlenden Lachen und fiel mir um den Hals.

„Stell dir vor Pierre, mein holländischer Freund hat mir das fehlende Geld überwiesen, und statt 200 sogar 300 Euro. Und er will mir diesen Betrag auch künftig überweisen. Er muss mich wirklich lieben."

Ich sagte ihr natürlich nicht, dass ihr Manager nur als Buchalter arbeitet und vermutlich sogar verheiratet ist. Georg besorgte den Namen und die Adresse der anweisenden Bank. Hierzu genügten ihm zwei Anrufe. Der Rest war nicht schwer. Fon wusste, dass ihr Holländer in einer Holzfabrik arbeitet. In der Gegend der Bank gibt es nur zwei Holzfabriken, und ich kannte den Namen des Verehrers. Amüsiert stellte ich mir das Gesicht des Buchhalters vor, als er auf seinem Firmen-PC eine Mail von mir vorfand, die ich als Fon abfasste. Darin schildert ihm Fon im herzzerreißenden Isaan-Englisch, wie sie ihre kranke Mutter versorgt und deshalb nicht arbeiten kann. Die gemeinsam verbrachte Zeit auf Phuket, angereichert mit einigen pikanten Details, war in der Mail ebenfalls erwähnt. Anschließend luden mich Fon und Noi zum Nachtessen in ihr Apartment in On Nut ein. Hier in der oberen Sukhumvit hausen die Arme und Beine von

Bangkok: Barmädchen, Verkäuferinnen, Gärtner, Putzfrauen, kleine Angestellte. Es ist die Wohngegend der Niederen, hergezogen aus dem Isaan und bestraft von ihrem schlechten Karma. Wie schwer muss es doch den Mönchen fallen, den Sündenpool des Lebens im Isaan zu erklären; Ora et labora, nicht zu viel fragen, eine bescheidene Spende gefälligst, eine großzügige verbessert das Karma.

„There is no such thing as a free lunch", dieses grundlegende ökonomische Prinzip von Robert A. Heinlein kennen auch die bäuerlichen Mädchen aus dem Isaan. Während des Essens schilderte mir Noi ihr Problem. Sogar zwei Sponsoren, einer aus Deutschland, der andere aus England, kümmern sich um ihr Wohlergehen. Dem einen versprach sie, bei ihrer Familie in Korat auf ihn zu warten, für den anderen begann sie eine Ausbildung als Friseuse. Noi überweist die großzügigen Subventionen an ihre Familie, die ihren zweijährigen Sohn versorgt. Und auch Noi lebt von den Ladydrinks und Hausbesuchen. Noi überzeugte ihre zwei Verehrer, dass sie mit ihr am selben Tag in der Woche chatten. Noi und die beiden Herren tauschen ihre Sehnsüchte meistens gegen Mitternacht. George sah das nicht mehr gern. Die Bar ist zu dieser Zeit gut besucht. Noi bat mich, maximal 40 Minuten pro Woche zu opfern und mit den beiden Herren an ihrer Stelle zu messangern. Wie konnte ich nach einem „free dinner" einen solchen Wunsch ablehnen. Einmal pro Woche bediene ich die geistigen und sinnlichen Sehnsüchte der Verehrer beim gleichzeitigen Chat; eine verantwortliche wie aufreibende Tätigkeit. Immerhin hängt jetzt das Wohlergehen einer ganzen Familie und eines zweijährigen Kindes von mir ab. Und es gelang mir auch diesmal, die Erträge zu steigern. Über mein Karma brauche ich mir keine Gedanken mehr zu machen. Seither veranstalten wir in den frühen Morgenstunden gemeinsame Nachtessen.

Während unseres Dinners erhält Fon einen Skype-Anruf von ihrem holländischen Buchhalter. Ich lege mich mit Noi auf das Bett, um nicht in das Blickfeld der Kamera zu geraten. Fon steht auf und winkt. Ich verstehe die Geste nicht.

„Skypesex", flüstert mir Noi lachend ins Ohr.

Ich verstehe immer noch nicht.

„Noi wird sich für ihren Freund ausziehen, wir sollen das Zimmer verlassen."

Ich finde die Sache lustig und deute an, dass wir bleiben. Noi sagt etwas leise zu Fon. Fon schüttelt den Kopf und winkt weiter mit dem Arm. Schließlich gibt sie auf. Langsam wie eine geübte Stripteasetänzerin legt sie die Kleider nach und nach ab. Neugierig betrachte ich ihren nackten Körper: die schmale Taille mit den zu kurz geratenen Beinen, den gewölbten Rücken mit einem Skorpion-Tattoo. Aus dem Lautsprecher ertönt eine männliche Stimme. Fon verdreht den Monitor und fährt mit ihren Händen streichelnd über ihre kleinen Brüste, berührt lasziv den Unterleib, dabei stöhnt sie laut. Fasziniert beobachte ich mit Noi dieses Schauspiel und beginne sie unbewusst zu streicheln. Noi reagiert nicht abweisend. Ich sage zu ihr, dass ich sie auch nackt sehen möchte. Sie lacht leise und hilft beim gegenseitigen Ausziehen. Noi ist größer als Fon, ihr fester Körper ist breiter. Auch ihre Brüste sind größer, jedoch nicht so schön geformt wie die kleineren von Fon. So ist es oft bei größeren Brüsten. Um ihren Unterleib mäandern verblasste Dehnungsstreifen. Nach einer Weile spüre ich einen weiteren Frauenkörper. Fon beendete ihre Vorstellung und legte sich zu uns. Ich mag es, meine Geliebten in den Zustand der höchsten

Verzückung zu versetzen und ihre Gesichter dabei zu beobachten. Meine Sweethearts sind solche Initiativen nicht gewohnt, irritiert übernehmen sie die Führung. Schließlich überlasse ich mich ihren zarten Händen und geschickten Lippen. Es war bestimmt nicht die erste gemeinsame Aktion der beiden.

Vergessene Zeit

„Arun sawat“, begrüße ich Apa.

„Good mornig, Mr. Piere.“

Apa lacht jedes Mal über diesen Scherz. Sie verzehrt bereits ihr Mittagessen, und ich beginne mein Frühstücksritual. Ich bin der einzige Bewohner des Liberty, der in der Rezeption frühstückt. Die anderen besetzen das Sofa an dem runden Glastisch, nur um das Freiexemplar der Bangkok Post zu lesen. Das Baguette übergibt das Café des Imperial Queens Park Hotels, die gesalzene australische Butter steuert das 7/11 bei. Nebenan in einem Holzhäuschen mischt ein junger Mann meinen Kaffee mit Kondensmilch, einem weißen Pulver und Zucker. Nur ich trinke den Kaffee warm, seine thailändischen Kunden genießen den Kaffee aus einem Becher mit zerstoßenem Eis. Für den Alleinsamen bilden Rituale einen festen Anker in dieser Stadt. Leicht gerät er in den Zustand der geistigen Lethargie, lässt sich unkontrolliert treiben.

Apa fragt nach John. Seit ich Johns Zimmer betrat, fühle ich mich wie von einem Geist verfolgt, der mich zwingt, ständig an John zu denken. Das ist ein schlechtes Zeichen. Nach dem traditionellen animistischen Glauben wird die Welt der Thais von Phi, Geistern, bewohnt. Phi beeinflussen das tägliche Leben, den Lauf der Welt. Es gibt gute Geister und noch mehr böse Phi. Sie leben überall, in Häusern, Bäumen, Höhlen, Flüssen und Seen. Am schlimmsten sind die Geister von verstorbenen schwangeren Frauen, denn sie entstanden aus zwei Seelen. Bei dem Bau des heutigen Grand-Hyatt-Erawan Hotels vor 50 Jahren ereigneten sich auf der Baustelle zahlreiche Unfälle.

Ein Geisterexperte stellte schließlich fest, dass der Bau den Grundstücksgeist aufschreckte. Um ihn zu besänftigen, stellte die Baugesellschaft ein *San Phra Pu* auf, ein Geisterhäuschen. Als Dreingabe, damit er sich nicht einsam fühlt, erhielt er noch einen Schrein mit dem indischen Gott Brahma, den berühmten Erawan-Schrein. Das Hotel konnte ohne weitere Vorkommnisse fertig gebaut werden. Geisterhäuschen stehen vor jedem Haus und Ladenlokal. Die Thais verwöhnen die Bewohner mit täglichen Opfergaben. Wenn mich Johns Zimmergeist dazu auserkoren hat, seinen Bewohner zu finden, habe ich keine andere Wahl.

Apas Frage ist ein Memento, heute ist Montag. Mein Arbeitstag endet deshalb kurz vor der Dämmerung. Die Soi 2 versteckt den grauen vierstöckigen Betonkasten mit abgeblätterter Fassade am Ende der Sackgasse. Neben dem Eingang scherzen große Buchstaben: „SEX TOURISTS NOT WELCOME". Das Schild wirkt surreal in einer Stadt, in der sogar 5-Sterne Hotels mondäne Discoclubs bereithalten, wo männliche Gäste mit elegant gewandeten Damen verheißungsvolle Blicke tauschen und später auf den Zimmern noch weit mehr.

Die Eingangshalle des Atlanta Hotels stammt aus einer anderen Zeit. Aber aus welcher? Ein Hauch Art déco durchweht die Lobby: rote, lederbezogene Rundsofas auf poliertem Terrazzoboden, eine schwebende Wendeltreppe, goldverzierte Kerzenleuchter. Die Kristallspiegel an den Wänden umrankt kunstvolles Blattwerk. Auf einem Podest blinzeln zwei bronzene Dackel mit komisch in die Länge gezogenen Körpern, vermutlich ein privater Scherz des Eigentümers.

„Mr. Henn ist auf einer Geschäftsreise, er kehrt erst in zwei Wochen zurück", wispert eine lächelnde Dame und wedelt dabei wie ein Rennpferd mit dem Schweif ihrer nach hinten gezurrten Frisur.

„Ja, Mr. Singer besucht Mr. Henn jeden Montag. Ich weiß nicht, wo Mr. Singer wohnt und kenne auch nicht seine Telefonnummer.“

So habe ich heute mehr Zeit für meine Stadtwanderung. Es ist nicht die Neugier nach dem Neuen, die mich treibt. Die Stadt ist für mich nicht mehr neu. Es ist Sucht, ein Rausch: die Frage nach dem Warum. Mit dem Verstand kann ich die Stadt nicht begreifen. Wie bei einem Puzzle verstecken sich die ungeordneten Mosaiksteinchen in den Suppenküchen, den 5-Sterne Hotels, den Märkten, Tempeln, Shopping-Malls, Jazzclubs, Bars, unter der schmutzigen Decke des Bettlers, in den stinkenden Khlongs, in dem Lachen der Menschen, im Blumenmarkt, an den Ufern des Chao Phraya, in den Schößen der Frauen. Das Faszinosum blitzt kurz auf und zerfällt wie die kurzlebigen Quarks. Ja, ich möchte all diese Augenblicke erspüren. Aber wo verläuft die Schnittmenge, welche die unterschiedlichsten Farangs an diese Stadt fesselt?

Bei früheren Aufenthalten plante ich voraus, orientierte mich an Expressboot Piers: Tha Rachavongse für China Town, Tha Tien und Tha Chang für den alten Stadtteil Rattanakosin. Gierig tauchte ich in die Orte, suchte Nahrung für die Augen. Merkte nicht, dass die Augen bloß dem Gehirn gehorchten, nur meine eigenen Ideen von der Stadt sahen. Jetzt gibt das Bewusstsein nach, verlässt Vorstellungen, Wünsche und Wollen. Die Augen dringen durch das Vorhandene in das Zuhandene; Verborgene. Unbewusste Impulse bestimmen über neuronale Bahnen die Richtung; weg von der Glitzerwelt, dahin wo früher das Herz der Stadt schlug. Ich spüre den schwachen Pulsschlag in den engen Gassen der Chinatown. Der notorische Sampeng Lane diente in alten Zeiten als Hauptstraße im Gewirr der engen Gassen. An diesem Ort blühte damals der berüchtigte Bangkoker Rotlichtbezirk; ein schummriges Bordell bedrängte das nächste. Als es noch keine Patpong und Nana Plaza gab, verwalteten die Chinesen das Monopol für die menschlichen Genüsse und Begierden. In der breiten Yaowarat Road protzen Goldläden, einer neben dem anderen. Lange rätselte ich über das viele Gold. Ein Mädchen klärte mich auf. Das Edelmetall solle nicht schmücken, sei eine Entschädigung, wenn die Liebe des Mannes nachlässt. Wie gut, dass westliche Frauen auch preiswerter Modeschmuck erfreut.

Die engen, dunklen Gassen verzweigen zu Labyrinthen. Scheppern, Zirpen, Klirren zeugt von Geschäftigkeit. Menschen mit der aufgesetzten Maske des Alltäglichen bewegen ihre Hände, Beine und Münder nach pragmatischen Konzepten. Sogar das Schlürfen der Haifischflossensuppe ist Notwendigkeit, kein Genuss. Dort, wo die Chinesen über Jahrhunderte leben, assimilierten sie nur ihre Namen. Das Lächeln der Thais und ihre Lebensfreude sind ihnen fremd.

Aus den alten Markthallen um die Phra Pokklao Bridge bezieht die unersättliche Stadtmaschine ihren Lebensstoff. Wie zu alten Zeiten dienen die Markthallen als Arbeits-, Wohn- und Gebetsraum: Frauen bereiten Speisen, Männer dösen auf leeren Jutesäcken, Mädchen schmücken einen Buddhaschrein mit einem *phuang malai,* einem Blumenkranz aus gelben Chrysanthemen. In den Straßen um die Docks ist die Bewegung zu Hause. Arbeiter karren die Waren von einem Ort zum anderen, ein ständiges Gewusel. Jedes Erdgeschoss arbeitet, produziert und verkauft; kein soziales Netz engt die Menschen.

Die Song Wat Alley stolziert am Fluss entlang. Zweistöckige prachtvolle Häuser mit bröckelnden Fassaden berichten von dem Reichtum der früheren chinesischen Händler. Funktionslose rote Laternen bewachen die Gehwege. Ich stelle mir mandeläugige Schönheiten in langen seidenen Gewändern vor, wie sie in verzierten Rikschas vorbeiziehen und mir geheimnisvolle Blicke zuwerfen.

Zu Bergen aufgetürmte ölige Maschinenteile eroberten die Quer-Sois zum Fluss. Junge Männer, ohne Schutzkleidung und barfuß, zerlegen wie italienische Futuristen die eisernen Reststoffe der modernen Zivilisation. Die Teile stammen aus abgewrackten japanischen Autos, einige kamen auch neueren abhanden. Jetzt wartet das Metall auf seine Inkarnation in der Provinz.

Die Phittaya Sathian Brücke überquert den Phadung Krung Kasem Kanal. Aus Löwenköpfen wachsen weiße Säulen, an denen Jugendstil-Laternen klammern, die schon lange niemand mehr nach einem Lichtstrahl fragte. Im spärlichen Mondlicht schimmert grünlich und verlassen ein halbrundes kubistisches Gebäude. Die Kanalhäuser spiegeln ihr düsteres Antlitz im dunklen Khlong. Kennen deren Bewohner noch die stolzen Erbauer, die wie einst in Venedig ihre schmucken Barken vor den Kanaleingängen parkten?

Manchmal ziehen mich die Motoneuronen zu einem verlassenen Kanal. Ich setze mich in eine schweigende Mauernische, die Augen in das trübe Wasser vertieft. Ungeheuer streifen durch treibende Abfälle, zerfallen zu surrealen Bildern; The Walking Dead. Es ist, als ob das Gehirn eine solche Reinigung bräuchte. Ein anderes Mal hält mich ein lauter, tosender Platz gefangen; die Sinne wach und stumpf, das Gehirn ruhig und entspannt. Hier beobachte ich die pulsierenden Menschen, tauche in die

Aromen der Garküchen, folge den zuckenden Lichtern, sauge Lebensenergie.

Nur wenige Meter weiter kommt die Charoen Krung entgegen, die älteste Straße Bangkoks. König Mongkut ließ sie 1861 bauen, als die Pferde der europäischen Diplomaten einen längeren Auslauf verlangten. Beim Großen Palast galoppierten sie los, und könnten heute acht Kilometer parallel zum Chao Phraya traben und nach der von Abgasen geschwängerten Luft schnappen. Epiphytische Banyan Bäume drängen durch Fenster und Dächer der verfallenden Gebäude, zeigen Lebenskraft. Die geschundenen Fassaden zeugen von der noblen kaufmännischen Herkunft ihrer Erbauer. Das ehemalige europäische Viertel grüßt den einsamen Nachtwanderer. Wie sahen die früheren Europäer aus, wie lebten sie in ihren nicht klimatisierten Häusern? Nur leise, fast schüchtern, flüstern die modernden Steine ihre Geschichten aus einer vergessenen Zeit. Als Teil des ewigen Entstehens und Vergehens leben sie weiter. Sie entgingen dem Schicksal ihrer europäischen Verwandten in Rom, Paris und dem mittelalterlichen Prag. Dort wurden sie zur Vergangenheit verdammt, zum Museum konserviert, des eigenen Lebenshauchs beraubt.

Nein, heute keine Chinatown, keine Charoen Krung. Am Ende der Soi dröhnt die Sukhumvit, das pochende Herz einer Stadt, die in ihrem vollständigen Namen auf den vedischen Götterkönig Indra verweist. Der thailändische König als anthropomorphe Gestalt eines Gottes, welcher westlicher Monarch kann damit aufwarten? Und welcher genießt ein so hohes Ansehen, das mit westlichen Denkformen nur schwer begreifbar ist. Die Lebensenergie der Stadt vibriert, spürt das royale Ereignis, bereitet sich vor. Heute ist King's Birthday. Ich vergaß es fast. Die Bürogebäude starren mit blutleeren Augen, ihr Schein erlosch. Sonst funkeln sie länger, einen Achtstundentag kennen sie nicht, genauso wie ihre Bewohner. Sogar die Baustellen änderten die Akkorde, flüstern decrescendo. Auf verlassenen Kränen taumeln die roten Lämpchen wie Totenlichter. Trucks stehen stramm vor dem notorischen Wachmann. Seine ärmliche Gestalt lehnt auf einem Stuhl, stumm, unsichtbar, vergessen. Nur eine Wasserflasche leistet Gesellschaft. Was mag in seinem Kopf vorgehen? Wovon träumt er? Was sind seine Freuden? Wie lebt er in der schiefen Bretterbude?

Verzerrte Reklamen schleichen entlang Fassaden, buhlen um Beachtung. Wer soll sie beachten. In jedem Hauseingang prahlt ein Restaurant, eine Bar, ein Café oder ein Laden mit Koffern. Die großen Leiber der Shopper schieben, stoßen, drängen. Straßenmärkte beschallen den Gehweg von beiden Seiten. Tuk-Tuk Fahrer lungern an den Ecken, warten auf Naive, wedeln mit Prospekten voll mit planschenden Schaummädchen: „You want Massage, You want nice Girl?"

Die polierte Auslage mit Louis Vuitton Taschen blinzelt pikiert auf das Treiben, beneidet ihre Schwestern am eleganten Champs-Élysées und den 5th Avenues. Gerötete Gesichter wühlen durch Raubkopien, Elektronik, T-Shirts, Viagra, Touristennippes. Wenigstens den Montblanc-Kugelschreiber für 150 Baht ergattern, das ergibt Sinn. Die Gesichter gehören den Touristen. Thais schütteln die Köpfe: Warum wühlen die Farangs in den Straßenmärkten, atmen die Abgase, schwitzen an Straßenküchen und in offenen Bars? Sie sind doch nicht arm, bezahlten ein teures Flugticket. Die Welt der Thais, das sind die eleganten Shopping-Malls, die schicken Restaurants und die mondänen klimatisierten Bars.

Sie packt mich am Arm. Meine Zukunft, mein Glück verspricht das Pappschild in zittriger Schrift, nur 100 Baht. Die Karikatur einer ehemaligen Schönheit mit grell aufgepanschten Farben fletscht die Zähne. Eingekerbte Falten verraten Lebenserfahrung. Solche Gesichter tragen starke Frauen, Wissende, Hexen. Ich kann mich nicht entziehen. Die erste Tarot-Karte schreckt, der Tod in einer Rüstung. Die Wissende braucht nichts zu erklären, ich verstehe. Dann die nächste Karte, ein Turm mit Blitzeinschlag, ihre Mimik erstarrt, die Mundwinkel zucken. Fürchtet sie um ihre 100 Baht? Schnell zieht sie eine weitere; eine Sonne, darunter galoppieren ein weißes und ein schwarzes Pferd.

Sie deutet auf das weiße Pferd: „It is not hopeless."

Ihr Ausdruck besagt etwas anderes. Für diese Hoffnung gebe ich ihr 200 Baht. Es hätte schlimmer kommen können. Nach fünfzig Metern drehe ich mich um, sie starrt immer noch. Mein Gehirn folgt willenlos den Menschenmassen, sucht das Glitzernde und Laute, möchte nicht denken, überlegen, sinnieren. Neben der Asok-Kreuzung dröhnt die Soi Cowboy: Gogo-Bars, Außenbars, Musikclubs, Garküchen; ein flackerndes Kaleidoskop aus Menschen, Lichtern und Musik, Bühne und Auditorium. Auf 150 Metern inszeniert Dionysos eine bunte, schillernde Lebensperformance. Männer aus aller Welt stieren in die Menge, gaffen verschämt, manche gar weltmännisch. Mädchen in knappen bunten Bikinis locken vor jeder Bar. Westliche Touristinnen grinsen überlegen ob der Mädchen, zücken die Handys. In Nischen schmücken mobile Make-up-Artists die Tänzerinnen. Alle kommen her: die Neugierigen, die Einsamen, die Zweisamen, die Alleinsamen, die erotisch Waidwunden. Der Long Island flutet die Blutbahn, die langbeinigen Schönheiten die Sinne. Neben mir sitzt ein junger Amerikaner, ein Kriegskrüppel aus den neueren Kriegen. Seine linke Gesichtshälfte zerfetzte ein Geschoss. Drei Bedienungen hängen an seinen Schultern, lachen schallend. Nein, es ist nicht wegen der spedierten Drinks. Der Herr Kriegsveteran ist Zauberkünstler, amüsiert die Mädchen mit seinen Tricks, holt Pingpong-Bälle aus deren Kleidung. Und wenn er später ein oder zwei Mädchen auf sein Hotelzimmer entführt, werden die Mädchen weiter Lachen und ihm die gleiche Zuneigung entgegenbringen als wäre er ein blonder schwedischer Jüngling. Ja, auch diese Mädchen sehen sein verunstaltetes Gesicht, aber sie sehen mehr, viel mehr als die emanzipierten Frauen in seiner Heimat.

Die Bedienung drückt mir eine Kerze in die Hand. Gleich werde ich verstehen. Wie auf ein heimliches Kommando verlassen alle Mädchen die Bars. Gelbe T-Shirts schmücken die zarten Schultern. Die Mädchen legen ihre Körper zurecht, stehen Spalier, umklammern Kerzen. Feuer entfacht die Candelshow. Aus Fernsehern, in denen sonst junge Männer nach Fußbällen treten, ertönt die Hymne. Wir stehen stramm. Die Mädchen senken die Köpfe, falten die Hände. Gemeinsam mit der Stimme aus dem Off sprechen sie ein Gebet. Millionen Menschen zur gleichen Zeit huldigen ihrem kranken König zum Geburtstag, singen ihm ein Lied; was für ein glücklicher Monarch, für den Barmädchen beten

.

◆

Mehrere Male wälzte ich bereits die Papiere aus Johns Zimmer: Ausschnitte aus der Bangkok Post, Berichte über Waren-Promotions, Eröffnungen von Shopping-Mals, neue Bars und Restaurants. Einige fotokopierte Seiten sind in einer seltsamen Schrift abgefasst. Ich finde keinen Hinweis auf eine Reise. Immer wieder betrachte ich die Fotos von der SD-Karte. John fotografierte Fashionshows, Tempel und buddhistische Wandzeichnungen. Eine Aufnahme zeigt einem Grabstein, darin eingelassen das Bild eines jungen Mannes mit langen Haaren und Bart. Von der Inschrift mit der Jahreszahl 1974 kann ich nur die Buchstabenfolge ...ENHAMER entziffern. Vielleicht hat Georg eine Idee. Am Abend besuche ich die Sportsbar und zeige ihm die Fotos. Georg schaut die Bilder ruhig an und schüttelt ab und zu den Kopf. Beim Friedhofsbild friert sein Gesicht für den Bruchteil einer Sekunde ein. Er könne sich keinen Reim auf die Bilder machen. John mit seinem Buddhismusfimmel fotografierte eben Tempel.

Noi schenkt mir einen Jack Daniels ein und flüstert mir ins Ohr: „Fon hat heute ihren freien Tag, wir könnten sie doch mit ein paar Delikatessen überraschen."

Essen als wesentlicher Bestandteil des Lebensglücks beherrscht hier das Denken der Menschen. Die kurzen Verdauungspausen füllen Gespräche über die weitere Speiseplanung. Die Nachtdinner mit Fon und Noi sind eine willkommene Abwechslung bei meinen nächtlichen Wanderungen. Jetzt kurz vor Weihnachten ist es für diese Jahreszeit ungewöhnlich warm und schwül. Jede schnellere Bewegung treibt Schweißströme aus den Poren. Der Himmel ist wolkenverhangen. Nachts kühlt es kaum ab. Weihnachten in Bangkok das sind vor Shopping-Malls tänzelnde Mädchen in Fantasiekostümen, riesige, bunte Weihnachtsbäume mit flackernden, bunten Lichtgirlanden, nicht endende Warenpromotions, Jingel Bells und Stille Nacht. Die Thais übernahmen den modernen Weihnachtsgedanken, huldigen dem Glitzergott. Weihnachten verfolgt mich unerbittlich auch in den Labyrinthen des Queens Imperial Hotels, meiner Abkürzung zum Skytrain. Die riesigen Schneeflocken in der Lobby zittern vor dem neuen Plasmabildschirm, auf dem ein Kaminfeuer lodert. Durch die Gänge hallen Jingel Bells und Stille Nacht. Apa schmückte die Rezeption mit goldenen Girlanden: „Merry Christmas". Mein Frühstück begleiten Jingel Bells und Stille Nacht.

Mit meinen Sweethearts unterhalte ich mich nicht über die weltbewegenden Themen, über das Grundsätzliche und Spekulative. Der Alltag, das Kleine und Banale erscheint in ihren Augen groß und bedeutsam. Das wenige Englisch der beiden war nicht der Grund, was die Unterhaltung anfangs erschwerte. Sprache ist nur ein Werkzeug, ein unvollkommenes Werkzeug. Westliches Denken sucht nach Logik und Zusammenhängen. Im Buddhismus, der das Denken der Menschen prägt, gilt nicht die Zweiwertigkeit der klassischen griechischen Logik. Es ist nicht zwingend, dass eine Aussage entweder als wahr oder falsch gelten muss. Nach *Nagarjuna* existieren mehrere Wahrheitsstufen. Das Ja und das Nein schließen einander nicht aus. Genauso ändern die Thais die Inhalte von Begriffen, wenn es die Situation erfordert. Was uns Europäern unlogisch erscheint, kann aus der Sicht der Thais durchaus logisch sein oder umgekehrt. Wittgenstein wäre an diesem Land verzweifelt. Erst nachdem ich meine gewohnten Denkmuster abgelegt hatte, verbanden sich unsere Gedankenwelten. Und auch ohne Worte entstehen Augenblicke, bei denen unsere Energiefelder die gleiche Kadenz anstimmen. Wir verstehen uns, und ich begreife, warum ich schon so oft hörte: *Pierre you are talking too much, why are you Farangs always talking so much.*

Fon und Noi sind neben mir eingeschlafen, ineinander verschlungen wie Babys, die sich an ihre Mutter schmiegen. Fasziniert betrachte ich die nackten schokoladenfarbenen Körper, die feinen Zeichnungen der Haut, das neue Tattoo an Fons Schulterblatt. Aus kulturhistorisch dunklen Zeiten rührt die Vorstellung, dass Sex und Liebe sich nur in einer festen Beziehung verbinden. Mit einem genetischen Automatismus liebt jeder Mann eine Frau, mit der er schläft. Ich liebe meine Sweethearts als personale Einheit. Unsere erotischen Spiele sind die natürliche Fortsetzung der gemeinsamen nächtlichen Essensorgien; Essen und Sex vereint auf der gleichen sinnlichen Ebene. Meine Sweethearts, die bereits unzählige Männer beglückten, wollten zunächst nicht über das eigene sexuelle Verlangen sprechen. Die konservative thailändische Gesellschaft tabuisiert sämtliche sexuellen Themen. So musste ich Fon und Noi zunächst beibringen, die erotischen Begegnungen auch selbst zu genießen. Meine Sweethearts lernten schnell. In abwechselnden Konstellationen entstehen immer neue erotische Spiele: ich mit Fon für Noi, Noi mit mir für Fon, Fon und Noi zusammen, wir drei abwechselnd oder die Sweethearts für mich. Dabei überraschen sie mich immer öfters mit eigenen erotischen Fantasien. Die Atmosphäre ist stets lustig und entspannt, nicht so zwingend und konzentriert wie bei einer erotischen Zweierbeziehung. Und es bleibt genügend Zeit für englische Dialoge. Dabei üben wir bei

Rollenspielen das Barkunden-Marketing. Die Konkurrenz im Bangkoker Nachtgewerbe ist groß.

Zwischenzeitlich übernahm ich auch den Chat für Fon, und es gelang mir nochmals, die Beiträge ihres holländischen Buchhalters zu steigern. Eines Nachts bat mich Noi, den Chat für zwei weitere Bargirls abzuwickeln. Ich stimmte unter der Bedingung zu, dass wir künftig unsere Diners zu fünft abhalten. Danach hörte ich nichts mehr von diesem Ansinnen. Insgeheim träume ich davon, meinen Job als Headhunter aufzugeben und mich in der Soi Cowboy niederzulassen. Hier könnte ich die Chats der Barmädchen mit ihren Sponsoren professionell gestalten, gegen angemessene Umsatzbeteiligung natürlich. Das ist eine Marktlücke. Viele Sponsoren kennen bereits die gängigen Geschichten von kranken Wasserbüffeln und verunfallten Müttern. Später werde ich für diese Aufgabe arbeitslose Englischlehrer einstellen und mich nur noch der erotischen und sprachlichen Entwicklung meiner Klientinnen widmen.

Professor Eduard Singer

Diesmal ist Charles Henn anwesend. Die Dame an der Rezeption deutet auf einen Nebenraum am Ende der Lobby. Ein mittelgroßer, eleganter Mann undefinierbaren Alters begrüßt mich in einem perfekten Oxford Englisch. Er sitzt an einem ausklappbaren Schreibtisch aus Teakholz. Seine europäischen Gesichtszüge ziert ein Hauch asiatischen Einflusses. An den Wänden zeugen eingerahmte Ausschnitte und Bilder aus Zeitschriften von der Geburtsstunde des modernen Bangkok. Das Bücherregal verkündet: „Books published in honor of or about some of the guests of the Atlanta". Werke von und über William Fulbright, *The Vietnam War,* und über Jim Thomson lehnen neben vergilbten Magazinen. Jim Thomson gilt bis heute als der bekannteste Ausländer in Bangkok. Sein früheres Domizil am Saen Saeb Khlong stürmt jede Bildungsreise. Während des 2. Weltkriegs arbeitete er für den US-Geheimdienst. Die Stadt gefiel ihm, er blieb und modernisierte die Seidenindustrie. Unter mysteriösen Umständen kamen 1967 seine Spuren in den Cameron Highlands abhanden. Traditionsbewusste Shopper stört das nicht, sie stöbern in edlen Boutiquen gleichen Namens.

Das Atlanta galt in den fünfziger und sechziger Jahren neben dem Oriental Hotel als das luxuriöseste Hotel in Bangkok. Diplomaten, die Bangkoker Oberschicht und Mitglieder des Königshauses genossen am Swimmingpool ihre Cocktails. Dem Karma des Hotels waren die noblen Gäste nicht zuträglich, es inkarnierte zu einer heruntergekommenen Backpacker-Absteige. Die Presse berichtete über das Atlanta nur noch, wenn die Polizei bei den Hotelgästen Drogen oder minderjährige Mädchen fand.

Charles geleitet mich in das hoteleigene Restaurant. Dezente Jazzmusik beschallt den länglichen Raum.

„Mr. Singer kommt heute nicht. Sie finden ihn in der Thammasat Universität. Ich erinnere mich an John, er kam her, um Mr. Singer zu treffen."

Charles reicht mir eine Visitenkarte mit Mr. Singers Telefonnummer. Ich rufe sofort an und wir verabreden uns für den nächsten Tag. Charles Henn lehrt als Gastprofessor an der Universität Buckingham. Zuvor studierte er in Cambridge. Das Hotel erbaute sein Vater. Nach dessen Tod versucht Charles, das Hotel als Zeugen einer vergangenen Zeit zu erhalten. Sein Vater, ein Chemiker, stammte aus einer jüdischen Familie und flüchtete 1938 aus Deutschland. Charles erzählt von seinem Vater. Dr. Hans Henn: Bereiste als Sprengstoffexperte Nord Afrika, überquerte Marokko, Algerien, Libyen, Ägypten, Saudi-Arabien, den Iran und gelangte nach Indien, arbeitete für den britischen Geheimdienst und den Maharajah of Bikaner in Rajasthan, kam nach Bangkok, heiratete eine Frau aus einer alten Bangkoker Familie, gründete eine pharmazeutische Fabrik, war mit dem amerikanischen Botschafter befreundet, besuchte in inoffizieller Mission Vietnam, traf General Giap in Hanoi, Prinz Sihanouk in Pnom Penh und Premierminister Souvanna Phouma in Vientiane, arbeite als Agent für die U.S. Drug Enforcement Agency und die CIA in Vientiane, kehrte nach Bangkok zurück und leitete die eigene Tauchschule.

Lebensentwürfe wie die von Dr. Max Henn gebären nur epochale Umbrüche. In solchen Zeiten ist das Leben der Menschen nicht vorgezeichnet. Freude, Schmerz, Glück und Scheitern liegen dicht beieinander. Daraus entsteht der Urstoff für bedeutende Romane und Dramen, auch für

Liebesgeschichten. Mann und Frau finden für einen Augenblick zusammen, um vom unabänderlichen Schicksal getrennt zu werden. Und nur so können sie ihre Liebe auf ewige Zeiten bewahren wie Florentino Ariza zu seiner Fermina Daza. Bei dem notorischen Liebespaar Philemon und Baucis mussten gleich zwei griechische Götter nachhelfen.

Beeindruckt verabschiede ich mich von Charles. Die Sonne ist bereits niedergestiegen, trübe Lichtfetzen kriechen durch die dunklen Häuserschluchten. Streunende Hunde lümmeln wie gestrandete Boote in den Schatten der Häuser. Niemals betteln sie um Nahrung. Sie träumen davon, in ihrem nächsten Leben als Regierungsbeamte oder Foodstall-Besitzer wiedergeboren zu werden. Und sie wissen, dass die Besitzer sie mit Nahrung versorgen, um nicht im nächsten Leben als Hund zu inkarnieren. Wenn Hunde eine Religion wählen könnten, sie wären alle Buddhisten.

Die Wahl des Orts und der Art der Nahrungsaufnahme quält jeden Tag meine zerebralen Nervenstränge. An jeder Ecke locken Essensgenüsse. Wo soll ich hin, welche Straßenküche auswählen, oder doch lieber europäisch in einem Restaurant. Und treffe ich endlich die Entscheidung, macht die Küche gerade Urlaub. Die Welt bricht zusammen, Suizidgedanken keimen auf. Jetzt fällt die Wahl leicht. Das Arab-Quater, gleich um die Ecke, lockt mit dem besten Kebab nördlich von Riad. In diesem Viertel ist der Orient zu Hause: schwarzgekleidete Damen in Burkas, bärtige Männer in weißen Thabs, Shisha Cafés, Restaurants mit Speisekarten so lang wie Enzyklopädien, enge Ladenkammern mit Duftölen, mobile Stände mit Früchten und Säften aus Granatäpfeln. Lamm, Lamm, Lamm rufen die Kellner die ganze Nacht. In den Cafés saugen dralle

Damen osteuropäischen Aussehens an Shisha-Pfeifen. Ihre bunt verzierten Gesichter verheißen alle Wonnen aus Tausend und einer Nacht. Die Gattinnen der glutäugigen Empfänger harren derweil im benachbarten Bumrungrad Hospital ihrer Runderneuerung entgegen.

Professor Eduard Singer erwartet mich vor dem Denkmal für die 1976 getöteten Studenten. Damals massakrierten brutale Polizeischwadronen und eine Bürgerwehr aus tumben Bauernsöhnen, die *Roten Büffeln* genannt, mehr als 100 Studenten, Professoren. Tausende wurden verletzt. Es war die Zeit des Vietnamkriegs. Thailand drohte zwischen die Fronten des Ost-Westkonflikts zu geraten. Kommunistische Guerillas sammelten sich in den Bergen. Korrupte Militärdiktaturen wechselten mit noch korrupteren Zivilregierungen ab.

„Ihre deutsche Herkunft kann auch die bemühte amerikanische Aussprache nicht verbergen."

Ich blicke auf einen groß gewachsenen, schlanken, altmodisch gekleideten Mann mit schütterem Haar. Er spricht ein ebenso altmodisches Hochdeutsch, bei dem er jedes Wort deutlich betont.

„Kommen Sie mit, wir gehen in die indologische Abteilung. Ihrem Freund John habe ich einen Kontakt zur Porntip vermittelt. Er war ganz begierig, alte Texte übersetzt zu bekommen."

Der in Thailand verbreite Name Porntip bedeutet „glücklich sein". Farangs taufen den Namen gern zu Porntit um. Auf dem Universitätsgelände betreten wir ein zweistöckiges Gebäude. In den langen Gängen schwitzt die Luft. Eingerahmte Fotos an den Wänden erzählen die Geschichte der Thammasat Universität. Am Ufer des Chao Phraya erwachte sie in den Dreißigerjahren und gebärt bis heute fortschrittliches Denken.

In dem schlecht klimatisierten Großraumbüro sitzen ältere Herren vor Monitoren. Sie drehen neugierig die Köpfe. Bücher und Papierrollen belagern das abgenutzte koloniale Mobiliar. Daneben protzen Hightech-Scanner. Wir bleiben vor einem geordneten Schreibtisch stehen. Eine junge Frau in Rock und Bluse tippt in den Computer. Sie fixiert uns durch eine rundliche Hornbrille und begrüßt überschwänglich den Professor.

„Sawadee Krap Porntip, das ist ein ehemaliger Landsmann. Er fahndet nach seinem englischen Freund. Du weißt doch, dieser aufgeregte Engländer mit den alten Texten."

Sie erstarrt, antwortet mit betont leiser Stimme.

„Selbstverständlich erinnere ich mich, jetzt habe ich keine Zeit."

Wir verlassen den Raum. Wie auf ein Kommando stieren die Herren hinter uns her.

„Das war kein Erfolg, mein junger Freund, der zweite Ausländer in wenigen Wochen. Porntip fürchtet wohl um ihren guten Ruf."

Es nannte mich schon lange niemand mehr mein junger Freund.

„Ihr Engländer kreuzte eines Tages im Atlanta auf. Er wollte von mir einen Kontakt zu jemand, der ihm Texte in Sanskrit und einer mir unbekannten Schrift übersetzen könnte. Am nächsten Tag führte ich ihn zur Porntip. Sie arbeitet am indologischen Institut und hat bei mir einige Seminare belegt. Wenn Sie Zeit haben, besuchen Sie mich in den nächsten Tagen. Wir könnten zusammen einen Abendspaziergang unternehmen. Lange hatte ich keine Möglichkeit mehr, mit jemand Deutsch zu sprechen. Ich werde bei Gelegenheit Porntip gut zureden."

◆

An den Wochenenden verstummt die Weckfunktion des Handys. Das Frühstücksritual fällt aus. Meine Muskeln schinden nicht den leeren Fitnessraum des benachbarten Marvel Hotels. Ich überlasse mich einem dolce far niente; die neuronalen Nervenbahnen inaktiv, das Gehirn leer. Nur die Alleinsamen können einen solchen Zustand bis in die dunkelsten Tiefen durchleiden und bis in die höchsten Gipfel auskosten. Niemand stört sie, keine Ausreden, keine Fluchten. Sie leben mit sich selbst, immer, jeden Tag, jede Stunde, jede Sekunde. Wie viele Wochenenden wachte ich so im Liberty auf, waren es zwanzig, vierzig oder hundert?

Ich träumte gerade von einem Mädchen an einem Palmenstrand. Mit Sand, der an meinen Fingerkuppen zu einer azurnen Farbe verschmolz, malte ich kalligraphische Zeichen auf ihren Körper. Es war wie in dem Film *Die Bettlektüre;* eine Kalligraphin bemalt den Körper ihres Geliebten mit Zeichen. Sie möchte damit einen Verleger auf ihre Künste aufmerksam machen, an den sich ihr Geliebter körperlich verdingte. Ich schrieb lange Wörter, banale Wörter, vom Halsansatz bis zu dem Zwischenraum ihrer Brüste. Und jedes Mal, wenn ich versuchte, den ganzen Satz zu lesen, zerfielen die Buchstaben zu Staub. Das Mädchen drehte den Kopf. Jetzt erkannte ich sie. Sie stammt aus einer früheren Zeit, aus einem anderen Leben. Eine starke Emotion durchfloss meinen Körper, dann hörte ich nur noch das Summen der Klimaanlage. Halbwach möchte ich die geträumte Szene festhalten, sie vermischt sich mit realen Bildern bemalter Körper. Viele Thais tätowieren ihre Körper mit Zeichen, auch Frauen. Es sind *Sak Yant,* magische Tattoos aus einer Khmer-Schrift und dem indischen Pali. Ihre Wurzeln reichen 3.000 Jahre zurück, lange bevor der Buddhismus Thailand erreichte. Die *Yantra* Tattoos beschützen ihre Träger vor bösen Geistern und geben ihnen Kraft.

Die tiefstehende nachmittägliche Sonne fließt in den Raum, blendet die Augen. Aus dem Nachbarzimmer tönt gedämpft der melodiöse Singsang thailändischer Popmusik: Mädchen singen von ihrer unerfüllten Liebe zu einem jungen Mann. Mein älterer amerikanischer Nachbar erhielt wieder Besuch. Er erhält ständig Besuch von wechselnden jungen Damen. Neidisch schaue ich ihnen hinterher, wie sie lachend an seinem Arm hängen und vergnügt den Späßen lauschen. Und in der Rezeption lacht Apa. Mein Nachbar verfügt über ein unerschöpfliches Repertoire an Späßen. Ich sollte ihn bitten, mir einige Lektionen in Späßen zu erteilen.

Schnell verdränge ich düstere Gedanken: Bin ich nicht schon zu lange hier, ist es Zeit zu gehen. Jetzt erst merke ich die SMS von Professor Singer: „Wenn Sie Zeit haben, kommen Sie heute in der Abenddämmerung auf den Friedhof der Ton Son Moschee. Ich habe Neuigkeiten von Porntip." Ich hörte noch nie von einer Ton Son Moschee. Auch in Zeiten von Handys ist es üblich, einem klar beschriebenen Ort und bestimmte Uhrzeit zu verabreden. Am Friedhof einer Moschee in der Abenddämmerung. Das klingt nach Edgar Allen Poe. Soll ich lebendig begraben werden? Ist das der Plan des Zimmergeistes? Nach intensivem Studium des Internets finde ich die Ton Son Moschee in der Nähe des Wat Arun. Bei meinen Spaziergängen verschlucken mich die verwinkelten Straßen, ich verliere die Orientierung, laufe in die falsche Richtung, stehe verzweifelt in Sackgassen. So mache ich mich lieber gleich auf den Weg. Mit dem Skytrain bis zum Zentralpier

Taksin, mit dem Chao Phraya Expressboot zum Tha Tien Pier. Eine lokale Fähre überquert den Fluss direkt zum Wat Arun. Wie Insekten erklimmen Touristen die steilen Stufen des zentralen *Prang*. Orange gewandete Mönche beobachten mit stoischen Blicken das lärmende Treiben. Meditative Mantras dringen aus den Unterkünften.

Die schmalen Gassen hinter dem Wat Arun enden in einer anderen Welt, in einem fremden Bangkok. An diesem Ort tragen die Straßen einen spirituellen Gesichtsausdruck, ruhig und besonnen kommen sie daher. Menschen schreiten bedächtig, ohne körperliche Präsenz. Motorräder umkreisen kickende Kinder. Vor einem kleinen Laden setze ich mich auf einen Stuhl und deute auf ein Gefäß mit Kaffee. Eine alte Frau gießt das braune Pulver auf, vermischt es mit Kondensmilch und Zucker. Ihr zahnloser Mund entlässt ein Lächeln. Sie greift in ein Gefäß und legt Kekse auf einen Teller. Kinder beäugen mich neugierig. Ich rufe ihnen zu *aroy maak maak*, sehr gut.

Die alte Frau verlangt zehn Baht, ein Drittel meines morgendlichen Kaffeepreises. Die Kekse berechnete sie nicht. Ich laufe kreuz und quer durch das Labyrinth der Gassen bis zu einem Kanal, der im Chao Phraya mündet. An der Wasserstraße schlängelt ein Steg entlang einer verwitterten Mauer. Durch das Eisengitter blickt ein Kloster. Den Hof überwuchern Banyabäume und Sträucher. Orangefarbene Gewänder baumeln an Wäscheleinen. Solche Klöster buhlen nicht um Aufmerksamkeit, prahlen nicht vor dem Publikum, bewahren ihre übersinnliche Transzendenz. Der Steg unterquert die Amarin Straße und führt mich direkt zur Moschee. Meine genauen Skizzen brauchte ich nicht. Die Moschee gibt sich neu, der Friedhof ging vor langer Zeit in Rente. Kleine windschiefe Grabsteine mit kryptischen arabischen Schriftzeichen werfen lange Schatten. Gespenstisches Schweigen umfließt Sträucher und knorrige Bäume. Kein Laut dringt aus dem umliegenden Wohngebiet. Die Toten wussten sich gut einzurichten. Auf einer Bank entdecke ich Professor Singer. Er liest ein Buch.

„Seien Sie gegrüßt, mein junger Freund, auch jetzt verrät sie Ihre deutsche Herkunft. Die Abenddämmerung setzt erst in einer halben Stunde ein. Vermute ich richtig, dass Ihre Ungeduld nicht einem alten Herrn gilt, sondern der charmanten Porntip. So werde ich Sie nicht lange auf die Folter spannen. Ich habe mit Porntip gesprochen. Sie machte auf mich einen verstörten und verängstigten Eindruck. Unser englischer Freund brachte ihr Fotokopien von alten Schriftrollen. Einige waren in einer seltenen altindischen Schrift abgefasst. Porntip bat deshalb einen ihrer früheren Lehrer um Hilfe. Nach einiger Zeit erhielt sie einen seltsamen Anruf von diesem Herren. Die Originale sollen aus königlichem Besitz entwendet worden sein. Er forderte sie auf, mit niemanden darüber zu sprechen. Porntip ist ein mutiges Mädchen. Sie will sich mit Ihnen in den nächsten Tagen treffen."

Nur mühsam gelingt es mir, Professor Singer zu bewegen, etwas über sein Leben zu erzählen. Er stammt aus einer wohlhabenden jüdischen Familie aus Goslar im Harz. Als Einziger seiner Familie überlebte er versteckt bei einem Bauern den Holocaust. Mitte der fünfziger Jahre fanden ihn entfernte Verwandte aus Frankreich. Nach dem Abitur studierte er an der Sorbonne Literatur und Philosophie. Später berief ihn die Universität zum Professor. Daneben arbeitete er als Lektor für mehrere französische Verlage. Seit zehn Jahren lebt er in Bangkok. Die Rente bessert er sich als Ghostwriter für ein Verlagshaus auf.

„Wissen Sie, mein junger Freund, mit meiner Pension kann ich mir eine Wohnung im Zentrum von Paris nicht leisten. Sie sehen bestimmt ein, dass Bangkok gegenüber einem tristen Pariser Vorort die bessere Alternative ist. Für die französische Provinz bin ich nicht geeignet, ich brauche die Großstadt."

Ich frage Professor Singer nach seinem Ghostwriting.

„Der moderne Buchmarkt folgt in Zeiten des Internets, Fernsehens und der Megakinos den Gesetzen der Marktwirtschaft. Ein Buch ist heutzutage eine Ware wie jede andere. Die Verlage planen die Buchthemen generalstabsmäßig nach aktuellen Trends. Sie beauftragen Literaturagenten damit, dass sie Schriftsteller identifizieren, die das Buchthema in Talkshows überzeugend darstellen können. Der Kandidat soll über eine mediale *Visage* verfügen und als *Brand* für weitere Buchprojekte taugen. Die PR-Abteilungen der Verlage entwerfen eigene Buchkritiken; die Redakteure der Feuilletons übernehmen sie gern im Wortlaut. Das erspart ihnen lästige Schreibarbeit. Und die Magazine wissen, was sie ihren guten Anzeigenkunden schuldig sind. Leider können Computer noch keine Bücher schreiben, aber auch das wird sich bald ändern. Und so beschäftigen die Verlage ausgediente Professoren, die dem künftigen Literaturstar bescheidene Schreibhilfe zukommen lassen. Schauen Sie nicht so pikiert, es macht ja auch Spaß. Ich kann nicht den ganzen Tag Mönchen beim Meditieren zusehen. Alle wichtigen Bücher der Weltliteratur habe ich bereits gelesen, und die Nabelschau der modernen Schriftsteller interessiert mich nicht."

Ich erzähle Professor Singer von meiner Ghostwriter-Karriere. Er kann sein Lachen kaum bändigen.

„Mein junger Freund, versprechen Sie mir auf der Stelle, dass Sie mich als den ersten Mitarbeiter einstellen werden, wenn sie ihr Büro in der Soi Cowboy eröffnet haben. Das Schreiben von Chats für Barfräuleins ist eine weitaus ehrbarere Tätigkeit, als für junge Schriftsteller-Trolls Texte zu verfassen."

Ich freue mich natürlich über meinen künftigen Mitarbeiter. Jetzt bin ich gut gegenüber der Konkurrenz gewappnet.

„Wissen Sie, wo wir hier sind? Dieser Ort ist älter als Bangkok, 300 Jahre alt. Hohe muslimische Beamte warten hier auf den Tag ihrer Auferstehung. Sie dienten den Königen von Ayutthaya und denen in Bangkok. Die Wartezeit versüßen ihnen *Chao Chom* Damen, die Nebenfrauen der Könige. Deren Asche leistet den treuen Dienern postmortale Gesellschaft. In der Dämmerung verlassen diese wunderschönen Frauen ihre Ruhestätte und singen traurige Lieder."

Wir verabreden uns für das nächste Mal, irgendwann. Mit der letzten Flussfähre am Wat Arun überquere ich den Chao Phraya. Der Blumenmarkt, Pak Khlong Talad, steht in voller Blüte. Alles was blüht, buhlt in tausendfacher Ausführung um Aufmerksamkeit; energetisch, hektisch, bunt. Hunderte Händler, die großen und die kleinen, wuseln um die Wette. Immer neuer Nachschub stürmt herbei. Wer mag die tausenden Blumen alle benennen: Rosen, Orchideen, Chrysanthemen... Der Markt versorgt die gesamte Millionenstadt. An einer Ecke bleibe ich stehen, weiß nicht warum. Vielleicht ist der kleine Laden anders als die anderen, noch kleiner, schummriger, leer. Nein, es war das blasse Mädchen, irgendwie verlassen, vergessen. Oder war es ihr Gesicht? Schmal, ausdruckslos und geheimnisvoll. Jetzt weiß ich, das blinde Blumenmädchen aus *Lichter der Großstadt* trug so ein Gesicht. Ich betrete den Laden, weiß nicht warum. Ein kleiner Kranz, geflochten aus lila Blüten, lehnt am Tresen. Ich hebe ihn hoch, will zahlen. Ihre Augen erwachen. Fünfzig Baht kostet das Geschmeide. Bedächtig lege ich den Kranz auf ihr Haupt, dort wohnt bei den Thais die Seele. Jetzt lacht das blasse Gesicht, verwundert und erfreut zu gleich. Ein Farang schenkt mir Blumen, mag sie denken. Nein, das denkt sie nicht. Thais verschenken keine Blumen. Blumen kann man nicht essen, was für eine Verschwendung wäre das. Die tausenden Rosen und Orchideen am Markt dienen als Schmuck, schmücken Hotels, Büros und Shopping-Malls. *Phuang Malai*, Girlanden aus Jasmin oder Chrysanthemen, verzieren Buddha-Statuen, Bräute und die Innenspiegel der Taxis, bringen Glück und bezeugen Respekt. Jetzt spricht das blasse Blumenmädchen, ihre Scheu verflog. Denn Laden müsse sie schließen, er gehöre der Schwester. Diese Worte verstehe ich. Das Eisengitter rauscht herunter, metallen seufzt der Verschluss. Sie geht vorbei, bleibt stehen.

„Pai nai“, wohin gehst du? Das sagen die Damen der Nacht. „Pai duay gan“, gehen wir zusammen? Auch das sagen die Damen der Nacht. Jetzt hilft dieser Satz. Das Mädchen lacht, frisches Blut durchströmt ihre Kapillaren. Oder spiegeln nur die Farbgewitter des Blumenmarktes, die Stroboskope der nächtlichen Stadt? Die Kultur der Straßen prägt das Leben, die Lebensformen prägen die Straße; Verkaufen nach Mitternacht, Anliefern die ganze Nacht, die Nudelsuppe mit ungekühlten Fleischschnipseln schlürfen. Das deutsche Gesundheitsamt liefe Amok: Wo bleiben Arbeitsschutz, Sperrstunden, Verordnungen, Laternen mit Eurolicht, die Lebensnormen nach DIN. Sie berührt meinen Arm, die Geste verstehe ich. Wir biegen in einen dunklen Eingang. Ein Karren mit gehäuften Blumenpaketen rattert entgegen. In dem hell beleuchteten Lagerhaus drängeln Menschen, sortieren, bündeln, flechten, arrangieren, karren. Wieder spüre ich ihre Hand. Sie zieht mich zu einem der Sortiertische. Männer und Frauen arrangieren und verpacken bunte Orchideen. Familie, Schwester verstehe ich. Stolz präsentiert das Mädchen ihren Farang. Einige Frauen kichern. Ein älterer Mann holt die Flasche; teurer Whiskey. Gläser und Soda kreisen. Mein Blumenmädchen zeigt mir die Eingeweide, dort, wo die Blumen lagern, sich herausputzen für die Straße, für die Augen der Käufer und zum Pläsier der Touristen.

Wir verlassen die schwüle Blumenfabrik. Der Saphan Phut Nachtbasar ersehnt die verspäteten Kunden, nie die Hoffnung verlieren: Schuhe, Jeans, Kleider, Elektronik, ordentlich sortiert und ausgerichtet, manch eines gefälscht. Farangs fänden hier ihre XXL kaum. Eine Bude präsentiert weibliche Dessous, auf sexy designed. Sehr mutig im prüden Bangkok. Ich bleibe stehen. Wanni, so heißt das Mädchen, lacht. Am Fluss boomt das Nachtleben der Thais. Lichter und Musikgeräusch hämmern um die Wette. Ein Holzverschlag kredenzt bunte Mischgetränke. Sie haben mit den bekannten Cocktails nur den Namen gemein. Die jungen Thais stört das nicht, der Rausch ist billig. Wir haben Glück, ein schiefer Plastiktisch offeriert einen freien Platz. Jetzt trägt meine Strategie die ersehnten Früchte: Alltagssätze über Essen, Familie, Gefühle, woher, wohin, lernte ich in Thai, nicht mehr als 400 Wörter. Über mehr sprechen auch die Sprachgewandten kaum: „why are you Farangs talking so much." Wanni steuert einige Brocken Englisch bei. Sie stammt aus Korat, lebt mit ihrer Schwester und der Familie in einem Haus am benachbarten Khlong. Die Tage verbringt sie in der Buchhaltung eines Krankenhauses. Manchmal hilft sie abends ihrer Schwester im Blumenmarkt. Nein, einen Freund habe sie nicht.

„*Thammay*, warum?“

Sie lacht, antwortet nicht. Später begleite ich sie zum Khlong. Jetzt kommt der entscheidende Augenblick: Telefonnummer, Messanger? Wie auf ein Kommando verbinden sich unsere Hände. Energiefelder schwingen. Ja, jetzt weiß ich, es ist das blinde Blumenmädchen. Ihr Gesicht geheimnisvoll und rein. Wir lächeln uns zu. Jeder geht seinen Weg. Die U-Bahn ruht seit Mitternacht. Taxi oder zu Fuß? Neun Kilometer. Schon öfters wanderte ich diese Entfernung; ein einsamer Tramp in der Nacht, an sein Blumenmädchen denkend. Nein, heute nicht. Beim Einschlafen bedauere ich die verpasste Gelegenheit.

Die im Dunkeln

Nur mit Mühe gelingt es mir, einen freien Klubsessel zu ergattern. „Come today at 7 p.m to Costa Coffee in Siam Paragon“, lautet ihre SMS. Selbstverständlich bin ich bereits um 6.30 im Costa Coffee, auch wenn ich weiß, dass 7 p.m. auch 8 p.m. oder sogar 9 p.m. bedeuten kann. Das westliche Denken begreift die Zeit linear, sie fließt von einem Punkt zum andern; nach der Eins kommt die Zwei und dann die Drei. Die Uhrzeiger streichen an uns vorbei, und wir wissen nie, wo sie stehen. Deshalb leben westliche Menschen nur selten im Jetzt, der Gegenwart. „Everything was for tomorrow, but tomorrow never came, the present was only a bridge and on this bridge they are still groaning, as the world groans, and not one idiot ever thinks of blowing up the bridge“, sagt Henry Miller im *Wendekreis des Steinbocks*. Die Buddhisten begreifen die Zeit als einen unendlichen Ozean, das schenkt ihnen Gelassenheit. Uns vergeht die Zeit, den Buddhisten entsteht sie. Thais sitzen auf dem Uhrzeiger, für sie ist immer jetzt, jetzt, jetzt. Ist das der Grund, warum alle Thaimädchen zu einer Verabredung regelmäßig zu spät kommen? Mein Magen knurrt, 7 p.m. bedeutet für mich Mittagszeit. Apa erklärte mir, dass die Einladung eines konservativen Mädchens beim ersten Date zum Essen ein schwerer Fauxpas sei. Missmutig betrachte ich die unappetitlichen Donats in der Vitrine unter der Theke.

„Hi Pierre“

Porntip empfängt mich mit einem fröhlichen Lächeln.

„Can we have a dinner together? I had to skip my lunch today, and would you like Chinese food?“

Nur mühsam erkenne ich in dem vor mir stehenden Mädchen die Porntip aus dem Institut. Sie trägt ein anliegendes hellrotes T-Shirt und enge Jeans, die in halbhohen roten Highheels enden. Ihre seidig schimmernden schwarzen Haare fließen seitlich über das gleichmäßige Gesicht. Porntip trägt diesmal keine Brille. Ihr Alter kann ich wie bei den meisten Thailänderinnen nur schwer schätzen, Ende zwanzig bis Mitte dreißig. Erst jetzt bemerke ich ihren ungewöhnlich heller Teint und den zierlichen hochgewachsenen Körperbau. Ihre Vorfahren waren bestimmt keine Bauern, stammen vermutlich aus dem Norden. Schon immer erkannte ich die Intelligenz bei Frauen an ihren Augen, und bin mir auch diesmal sicher.

Selbstverständlich like ich Chinese Food. In diesem Augenblick hätte ich alle Food der Welt geliked. Ich folge Porntip in das Crystal Jade Restaurant. In den vergoldeten Spiegeln an den Mahagoniwänden funkelt das irisierende Licht der Deckenleuchter. Auf dem gestreiften schwarzroten Marmorboden protzen mit rotem Leder überzogene Sitzbänke; erzeugen kleine Chambre séparées.

„Dieses Restaurant ist für seine kantonesische Küche und das *Dim Sum* berühmt“, erklärt Porntip.

Die Bedienung mit chinesischen Gesichtszügen blickt gleichgültig aus kleinen Augen. Mit kühler und abweisender Stimme fragt sie nach unseren Essenswünschen. Porntip sagt zu ihr ebenso kühl ein einziges Wort und lächelt gleich wieder.

„Entschuldige den Empfang im Institut. Die Geschehnisse um die alten Schriften haben mich verschreckt. Lassen wir uns aber davon beim Essen nicht stören. Übrigens, mein Nickname ist Natti.“

Fasziniert betrachte ich diese quirlige und vergnügte Person. Sie wirkt heute so anders als in ihrem antiquierten

Büro. Und ich bin froh, dass ich sie nicht Porntip nennen muss. In einem unaufmerksamen Augenblick wäre mir bestimmt Porntit herausgerutscht. Die unwirsche Bedienung kredenzt Bambus-Körbchen, in denen gedämpfte Teigtaschen, Kügelchen und weiteres Geheimnisvolles auf den Verzehr wartet. Immer neue Körbchen landen auf dem Tisch.

„Wer kommt noch zum Essen?“, frage ich Natti.

„Wir müssen ja nicht alles aufessen, es genügt, dass wir von allem kosten.“

Natti arbeitet seit mehreren Jahren am indologischen Institut der Thammasat Universität. Ihr verstorbener Vater war ebenfalls Indologe an der gleichen Universität. Natti studierte zuvor Indologie in Bangkok und Neu-Delhi, später verbrachte sie zwei Fachsemester als Stipendiatin am orientalischen Institut der Stockholmer Universität. Ich erzähle Natti, dass John sein Apartment verließ und nicht auffindbar ist. Natti scheint dies nicht zu interessieren. Sie schweigt und kaut weiter. Nach einer Weile versuche ich es erneut.

„Könnte sein Verschwinden mit den alten Texten zusammenhängen?“

Natti unterbricht das Kauen, schaut ernst.

„Ich weiß es nicht. Was geschehen ist, hat dir bereits Professor Singer erzählt. Bei den Kopien, die mir John übergab, handelt es sich um religiöse oder philosophische Schriften, was dasselbe ist. Die Texte sind in Sanskrit oder Pali abgefasst, einige jedoch in der Kharoshi-Schrift der altindischen Gandhari Sprache. Solche Texte kommen selten vor. Die Gandhari Sprache ist noch nicht vollständig erforscht.“

Neue Körbchen erobern den Tisch. Unauffällig greife ich in meine hintere Hosentasche, ja, ich habe zum Glück genügend Geld eingesteckt.

„Wenn in einem alten Text das Wort ‚Kuh' vorkommt, handelt der Text von einer Kuh. Wenn der Text aber die Begriffskombination „weinende Kuh" enthält, wollte der Verfasser bestimmt nicht ausdrücken, dass die Kuh weint. Er verwendete einen abstrakten Begriff, dessen Bedeutung wir heute nicht mehr kennen und der sich über die Jahrhunderte immer wieder änderte. Deshalb besuchte ich meinen früheren Lehrer, der im Zentrum für buddhistische Studien an der Chulalongkorn Universität arbeitet und über viel Erfahrung mit so alten Texten verfügt."

„Kannst du dir einen Reim darauf machen, warum der Professor von dir wollte, dass du über diese Angelegenheit schweigst?"

„Ich weiß es nicht. Noch nie habe ich gehört, dass alte Schriftrollen aus dem Bestand des Königshauses entwendet wurden. Es ist seltsam, dass mein Professor nur wissen wollte, ob noch weitere Kopien existieren. Er fragte nicht danach, wie John er an diese alten Schriften gelangt ist. Da John vereist ist, hat sich die Sache sowieso erledigt."

John interessiert mich nicht besonders. Er ist bestimmt nicht der einzige Ausländer, der Hals über Kopf die Stadt verließ. Vielleicht flüchtete er vor den Brüdern einer Kurzzeitfreundin. Kann ich aber jetzt die Chance vergeben, mit einem hübschen und noch dazu gebildeten Mädchen ein wenig Zeit zu verbringen. Vielen solchen Frauen bin ich in Bangkok bisher nicht begegnet.

„Könntest du nicht nochmals einen Blick in die Kopien werfen. Auf seinem Schreibtisch fand ich noch weitere Papiere und John fotografierte auch noch alte Tempel und

Tempelgemälde. Beim nächsten Mal bringe ich das mit. Du bist doch Expertin für solche Sachen."

Den letzten Satz betonte ich besonders deutlich. Natti überlegt eine Weile, lächelt.

„Na gut, ich werde mir die Unterlagen nochmals anschauen."

Wir verabreden uns für das nächste Wochenende. Die Rechnung übersteigt kaum vier meiner Tagesbudgets. Ich rechnete mit wesentlich mehr.

◆

„Good morning Apa."

„Arun Sawat, Pierre", ein Freund von John ist gerade eingezogen, er möchte dich sprechen."

Diesmal stimmt Apas Begrüßung. Von meinen Sweethearts kehre ich neuerdings bereits morgens zurück. Der Straßenlärm treibt mich aus dem Bett. Das ist nicht der einzige Grund. Der nächtliche Zauber löst sich im Tageslicht auf: verschlafene Gesichter, verrutschte Körper, verstreute Essensreste. Nur intensive Liebesbeziehungen ertragen das Banale. Ein dünner, kahlköpfiger, älterer Mann steigt aus dem Aufzug, mustert mich mit wachen Augen und setzt sich zu mir an mein Frühstücksofa.

„Das ist Mr. Olaf, er ist gerade eingezogen und war hier mit John verabredet", sagt Apa in einem geschäftlichen Ton.

Dunkel erinnere ich mich an den Namen Olaf. John erzählte mir bereits von seinem norwegischen Freund, der schon öfters in Bangkok wohnte und hier ständig Probleme mit seinen Apartments hat. Er gehört zu dem Typus des ehrlichen Menschen, der immer alles richtig zu machen versucht, jedem vertraut und von einem Problem in das andere stolpert. John empfahl ihm das Liberty. Sie wollten zusammen auf die Philippinen reisen. John benötigte eine Ausreise wegen einer neuen Aufenthaltserlaubnis. Die Aufenthaltsregeln sind Mysterien. Sicher ist nur, dass jeder Ausländer nach 60 Tagen ausreisen muss. Eine ganze Branche lebt davon. Der Bus einer Agentur fährt die Farangs über die Grenze eines Nachbarlandes. Der Bus dreht eine kurze Runde und bringt die Gesellschaft wieder zum selben Grenzübergang zurück. Dort stempelt ihnen der thailändische Grenzbeamte eine neue Aufenthaltserlaubnis in den Pass.

Olaf erzählt mir, dass er vor acht Wochen eine E-Mail von John erhielt. Darin kündigt John seinen Flug auf die Philippinen an. Seitdem hörte er nichts mehr von ihm. Ich frage Olaf, ob er sicher sei, dass er die Mail vor acht Wochen erhielt. Olaf öffnet seinen Koffer und zeigt mir die E-Mail. Tatsächlich, sie wurde vor acht Wochen abgeschickt. John verschwand im Liberty vor etwa neun Wochen. Warum benachrichtigte er niemanden? Olaf hat keine Ahnung, was geschehen sein mag. Mich beschleicht ein ungutes Gefühl. Hätte ich nicht Natti getroffen, würde ich mich mit John nicht mehr befassen. Bestimmt gibt es für alles eine plausible Erklärung.

Die magische braune Stunde naht, der Horizont empfängt die letzten Zuckungen der untergehenden Abendsonne. Bald tauchen die Hochhäuser in die tintige Dämmerung. Heute bin ich früher dran, nutze den Ausflug meines Büros. Nur selten betrat ich den hinteren Teil der Soi 22, ihre dunkle Seite, weit weg von der schillernden Sukhumvit. Hier ändert die Theaterbühne die Kulisse: bröckelnde Fassaden, ungeordnete Häuser, offene Werkstätten, Feuerwehrstation, chaotische Kolonialläden. In Internetcafés schießen Jugendliche an antiquierten

Computern auf Weltraummonster. Abgetakelte Frisörsalons schönen die Mädchen. Keine Farangs verströmen an diesem Ort ihr Karma.

In der Mitte eines finsteren Abschnittes verdeckt ein hoher verrosteter Bauzaun ein brach liegendes Gelände. Das Schild „Silom Sauna" am Eingang verkündet nur noch Vergangenes. Hierher folge ich einem nicht endenden Strom von Männern und Frauen mit ausdruckslosen Gesichtern. Ein Marsch der Zombies, der lebenden Toten. Auf ihrer blauen Arbeitskleidung schwächelt in gelber Schrift das Wort SYNTEC. Dieses Wort prangt auch auf großen Werbetafeln entlang der Sukhumvit: „We build, what you dream". Westliche Paare in eleganten Abendroben, Sektgläser in der Hand, lehnen an weißen italienischen Designersofas vor Bücherwänden. So kommen die Luxusträume der Oberstadt von Metropolis daher. Nur ist mir nicht klar, was reiche Thais mit Büchern anfangen wollen.

Die Träume der Oberschicht bauen Tag und Nacht tausende Wanderarbeiter aus den nördlichen Provinzen und aus Kambodscha. Das sind die Menschen im Dunkeln. Unsichtbar, fahl, farblos, mit leeren Augen, ein Essgeschirr in der Hand, schleichen sie am Danny's Corner vorbei. Keiner beachtet sie und sie beachten niemanden. Der Bauzaun verbirgt die Unterstadt von Metropolis. Schlafquartiere in verschachtelten Wohncontainern beherbergen das Lebensbiotop der Menschen im Dunkeln. Junge Männer und Frauen, eingewickelt in Handtüchern, warten vor einem Waschraum und scherzen miteinander. Jetzt erwachten sie. Ein Suppenwagen vor der Containerstadt lockt mich an. Warum sitzt ein Farang hier und isst unsere billige Suppe, was ist ihm zugestoßen, mögen diese Menschen denken. Diese Arbeiter verdienen 300 Baht pro

Tag, den Gegenwert von zweieinhalb Gin and Tonics in Danny's Corner.

Zwei junge Mädchen in langen Wickelröcken und bunten Blusen, nicht besonders hübsch, schieben ihre kleingewachsenen Körper vorsichtig neben mich. Wären sie attraktiv, würden sie in den Bars für gute Laune sorgen oder sich an glatt polierten Stangen wellen. Und an manchen Tagen so viel verdienten wie diese unscheinbaren Geschöpfe in einem ganzen Monat. Eines der Mädchen legt eine Zellophantüte auf den Tisch. Ich soll probieren, sagen die Gesten. Eine grüngraue Masse glubscht mich an. Die glibberige Speise kitzelt den Gaumen, schmeckt süß und scharf zugleich. Die Mädchen lachen vergnügt über meinen Mut. Ich möchte sie zu einem Bier einladen. Sie verstehen mich nicht. Der Suppenmann klärt auf: Sie stammen aus Kambodscha, außerdem habe er kein Bier. Eine große Flasche SangSom hilft aus. Cola-Dosen und junge Männer leisten Gesellschaft. Der Suppenmann verbindet sein Smartphone mit einem Motorrad. Der Motor startet, laute Musik erdröhnt aus dem Sitz. Die Mädchen singen. Die jungen Männer nicken im Takt. Ich bezahle die Getränke und verlasse die lustige Runde.

In der Ausfahrt schnappt ein tiefhängendes Telefonkabel erfolgreich nach meinem Kopf. Tausende von senilen Kabeln bekriechen wie apokalyptische Schlangen die Masten. Warum sollte die Telefongesellschaft sie ihrer Existenz berauben. Auch dieses Gewirr aus technischen Funktionen nimmt teil am ewigen Kreislauf des Lebens.

Pla Chon Pa, der schwarze Fisch, grüßt an einem Straßenstand, grämt sich ob seines Aussehens nicht. Die frischen Kollegen schwimmen derweil in den durchsichtigen Fischtanks der Restaurants, ihr Schicksal stets vor Augen. Aus seinem weit aufgerissenen Maul wachsen Lemongrass und Kräuter. Unter seiner schwarzen salzigen Haut ist das Fleisch zart und weiß wie bei einem Mädchen aus Lamphun. Ich kann nicht widerstehen. Die stolze Fischbesitzerin bringt zwei Hocker, einen für mich, den anderen für den Fisch. Besteck hat sie nicht. Ausgebreitet auf Zeitungspapier wartet er auf meine Finger. Thais nehmen die Delikatesse mit nach Hause, manche verzehren das Mahl am Boden in einer Häusernische.

In der Seitengasse flackert seltsames Licht. Brummende Sprache tönt durch die Nacht. Eine Leinwand überspannt ein Baugerüst, verziert die benachbarten Häuser mit bläulichen Schattenspielen. Das Licht entspringt einem musealen Projektor. Die Zuschauer sitzen auf Bastmatten und starren gebannt auf das cineastische Großereignis. Ein paar Ecken weiter lockt die mondäne Soi 24. Apartmenthäuser, teure Restaurants und Hotels verdrängten die alte Bebauung. Hier genießen smarte Expats und die mondäne Bangkoker Oberschicht. Die altmodischen Farangs emigrieren in die alten Viertel, zu den modrigen Häuserzeilen aus den Siebzigern, den simplen Straßenküchen und kleinen Eckbars.

Vor der Lounge des Davishotels trotzen junge Thais mit Cocktails in der Hand ihrem leidgeplagten Dasein. Ihre eleganten Partnerinnen legen die Gebisse frei. Von rot geschminkten Lippen sprudeln Lachsalven in die schwüle Nacht. „Eye candies, high maintenance, you would never be in pocket", würde John sagen, gewürzt mit seinem Lieblingswitz: „You know, the cock is always for free, the pussy is always for money". Wissen diese Menschen, dass ein paar hundert Meter weiter eine Containerstadt von einem besseren Leben träumt; Menschen, die für einen ganzen Tageslohn nicht einmal einen der Cocktails schlürfen könnten? Und kennen die Bauarbeiter solche Bars?

Nein, ihre Welten berühren sich nicht. Kein Freder aus der Oberstadt wird einer Maria aus der Unterstadt die Hand reichen, niemals.

Für einen Europäer mögen solche Gegensätze beschämend erscheinen, belästigen sein Gewissen. Damals, als viele Stadtteile überschwemmt waren, kehrte ich mit meiner Begleiterin von einem teuren Hoteldinner zurück. An einem Kanal, gleich neben dem Hotel, schob ein alter Mann, bis zur Brust im Wasser, ein selbstgebautes Boot mit Habseligkeiten. Er barg die Sachen aus seinem gefluteten Flusshaus. Ich fragte meine Begleiterin, was dieser Mann wohl denkt, wenn er hochschaut und auf der Hotelterrasse lachende und tanzende Menschen mit Sektgläsern in der Hand erblickt.

„Was würde sich an seinem Schicksal ändern, wenn die Paare nicht tanzen würden. Wir sind froh, dass Touristen in diesen schweren Zeiten kommen."

Ich entgegnete, dass in Europa einige Menschen die Autos der Touristen anzünden und das Hotel mit Steinen bewerfen würden. Sie schüttelte den Kopf.

„Warum müsst ihr Farangs euch immer um andere Menschen kümmern, genügt euch das eigene Leben nicht?"

Eine blau gestrichene Eisenkonstruktion mit einem stilisierten Hummer bedrängt die Straße und verkündet selbstbewusst: *„If it swimm, we have it"*. Im dazugehörigen riesigen Fischrestaurant lärmen Großfamilien. Kinder sitzen artig an den Tischen und zerlegen gekonnt die Krustentiere. Uniformierte Köche traktieren die toten Fische vor den Augen der Gäste in einer offenen Küche. Manche der benachbarten Sub-Sois eifern mit dem Vergnügungsviertel *Shinjuku* in Tokio um die Wette. Japanische Restaurants, Karaokebars und edle Massage

Parlors locken die Gäste. Japaner in Business-Outfits verleben hier den Feierabend. Vor den Lokalen locken junge Mädchen mit großen Kulleraugen in bunten Kleidern die japanischen Kunden. Westliche Farangs würdigen sie keines Blickes,...“you know, three thousand for three minutes...“ In manchen Karaokebars sitzen nur zwei Japaner, der eine singt, der andere hört zu. Tausende Japaner wohnen in Bangkok. Auch sie leben in ihrer eigenen Welt, mit eigenen Restaurants, eigenen Clubs und eigenen Blowjob-Bars.

Lange beobachte ich eine alte Frau; Menschenfleisch mit Adern, das wie zerknittertes Seidenpapier glänzt. In einer Baunische brutzelt sie Eier auf einem kleinen, runden Holzofen. Ihre Kunden sind die Sammler; für eine Handvoll Baht retten sie verlassene Flaschen aus Abfallcontainern. Jede Dienstleistung findet ihren Abnehmer. Die Menschen leben in einer natürlichen Symbiose wie in einem Regenwald, wo jedes herabfallende Blatt einem anderen Lebewesen als Schutz oder Nahrung dient. Jeder lebt von jedem. Ein unendlicher Kreislauf; das Spiegelbild des buddhistischen Lebenslaufs.

Mein Außenplatz in Danny's Corner ist frei. Der SangSom berauscht die zerebralen Rezeptoren. Gesichter, Straßengeräusche, wechselnde Lichter und Schatten fliegen vorbei, ohne in die Gedanken einzudringen. Es ist schon der dritte SangSom. Es ist eine der unzähligen Nächte, eine der unendlichen Aufführungen; immer das gleiche Bühnenbild, immer die gleichen Schauspieler, immer die gleichen Zuschauer. Das Bewusstsein nimmt nicht auf. Die neuronalen Netze verselbständigen die Signale, führen ein Eigenleben. Es ist, als ob vor vielen Jahren das Psilocybin der Magic Mushrooms einen Schalter im Gehirn lockerte, der sich von Zeit zu Zeit selbst betätigt: Gedanken frieren ein; eine Wand aus Stille umfließt den Körper, schluckt alle Geräusche; die Lichter der Straße verdichten zu surrealen Bildern; das Innere der Menschen kehrt nach außen, wird sichtbar, die Menschen werden echt, in ihrer Schönheit wie in ihrer Hässlichkeit; hier, der Taxifahrer vor dem Queens Park Hotel, seine Physiognomie verwandelt in die eines Fuchses; dort, vermummte Skelette in blauer Arbeitskleidung; da, die strahlende Gestalt der alten Frau mit ihrem Obstkarren. „Once more, Pierre“, die Straße hat mich wieder.

Mehrere Engländer fluten die Bar. Es sind Teilnehmer des internationalen Meetings einer globalen Bank; logieren im benachbarten Imperial Queens Hotel. Ein junger Engländer indischer Herkunft beschlagnahmte das bareigene Notebook, gibt Musikstücke auf YouTube ein. Die tiefe Soulstimme von Amy Winehouse hallt durch die nächtliche Soi. Mehrere Frauen aus der Gruppe tanzen auf dem Gehweg. An der Theke umschlingt ein älterer Farang ein Mädchen. Berauscht von seinem Glück schlägt er auf die Barglocke. Damit spendiert er allen Gästen und den Bedienungen den nächsten Drink. Die Sidewalk Bar gegenüber schloss bereits; bunte Leuchtgirlanden werfen müdes Licht in die menschenleere Straße. Nur die notorischen Taxis halten Ausschau nach verspäteten Kunden. Vor der Bar hält ein Farang mit gefurchtem Gesicht und fahlen Augen. Um seine Schulter baumelt ein Gitarren-Koffer. Es ist einer der vielen ausländischen Musiker, die allabendlich die Musikclubs der Stadt bespielen. Die englischen Mädchen bedrängen ihn. Er lässt sich nicht lange bitten, klimpert auf seiner Gitarre und singt dazu. Die Mädchen singen mit, verhandeln immer neue Lieder. Der Zeiger auf der großen Uhr hinter der Theke steht auf 4.30. Die Bar schließt nicht, es sind noch Gäste da. Om fragt mich, ob sie bei mir übernachten könnte, ihre Mitbewohnerin sei heute nicht allein. Om ist 24 und arbeitet in der Bar. Selbstbewusst stellt sie ihre stabilen Beine in einem Minirock zur Schau. Die Gäste schauen nicht auf ihre Beine; sie trägt ein hübsches und intelligentes Gesicht.

Om kommt aus dem Badezimmer, eingewickelt in ein weißes Handtuch, das ungeduldig auf solche Gelegenheiten wartet. Wir schlafen sofort ein. Noch nicht ganz wach spüre ich ihren Körper. Und ich spüre auch ihre Hand. Eine Blutverlagerung setzt ein; vom Kopf zur Körpermitte. Mit ihrer zarten Hand löst Om das angenehme Ungemach gekonnt auf. Das war ihr Dank für das gewährte Nachtasyl. Ich wickle sie aus dem Handtuch, betrachte ihren festen Körper. Das Schamdreieck sorgfältig rasiert wie bei den meisten Thaimädchen. Die stabilen Beine harmonieren mit den anderen Körperteilen. Immer mehr verstehe ich, warum arabische Männer diesen Frauentyp mögen. Nur selten sah ich bisher so große Brüste, die so fest geformt sind. Und endlich kann ich den unteren Teil ihres Schulter-Tattoos betrachten. Eine Rose, die vom Schulteransatz bis zu der Mitte ihres Rückens wandert. Ich revanchiere mich. Ihr Gesicht kann ich dabei nicht beobachten, aber ich höre den Atem, schmecke ihre Lust, spüre die heftige Reaktion des Körpers.

Sie lächelt mich an: „Thank you, I have not finished for long time".

Es ist bereits Mittag. Wir verlassen das Liberty durch den Notausgang über eine Außentreppe. Aus unerfindlichen Gründen vermeiden alle männlichen Bewohner, die näher mit Apa befreundet sind, die Mädchen in ihrer Gegenwart ins oder aus dem Liberty zu bringen. Das Liberty betrete ich durch den Haupteingang. Apa schaut mich erstaunt an. Sie sah mich nicht herausgehen. Das ist nicht der

Grund für ihre besorgte Miene. Mit leiser Stimme erzählt sie, dass heute Morgen zwei Polizisten da waren, die nach John fragten. Sie durchsuchten sorgfältig seine Sachen. Dann wollten sie wissen, ob John in seinem Zimmer irgendwelche Papiere hinterließ.

„Ich sagte ihnen, dass nur ein paar Zeitungsausschnitte auf dem Schreibtisch lagen, die später das Personal entsorgt hat. Was aber seltsam ist, es waren keine echten Polizisten. Etwas stimmte nicht, war bei ihnen anders, ich habe es gespürt. Einer meiner Cousins ist Polizist."

Ich beruhige Apa, sie scheint nicht besonders beunruhigt zu sein. John verschwand eben, die Miete ist durch die Kaution ausgeglichen, die falschen Polizisten fanden nichts. Das Leben geht weiter. Beunruhigt bin nur ich. Kurz vor dem Aufzug ruft sie mich zurück.

„Die Polizisten fragten auch nach einem Freund von John. Ich sagte ihnen, dass ich nicht weiß, wer das sein könnte."

Diesmal bleibt ihre Mine ernst. Mit erhöhtem Pulsschlag steige ich in den Aufzug. Jetzt bin ich mir sicher, das ist kein amüsanter Agatha Christie Krimi, in dem immer alles gut ausgeht. Es ist Zeit aufzuhören. Bangkok ist nicht die Stadt, in der man in fremden Angelegenheiten wühlen sollte. Ein altes asiatisches Sprichwort besagt: „Zerbreche niemals die Reisschale eines anderen". Im buddhistischen Kreislauf ist ein Leben preiswert. Ein gezielter Schuss von einem Motorrad auf einen Farang schlägt mit 1.000 Euro zu Buche, für Thais gibt es Rabatt. Nur selten berichten Zeitungen darüber. Finden die Herren in Braun einen Ausländer unter dem Fenster seines Apartments liegen, schreiben sie in ihren Bericht: „Schon wieder ein Farang, der auf seine alten Tage noch fliegen lernen wollte".

Ich werde Natti sagen, dass die Sache erledigt ist.

Shutdown Bangkok

Dort, wo jede Nacht endlose Ströme von Fahrzeugen wie träges Blut die Sukhumvit beschleichen, quillt Dunkelheit. Die Opposition hielt Wort, besetzte zentrale Plätze der Stadt. Deutsche Online-Medien behalten den Überblick: Kampf der konservativen Eliten und der Bangkoker Mittelschicht gegen die demokratisch gewählte Regierung. Bei den gleichzeitigen Demonstrationen in Kiew ist es andersrum. Dort ist die Opposition gut, der demokratisch gewählte Präsident böse. Es ist nicht immer einfach, ein politisch korrektes Weltbild zu bewahren. Seit Tagen empfehlen die deutsche und die amerikanische Botschaft ihren Bürgern, dass sie Vorräte aus Reis und Nudeln anlegen sollen und ihre Wohnungen oder Hotels am besten nicht verlassen. Da ich nicht weiß, wie ich Reis und Nudeln in einer Mikrowelle sinnvoll zubereiten könnte, nehme ich das Risiko eines Hungertodes bewusst in Kauf.

Todesmutig begehe ich die Sukhumvit und tauche in einen endzeitlichen Hollywoodfilm: Durch die Straßen schreitet die Angst, spärliches Neonlicht rinnt über die Gehwege, an funktionslosen Ampeln steht rotes Licht. Die wenigen Wagemutigen beschleichen wie Morituri den verlassenen Asphalt. Es sind meistens Farangs. Sie recken die Hälse, haben den Kopf ständig am Kreisen und einen Charles Bronson Blick im Gesicht. Nicht, dass die Thais weniger todesmutig wären, aber auch jetzt behalten sie ihre Angewohnheit, für mehr als 100 Meter ein Taxi zu bemühen. Im fahlen Licht der Straßenbeleuchtung patrouillieren grimmige Männer in schwarzen Uniformen. Sie regeln den Verkehr, bewachen die Absperrungen aus

Fahrzeugen und aufgetürmten Reifen, zeigen Präsenz. Es sind die Security Leute der Opposition. Pick-ups mit Demonstranten auf der Ladefläche preschen vorbei. Der indische Schneider im engen Anzug harrt ergeben vor seinem Laden. Sein Gebiss zuckt lautlos in rhythmischen Abständen: „Welcome Sööör, come in, your suit..."

Gleich winkt der Regisseur die Szene ab. Die Herren in Braun überließen die Straße der Filmcrew. Am Benjasiri Park bewachen sie das Militär in einem improvisierten Unterstand oder umgekehrt? Das Gewaltmonopol kauert einträchtig nebeneinander und bearbeitet Handys. Die Polizei jederzeit bereit, gegen die Demonstranten vorzugehen, das Militär jederzeit bereit, die Demonstranten vor Übergriffen der Polizei zu schützen.

Die große Kreuzung an der Asok gebar eine Zeltstadt. Demonstranten halten Nachtwache. Stramm ausgerichtete Kuppelzelte salutieren in Reih und Glied. Der Oberst vom Dienst verlieh jedem Zeltsoldaten eine Erkennungsmarke. Die schon in die Jahre gekommenen Kombattanten, Männer und Frauen, tragen einfache Waffenröcke. Die Werber der Opposition rekrutierten die Nachtschicht in entlegenen Provinzen auf Reisfeldern. Der Sold ist karg, für die Farmer jedoch ein willkommenes Zubrot. Was wird ihr Guru Thaksin zu der Fahnenflucht sagen?

Die bäuerliche Bangkoker Mittelschicht lugt fasziniert und erschrocken zugleich in den engen Durchgang zur benachbarten Soi Cowboy, der schamlosen Hure Babylon. Die Protestanten kommen aus einem kleinen Provinzdorf, und jetzt geben sie in einem politischen Schachspiel die Bauern, in einem Spiel, das sie nicht verstehen. An einer Straßenecke murrt ein Toilettenwagen, auch die Verdauung braucht ihre Ordnung. Straßenküchen verkaufen Speisen an die Tagesdemonstranten und versorgen kostenlos die Nachtwache. Von einer riesigen Bühne schießen flammende Reden gegen die Regierung, wie in einem Stadion auf große Leinwände projiziert. Visualisierung ist modern. Die Menschen vor der Bühne applaudieren, skandieren im Stakkato immer die gleichen Sätze. Eine laute Band übernimmt, hält die Menschen bei Laune, the Show must go on.

Zwei Mädchen lächeln mich nieder. Sie binden eine Trikolore um mein Handgelenk und stechen einen runden Sticker mit der Aufschrift *Shutdown Bangkok* knapp an meinem Herz vorbei. Die Farben der Trikolore folgen der thailändischen Flagge: Rot für die Nation, Weiß für die Religion, Blau für die Monarchie. Die gelbe Farbe ihrer T-Shirts hört auf das Königshaus. König Bhumipol erblickte an einem gelben Montag das Tageslicht. Wie gern hätte ich die beiden Trikolorinnen auf einen Drink eingeladen. Sie sprechen jedoch kaum Englisch. Meine Kenntnisse des siamesischen Idioms reichen nicht aus, um gleich zwei Mädchen bei Laune zu halten. Warum beherrsche ich nicht besser Thai? Ich werde Michael von den vielen hübschen Mädchen rund um die Demonstrationen erzählen. Michael spricht gut Thai. Apa sagt immer scherzend: „Michael wird niemals ein Girlfriend finden, weil er nicht für sie sorgen möchte". Ich sollte Apa erklären, dass Michael zwar immer auf der Suche nach Girls ist, aber keinen „Friend" finden möchte.

Ich verlasse das politische Volksfest. Mein Ziel ist das Hotel Sheraton Grand. Es beherbergt eine New Yorker Jazz Diva mit dem wohlklingenden Namen Pucci Amanda Jhones. Die 5-Sterne Hotels der Stadt kommen als eigenständige Biotope daher. Der Mann von Welt diniert mit seiner Auserwählten aus dem Discoclub in einem der exklusiven Hotelrestaurants. Die Rooftop-Bar bittet zum

Digestiv und den Champagner serviert ein Page in seiner Suite. Die Dame von Welt polieren geschickte Hände in den Wellnessbereichen auf Hochglanz. Indische Schneider nehmen Maß und die Dependancen der Botoxkliniken bitten zum Stelldichein.

Im Living Room des Sheratons frieren nur wenige Gäste. Hellblaue Clubsofas und runde Tische versprühen das Flair der Sechziger. Amanda, eine große, hagere Frau im engen Kleid, auf jung gestylt, verarbeitet die Jazztöne der dunkelhäutigen Band. Ihre rauchige Stimme füllt den Raum. „Hey guy, do you want to offend me, I am a black American and not an African", nahm mir ein Afroamerikaner einmal übel, den ich politisch korrekt bezeichnete. Lässig wie Humphrey Bogart setze ich mich an die Bar. Statt einer Zigarette lasse ich einen Singapore Sling in meinen Mundwinkeln kreisen. Das ist ein Fehler. Die Zigarette und der Jack Daniels hätten mich eher vor dem Erfrierungstod bewahren können. Alle Luxushotels in Bangkok kämpfen in dieser Disziplin gnadenlos um den ersten Preis. Amanda schmettert, der Rauch ihrer dunklen Stimme beglückt das Trommelfell. Mit gerundetem Blick umgarnt sie die wenigen Gäste. Jeder individuelle Applaus erfreut sie wie ein kleines Mädchen bei der ersten Barbiepuppe. Die 400 Baht für den singapurischen Cocktail waren eine lohnende Investition.

Zwei Plätze neben mir erscheint wie Deus ex Machina eine europäisch aussehende Dame unbestimmten jungen Alters. Enger schwarzer Rock und helle Bluse, ein Déjà-vu: Michael Douglas, angetörnt von Catherine, reißt der Polizeipsychologin Beth begierig den engen Rock hoch und praktiziert mit ihr ungestüm Buum-Buum, wie Thais diese archaische Tätigkeit nennen. Warum haben Männer einen solchen Basic Instinct? Und warum denken sie bei einem engen schwarzen Rock nicht an die klug daher plaudernde Journalistin aus dem sonntäglichen Presseclub? Feministinnen wissen die Antwort und kreischen sie sofort heraus: Es ist der Körper, der Körper, nicht der Kopf, an was der Mann interessiert ist. Deprimiert halte ich die scharfe Klinge vor meinen Unterleib. Wenn das so ist, bin ich mental kein Mann. Vom finalen Entmannungsschnitt rettet mich im letzten Augenblick mein männliches Stammhirn. Es sorgte bereits in der Steinzeit dafür, dass die steinzeitlichen Männer, als sie von der Jagd heimkamen, nicht erst den Tagesablauf ihrer Frauen ausdiskutierten. Deshalb gibt es heute Nachfahren, die Pucci Amanda Jhones an einer unterkühlten Bar belauschen können.

Wir unterhalten uns. Es ist kein Gespräch. Die Worte quirlen aus ihr heraus wie aus einer Gestrandeten, die wie Robinson Crusoe nach vielen einsamen Jahren von einer Insel gerettet wird. Irgendwie strandete sie in dieser glitzernden und lärmenden Stadt. Verschollen, aus dem Tritt geraten, lebt sie in Tagträumen, in denen Paris, London und New York vorkommen. Sie heißt Nathalie und arbeitet das zweite Jahr als Managerin von L'Oréal Thailand. Ihre früheren Kollegen beneiden sie um diesen Job in einer Stadt, in der Schönheit und Luxus das Lebenselixier mixen.

„Mit wem soll ich denn hier ausgehen? Meine thailändischen Kollegen sind nur am Essen interessiert, verbringen die Freizeit im eigenen Freundeskreis. Nach einem 10-Stundentag habe ich keine Lust, mir das Lamentieren gelangweilter Ehefrauen von Expats anzuhören. Und meine westlichen Kollegen haben wie alle in Bangkok lebenden Männer nur ihre Thaimädchen im Kopf oder versuchen mich in die Rotlichtviertel zu schleppen. Mein

Freund arbeitet in der Londoner City als Investmentbanker. Soll ich ihn ermuntern, einen Job in Bangkok zu finden? Alle Ehen und Beziehungen gehen hier doch kaputt. Kein Mann wird den Verlockungen widerstehen, alle werden mit der Zeit fremdgehen."

Natalie hat recht. Die meisten westlichen Beziehungen zerbrechen in Bangkok. Das mächtige Wort Fremdgehen wiegt in dieser Stadt weniger. Beruht eine Beziehung aber nicht auf wichtigeren Aspekten als der sexuellen Treue? Dieses ritualisierte Überbleibsel der christlichen Sozialmoral dient gut dem Broterwerb von Psychiatern, Anwälten und Drehbuchautoren. Das mag der Grund sein, warum es so selten hinterfragt wird. Luis Buñuel macht sich über solche menschliche Rituale lustig. In seinem Film *Der diskrete Charme der Bourgeoisie* nehmen die Akteure ihre Nahrung einzeln in einem abgesperrten Esszimmer auf und entledigen die verdauten Reststoffe gemeinsam auf Toiletten.

Amanda behaucht wieder das Mikrofon. Mir geht das Rotlichtviertel nicht aus dem Kopf. Bisher entdeckte ich in Bangkok noch keines. Nathalie schaut mich erstaunt an.

„Gleich um die Ecke gibt es doch zwei."

Ich erkläre ihr, was *red light district* bedeutet. Das sind in Hamburg die Reeperbahn und in London einige Bezirke von Soho. Damit haben die berühmte Soi Cowboy, Nana Plaza und auch die notorische Patpong nur wenig gemein.

„Und außerdem gibt es dort die beste Livemusik in Bangkok. Sogar Familien mit Kindern spazieren durch die Soi Cowboy."

Gegen Mitternacht verscheidet Amanda und ihrer Band. Nathalie stimmt meinem Vorschlag zu. Wie verlasen das Sheraton; endlich auf der Straße, auftauen, Lebensenergie saugen, den Schweiß spüren. Die Kreuzung an der Asok bebt. Jugendliche belagern die Bühne, peitschen die Band zu immer neuen Höchstleistungen auf. Die demonstrierende Bangkoker Mittelschicht schlummert bereits in ihren stramm ausgerichteten Zelten und träumt von tanzenden Reispflanzen. Jetzt blicken die schwarz gekleideten Security Männer freundlicher, erklären geduldig den Motorradtaxis, wie sie die aufgetürmten Absperrungen umfahren können.

Nathalie hievt ihren Körper auf den hohen Hocker, und ich habe wieder Michael Douglas und seine sexy Psychologin vor Augen. Wir sitzen straßenseitig vor dem *Country Road*. Drinnen spielt eine Band aus Thais und Farangs. Es kamen weniger Besucher in der Soi Cowboy als sonst. Einige Touristen erhörten wohl die Empfehlungen ihrer Botschaften. Und die Expats bewachen in ihren verbarrikadierten Residenzen ihre Reis- und Nudelvorräte. Nathalie beobachtet neugierig die benachbarten Gogo-Bars. Mädchen in knappen, engen Outfits locken vorbeigehende Farangs, Männer und Frauen gleichermaßen. Ein Schild übertreibt: *We have more girls inside than you can handle,* das andere scherzt: *We have plenty of beautiful girls, but also some ugly ones*. Ich schlage vor, dass wir später eine der Gogo-Bars aufsuchen.

„Wenn dort statt der leicht bekleideten Mädchen ansehnliche Herren an den Stangen tanzen würden, komme ich jederzeit mit."

Das Geschäftsmodell der Bars ist simpel: Geld für die Zurschaustellung der Möglichkeit. Die meisten Besucher kommen nur wegen des Spektakels. Die Tänzerinnen wellen an den Stangen ihre Körper, sammeln die Blicke und später auch Ladydrinks. In den Pausen beschmiegen sie den willigen Gast, legen ihre zarten Hände auf seinen Oberschenkel, fahren nach weiteren Getränkerunden tiefer. Dann ertönen die entscheidenden Worte: „I new in Bangkok, second day in the bar, good family, you handsome, short-time 2.500, long-time 5.000, bar-fine 500". Diese Damen versorgen keine Zuhälter, wählen ihre Kunden selber. Nur fünf Prozent seiner Nachtschönheiten stellt Thailand den ausländischen Gästen zur Verfügung. Das ist eine Schande für ein Land mit dem ungewollten Prädikat „Land des Sextourismus". Der Rest verbleibt den Thais, diskret: Hotels mit Nummern in entlegenen Stadtteilen, hotelartige Massage Parlours, exklusive Privatclubs und einfache Dorfbordelle in der Provinz; an Zahltagen ausgebucht, komplette männliche Unisemester stehen Schlange. Werden die Mädchen dort sexuell ausgebeutet, benutzt und erniedrigt? Ich weiß es nicht; „warum müsst ihr Farangs euch immer um andere Menschen kümmern". Über einen Aphorismus von Olaf dachte ich lange nach: „Menschen mit Gewissheit sind Dummköpfe". Und ich denke immer noch darüber nach.

Neben uns sitzt ein älterer, weißhaariger Farang mit einem jungen Mädchen. Ich komme der Bemerkung von Nathalie zuvor.

„Warum soll er hier mit einem älteren Mädchen sitzen, wenn er stattdessen mit einem jungen Mädchen sein Bier trinken kann. Und übrigens, die meisten Mädchen ziehen ältere Männer den jüngeren vor. Ältere Männer wollen meistens nur ihrer Einsamkeit entrinnen, statt wilde Sexorgien zu feiern, sie sind höflicher und finanziell großzügiger. Jeder sieht hier immer nur dass, was er sehen möchte."

„Und was für Frauen magst du?"

„Meine Traumfrau in Bangkok, das wäre eine intellektuelle Engländerin mit blassem Teint, roten Haaren und schiefen Zähnen. Leider habe ich bisher noch keine getroffen.“

Am Nachbartisch sitzen zwei Deutsche im Touristenoutfit: kurzärmliges kariertes Hemd, helle Shorts und Badelatschen an den Füßen. Ein Mädchen umklammert den Arm des einen, signalisiert „der gehört mit“, die andere Hand liegt auf seinem Oberschenkel, ihr ständiges Versprechen an den "Mann". Sein Nachbar deutet auf ihren Unterarm.

„Ich verstehe nicht, warum Thais sich deutsche Hakenkreuze tätowieren lassen.“

„Ich weiß es auch nicht, ein Freund hat es ihr tätowiert“, antwortet der Mädchenbesitzer.

Fast hätte ich ihnen erklärt, dass diese Swastika in einem Kreis ein uraltes vedisches Symbol darstellt. Dieses in ganz Asien verbreitete indische Sonnenzeichen soll Licht in die dunkle Unwissenheit bringen und das Bewusstsein erleuchten. Plötzlich springt Nathalie von ihrem Hocker und stürmt auf den Eingang des *Country Road* zu. Sie umarmt eine junge Frau in einem roten Kostüm. Daneben strahlen weitere Damen in roten Kostümen und mehrere Herren in blauen Uniformen. Einige Herren zogen ihr Hemd aus, das Jackett schmückt den bloßen Oberkörper. Nathalie ruft mich herbei.

„Das ist Bess, meine beste Freundin aus London. Sie ist Stewardess bei Virgin Airline.“

Wir folgen der Crew in das *Country Road*. Die Herren bestellen Drinks. Rot kostümierten Damen tanzen; allein, miteinander oder zerren männliche Gäste von den Barhockern. Uniformierten Herren tanzen mit den Bedienungen, lachen, scherzen und bestellen Ladydrinks um die Wette. Die Barmädchen fühlen Geburtstag. Auch Nathalie lässt sich mitreißen. Eine Stewardess mit Pferdegesicht, bisher unscheinbar und still, stürmt die Bühne, erobert das Mikrofon. Zwei Virgins sekundieren. Die Pferdedame entlässt die Furie, wird zum Orkan, beherrscht das Publikum. Angelockt von dem Spektakel strömen weitere Gäste und Getränkerunden. Die Rotlichthölle brodelt, und Nathalie ist glücklich. Ich bringe sie später zum Taxi, sie verabschiedet mich mit einem rauchig schmeckenden Kuss. Verträumt schaue ich ihr nach, wie sie in das Taxi gleitet, der enge schwarze Rock nach oben verrutscht. Nathalie ist heute etwas mehr in dieser Stadt angekommen.

Es sind kaum noch Gäste da, und mein Außenplatz ist besetzt. Warum jetzt, zu dieser späten Stunde? Danny's Corner ist mein fester Anker. Das menschliche Gehirn kann den Ablauf des Lebens in der Zeit nicht erfassen, zerteilt ihn in messbare Einheiten, begreift nur die Standbilder. Wenn die Bilder wie in einem Projektor schnell ablaufen, erahnen wir den Film, das Leben, ängstigen uns vor dem Unbegreiflichen. Danny's Corner ist ein Standbild, vermittelt Sicherheit und Geborgenheit. Fast jede Nacht beobachte ich von hier das Straßentheater, wälze Gedanken, erlebe innere Stille. Von einem Innenplatz winkt Olaf.

„Hi Pierre, how are you?"

Olaf erzählt von der Lebensmittelabteilung des Emporiums. Ab 6 Uhr abends koste die Portion Sushi nur den halben Preis. Olaf ist ein wandelndes Lexikon. Er las alles über Bangkok, was es zu lesen gibt. Kennt die Geschichte des Landes, die historischen Städte, die Lebensläufe der thailändischen Könige. Früher arbeitete er bei einer Versicherung. Seine Frau verstarb vor wenigen Jahren. In der norwegischen Winterzeit lebt er für mehrere Monate in Thailand. Jetzt überlegt er, Norwegen vollständig nach

Thailand zu verlegen. Seine Sprache verrät den früheren Beruf. Jeden seiner Sätze formuliert er präzise und schaut einem immer in die Augen, dabei lächelt er. Eine Angewohnheit aus tausenden Kundengesprächen. Ich mag seine trockenen Aphorismen, die er ohne Zusammenhang in ein Gespräch streut: „Das Leben könnte so einfach sein, wenn wir nicht von all den Genüssen kosten müssten, die es für uns bereithält" oder „das Vergnügen macht nicht glücklich, aber Glück ohne Vergnügen ist auf die Dauer kein Glück."

„Weißt du, was Apa über dich sagt, Pierre? Pierre ist immer auf der Suche, er wird jedoch nie etwas finden, weil er nicht weiß, was er sucht."

Ich sollte unbedingt ein ernstes Wort mit Apa reden. Nein, ich weiß, was ich suche. Vielleicht lernte ich das Finden noch nicht.

„Schau dir diese Frau an."

Olaf zeigt auf eine ältere Frau, die Kleider, aufgezogen auf Drahtständern, hochhebt und den Barmädchen anbietet.

„Ich mag diese Art, wie sie aussieht, weder glücklich noch unglücklich. Ich frage mich oft, ob wir ebenso sein könnten."

„Möchtest du wirklich weder glücklich noch unglücklich sein?"

„Mein Leben hier ist pures Vergnügen, nicht Glück. Aber ich bin auch manchmal glücklich damit. Ich mag das Straßenleben, das Sushi, die meditativen Gesänge der Mönche. Ich bin dankbar, dass ich generisches Viagra in jeder Apotheke kaufen kann. Es funktioniert gut, ein Dollar für einen Schuss. Ich mag die Massagen, die Berührungen. Hier in Bangkok ist das Körperliche stets präsent. In Norwegen gibt es keine Berührungen, alles ist auf die Jugend ausgerichtet, die Menschen lächeln einem nicht zu. Was erwartet dort alte Menschen: abgeschoben in Vorstädte, in graue Wohnsilos verbannt, ständig kaltes regnerisches Wetter, den ganzen Tag nur alte Menschen um einen herum."

Ein Leben nach dem Leben, ist es das, was viele Männer hier suchen?

„Werden dir deine Kinder und die Freunde in Norwegen nicht fehlen und du ihnen?"

„Ich weiß, mein Leben verläuft jetzt egoistisch. Manchmal glaube ich, dass Egoismus gut ist; gut für die Menschen, gut für eine bessere Welt. Egoismus treibt die Menschen an, formt sie, klärt die Dinge, greift nach der Seele des evolutionären Geistes."

Olaf geht, ich bleibe. Mein Außensitz zeigte erbarmen, erwartet mich unbesetzt. Das Insekt versucht, in eine Ritze zwischen der Holzblende und dem Betonfußboden zu entkommen. Die Ritze ist zu eng, so macht die Kakerlake eine schnelle Kehrtwende zur Außenwand, läuft panisch zwischen meinem Fuß und der Sitzbank hin und her. Plötzlich verharrt der Cockroach in Schockstarre, aus dem ihn erst die Schritte der Bedienung mit meinem SangSom erlösen. Jetzt gelingt die Flucht. Der Käfer entkommt hinter einem Betongefäß mit Wasserpflanzen. Darin züchtet die Eigentümerin der Bar Moskitos, damit sie ihren Gästen stinkende Coils unter die Tische stellen kann.

Taxis rauschen vorbei. Musikfetzen aus dem Sidewalk Café bringen das Trommelfell zum Schwingen. Gegenüber schieben Inder Berge von Koffern aus dem Hotel. Der Fuchs fletscht die Zähne. Stundenlang wartet er wie eine Spinne auf seine Opfer. Zwei Mädchen in Highheels staksen zu den Bars der Queens Plaza. Herren in Anzügen eilen vorbei, die Kollegin mit rot angelaufenem Gesicht im

Schlepptau. Ein Fahrrad mit Gestell, auf dem getrocknete Tintenfische hängen, hält vor der Bar. Ein Mädchen kauft einige der gedörrten Exemplare.

„You, want?“, lächelt sie mir zu.

Ich nicke. Die salzige Delikateste schmeckt wie fischiges Leder. Die Barmädchen lachen, verfüttern die restlichen Trockenfische an die bareigenen Katzen. Selten sah ich diese Mädchen traurig, auch wenn der Lohn gerade nicht für die Miete reicht. Eine Kollegin spendiert das Geld oder wenigstens das Essen. Die Menschen hier freuen Kleinigkeiten, haben Spaß an dies und jenem, genießen das Leben in jeder seiner Form. Das magische Zauberwort der Thais für Genuss heißt *Sanuk*, eine Lebensphilosophie aufgesogen mit der Muttermilch: Der Motorrad-Taxifahrer investiert sein schwer verdientes Geld in eine Flasche Whisky und Snacks für seine Kollegen, als ob es ein Morgen nicht gäbe; die Heimreise eines Massage-Mädchens feiern die anderen so überschwänglich, als ob es ein Gestern nicht gab. Der Buddhismus lehrt, das tägliche Leben bewusst und intuitiv im jedem Augenblick zu spüren, ob Leid oder Freude. Die Thais leben lieber die Freude und den Genuss des Augenblickes, statt über das Leid lange nachzudenken.

Auf dem Heimweg zum Liberty passiere ich drei ausgeweidete Telefonzellen. Die mittlere beherbergt jede Nacht eine junge Frau und ihre dreijährige Tochter; ein Mädchen mit einem Engelsgesicht, eingewickelt in ein dünnes Tuch. Daneben wartet ein Pappbecher auf ein paar Münzen. Die beiden Schlafenden wählten den Standort strategisch gut. Gleich daneben blickt das riesenhafte Queens Imperial Hotel auf die Straße hinab. Gäste, die nicht mit dem Taxi ankommen, müssen sich zwischen den Telefonzellen und der Häuserwand durchzwängen. Tagsüber ist es mir immer ein Rätsel, wie ein so enger Platz einen erwachsenen Menschen aufnehmen kann. Die Mutter hält das Engelsgesicht an ihren Körper gepresst. Wenn das kleine Mädchen straßenseitig liegt, muss ich beim Vorbeigehen aufpassen, um ihr nicht auf den ausgestreckten Arm zu treten.

◆

Meine Fitnessübungen im benachbarten Marvel Hotel unterbrach die Renovierung. Seit zwei Jahren zahle ich nicht mehr für diese Plackerei. Wenn ich an der Rezeption vorbeigehe, belächle ich die netten Damen oder schaue in die andere Richtung. Das Thermometer erreicht immer öfters die 40 Grad Marke. Jeder Schritt zum kostenpflichtigen Fitnesscenter in den Windsor Suits verursacht körperliche Qualen. Gedankenleer trotte ich die Soi 20 entlang. Ein harter Wasserstrahl trifft mich mitten ins Gesicht. Dabei sah die Soi so friedvoll aus, fast menschenleer. Nur wenige Thais saßen an der Suppenküche, was mich dazu verleitete, die lauernde Gefahr zu übersehen. Das Schulmädchen hinter dem Baum lädt ihre riesige Water-Gun sofort nach. Jeder Widerstand wäre zwecklos, würde zu einem Gesichtsverlust führen. Stoisch und dem Schicksal ergeben gehe ich weiter. Diesmal trifft mich der Wasserstrahl am Rücken. Ich bin nicht der einzige Leidtragende, der bewässert in der Hotellobby ankommt. Ein älteres Ehepaar steht triefend und verzweifelt vor der Rezeption. Bei ihnen kamen wohl ganze Wassereimer zum Einsatz. Sonkran ist das traditionelle thailändische Neujahrsfest. Es dient der rituellen Reinigung und Erneuerung. Symbolisch benetzen die Menschen einander mit Jasmin-Blüten versetztem Wasser. Wegen der sündigen

Lebensweise der modernen Thais und erst recht der Farangs musste die Reinigungswirkung intensiviert werden. Inzwischen kommen riesige Water-Guns, Wassereimer und sogar die Wasserschläuche der Feuerwehr zum Einsatz. Gedopt mit berauschenden Getränken und dem Schlachtruf *Sawat-dii pi mai* reinigen Thais und Touristen einander in erbitterten rituellen Wasserschlachten. Krankenhäuser und die Leichensammler haben Hochbetrieb.

Darf man fragen, wo der Herr die Nacht verbracht hat? Im Graben. Und man hat dich nicht geschlagen? Doch ... nicht so schlimm. Wieder dieselben? Dieselben. Nein, ich werde nicht das Schicksal Estragons erleiden; möchte Täter sein und nicht nur Opfer. An der nächsten Ecke erwerbe ich die größte verfügbare Water-Gun. Ohne ausreichende logistische Unterstützung ist eine solche Waffe wirkungslos. Deshalb errichteten die praktischen Thais mehrere Kampfstände entlang der Sukhumvit. Dort speisen die rituellen Kämpfer ihre unersättlichen Waffen mit Wasser aus Hydranten. Für meine hohe Reinigungsquote verliehen mir die thailändischen Kombattanten den Ehrentitel *Sniper*. Im Gegensatz zu meinen Mitkämpfern, die das Wasser wild umher spritzen, gehe ich systematisch und höchst fokussiert vor. Zunächst wähle ich den Sünder sorgfältig aus. Ziele sind grundsätzlich Farangs, die bisher noch niemand rituell erneuerte. Ältere indische und arabische Herrschaften schließe ich aus puren rassistischen Motiven von der Reinigung aus. Meine Strategie ist simpel, aber höchst wirksam: Zunächst fixiere ich das Ziel und behandle den Sünder im geeigneten Augenblick mit einem gezielten Wasserstrahl, idealerweise zwischen Haaransatz und Kragen. Manche Farangs lamentieren laut, verweisen auf ihr neues Hemd und Kleidung. Diese

Information beflügelt besonders weibliche Thais, ihnen sofort einen vollen Wassereimer über den Kopf zu gießen.

Vor dem Kampfstand erblicke ich ein deutsches Ehepaar mittleren Alters. Sie beraten intensiv, wie sie das Wasserhindernis auf dem Gehweg am besten umgehen könnten. Der Mann stürzt sich todesmutig in den Verkehr und schafft es tatsächlich, auf der anderen Seite des Kampfstands lebend aufzutauchen. Jetzt ist seine Gattin dran. Ängstlich und verzweifelt trippelt sie von einem Bein auf das andere wie ein Fußballspieler vor dem Elfmeterpunkt. Jetzt erst wird dem todesmutigen Gatten sein kardinaler Fehler bewusst. Er muss zurück und möchte die Verkehrsgötter nicht nochmals herausfordern. Deshalb greift er zu einem urgermanischen Trick, mit dem bereits die Teutonen auf ihren Wagenburgen die römischen Legionäre zur schieren Verzweiflung trieben. Er läuft auf einen Wasserbottich zu, den eine mutige Amazone bedient, und zeigt nach oben. Als der Blick der unerfahrenen Kämpferin dem ausgestreckten Arm folgt, läuft der Teutone an ihr grinsend vorbei. Auf diesen Augenblick habe ich bereits gewartet. Bevor er seine zitternde Gattin in die Arme schließen kann, trifft ihn mein Schuss zielgenau zwischen Haaransatz und Kragen. Die destruktive Kraft meines finalen Nachschusses verursacht auf seinem Hemd einen fatalen Schaden. Wieder ein Glücklicher der gereinigt und erneuert seinen Weg fortsetzen kann.

Nachdem ich auf die gleiche Weise etwa dreißig Farangs erfolgreich behandelt habe und ein junger Araber mich ernsthaft verprügeln wollte, erlahmt mein Jagdtrieb. Ich entschließe mich zu einem geordneten Rückzug in die Soi 22. Dort tobt bereits der apokalyptische Endkampf. Die rituellen Reiniger verwandelten die gesamte Straße in ein unübersichtliches Schlachtfeld. Menschen auf den Gehwegen beschießen Menschen in den Bars mit Wasser. Aus den Bars wird zurückgegossen. Pick-ups mit großen Wassertanks patrouillieren durch die Soi. Wasser prasselt herab, und das ist schlimm. Das Nass ist eiskalt. Dazwischen zirkeln die notorischen Motorradtaxis mit ihren Kunden und großem Buddha-Vertrauen. Auch sie bleiben von den Wasserduschen nicht verschont. Vor den Massage-Salons hocken die Mädchen neben Wasserbottichen. Sie bespritzen alles und jeden, dazu beschmieren sie die Gesichter ihrer Opfer mit weißem Puder. Die Benetzten und Bepuderten wandeln wie Zombies umher. Seit Wochen verspreche ich jedem Massagegirl, dass ich am nächsten Tag ihre Dienste bestimmt in Anspruch nehmen werde: *phrung nii, dii kwaa wan nii,* morgen ist besser als heute, lautet das wörtliche Versprechen. Jetzt zahlt sich diese geniale Strategie aus. Vor ihren Shops stapeln die Mädchen Snacks, Bier und Whiskey, was sie mehr als gern mit ihrem künftigen Kunden teilen. Erst im Bett wird mir bewusst, dass mein Karma leiden wird, wenn ich die Mädchen enttäusche. Auch so schon beschleichen mich nachts ungute Gefühle, verhindern das Einschlafen. Von Alpträumen geplagt wache ich schweißgebadet auf. In den schlaftrunkenen Gedanken geistert John, immer wieder John, vermischt mit dem Gesicht von Natti.

Geister in Thonburi

„Mein junger Freund, wenn Sie am Samstag Zeit haben, lade ich Sie zum Essen ein. Sie finden mich kurz vor der Dämmerung im Restaurant direkt am Khlong Mon“, lautet die SMS. Schon wieder die Abenddämmerung. Der Professor scheint eine Vorliebe für diese Tageszeit zu haben. Ein Restaurant am Khlong Mon, viele wird es davon hoffentlich nicht geben. Für Samstag war ich eigentlich mit Natti verabredet. Wir wollten zusammen Johns Unterlagen und die Fotos sichten. Sie sagte unser Treffen ab. Die Demonstration ihrer Universität gegen die Regierung erschien ihr wichtiger. Solche Demonstrationen finden jetzt jeden Tag statt. Neben den allgemeinen Umzügen, veranstalten einzelne Berufsgruppen eigene Aufmärsche: Beamte, Ärzte, Professoren, Musiker, und auch die Müllschlucker marschieren.

Khlong Mon befließt Thonburi, den Stadtteil auf der anderen Seite des Chao Phraya. Zwei Könige residierten hier, aber zunächst hausten hier die Mon. Diese Volksgruppe emigrierte aus China nach Südburma, und einige der weniger ortskundigen machten erst in Thailand halt. Als Gastgeschenk übergaben sie den Buddhismus und bewachten an dem gleichnamigen Khlong die Zollstation. Kein Segelschiff durfte mehr ohne den obligaten Obolus für den König nach Ayutthaya segeln. Einige Zeit später gefiel den Birmanen die damalige königliche Hauptstadt der Thais nicht mehr und sie demolierten diesen Ort gründlich. Der verschreckte König Taksin, mit dem früheren Staatschef Thaksin weder verwandt noch verschwägert, nahm mehr als gern die Einladung der Mon an. Den Verlust seiner Hauptstadt konnte der König nicht verschmerzen und wurde darüber wunderlich. Seine Höflinge setzten ihn kurzerhand ab, rasierten seinen Kopf und ließen ihn zur Strafe den ganzen Tag im Kloster Mantras aufsagen.

Dem Viersterne-General Chakri, der Liebling der alteingesessenen Eliten, gefiel ein solcher frevelhafter Umgang mit einem leibhaftigen Monarchen natürlich nicht. Als er von seiner dienstlichen Kriegsreise aus Kambodscha heimkam, richtete er die Rebellen unverzüglich hin. Und da ihm der verwirrte Mönch-König leidtat, ließ er ihn standesgemäß in einen Seidensack verpacken und mit einer Sandelholzkeule totprügeln. Noch am selben Tag begründete er als Rama I die noch heute herrschende Chakri-Dynastie. Vielleicht sollte der frühere Ministerpräsident Thaksin die Geschichte seines Namensvetters genau studieren. Die Karrieren dieser beider Emporkömmlinge sind so verschieden nicht. Rama I wollte seine Dynastie nicht auf blutbeflecktem Boden fortsetzen. Das kleine Olivendorf Bang Kok am östlichen Ufer und dessen chinesische Bewohner gefielen dem König so gut, dass er sich hier 1782 mit seinem Grand Palace niederließ. Thonburi liegt also dort, wo Bangkok begann.

Den zentralen Sathorn-Pier verstopfen Touristen, schieben einander, bestürmen das Touristenboot und die Regulären. Die Thais warten stoisch. Ich gehöre zu keiner der beiden Gruppen. Mit lautem Gepfeife landet das nächste Expressboot. Die Absperrung gegenüber dem Wartebereich ist kein Hindernis, ich kann sie überspringen. Gut, dass nicht nur deutsche Gene durch meinen Körper irren. Die Schaffnerin, das Gesicht weder glücklich noch unglücklich, drängelt durch die Menschenmassen. Ihre Brille baumelt an einer Kette, grapscht nach den

Kleidern der Gedrängten. Jetzt kommt Leben in das Gesicht. Bebrillte Augen mustern die Zugestiegenen, keiner soll entkommen. Die runde Metallkassette mit Wechselgeld rasselt, reißt die Tickets. Es ist immer das gleiche Spiel: Ich oder Sie. Mein Blick hält stand, keine Wimper zuckt. Ja, wieder gewonnen. Später spende ich den Fahrpreis von 15 Baht an den nächsten Bettler, verdopple ihn sogar. Mein Karma soll nicht leiden.

Das Boot spurtet los. Das Gebäude der Dutch East Asiatic Company blickt im venezianischen Stil spöttisch auf den neuzeitlichen Bau des Oriental Hotels. Der vornehme Author Wing blinzelt verständnisvoll. Moderne Hotels, Einkaufspassagen und Residenzen rasen vorbei. Dazwischen dünkeln Tempel und noch ein wenig altes Bangkok: Reste von verfallenden Holzhütten, der majestätische Wat Arun, der goldene Palast. Der Fluss, grau und gram ob der rostigen Eisenkähne und rasenden Longtails, wartet auf die späteren Stunden. Erst in der Nacht kommt seine Zeit, wenn die Flussgeister erwachen, der Wassergöttin *Phra Mae Khongkha* huldigen, mit den glitzernden Lichtern spielen, das Mondlicht auffangen, die Stille genießen. Am Pier Wang Lang löscht das Boot die Ladung. Apa warnte mich.

„Dieser Pier wird von Geistern heimgesucht. Hast du schon von Si Quey gehört? Du kannst ihm im Krankenhaus guten Tag sagen. Sein Geist läuft in der Nacht draußen herum, du solltest vorsichtig sein.“

Diese Warnung nehme ich ernst. Vor Geistern können sich Sterbliche am besten schützen, wenn sie deren Schlafstätte am Tage aufsuchen und ihnen die gebührliche Ehre erweisen. Apa meinte das forensische Museum im Siriraj Hospital gleich neben dem Wang Lang Pier. Dieses älteste Bangkoker Krankenhaus gründete 1888 König Chulalongkorn und benannte es nach seinem Sohn, den die Ruhr vorzeitig vom leidvollen Dasein erlöste. Hier residiert auch der kranke thailändische König Bhumibol. Verloren irre ich durch die Labyrinthe der riesigen Krankenhausmaschine. Von allen Seiten strömen geschäftige Menschen. Die Gesichter der Zivilisten stoisch, dem unabänderlichen Schicksal, der Samsara, ergeben. Nur die Uniformierten zwitschern um die Wette, wuseln zwischen den Gebäuden, schieben die Immobilen. Schließlich erlöst mich ein weißer Engel.

"Second floor of the Anatomy Building, just in front of you."

Missgebildete Föten schwimmen in Glasbehältern. Durch ein aufgeschnittenes Gehirn raste eine Revolverkugel. An den Wänden leiden Fotos von Verbrechens- und Unfallopfern wie das eines Mannes, dessen Kopf ein Propeller traktierte. In einer Ecke schreckt die frühere thailändische Hinrichtungsmethode. Der Henker band den Delinquenten an einen Holzpfahl, steckte ihm einen Blumenstrauß in seine gefalteten Hände und fixierte die deutsche Wertarbeit von Heckler & Koch. Der Feuerstoß durch ein Seidentuch beförderte den Übeltäter in eine niedrigere Lebensform. Es ist noch nicht lange her, heute übernimmt das die banale Spritze.

Und plötzlich, in einem weißen Glaskasten, steht er lebensgroß vor mir. Die mumifizierte dunkle Gestalt von Si Quey stiert mich an. Si Quey, mit dem richtigen Namen See Uey, war ein chinesischer Immigrant. Er kam 1944 nach Bangkok, erwürgte mindestens ein halbes Dutzend kleiner Jungs und aß ihre Herzen und Lebern. Auf diese Weise wollte er stärker, gesünder und unsterblich werden. Das Letztere gelang ihm schließlich. Nicht nur westliche Besucher beehren ihn, auch zahlreiche seiner Landsleute bestaunen ihren unrühmlichen Ahnen.

Der Pier Wang Lang inhaliert die Menschen, Ankommende wie Abreisende. Nur wenige Touristen beehren diese Gegend. Die Stichstraße am Pier bestürmen Essensstände, no Hunger Games please: Süßspeisen, gesiedete Nüsse, Bananenscheiben in Kokospaste, rundliche Teigtaschen mit bunten Füllungen, Obstmischungen, alles mundgerecht abgepackt. Mit klebrigen Fingern durchstreife ich die Stände. Die Geschmacksnerven liegen blank. In den Seitenstraßen nisteten Kleidermärkte, bunt, laut, eng. Die Mädchen bestaunen den ungewohnten Farang.

Die Amarin Road säumen wie Pariser Boulevards grüne Bäume. So muss das frühere Bangkok ausgesehen haben. Die Menschen bewegen ihre Beine bedächtig, langsam, zäh nach vorne fließend. Wohin sollten sie eilen, was würde die Eile am Lebenskreislauf ändern? Die Multiplikation des Nützlichen ist in jedem Stadtteil gleich: 7/11s, Apotheken, Restaurants, Werkstätten. Der erste Blick täuscht. Bangkok ist keine Stadt im europäischen Sinne, entstand nicht aus einem alten Kern. Die Stadtteile folgten der Besiedlung durch ethnische und regionale Volksgruppen, bilden homogene Gemeinden. Und wenn nicht ein ganzer Stadtteil, dann wenigstens eine Straße, die eigenständig und anders daherkommt als die benachbarte. Darin ähnelt Bangkok der Einwandererstadt New York: Little Italy in Manhattan, die Juden in Long Island, Asiaten in Queens. Beide Städte bestehen aus menschlichen Biotopen, die sich reiben, beeinflussen, Lebensenergien tauschen.

Ich bleibe vor einer Auslage stehen. Darin warten bunte Särge mit chinesischen Schriftzeichen auf den Inhalt. Die Ladenbesitzerin erscheint in der Tür, mustert mich mit kalten, geschäftlichen Augen. Ihre ausgeprägte Hakennase verleiht ihr das Aussehen einer Mamasan.

„You need one?"

Düstere Gedanken wabern durch das neuronale Netz. Erst starrt mich der Massenmörder Si Quey an, dann fragt mich eine Mamasan, ob ich einen Sarg benötige. Was kommt als Nächstes? Manche Thais können die Schicksalsaura eines Menschen spüren. Sah sie etwas, was mich bedroht? Verliert Johns Zimmergeist die Geduld mit mir? Vielleicht wollte sie mich nur zu einem Totenritual einladen. Manche Tempel veranstalten gegen eine bescheidene Spende solche buddhistischen Rituale für Lebende. Menschen, beladen mit schlechtem Karma, steigen in einen Sarg. Mit einem Blumenstrauß in den gefalteten Händen warten sie mit geschlossenen Augen bis ein Mönch den Todesritus zelebriert. Und schon erwacht ein von allem Bösen gereinigter neuer Mensch. Gleich morgen werde ich Apa fragen, ob auch Farangs teilnehmen dürfen.

In einer Unterführung grinsen Poster mit bekannten Hollywoodstars: Charly Chaplin, Marilyn Monroe, Michael Jackson, Madonna. Ist es Zufall oder Absicht? Zwei Inkarnationen des Bösen hängen nebeneinander: der grimmig blickende Adolf Hitler und der größte politische Popstar des zwanzigsten Jahrhunderts, Che Guevara. Erahnte der junge Ladenbesitzer die geistige Verwandtschaft dieser beiden Fanatiker? Auch Che wollte auf dem Rücken von Millionen Toten eine neue Welt erschaffen. Dabei übte er mit einem Revolver schon mal eigenhändig an den Gefangenen aus dem alten Regime. Wie eng verläuft manchmal die Grenze zwischen politisch korrekten und unkorrekten Verbrechern. Die hohe Straßenbrücke überquert einen Kanal. Endlich, der Khlong Mon flutet über eine alte verrostete Schleuse in den Chao Phraya. Wie Vogelnester haften windschiefe Hütten an den Ufern. Langsam überkommt mich ein mulmiges Gefühl. Wie soll ich hier ein Restaurant finden? Warum unterzieht mich der

Professor solchen Prüfungen? Ich steige eine Treppe hinab und entdecke eher zufällig einen schmalen Durchgang zwischen zwei Häusern. Hier passt kaum ein Motorrad durch. Von beiden Seiten spähen einstöckige Holzhäuser. Die engen Querkanäle überspannen Betontraversen, daran klammert Blumenschmuck. Epiphyten strebend dem Wasser entgegen. Es ist, als ob ich durch die Wohnzimmer der verwinkelten Häuser ginge: Frauen bereiten speisen, Männer mit nackten Oberkörpern dösen am Boden vor plärrenden Fernsehern, spielende Kinder schreien durcheinander, Haustiere besetzen Möbel. Das Private wird öffentlich, das Öffentliche privat. Voyeure kommen auf ihre Kosten.

Enge Stichwege enden am Khlong. In dem brühigen Wasser bewachen Pflanzenreste das unfolgsame Strandgut. Monotone Gesänge entweichen einer eisernen Pforte, dringen in die Stille. Hinter der hohen Mauer meditiert ein Kloster. Als ob ich durch ein magisches Zeitfenster fiel, in eine Zeit, in der noch keine Hochhäuser und Straßenlärm die Menschen beglückten. Wenige Schritte weiter verkündet ein Schild „Piern Dee“; ein Restaurant. Das muss es sein. Es ist noch früh, ich gehe weiter. Die Gasse wandelt am Khlong entlang. Wilde Sträucher bewuchern eine freie Passage. Der Trampelpfad kriecht immer tiefer in die grüne Dunkelheit. Knorrige Bäume, majestätisch und alt, verbergen verfallende Holzhütten vor neugierigen Blicken. An einem Zaun lehnt ein verrostetes Fahrrad, ein Menetekel der Zivilisation. Nur wenig Tageslicht dringt durch das dichte Laub. Matte Lichtstrahlen verwandeln die ineinander verwobenen Äste zu Geisterfratzen, nein, zum Aokigahara Forest, dem Selbstmörderwald am Fuji. Lianen greifen nach meinen Beinen, behindern die panischen Schritte; endlich wieder in der Zivilisation.

Auf dem Rückweg erblicke ich Professor Singer vor dem Klostereingang. Er spricht mit zwei etwa zehnjährigen Jungen in orangefarbenen Gewändern. Der eine hält eine Mala in der Hand, eine Kette mit 108 Perlen. Mit deren Hilfe zählt er bei der Meditation die Mantras ab. Die Zahl 108 symbolisiert die Anzahl der Illusionen und Begierden, die auf dem Weg zum Nirvana überwunden werden müssen. Der andere kleine Mönch zeigt Professor Singer bunte Porzellanscherben.

„Seien Sie gegrüßt, mein junger Freund, das sind meine Schüler. Ich unterrichte sie in der zum Kloster gehörenden Wat Nak Klan School in Englisch. Was sehen Sie, was fällt Ihnen auf, wenn Sie auf diese Scherben schauen. Kommen Sie mit, dahinten liegen noch mehr."

Wir gehen in den hinteren Teil der Klosteranlage. Vor einer verfallenen Mauer liegen Scherbenhaufen, sorgfältig zu kleinen Gruppen geordnet. Der Grund um die Mauer ist aufgegraben.

„Diese Keramikteile erinnern mich an die Mosaike am nahegelegen Wat Arun. Die bunten Porzellanscherben für die Mosaike dienten den chinesischen Segelschiffen als Ballast."

„Großartig, mein junger Freund, ist das alles, was Sie sehen?"

Mir fällt nichts mehr ein.

„Bestimmt kennen Sie den schönen deutschen Ausdruck, den Wald vor lauter Bäume nicht zu sehen. Es müsste eigentlich heißen, die Bäume vor lauter Wald nicht zu sehen. Wenn diese beiden kleinen Jungs erstmals einen deutschen Wald beträten, was würden sie Ihrer Meinung nach zunächst erblicken? Ich werde es Ihnen verraten. Sie würden die unterschiedlichen Maserungen an den Baumstämmen betrachten, die verschieden Formen und feinen

Farbabstufungen der grünen Blätter bewundern und die schwarzen Ameisen bestaunen, die Schutz in der zerklüfteten Baumrinde suchen. Und was würde ein erwachsener Europäer sehen? Seine gute Bildung würde es ihm ermöglichen, einen Mischwald zu erkennen, der aus Buchen, Eichen und Nadelhölzern besteht. Er würde darüber sinnieren, dass ein solcher Wald besser den Sturmböen trotzt, Nadelhölzer jedoch schneller wachsen und einen besseren Profit für die Holzwirtschaft abwerfen. *Felix qui potuit rerum cognocscere causas!* Glücklich ist der, der den Dingen auf den Grund gehen kann. Kommen Sie, gehen wir essen. Von den Scherben erzähle ich Ihnen später. Ich habe Neuigkeiten von Porntip. Mit ihr haben Sie einen guten Fang gemacht. Sie kann den Dingen auf den Grund gehen.“

Das offene Restaurant grenzt an den Khlong Mon. Zwei Tische bewirten eine Gruppe von Thais. Die Bedienungen wirbeln, mischen den Whiskey mit Soda, befüllen Gläser mit Eiswürfeln. Ignorante Farangs wollen ihnen solche Mühen abnehmen, rühren den Whiskey selber und stürzen damit die Damen in existenzielle Verzweiflung.

„Hier servieren sie die beste *Tom Yam* in ganz Bangkok. Es ist mein Stammlokal für Fisch und Meditation.“

Wir sitzen direkt am Kanal. Der Wind klönt müde zwischen den windschiefen Baracken. Das verschüttete Licht der Abenddämmerung spiegelt rötlich in den kräuselnden Wellen. Die letzten Khlongboote mit fotografierenden Touristen rasen vorbei. Stundenlang könnte ich den Wellen zusehen, wie sie rufen und antworten, miteinander gehen und vergehen. Auf dem gegenüberliegenden Ufer ziehen zwei Kinder ein Plastikboot durch das Wasser, es klemmt. Ein kleiner Junge rutscht in die brackige Brühe und rettet seinen Schatz. Eine zeitlos gealterte Frau, eingewickelt in ein buntes Tuch, rührt Wäsche in einem Trog. Aus dem nahen Kloster wehen die meditativen Abendmantras der Mönche herüber. Professor Singer folgt versonnen meinen Blicken. Wir schweigen. Erst nach einer Ewigkeit ertönt seine sonore Stimme mit der harten, präzisen Aussprache.

„Jetzt, wenn Charles Henn nach England gereist ist, verlasse ich kaum noch diese Seite des Flusses. Hat er Ihnen auch die Geschichte von seinem Vater erzählt? Obwohl er seinen Vater kaum kannte, höre ich mir die Erzählungen immer wieder gerne an. Die Geschichte wird mit der Zeit immer länger. Charles ist ein gebildeter Mann und ein geistreicher Fabulierer. Von Archilochos stammt der Satz: Der Fuchs weiß viele Dinge, aber der Igel weiß eine große Sache. Die große Sache ist: Die meisten Gäste, und das sind Journalisten, Schriftsteller und die Culture Bourgeoise, nächtigen in den abgewohnten Zimmern nur wegen dieser Geschichten. Sie wollen dort das Flair der Vergangenheit einatmen."

„Vermissen Sie nicht das kulturelle Leben in Paris, ihre Studenten und die Universität."

„Sie sind ein Romantiker, mein junger Freund. In den Cafés von Saint-Germain-des-Prés sitzen heute Touristen und keine Schriftsteller oder Künstler mehr. Und als sie dort noch saßen, schwadronierten sie über die ersten und letzten Dinge, nur um Frauen zu imponieren. Genauso wie die Männer in Bangkok. Die lebenslange Rivalität zwischen Sartre und Camus beruhte nicht auf philosophischen oder politischen Gegensätzen, sondern auf einer banalen Eifersucht. Sartre war eifersüchtig auf Camus wegen seiner schönen Visage. Camus war eifersüchtig auf Sartre wegen dessen bohèmischen Pariser Lebensstils, der ihm die intellektuellen Schönheiten nur so ins Bett trieb.

Tagsüber dozierte Sartre über die Freiheit des Seins, nachts verströmte er das eigene Dasein in die Schöße seiner Studentinnen. Seit Platon und Aristoteles hat die Philosophie nichts mehr Neues hervorgebracht. Die nachfolgenden Generationen von Philosophen kauen immer nur an den gleichen alten Fragen, ohne neue Antworten zu geben."

„Wollen Sie damit sagen, dass die Philosophie den Menschen heute nichts mehr zu bieten hat. Gerade zu Zeiten der digitalen Verblödung durch Chats, Twitter, Facebook und Mainstream-Medien könnten die Denker wieder eine bedeutende Rolle übernehmen, neue Impulse setzen."

„Sie sind unbelehrbar, mein junger Freund. Lange sind die Zeiten vorbei, als die Philosophen noch epochale Veränderungen befeuerten. So wie etwa in der fernen Renaissance, in einem Zeitalter, in dem der geistige Teufel herrschte, Glaube ohne Lachen, Wahrheit, nie von Zweifeln erfasst, und überall brannten Scheiterhaufen. Ja, wir kommen diesem Zeitalter in gewisser Weise wieder nahe, aber lassen wir das. Welche praktische Bedeutung haben all die Philosophen für die einfachen Menschen? Und welche besondere Lebensweisheiten vermitteln sie den Gebildeten?"

„Gerade moderne Philosophen wie Sartre haben doch mit ihren Schriften und Vorträgen viele Menschen beeinflusst, zwangen sie über die eigene Existenz, das eigene Leben nachzudenken."

Professor Singer schüttelt den Kopf, richtet den Blick ins Unendliche. Antwortet lange nicht.

„Da mag so sein, aber beruhte die Philosophie nicht schon immer auf einem Zirkelschluss? Kommt sie nicht daher wie ein eitler Spiegel, der nur die herausgestreckte

Zunge des Denkers zeigt, eines Scharlatans, der nur solche Gedanken erbricht, die er zuvor selbst fraß? Auch die heutigen Philosophen und die gefeierten Intellektuellen sitzen abgeschirmt in dunklen Geistesräumen. Sie haben kaum einen Bezug zu dem, was draußen leuchtet, betreiben geistige Onanie, L'art pour L'art. Das ist der Grund, warum ich meine jungen Mönche den intellektuellen Schwätzern aus Paris vorziehe. Diese Jungs werden dazu erzogen, das Leben genau zu beobachten, sich ihm meditativ zu nähern, jede Kleinigkeit zu betrachten. Die Fragen, die sie stellen und die Antworten, die sie finden, sind oft tiefgründiger als die eines Doktoranden der Philosophie."

Professor Singer hat recht, die rot gelbliche *Tom Yam Talee* übertrumpft die gleichnamigen Schwestern in den Stadtrestaurants. Durch den Khlong rasen keine Touristenboote mehr. Die Nacht umschließt die gebeugten Hütten. In den dunklen Fenstern flackern glühende Schatten, gespeist aus den lodernden Feuern der eisernen Woks. Eine Glocke aus Stille verhüllt die Wasserstraße. Der Lärm der Stadt dringt nicht durch.

„Vor einem Monat hat mich ein früherer Student besucht, der jetzt eine Dozentur erhielt. Wir saßen an dem gleichen Platz. Er hatte keinen Blick für das Leben auf der anderen Seite, er hatte keinen Blick für die spielenden Kinder, er hatte keinen Blick für die Ruhe an diesem Ort. Er erzählte ständig über die Intrigen an seiner Universität und wie das Leben in Paris hektisch, laut und teuer sei. Mokierte sich über die schrecklichen Sextouristen, die er im Flugzeug getroffen hatte, und welche nur herkämen, um die armen Mädchen auszubeuten. Am nächsten Tag traf ich ihn in seinem Hotel, ein solches armes Geschöpf kam gerade aus seinem Zimmer. Ich möchte nicht pharisäerhaft klingen.

Als junger progressiver Dozent habe auch ich zu Zeiten der studentischen Revolten die Studentinnen tatkräftig dabei unterstützt, ihre bürgerliche Sexualmoral abzulegen. Wissen Sie, mein junger Freund, manchmal glaube ich, dass im heutigen Bangkok die Inkarnation des Paris aus meinen jungen Jahren auferstanden ist. Zwar nicht in intellektueller Hinsicht, aber was die Lebensfreude, die Gier nach der schieren Sinnlichkeit des Lebens betrifft, ist diese Stadt mehr als gleichwertig. Und was ist aus der Weltstadt an der Seine heute geworden? Ein Museum für Touristen. Die Straßenfeger schlürfen keine Austern mehr in den Bistros. Die bürgerliche Schicht eilt mit ihren prall gefüllten Plastiktüten aus dem Tesco in ihre Schlafburgen. Und Künstler ist, wer am Montmartre am besten Fratzen karikieren kann. Wie kommen Sie eigentlich mit der Suche nach dem verschwundenen Engländer voran, mein junger Freund."

Ich erzähle Professor Singer von den falschen Polizisten und meiner Absicht, die Angelegenheit ruhen zu lassen.

„Das wird nicht so einfach sein, mein junger Freund. Sie haben bei Porntip das Jagdfieber geweckt, was für eine Frau eher untypisch ist. Während Sie ausgedorrte Massenmörder aufsuchen und zusammen mit einem alten Academicus die letzten Khlongfische erschrecken, hat Porntip in langen Nachtsitzungen versucht, die Texte zu entschlüsseln. Sie wird jetzt die Suche nach John selbst organisieren. Sie können mir glauben, mein junger Freund, künftig werden Sie kaum noch Zeit haben, in den nächtlichen Gassen von Thonburi nach Geistern zu fahnden."

Betrübt laufe ich zurück zum Pier, verzichte auf weitere Wanderungen. Die Menetekel des heutigen Tages bedrängen das Bewusstsein, beherrschen die Gedanken. Erst später fällt mir ein, dass ich vergaß, Professor Singer nach den Kachelscherben zu fragen. Als ich Danny's Corner erreiche, ist meine Außenloge besetzt. Stoisch ignoriere ich die rufende Eigentümerin, möchte mich in mein Apartment verkriechen. Ich sehe gerade noch, wie Om mir zuwinkt. Sie setzt ein liebes Gesicht auf und bittet mich um 2.000 Baht. Ihre Miete sei heute fällig. Die ökonomische Grundlagenforschung sollte sich nicht nur mit „free Lunches" befassen, sondern auch mit „freien Übernachtungen" von Frauen im Allgemeinen und Thaimädchen im Besonderen.

◆

„Mr. Pierre, Mr. Olaf is waiting for you." Ich sollte das Telefon am Nachtisch abklemmen. Warum erzähle ich überhaupt jedem, der es hören möchte oder auch nicht, dass mein Morgen der thailändische Mittag ist. Olaf sitzt auf dem Sofa und erzählt etwas von einer E-Mail. Noch nicht ganz wach, kann ich kaum folgen. John hätte sich schon lange nicht mehr bei seinem Bruder gemeldet. Vor zwei Wochen erhielt der Bruder eine Mail von John, in der ihn John bat, Geld zu überweisen. Der Bruder verwaltet Johns Konto. John benutzte jedoch nicht seinen E-Mail Account, sondern den einer Thailänderin. Als der Bruder auf Johns alten E-Mail Account antwortete, signalisierte das Programm, dass ein solcher Account nicht existiert.

„Wie konnte der Bruder wissen, dass gerade John die E-Mail schrieb?", denke ich laut.

„Das ist einfach, John verbrachte einige Zeit in Südamerika und dort kommt es vor, dass Touristen gekidnappt werden. John war deshalb besonders vorsichtig. Er hat mit seinem Bruder vereinbart, dass er jede echte Geldorder mit Geburtstagsgrüßen an seine Mutter versehen wird. John muss noch in Thailand sein, aber warum meldet er sich nicht."

Hört den dieser Alptraum nie auf? Und warum erzählt mir Olaf diese Neuigkeit. John ist doch sein Freund, nicht meiner. Olaf berichtet von seinem Visarun nach Vientiane. Die Stadt sei altmodisch, es sei dort überhaupt nichts los. Das klingt interessant, meinen nächsten Visarun werde ich in die verschlafene laotische Hauptstadt verlegen.

„Falls John noch in Thailand ist, wird er Probleme bekommen, seine Aufenthaltserlaubnis ist bereits abgelaufen", bemerkt Olaf.

Plötzlich überfällt mich eine geniale Idee. Georg könnte doch seine guten Beziehungen in der Immigration nutzen. Alle Grenzübergänge und auch der Flughafen sind an ein zentrales Computersystem angeschlossen. Ich verspreche Olaf, dass ich Georg um einen solchen Gefallen bitten werde. Die Idee, dass John das Land verlassen haben könnte, verbessert meine Laune. So ziehe ich es vor, mein Frühstück morgens statt erst am Mittag einzunehmen.

Menschliche Gehirne suchen in fremden Städten immer das, was sie zu finden erwarten. Der Bildungsreisende belatscht in glühender Mittagshitze die Tempel und fotografiert schwimmende Märkte mit angeheuerten Händlerinnen in wackeligen Holzbooten. Der Sextourist bestaunt die Ping-Pong Show in der Patpong. Der notorische Rucksackreisende lebt sein Bangkok in der Khao San. Dort kann er vor Gleichgesinnten prahlen, wie er der alten Frau aus dem Bergstamm die handgemachte Schmuckkette zu einem Preis von einem Singha Bier abluchste. Jetzt, wo ich weiß, dass es in Bangkok eine Opera gibt, entdecke ich in der Bangkok Post einen Artikel über ein weiteres Symphonieorchester. Noch nie fiel mir zuvor ein Artikel über ein Orchester auf. Jedes Wochenende konzertieren in der Mahidol Universität weltbekannte Solisten und Dirigenten. Ich werde Natti einige Fotos von der Vorstellung senden. Intensiv überlegte ich bereits, mit was ich sie beeindrucken könnte, wenn wir uns nicht mehr um John kümmern. Vielleicht möchte sie ein solches Konzert mit mir besuchen, anstatt eines banalen Dinners.

Von der *Bang Wa* BTS-Station fährt ein musikbegeisterter Shuttlebus direkt zur Konzerthalle. Der ältere Herr neben mir, ein Deutscher, liest in einem Buch, in einem richtigen Buch. Es ist der erste Mensch, den ich seit Monaten ein Buch lesen sah. Der Buchdeutsche klärt mich auf.

„Die Strecke zur Mahidol Universität beträgt 37,6 Kilometer und dauert nach Verkehrslage 35 bis 52 Minuten. Die neue Konzerthalle mit 1924 Sitzen wurde vor 395 Tagen eröffnet."

Mein langhaariger Beisitzer mit vorzeitig gealtertem Gesicht ist in dieser Stadt zufrieden. Er lebt seit mehr als acht Jahren in Bangkok und arbeitet für das amerikanische Unternehmen QVC. Frauen interessierten ihn nicht mehr. Das mag der Grund für seine Zufriedenheit sein. Wir fahren eine Ausfallstraße entlang, vorbei an tristen Wohnblocks, PKW-Händlern und Baumärkten. Eine Mauer versteckt Kopien des Weißen Hauses.

„Das ist eine der teuersten Wohnanlagen in Bangkok, kein Haus unter 50 Millionen Baht; die Baufirma des früheren Staatschefs Thaksin hat sie errichtet", erklärt mir mein musikalischer Freund.

Den Grund, warum reiche Thais luxuriöse Häuser in einer solchen Gegend kaufen, kennt er nicht. Die Mahidol Universität ist ein Stadtstaat mit eigenen Hotels, Restaurants und Läden. Elektrowägen transportieren Studenten und Professoren über das riesige parkähnliche

Gelände. Vor den bewachten Eingängen dampfen immatrikulierte Suppenküchen. Neben den Ticket-Schaltern im Foyer verteilen Tische kostenlose Getränke und Snacks. Auch die Kultur in dieser Stadt kommt nicht ohne Essbares aus. Manche der westlichen Musikliebhaber kleiden Anzüge oder Roben, andere erinnern an Ostermarschierer. Presseberichte über einen solchen Ort wären anthropologisch inkorrekt, würden nicht die Klischees und Fantasien der Leser befeuern. Fantasien sind Projektionen, Realitätsfallen: Bangkok, das ist sündiges Nachtleben mit minderjährigen Mädchen, genauso wie bei Russland die Mafia, der Auftragskiller kommt immer aus Serbien und den Dirigenten gibt ein notorischer Italiener. Alfonso Scaramo heißt der gute Mann.

Das Orchester spielt Opernarien von Verdi, Puccini, Rossini, Gounod und Massenet. Der junge thailändische Tenor Nutthaporn Thammathi, so breit wie hoch, ersetzt mit seiner Stimme mühelos „Die drei Tenöre". Zahlreiche Musikpreise waren die Folge, und dabei studiert er noch am Mozarteum in Salzburg. Die thailändischen Sopranistinnen singen französisch, italienisch und deutsch. Aufmerksam analysiere ich ihre Körper, schaue mir jede Einzelheit genau an. Es werden wohl echte Frauen sein. Aus rätselhaften Gründen schmettern die Blasinstrumente ihre unverwechselbaren Töne aus den seitlichen oberen Logen. Acht Euro kostet das musikalische Vergnügen. Auf der Rückfahrt tausche ich den Platz. Das Geschöpf neben mir in einem langen, roten Seidenkleid reagiert. Wir unterhalten uns über das Konzert und klassische Musik. Ich beneide sie um ihren englischen Wortschatz. Der Bus hält vor der BTS-Station. Ich lade die Musikliebhaberin zum Essen ein. Sie erstarrt, schaut entsetzt.

„Wir kennen uns erst seit 30 Minuten und Sie laden mich bereits zum Essen ein, das ist doch nicht normal."

Apa behielt recht, und ich weiß, dass ich ein konservatives Mädchen traf. Hunderttausende von dieser Gattung leben in Bangkok, sorgfältig verborgen vor den gierigen Blicken der männlichen Farangs. Geistesgegenwärtig stottert es aus mir, dass die Einladung nur eine Metapher sei, um unserer Unterhaltung über klassische Musik fortzusetzen. Sie überlegt eine Weile.

„Gut, ich rufe meine Mutter an und sage ihr, dass ich mich mit einer Freundin treffe."

In einem Restaurant neben der BTS bestellen wir Bruschettas und Pasta. Coligenia ist 33 Jahre alt, spielt und unterrichtet klassisches Klavier, daneben arbeitet sie als Englischtutor für thailändische und ausländische Unternehmen. Unerwartet beginnt ein Verhör: Wie alt, verheiratet oder getrennt, falls getrennt wie lange, Kinder, wenn ja wie viele und wie alt, was ich in Bangkok arbeite und ob ich hier meine Zukunft plane. Die Antworten dürften meine Karmabilanz nachhaltig geschädigt haben. Insbesondere, was das diskriminierende Alter betrifft. Es ist ein beliebtes Spiel. In Dannys's Corner legte ich einmal 300 Baht auf den Tisch und ließ die Barmädchen mein Alter raten. Alle lagen erwartungsgemäß viel zu niedrig. Dann kam die Eigentümerin hinter der Bar hervor und flüsterte mir exakt mein richtiges Alter ins Ohr. Auf die Frage, warum sie mir mein Alter zuflüsterte, sagte sie: „Möchtest du, dass die Mädchen dein wirkliches Alter kennen?" Schnell belohne ich diejenige Bedienung, die mich auf 46 schätzte. Bei Coligenia blieb ich noch darunter.

Coligenia studierte Klavier an der Mahidol Universität. Im Alter von 25 Jahren setzte sie in Neuseeland ihr Englischstudium fort. Dort lernte sie einen Dozenten kennen.

Es war der erste Freund in ihrem Leben. Er wollte sie heiraten, sie wollte zunächst ihr Studium beenden. Später war sie vier Jahre mit einem Amerikaner liiert.

„Erst nach fünf Monaten kamen wir uns ganz nah, als ich sicher war, dass er kein AIDS hatte."

Kurz vor der Heirat trennten sie sich. Ihre Eltern waren froh darüber. Ein ausländischer Ehemann ist eine Schande für eine gute thailändische Familie. Thailändische Männer interessierten sie nicht. Männer aus ihrer Schicht hätten keine intellektuellen Interessen, ihr einziges Lebensziel sei es, Spaß mit Freunden zu haben. Alle hätten eine oder mehrere *Mia nois*, Nebenfrauen.

„Ich suche nicht eine Freundschaft, die mit Sex verbunden ist, friend first and later maybe more."

Dann zitiert Coligenia aus der Shakespeare Sonette 129: *The expense of spirit in a waste of shame is lust in action, and till action, lust...; savage, extreme, rude, cruel, not to trust; to shun the heaven that leads men to this hell.* Endlich, ein gebildetes Thaimädchen aus gutem Hause und dazu noch hübsch wie ein Ladyboy. Mein Atem stockt, der Puls rast, die Pupillen weiten, der Serotoninspiegel sinkt ab, Adrenalin schießt in die Blutbahn, vermischt sich mit Endorphinen und Dopamin zu einem berauschenden Liebescocktail. Ich stelle mir vor, *friend first*, wie ich mich wie Werther nach Lotte lange Monate nach diesem ätherischen Wesen verzehre; alles vergebens, verzweifelt stürze ich mich in die Arme der Wasser-Göttin des Chao Phraya.

Mein Außenplatz ist besetzt. Das ist gut so. In meinem Gehirn schwingen die Opernarien und ich habe keine Lust, das Bewusstsein mit Lichtgewittern und kitschigen Thaisongs zu behelligen. Ja, ich könnte nach Hause gehen und mir einen Film auf HBO ansehen. Hierzu fehlt mir die

Energie. Ich weiß natürlich, dass all die Geräusche, die Lichter, das Lebendige da draußen nur eine Illusion ist, die einem vorgaukelt, dass hier das richtige Leben abläuft. Dennoch, ich kann mich nur selten in die Stille meines Zimmers entziehen.

Neben Danny's Corner biege ich in die kleine ruhige Quer-Soi. Schilder am Eingang halten die Erinnerung wach: Bourbon Street, Silver Dollar, Ancient traditional Massage, Taffies Hairy Pie Club. Die Stühle vor der Bar 52 schielen wehmütig nach den Ruinen des ehemaligen Washington Squares. Bessie bedankt sich für den Drink. Wir stoßen an und wünschen uns gegenseitig Glück, *chok dii*. Ihr Gesicht trägt stolz die Spuren der Vergangenheit. Sie alterte mit ihren Gästen, den Veteranen des Vietnamkrieges, den ersten Travellern, den ersten Alleinsamen. Auf dem Weg zur Toilette betrachte ich die Fotos an der Wand, erkenne auf ihnen die junge Bessie inmitten lachender Farangs in Khaki-Hemden. Die wenigen Übriggebliebenen schwelgen in good old Days, erzählen verblichene Geschichten, immer die gleichen: über Dennis House, „the Doc", Gator, Crazy John, Cowboy John, Mekong Kurt und George Pipas, den früheren Inhaber der Lone Star Bar. Dieser Square, Little America, das ist Vergangenheit, ein vergilbtes Kapitel aus der Geburtsstunde des modernen Bangkoks. Veteranen der amerikanischen Kriege, Arbeiter von den Ölfeldern des Mittleren Ostens und auch einige Deutsche fanden hier ein Zuhause. Sie lebten in einer besonderen Symbiose mit dem Square, den anderen Squaronians, den Drinks, den Mädchen. Ihr Leben, das war der Square; ihre Schicksale bunt, einzigartig. *Samsara* fordert Tribut. Die meisten verließen das moderne, schnelllebige Bangkok, eine Stadt, die sie nicht mehr verstanden. Sie gingen in ihre frühere Heimat, krank, müde, und um zu sterben. Sie lebten ein intensives Leben, ein Leben, das sie zeichnete und schließlich zerstörte. Werden sie in ihrer Todesstunde bereuen? Werden sie ihren Nachbarn, den mit dem gestutzten Rasen vor dem Reihenhaus, beneiden? Bessie antwortet lange nicht.

„They eat here, they drunk here, they fucked here, some died here, I think they were happy here."

Ihr Blick schweift melancholisch über die Ruinen. Stählerne Raupen fressen an den moribunden Gebäuden. Die Nacht ist schwül. Der leuchtende Vollmond wirft lange Schatten auf die kahlen Gemäuer, verwandelt den Square in eine phantasmagorische Landschaft. Hier stirbt das alte Bangkok, die alte Zeit; eine Zeit ohne Shopping-Malls, Sportsbars, Dating-Websites, Mädchen mit zwei Handys, Starbucks und BTS. Von Danny's Corner weht Lachen herüber. Bessie bringt einen weiteren Gin and Tonic. Aus ihrem Gesicht wich die Traurigkeit. Sie werde in ihr Dorf im Isaan zurückkehren, vielleicht mit einem alten Farang Freund.

Weiße Ritter

Apa zieht eine Grimasse. Gerade sagte sie zu einer alten verrunzelten Ausländerin, dass alle Zimmer belegt sind. Das stimmt nicht. Zuvor lehnte sie einen indischen Bewerber ab. Das mit dem Inder verstehe ich. Inder sind in Bangkok unbeliebt. Sie kommen zu Tausenden. Sogar Straßenmädchen mögen Inder nicht. Erst verhandeln sie ewig den Preis und wenn endlich alles geregelt ist, erscheint aus dem nächsten Hauseingang ein weiterer Inder. Er sei der Bruder und möchte auch mitkommen, zu dem vereinbarten Preis natürlich. Das mit der alten Dame verstehe ich nicht. Ich könnte Apa fragen, aber ich frage sie nicht. Kein Thai mag es, nach dem Grund für seine Handlungen gefragt zu werden. Olaf schüttelt den Kopf, ohne dabei von der Bangkok Post hochzuschauen. Die Begegnung mit Olaf erinnert mich an Georg. Georg versprach, die Immigration wegen John aufzusuchen.

Gleich am Abend mache ich mich auf den Weg. Heute am buddhistischen Feiertag schlossen alle Bars, von außen jedenfalls. Drinnen halten ausgewählte Stammgäste ihr Trinkregime aufrecht. Ich besuche nur noch selten die Sportsbar. Meine Sweethearts sind kaum noch da. Die englischsprachigen Rollenspiele waren erfolgreich. Jetzt könnten sie ihren Kunden besser den Unterschied zwischen dem Theravada- und dem Mahayana Buddhismus erklären, scherzt Georg. Und wenn ich sah, wie ein Farang eines der Mädchen umarmt, krampfte mein Solarplexus. Auch die gemeinsamen Nachtessen finden nicht mehr statt. Ich konnte Fon und Noi überzeugen, die Chats mit ihren Sponsoren wieder selbst abzuwickeln. Georg besuchte die Immigrationen mit einer Spende für das Waisenhaus der Behörde in Form von zwei Flaschen Jack Daniels. Den pekuniären Gegenwert hatte ich zu übernehmen.

„John ist am 15. November über Sadao an der malaysischen Grenze ausgereist, ich habe den Ausreisevermerk selbst am Computer der Immigration gesehen“, verkündet Georg.

Das ist eine gute Nachricht. Endlich habe ich diesen Albtraum los. Georg ist gut gelaunt. So nutze ich die Gelegenheit und frage ihn nach seiner Arbeit als Privatdetektiv.

„Das ist eine traurige Geschichte. Ich habe sie bisher noch keinem erzählt. Nachdem ich meine Hotelkarriere aufgegeben habe, half ich in einem Detektivbüro aus. Der Eigentümer war ein pensionierter Amerikaner, der zuvor an der amerikanischen Botschaft als Law Enforcement Officer gearbeitet hatte. Diese Burschen unterstützen offiziell die thailändische Regierung bei dem Kampf gegen den Drogenhandel. Dabei werden sie nicht selten auch von der CIA gesteuert, die ganz andere Interessen verfolgt. Jedenfalls hatte mein Arbeitgeber nicht nur die besten Beziehungen zu Regierungsstellen, sondern auch zur Unterwelt. Er sprach gut Thai, vertraute den Thais jedoch nicht. Vielleicht war das Detektivbüro nur eine Tarnung für andere Aktivitäten.

Weißt du, was das Brot- und Buttergeschäft eines jeden Detektivbüros in Bangkok ist? Nein, es ist nicht die Suche nach verlorengegangenen Farangs. Es ist die Überwachung von Bargils, und hierzu waren meine Kenntnisse des Isaandialekts sehr nützlich. Das Grundmuster für diese Aufträge ist immer gleich. Ein männlicher Tourist kommt nach Bangkok. Ich meine nicht bloß die Sextouristen, sondern die ganz normalen Besucher: Buchhalter,

Beamte, Akademiker, Unternehmer. Sie kommen nach Thailand, um hier Urlaub zu machen. Und sie haben meistens eines gemeinsam. In der Heimat wurden sie von den Frauen enttäuscht oder die Natur hat es mit ihnen nicht gut gemeint oder sie sind gerade geschieden, oder, oder, oder..., und sie haben noch etwas gemeinsam: Ihr Gehirn geben sie am Ankunftsschalter des Flughafens ab.

Gleich am ersten Abend besucht der Tourist eine Gogo-Bar. Ein hübsches Mädchen setzt sich zu ihm und erzählt, dass sie gerade neu in Bangkok angekommen ist, erst den dritten Tag in der Bar arbeitet, aus einer guten Familie aus dem Isaan stammt, der Vater oder die Mutter gerade verstorben sind. Und sie müsse Geld für die Familie verdienen und auch noch für die Schwester, die noch zur Schule geht. Der Tourist ist gerührt, zahlt die Barfine, lädt sie zu einem Abendessen ein und zeigt ihr später sein Hotelzimmer. Sie verbringen einen romantischen Urlaub auf Phuket oder Koh Samui. Jetzt ist der Tourist absolut sicher, dass er endlich die wahre Liebe seines Lebens gefunden hat, das Glück verließ ihn noch nicht ganz. Er merkt nicht, dass er gerade zum Weißen Ritter geschlagen wurde.

My girl is different, she is a good girl, and she loves me. Tausende Male hörte ich schon diesen Satz, immer wieder. Ich müsste nicht mehr arbeiten, hätte ich jedes Mal einen Dollar bekommen. Würden diese Männer in ihrer Heimat die künftigen Ehefrauen in den Bars von Soho oder den Bahnhofsvierteln suchen? Diese Barmädchen sind einfache Farmgirls. Sie kommen nach Bangkok oder Pattaya, um Geld zu verdienen. Sie arbeiten in der Sexindustrie aus einem einzigen Grund: Der Grund heißt Geld, möglichst viel Geld. Und sie verdienen hier viel Geld, mehr als mit der Arbeit auf einem Reisfeld oder in einer Fabrik. Sie tanzen nicht an der Stange, um von einem Weißen Ritter gerettet zu werden. Sie wollen nicht, dass sie ein Mann erlöst, der zweimal so alt und doppelt so schwer ist. Und wenn ein Mädchen mit dem Mann in seine Heimat reist, muss er akzeptieren, dass er die Rolle eines Versorgers für das Mädchen und ihre Familie übernimmt. Es gibt auch Ausnahmen, das Verhältnis ist eins zu zehn.

Wenn der edle Retter wieder zuhause ist, möchte er natürlich nicht, dass die Liebe seines Lebens weiter an der Stange tanzt und für Sextouristen in einem Shorttime Hotel die Beine breitmacht. Er überweist ihr über Western Union Geld, oft das Mehrfache eines thailändischen Durchschnittslohns. Irgendwann packen den Weißen Ritter Zweifel: Hat mein Mädchen tatsächlich eine Lehre als Friseuse begonnen, arbeitet sie in einem Kaufhaus als Verkäuferin, lebt sie mit ihrer Familie im Isaan und ist jeden Abend pünktlich zu Hause, hat sie nicht einen thailändischen Freund oder sogar Ehemann? Er ruft ständig an und das Mädchen erfindet tausende Geschichten, warum sie gerade nicht zu Hause war, warum sie nicht seinen Anruf annimmt, warum im Hintergrund eine männliche Stimme zu hören ist, und, und, und. Das Gehirn von seiner Verliebtheit geblendet, glaubt der Weiße Ritter zunächst alle diese Geschichten. Später beginnen die Zweifel an ihm zu nagen. Das ist die Stunde der Privatdetektive. Sie sagen ihren Kunden natürlich nicht, dass sie ihr gutes Geld schlechtem hinterherwerfen. Ich führte mehrere solcher Checks durch, es war immer ein leicht verdientes Honorar. Alle überwachten Mädchen hatten verborgene Geheimnisse. Dann merkte ich, dass mein Arbeitgeber in undurchsichtige Geschäfte verwickelt war und ich verließ die Agentur. Es war die richtige Entscheidung. Zwei Wochen später beförderte ihn ein Motorradfahrer durch einen gut gezielten Schuss ins Jenseits.

Einige meiner früheren Kunden hatten mich bereits weiterempfohlen und so sah ich freudig der eigenen Karriere als Privatdetektive entgegen. Jens, ein Däne, war einer meiner ersten Kunden. Ich wurde ihm direkt von der dänischen Botschaft empfohlen, der ich zuvor half, ein verschwundenes dänisches Mädchen zu finden. Es war eine dieser Geschichten, wo ein Mädchen aus gutem und reichem Hause gleich nach dem Abitur von Papa eine Weltreise geschenkt bekommt. Auf Koh Lipe lernte sie eine Gruppe junger Australier kennen und beschloss, inspiriert vom Film *The Beach*, ein einfaches Partyleben auf den Andamanischen Inseln zu führen, auf Kosten von Papas Kreditkarte natürlich. Es gelang mir, die besorgten Eltern zu überzeugen, als Erstes die Kreditkarte zu sperren. Dann suchte ich an der Andamanischen Küste den Ort, an dem das Geld abgehoben wurde. An ein blondes Mädchen, das regelmäßig von einer Insel zum Festland reist, konnten sich die Verkäufer der Bootstickets gut erinnern. So war es nicht schwer die Insel zu finden, auf der das wohlbehütete Töchterlein ihren Sanuk genoss. Ich fand sie weinend in einem kleinen Guesthouse. Ihre australischen Freunde ließen sie dort fast mittellos zurück, als Papas sprudelnde Geldquelle versiegte. Mehr als nur bereitwillig begleitete sie mich zur dänischen Botschaft in Bangkok. Mit Hilfe der guten Kontakte meines früheren Arbeitgebers und einer gezielten Spende für die Witwen und Waisen der Immigration gelang es mir, den erheblichen Overstay der jungen Dame auf ein akzeptables Maß zu reduzieren. Der Botschafter schüttelte mir dafür persönlich die Hand. Aus verständlichen Gründen konnte mich die Botschaft nicht für einen dänischen Verdienstorden vorschlagen. Bis heute bekomme ich noch regelmäßig Einladungen zu allen möglichen Empfängen der Botschaft. To cut the long story short..."

Georg kann keine Geschichte kurz halten, dafür lieben ihn seine Gäste.

„Jens war kein Neuling in Thailand, arbeitete hier mehrere Jahre für ein amerikanisches Unternehmen. So war ich schon ein wenig erstaunt und leicht beunruhigt, als er mich anrief und sagte, dass es sich um ein Mädchen handelt. Ein langjähriger Expat in Bangkok wird nicht naiv auf ein Bargirl hereinfallen. Er kennt natürlich das Geschäftsmodell pay and play. Den Tag zuvor, bevor er nach Dänemark flog, trafen wir uns im Greyhound Café im Emporium. Jens war ein Mittvierziger mit leichtem Bauchansatz und spärlichem Haarschmuck, der ihn älter aussehen ließ. Er war verheiratet und lebte in einer dänischen Kleinstadt. Jens unternahm regelmäßige Reisen nach Bangkok, wo er seine früheren Kollegen besuchte, und natürlich ab und zu ein Mädchen in ein Stundenhotel entführte.

In einem Reisebüro lernte er Joy kennen. Joy war Ende zwanzig. Im Reisebüro arbeitete sie nur aushilfsweise. Hauptberuflich studierte sie Medizin. Jens lud sie ein paar Mal zum Essen ein. Joy war intelligent und er konnte sich mit ihr über alles unterhalten. Jens nahm sie zu einem kurzen Urlaub nach Phuket mit. Sie verlebten dort ungezwungene Tage. Jens war von Joy besessen. Er hatte zuvor noch nie ein solches intelligentes und lebenslustiges Mädchen getroffen. Und er glaubte, endlich die Liebe seines Lebens gefunden zu haben. Jens wollte sich scheiden lassen und mit Joy in Dänemark ein neues Leben beginnen. Joy wollte zunächst ihr Examen beenden. Jens bot ihr an, monatlich 50.000 Baht zu überweisen, um alle ihre Ausgaben zu decken. Sie akzeptierte gern eine so großzügige Spende, die einem Arztgehalt in einem Krankenhaus entspricht. Ein neuer Weißer Ritter war geboren. Jens sah das bestimmt anders. Warum glauben eigentlich Männer mittleren Alters, dass sie für junge, hübsche und lebenslustige thailändische Mädchen attraktiv sind. Glauben sie wirklich, dass es der Lebenstraum solcher Mädchen ist, in einem Reihenhaus einer dänischen Kleinstadt zu kochen, die Wäsche zu waschen und den ganzen Tag auf den geliebten Gatten zu warten. Sind sie davon überzeugt, dass sich der Zauber eines 4-Sterne Hotels auch im grauen Lebensalltag einstellt.

Jens flog zurück nach Dänemark, begann seine Scheidung und die Einreisedokumente für Joy vorzubereiten. Seine Unterhaltszahlungen kamen jeden Monat pünktlich bei Joy an. Sie sprachen zusammen oft über Skype. Nach einem solchen Skype Tête-à-Tête wurde die Verbindung von Joy nicht unterbrochen. Die Kamera lief weiter. Zunächst war nichts zu sehen und zu hören. Dann vernahm Jens eine männliche Stimme und Gekicher. Er sah auf dem Sofa einen jungen Mann sitzen. Es war kein Thai, hatte jedoch asiatische Gesichtszüge. Jens sah, wie Joy dem Mann ein Getränk reichte. Danach brach die Verbindung ab. Jens meinte, dass dies nur ein Freund gewesen sein könnte und alles nichts weiter zu bedeuten hat. Ein kleiner Zweifel blieb dennoch. Zweifel sind wie Gespenster, zunächst lachen wir über sie, aber mit der Zeit werden sie immer größer, bis sie alle unsere Gedanken beherrschen. Und wir merken nicht, dass wir es sind, die unsere Ängste in sie hineinprojizieren und sie dadurch erst groß machen. Jens wollte von mir, dass ich ihn von seinen Zweifeln befreie. Warum er Joy nach dem fremden Mann nicht selbst fragte, wollte ich von ihm wissen. Nein, auf keinen Fall, er vertraute Joy und wollte nicht die Beziehung durch sein Misstrauen belasten. Was würde Joy von ihm denken. Er sei ein toleranter Mann. Joy könne auch ein eigenes Leben führen.

Mir war die Sache klar, aber es war mein Job, die Wünsche meiner Kunden zu erfüllen. So vereinbarten wir einen Tagessatz für sechs Tage im Voraus. Nachdem das Geld auf meinem Konto eingetroffen war, machte ich mich an die Arbeit. Jens, der so sicher war, Joy heiraten zu wollen, wusste von ihr kaum etwas. Nur so viel, dass sie ihr Praktikum im Ramathibody Hospital absolvierte. Wo sie in Bangkok wohnte, wusste er nicht. Sie sagte ihm, dass sie in einem Appartementblock für Frauen in der Nähe des Chatuchak Marktes wohnt. Er hatte sie dort nie besucht. Er kannte noch nicht einmal ihren offiziellen thailändischen Namen. Sie wollte ihm später alle Dokumente für die Heiratsunterlagen zusenden. Na gut, diese Informationen waren nicht gerade erschöpfend, um in einer Millionenstadt eine junge Dame zu finden. Mit ein wenig Ausdauer, die der Kunde zu honorieren hat, konnte es gelingen. Jens mailte mir ein Bild, auf dem er und Joy abgelichtet waren. Joy war ein hochgewachsenes, schlankes Mädchen mit ausgeprägten Wangenknochen, schulterlangem Haar und großen, vollen Lippen.

Zunächst wollte ich ihren offiziellen Thainamen feststellen. Für den nächsten Tag buchte ich einen Flug nach Phuket. Gegen eine kleine Tüte mit Süßigkeiten erhielt ich von der Dame an der Rezeption des Hotels, in dem Jens und Joy ihren vorgezogenen Honeymoon verbrachten, die Kopie ihres Personalausweises. Jetzt wusste ich wenigstens ihren amtlichen Namen. Die freundliche Dame an der Rezeption schob mir noch einen weiteren Zettel mit ihrer eigenen Telefonnummer zu. Das war eine nette Geste. Leider war die Dame mindestens fünf Jahre älter als ich und man sah bereits auf den ersten Blick, dass sie gut kochen konnte. So verlängerte ich nicht meinen Aufenthalt und flog bereits am selben Abend zurück.

Gleich am nächsten Tag machte ich mich bewaffnet mit einer weiteren Tüte Süßigkeiten auf den Weg zum Ramathibody Hospital. Auch hier erfreute meine Tüte die zwei reizenden Geschöpfe im Personalbüro. Sie sahen in ihren grünen Uniformen wie gigantische Libellen aus. Ich erzählte ihnen, dass ein guter Freund, den Joy im Krankenhaus pflegte, sich in sie verliebte und sie unbedingt wiedersehen möchte. Das machte auf die beiden Libellen einen ungeheuren Eindruck. Von den Süßigkeiten angeregt, gaben sie sich alle Mühe, leider vergebens. Im Computer und in den Kartotheken war keine Studentin mit dem amtlichen Namen von Joy verzeichnet. Das Telefonat mit der Verwaltung der Universität brachte ebenfalls kein Ergebnis. Sie war dort nicht bekannt. Ich sagte den Libellen, dass mein Freund den Namen falsch geschrieben haben könnte, und versprach wiederzukommen. Unter großem Gekicher gelang es mir schließlich, die Handynummer einer der Libellen zu erlangen. Kontakte zu einem Krankenhaus können immer nützlich sein, besonders wenn sie weiblich sind.

Am selben Abend übermittelte ich Jens das Ergebnis meiner bisherigen Ermittlungen. Er antwortete erwartungsgemäß, dass es sich um ein Missverständnis handeln muss. Ich sollte auf jeden Fall weiter machen. Geld würde dabei keine Rolle spielen. Mein früherer Boss lehrte mich, wenn die Kunden ihr gutes Geld schlechtem hinterher werfen möchten, muss man sie dabei tatkräftig unterstützen. Für mich war jedenfalls klar, dass Joy ihren Weißen Ritter belogen hatte. Mit Lügen ist es wie mit Cockroaches, findest du einen, kannst du sicher sein, dass sich hinter der Kommode ein weiteres Dutzend verbirgt. Jetzt fing die Sache an schwierig zu werden.

Der nächste Anhaltspunkt war das Apartmenthaus nur für Frauen in der Nähe des Weekend Marktes. Ich wusste, dass es in diesem Gebiet zahlreiche Apartmenthäuser gibt. Eine der größten Universitäten des Landes, mit mehr als 400.000 Studenten, ist in der Nähe. So erschien es plausibel, dass Joy hier in einem der unzähligen Apartmentblocks wohnte. Die beste Informationsquelle in Bangkok sind die Motorradtaxis. Sie haben feste Standorte und kennen in ihrem Einzugsbereich alles und jeden. Am Motorradstand lobte ich eine Belohnung von 500 Baht aus, und ein Fahrer fuhr mich prompt zu zwei Blocks, wo nur Frauen wohnen. Niemand hier kannte Joy. Auch die anderen lokalen Motorradtaxifahrer, denen ich das Foto zeigte, schüttelten den Kopf. Ich mailte das Ergebnis an Jens und schlug ihm vor, er möge Joy nach einer Adresse fragen, an die er ihr ein Paket schicken könnte. Joy antwortete, dass es nicht möglich ist, an ihre Adresse ein Paket zu senden. Sie nannte ein Postamt, wo sie das Paket abholen wollte. Jetzt wurde Jens nervös. Mir wurde langsam klar, dass die Sache schwieriger ist, als ich zunächst dachte.

Ich ging nochmals alle Informationen durch, die ich mir notiert hatte. Wie so oft wird die einfachste Lösung meistens übersehen. Jens teilte mir im ersten Gespräch mit, dass er Joy in einem Reisebüro kennenlernte. Wie konnte ich nur so eine wichtige Information übersehen. Meine Euphorie wich gleich am nächsten Tag. Jens mailte, dass er nicht wisse, wie das Reisebüro heißt. Er war nur einmal dort. Er wusste nur, dass das Reisebüro in einer kleinen Seitenstraße der Silom Road lag. Am nächsten Tag klapperte ich in den Seitenstraßen alle Reisebüros ab. Dabei gab ich mich als Vertreter einer großen ausländischen Reiseagentur aus, dessen Kollege vor einigen Wochen mit einem Mädchen mit dem Namen Joy über eine mögliche Zusammenarbeit verhandelt hatte. Gleich im fünften Reisebüro hatte ich Glück. Die zwei jungen Damen im Office kannten Joy. Sie hatte dort eine Zeitlang aushilfsweise gearbeitet. Sie wunderten sich zwar, dass mein Kollege gerade mit Joy eine Zusammenarbeit besprochen hatte. Der Zeiger auf der großen Wanduhr erreichte fast die 12, so lud ich die beiden Reisemädchen zu einem Lunch ein. Sie nahmen die Einladung sofort an und fragten zum Glück nicht weiter nach Joy. Ich erzählte ihnen über kleine individuelle Reisegruppen, die nach Bangkok kommen werden. Sie zählten begeistert auf, was sie alles erledigen und organisieren können. Dabei kam ich wieder auf meinen Kollegen zu sprechen. Ich sagte ihnen, dass mein Kollege zunächst für Bangkok vorgesehen war, aber stattdessen nach Hongkong versetzt wurde.

Am Rückweg kamen wir an einem exklusiven Hotel mit einem Außencafé vorbei. Ich lud sie zu einem Kaffee ein und überzeugte sie schließlich, mit mir einen Cocktail zu trinken. Unsere Unterhaltung wurde zunehmend privater. Die Mädchen waren begierig, mir bei der Suche nach einem großen Apartment zu helfen, meinem künftigen Dienstsitz in Bangkok. Nach der zweiten Cocktailrunde vertraute ich ihnen schließlich an, dass sich mein Kollege in Joy verliebt hat, und dass ihm sein Handy mit ihrer Nummer gestohlen wurde. Eines der Mädchen, bereits leicht berauscht, verriet mir bereitwillig die Nummer. Es war eine andere Nummer als die, die mir Jens gab. Offenbar besaß Joy zwei Telefone. Leider war damals mein Kontakt zur Telefongesellschaft gerade versiegt. Die Telefongesellschaften sind in der Lage, den jeweiligen Standort eines Telefons zu orten. Dadurch wäre es möglich gewesen, ihre Wohnung zu finden. Den Wohnort von Joy kannten die Mädchen nicht. Ich fragte sie noch, ob sie wüssten, ob Joy verheiratet ist oder einen Freund hat. Die Mädchen kicherten und sprachen miteinander kurz auf Thai. Dabei sagte die eine zu der anderen: „Sollen wir ihm sagen, dass Joy einen Farang Freund hat". Ich lächelte sie weiter an, bestellte drei Stückchen einer teuren Torte und eine weitere Runde Kaffee. Schließlich erzählte mir eines der Mädchen von einem Dänen, der Joy heiraten und nach Dänemark mitnehmen wollte. Das andere Mädchen vertraute mir an, dass Joy einige Male von einem gut gekleideten älteren Thai abgeholt wurde. Er parkte seinen BMW direkt vor dem Reisebüro.

Ich verabschiedete meine fröhlichen Begleitungen und bestellte mir auf Jens Spesenkonto einen alten schottischen Malt Whiskey. Mir war die ganze Sache plötzlich klar. Der Fall schien gelöst zu sein. Es war eine typische Konstellation, wie sie in Bangkok tausendfach vorkommt. Joy war bestimmt nicht die Ehefrau oder offizielle Freundin des älteren Thais. Ein Thai, der sich einen BMW leisten kann, stammt aus der Oberschicht. Ein solcher Mann wird niemals ein Mädchen aus einer entlegenen Provinzgegend heiraten oder als offizielle Freundin in die Gesellschaft mitnehmen. Joy war bestimmt eine *Mia noi,* die Nebenfrau des älteren Thais. Jetzt erschien auch das zweite Handy plausibel. Jens war nur eine weitere Absicherung für Joy. Ob sie Jens liebte oder nicht, spielte dabei keine Rolle. Ihr thailändischer Sponsor konnte sie jederzeit gegen eine andere oder jüngere *Mia noi* austauschen.

Am Abend tippte ich für Jens meinen Bericht. Ich war mir sicher, dass nunmehr sein Lebenstraum vom trauten Familienglück geplatzt war. Da schätze ich meinen Weißen

Ritter jedoch falsch ein. Er hatte auch hierfür alle möglichen Erklärungen parat, bot mir einen weiteren Vorschuss an und wollte neue Beweise und Informationen. Ein Privatdetektiv in Bangkok lebt davon, dass seine Kunden ihr gutes Geld schlechtem hinterher werfen, so gab ich mir erst keine Mühe, Jens vom Gegenteil zu überzeugen. Da ich noch einige andere Fälle zu bearbeiten hatte, fast alle betrafen Barmädchen, legte ich für ein paar Tage eine Ruhepause ein. Es begann mich wegen Joy ein seltsames Gefühl zu beschleichen und so kam die Pause gerade recht. Eigentlich wäre es sinnvoll gewesen nach Roi Et zu reisen, um an dem früheren Wohnort Informationen über ihre Familie und Joy einzuholen. Die Vorstellung, in die 500 Kilometer entfernte Provinz während der Regenzeit zu fahren, lähmte meine professionelle Einstellung.

Die Einladung zu einem Empfang in die dänische Botschaft brachte mich auf die Idee. Ich rief Joys erste Nummer an. Dabei gab ich mich als Angehöriger der dänischen Botschaft aus. Ich fragte sie, auf welche Adresse ich den Einreiseantrag nach Dänemark persönlich vorbeibringen könnte. Zunächst klang eine unsicher piepsende Stimme überrascht. Sie habe doch keinen Einreiseantrag gestellt. Dennoch diktierte sie mir ihre Adresse in einen größeren Wohnblock in der Nähe der Sathorn Road, also kein Apartment für Frauen am Weekend Market. Ich verkleidete mich als Mitarbeiter der Botschaft: dunkle Hose, weißes Hemd und eine Lederaktentasche unter dem Arm. Die Wohnung lag an einem langen Gang mit unzähligen Wohnungstüren. Auf mein Klingeln öffnete niemand. Es waren keine Geräusche aus der Wohnung zu vernehmen.

Weißt du, mit was ein Privatdetektiv die meiste Zeit verbringt? Er wartet. Der beste Platz hierfür sind die kleinen Straßenstände oder Bars. Dort trinken die lokalen Straßenhändler und die Fahrer der Motorradtaxis ihr Bier und billigen Whiskey. Das sind gute Informationsquellen. Ich ließ mir vom benachbarten Straßenstand einen Papaya-Salat bringen. Die große Flasche Jack Daniels teilte ich mit meinen neuen Freunden in der Bar. Mit der Zeit wurde ich müde und wollte nicht ständig den Eingang des Wohnblocks beobachten. So bat ich einen meiner Freunde nachzusehen, ob bereits jemand in der Wohnung ist. Außerdem ist in einem ausschließlich von Thais bewohnten Haus ein Farang nicht gerade eine alltägliche Erscheinung. Meinen Kumpanen erzählte ich, dass dort die Freundin eines Bekannten wohnt, der ich ein kleines Geldgeschenk überbringen soll. Mein Bote kam unverrichteter Dinge zurück.

Nach einigen Stunden und der zweiten Flasche Whiskey wurde ich richtig müde. So bat ich einen der Fahrer, der kaum etwas getrunken hatte, mich heimzufahren. Gleich draußen bemerkte ich meinen Fehler. Er trank zwar keinen Whiskey, hatte indes extrem geweitete Pupillen. Ein klares Zeichen für Jaaba. Todesmutig zirkelte er zwischen den Autos, und ich schwor mir, künftig nur noch Taxis zu nutzen. Als wir lebendig an meinem Apartment ankamen, bekam ich eine Idee. Ich zeigte ihm das Foto von Joy. Er schaute es eine Weile an und begann wild zu lachen: Ja, er kenne das Mädchen, manchmal werde sie von einem großen Auto gebracht oder abgeholt. Er habe sie zweimal mit dem Motorrad zu einer Bar in die Soi 33 gebracht.

Dies kam mir alles sehr seltsam vor. Trotz meiner Müdigkeit bat ich ihn, mich zu dieser Bar zu bringen, fest entschlossen, Jens für diese weitere Todesfahrt einen weiteren Tagessatz zu berechnen. Ich erwartete, dass er mich zu einer der gehobenen Hostessenbars bringen würde. Stattdessen hielten wir vor einem Club. Über dem gemauerten halbrunden Eingang leuchtete der Name DEMONIA, darunter die Erklärung *The Fetish Club.* Ich fragte meinen Todesfahrer, ob er sicher sei, hier das Mädchen abgesetzt zu haben. Er schwor bei allen seinen Vorfahren und deren Vorfahren. Mein Kopf schmerzte höllisch, und so bemühte ich diesmal für die Heimfahrt ein Taxi. Mir war klar, dass ich diese wirre Geschichte nicht an Jens mailen kann. Ich war auch nicht sicher, ob die Auskünfte meines Jaaba-Fahrers tatsächlich stimmten. Ich wollte jetzt endlich den Fall abschließen. Um Jens endgültig zu überzeugen, dass Joy nicht die richtige Ehefrau für ihn sein würde, musste ein klarer Beweis her. Das konnte nur ein Foto sein, das jeglichen Zweifel ausschließt.

Gleich am nächsten Tag suchte ich meine neuen Mitstreiter auf. Und sagte ihnen ohne Umschweife, dass meine Geschichte noch einen zweiten Teil hat. Mein Freund hätte den Verdacht, dass seine Freundin noch ein weiteres Verhältnis unterhält. Ich möchte sie deshalb in Begleitung des BMW-Fahrers fotografieren. Dann lobte ich eine Belohnung von 1000 Baht für denjenigen aus, dem es mit seinem Handy gelingt ein solches Foto zu schießen. Ich war es leid, wieder mehrere Stunden vor dem Wohnblock zu warten. Gerade als ich in ein Taxi steigen wollte, sah ich einen meiner Freunde winken. Er zeigte in Richtung des Hauseingangs. Dort parkte ein BMW, in dem ein Fahrer alleine saß. Ich vermutete, dass er Joy abholen wollte. Da eilte sie auch schon aus dem Hauseingang herbei und stieg in das Fahrzeug. Es gelang mir nicht, mit meinem Handy ein Foto zu schießen. So sprang ich schnell auf den hinteren Sitz eines der bereitstehenden Motorräder. Die kleinen wendigen Zweiräder sind die beste Möglichkeit, um einen PKW im Bangkoker Verkehrsdschungel zu verfolgen. Wir folgten dem BMW bis in die Silom Road.

Das Fahrzeug bog vor einem modernen Büro- und Wohnkomplex in die Einfahrt der Tiefgarage ab. Mein Fahrer blieb eingeschüchtert vor der Einfahrt stehen. Ich sprang schnell ab und lief vorsichtig die Einfahrt hinunter. Glücklicherweise sah mich der Security Mann nicht, er las in seinem Häuschen gerade in einer Zeitung. Die Garage war in verschiedene Boxen unterteilt. Aus der Tiefgarage gab es nur einen Ausgang, den Lift. Ich stellte mich unweit auf, schaltete das Handy in den Aufnahmemodus und tat so, als ob ich eine Nachricht lesen würde. Nach wenigen Augenblicken kam Joy mit dem gut gekleideten älteren Thai entgegen. Ich drückte ein paar Mal ab. Sie nahmen von mir keine Notiz. Ich verließ die Garage wieder über die Einfahrt. Jetzt bemerkte mich der Security Mann, er schnellte hoch und salutierte stramm.

Anschließend ließ ich mich in der Soi 33 vor dem DEMONIA absetzen. Der Barbereich sah wenig dämonisch aus; die übliche Theke, entlang der Wände lehnten rote Ledersitze, auf denen gelederte Damen gelangweilt gähnten. Es war noch früh. Schnell fand ich die Mamasan und lächelte ihr zu. Sie kam sofort, und bevor sie nur ein einziges Wort sagen konnte, lud ich sie zu einem Drink ein. Nach einer Weile fragte sie mich, ob ich mit ihr in einen der Käfige gehen möchte, wo sie alle meine Fantasien erfüllen wollte. Dabei deutete sie auf die gelangweilten Mädchen und sagte lachend „too young, no experience“. Ich erzählte von meinem Freund, der sich hier vor einiger Zeit mit einem der Mädchen vergnügte. Er würde in Kürze nach Bangkok kommen und möchte dieses Mädchen vorab reservieren. Ich beschrieb Joy, so gut es ging. Das müsse Yee sein, entgegnete die erfahrene Mamasan, aber sie war sich nicht sicher. Schließlich kam ich mit dem Vorschlag, ob ich nicht ein Foto von Yee machen könnte, um es meinem Freund zu senden. Sie lehnte dieses Ansinnen ab, im Club galt ein strenges Fotografierverbot. Ich steckte ihr einen 1000 Bahtschein zu und versprach einen weiteren. Damit war das Verbot aufgehoben. Sie kramte unter der Theke in einer Schublade, schaute in einen Kalender und teilte mir freudig mit, dass Yee morgen Dienst hat. Ich sollte vorbeikommen, Yee zu einem Drink einladen und sie werde mit meinem Handy ein Erinnerungsfoto schießen. Nur mühsam konnte ich ihr Ansinnen ablehnen, mich sanft auszupeitschen, zu fesseln oder sie auszupeitschen oder, oder... Ich bezahlte eine weitere Runde, was sie besänftigte. Die Mamasan zählte alle Fetischtechniken auf, die in den Käfigkojen praktiziert werden. Nach zwei Stunden verließ ich den Club und dachte an all die sexuellen Genüsse, die bisher an mir vorbeigegangen sind.

Am nächsten Abend besuchte ich wieder das DEMONIA. Joy erkannte ich sofort. Sie trug schwarze schenkelhohe Lederstiefel auf hohen Absätzen, kurze gefranste Ledershorts, Netzstrümpfe und eine rote, eng geschnürte Lederkorsage. Ich lud sie zu einem Drink ein. Sie sprach Englisch mit einem australischen Akzent, jedoch nicht so gut, wie es mir Jens geschildert hatte. In ihrem Lederoutfit sah sie fantastisch aus. Und ich überlegte sogar, ob ich nicht Jens Spesenkonto dazu nutzen sollte, mich von ihr fesseln zu lassen. Die Mamasan setzte sich zu uns, weitere Getränkerunden folgten. Joy wurde bald zutraulich und versuchte wie die Mamasan gestern, mich zu diversen Fetischspielen zu verleiten. Ich täuschte eine SMS vor und versprach, auf jeden Fall wiederzukommen. Zum Abschied fotografierte uns die Mamasan in lasziven Posen.

Zuhause angekommen mailte ich einen genauen Bericht und die Fotos an Jens. Ich war mir sicher, dass er nunmehr keine Zweifel mehr haben wird. Joy war keine Studentin, sondern die *Mia noi* eines reichen Thais und arbeitete nebenbei in einem Fetischclub. Das ist kein optimales Profil für eine treusorgende Ehegattin in der dänischen Provinz. Jens war natürlich wütend und enttäuscht. Wir vereinbarten, dass er zunächst Joy auf die *Mia noi* anspricht und sie später mit dem Fetischclub konfrontiert.

Jetzt erst bemerke ich die Tränen in Georgs Gesicht.

„Der Rest der Geschichte ist schnell erzählt. Jens rief mich am nächsten Tag an. Joy hatte alles abgestritten. Der ältere Thai sei ihr Chef gewesen, für den sie gelegentlich arbeitet, ansonsten habe sie sich auf das Examen vorbereitet. Nie habe sie nur einen Fuß in einen Nachtclub gesetzt. Zunächst hätte sie geweint, dann sei sie wütend geworden und schließlich hatte sie das Telefonat beendet. Für mich war die Sache ebenfalls erledigt und ich übersandte Jens die Endabrechnung.

Zwei Tage später hatte ich zufällig in der Soi 33 etwas zu erledigen, und es fiel mir ein, dass ich vergaß, der Mamasan die versprochen weiteren 1000 Baht für das Fotoshooting zu übergeben. Es war keine übertriebene Ehrlichkeit, die mich wieder in das DEMONIA trieb. Eine Mamasan ist die beste Quelle für Informationen. Ein Privatdetektiv kann eine solche Bekanntschaft nicht wegen läppischen 1000 Baht aufs Spiel setzen, die ohnehin der Kunde bezahlt. Die Mamasan begrüßte mich freudig, und als sie den 1000 Bahtschein sah, viel sie mir freudig um den Hals. Ich schaute mich im Club um. Falls ich Yee suche, sie werde jetzt für einige Zeit nicht kommen, teilte mir die Mamasan mit. Ihre Schwester, mit der sie zusammenwohnt, sei vor zwei Tagen tödlich verunglückt. Zunächst habe ich diese Worte nicht verstanden, dann musste ich zu Salzsäule erstarrt sein, denn die Mamasan schaute mich entsetzt an.

Eine furchtbare Vorahnung ließ mich aus dem DEMONIA stürzen. Ich sprang in das nächste Taxi und fuhr zum Apartmentblock. Auf mein wildes Klopfen öffnete mir Yee mit verweinten Augen. Ich sagte zu ihr, dass ich gerade von der Mamasan erfahren hatte, was geschehen ist. Sie bat mich herein und es fiel mir nicht schwer, von ihr alle Einzelheiten zu erfahren. Joy und Yee waren Zwillingsschwestern. Joy war mit einem Australier verheiratet und lebte zuvor in Sidney. Yee besuchte sie dort öfters. Als die Ehe zerbrach, kehrte Joy nach Bangkok zurück und begann ein Medizinstudium. Sie hatte in Australien bereits als Krankenschwester gearbeitet. Ihren Lebensunterhalt verdiente sie mit Teilzeitjobs in Reisebüros und überall dort, wo gute Englischkenntnisse gefragt waren. Zum Schluss arbeitete sie als Übersetzerin für eine thailändische Handelsgesellschaft. Ihr Boss holte sie immer dann ab, wenn ausländische Kunden zu Besuch gewesen waren. Yee arbeitete in einer der Hostess-Bars in der Soi 33. Dem Eigentümer der Bar gehörte auch das DEMONIA. Von ihrem Nebenjob im Fetisch Club wusste Joy nichts. Sie wohnten in dieser Wohnung erst seit einem Monat zusammen. Vorher wohnte Joy allein in der Nähe des Weekend Markets. Manchmal übernachtete der koreanische Freund von Yee in der neuen Wohnung. Die Taxifahrer hatten ihr erzählt, dass Joy vor zwei Tagen aus dem Haus gestürmt kam und einem der Fahrer zuwinkte. Statt zu warten, bis der Fahrer mit seinem Motorrad auf die andere Straßenseite wendete, lief sie ihm entgegen und wurde dabei von einem Auto erfasst. Sofort wurde mir die gesamte Konstellation klar und ich fühlte mich verzweifelt. Ich gab Yee mein gesamtes Geld, das ich bei mir hatte, etwa 5000 Baht, um mich an den Kosten für die Überführung in ihr Heimatdorf zu beteiligen. An ihrem Tod fühlte ich mich schuldig. Ich hatte ihn durch meinen Dilettantismus mitverursacht. Wäre ich zu ihrem Heimatort gefahren, hätte ich bestimmt herausbekommen, dass Joy im Ausland verheiratet war und einen neuen amtlichen Namen bekam. Vermutlich benutzte sie im Hotel einen früheren Ausweis, um Jens ihre australische Heirat zu verheimlichen. Mit ihrem neuen Namen hätte ich sie in der Universität und im Krankenhaus gefunden. Hätte ich das Wohnhaus sorgfältiger observiert, wäre mir nicht entgangen, dass Joy eine Zwillingsschwester hatte; hätte, hätte, hätte..., ein Fehler nach dem anderen. Am selben Tag habe ich meinen Job als Privatdetektiv an den Nagel gehängt."

Georg füllt sein Glas mit einem weiteren Whisky und trink es in einem Zug leer.

„Siehst du die zersprungene Glastür dahinten? Dort habe ich letzte Woche einen Englischlehrer hindurch geworfen. Einige dieser Bastarde haben gut Thai gelernt und verdienen sich ein Zubrot als Freizeitdetektive mit der Observierung von Bargirls."

Georg schenkt einen weiteren Whiskey ein.

"Schuld an dieser ganzen Misere sind die Weißen Ritter. Warum meinen Männer, die in ihrer Heimat nicht mit Frauen zurechtkommen, dass sie die Liebe ihres Lebens gerade in Bangkok oder Pattaya bei einem Mädchen finden, das zuvor mit hunderten Männern geschlafen hat? Warum glauben sie die skurrilen Geschichten? Und wenn sie schon als Sponsor auftreten, wogegen es ja nichts einzuwenden gibt, warum wollen sie aus der Ferne das Leben dieser Mädchen bestimmen und kontrollieren? Du kannst ein Mädchen aus einer Bar holen, aber niemals die

Bar aus ihrem Kopf. In Bangkok gibt es tausende Frauen, die nie ein Barviertel betreten haben, einen normalen Beruf ausüben und an einer ernsthaften Beziehung mit einem Farang interessiert sind. Die Dating-Websites sind voll von solchen Mädchen. Warum nehmen sich diese Männer nicht die Zeit, auch solche Frauen kennenzulernen?"

Georg neigt den Kopf, schaut stumpf in den Raum.

„Nein, auch das klappt nur selten. Und weißt du weswegen?"

Er macht eine lange Kunstpause.

„Die kulturellen Unterschiede sind zu groß. Beziehungen beruhen hier allein auf dem Zauberwort CARE; der Mann sorgt für die Frau und meist auch für deren Familie. Und auch die Werte in einer Beziehung funktionieren anders als bei uns im Westen. Zunächst kommen die Eltern, dann die Familie, gefolgt von den Freunden, dann erst erscheint der Ehepartner. Wie muss sich der westliche Ehemann einer Thailänderin fühlen, wenn er merkt, dass er statt in der 1. Liga nur in der Regionalliga spielt."

Betrübt trotte ich nach Hause. Die traurige Geschichte wabert durch meine Gedanken. Beim Überqueren der Sukhumvit sehe ich automatisch nach links, auf die verkehrte Straßenseite. Ein Taxi rauscht von rechts vorbei, den Luftzug spüre ich am Rücken. Gut, dass Georg diese Geschichte sonst niemanden erzählt. Mit zittrigen Knien erreiche ich Danny's Corner. Der Gin and Tonic beruhigt das vom Adrenalin aufgeputschte Gehirn nur wenig. Die Soi springt mich an wie ein HDR-Foto. Frigide Lichter streifen über die Fassaden, Musikfetzen flattern entgegen, Klangschrott belästigt die Ohren. Die Gesichter der Menschen wirken surreal entworfen, verkrümmen zu Monstern, zu mechanischen Puppen, klapp, klapp, klapp. Ich möchte jetzt tausende Kilometer entfernt in der

Toskana in einem Weinberg sitzen, mit Natti. Die Gedanken an sie beruhigen, verdrängen die anderen, bald beherrschen sie mein ganzes Bewusstsein. Ich sehe in ihr die Jagdgöttin Diana, wie sie auf einem Schimmel dem flüchtenden John hinterher hetzt. Aber, was geschieht, wenn sie erfährt, dass John bereits ausreiste. Werden wir uns weiterhin treffen?

Das kleine Mädchen in der Telefonzelle liegt schlafend an die Mutter gedrückt. Vorsichtig nehme ich den ausgestreckten dünnen Arm und lege ihn auf die andere Seite ihres Körpers. In den Plastikbecher stecke ich einen Hundertbahtschein. Die Massagemädchen sitzen noch vor ihrem Salon, beschäftigen die Handys. Es ist erst zwei Uhr nachts. Vor dem Liberty parkt ein Müllwagen. Mit einem lauten Knall zerbersten die Glasflaschen in den Müllsäcken. Ich bin froh über mein Zimmer nach hinten. Zusammen mit Natti in meinem Kopf überquere ich die Straße. Nur durch eine geschickte Notbremsung bewahrt mich der Tuk-Tuk Fahrer vor dem Fährmann Charon. Hatten die Tarot-Karten und die Chinesin mit der Hakennase die richtige Vorahnung? Kurz vor dem Liberty fangen mich die Massagemädchen ab. Vor zwei Wochen feierte ich mit ihnen den Geburtstag einer Kollegin. Hoch und heilig versprach ich, die Dienste der Geburtstagsdame wenigstens einmal zu nutzen. Jetzt fahre diese Dame heim und ich müsse mein Versprechen erfüllen. Gerade noch den Hades vor Augen, möchte ich mein Karma nicht zusätzlich belasten. So willige ich ein, lehne standhaft eine viermal so teure Body to Body Massage ab und lasse mich auch nicht überzeugen, dass vier Hände besser massieren als zwei.

Die traditionelle thailändische Massage entwickelten buddhistische Mönche vor 1000 Jahren. Mitfühlende

Bäuerinnen lockerten ihnen damit die verspannten Körper nach langen Meditationsübungen. Im Wat Po können traditionell aufgeschlossene Farangs diese Massagetechnik erlernen. Die Massage beruht auf dem schmerzvollen Verdrehen aller Glieder, dem Druck auf Körperteile, der Blutstaus hervorruft, die dann die Massage wieder löst. Irgendwann kam ein empfindlicher Thai oder Farang auf die Idee, die zarten Hände hübscher, aber dafür weniger traditionell geschulter Mädchen an die Körper zu lassen. Die Massagemädchen merkten bald, dass ihre mit Öl benetzten sanften Finger bei ihren männlichen Kunden auch sehr spezifische Blutstaus verursachen. Gegen ein zusätzliches Honorar boten sie ihren Klienten an, sie von diesem misslichen Zustand zu befreien. Ein neues und erfolgreiches Geschäftsmodell war geboren. Die meisten Massagemädchen leben von dem zusätzlichen Honorar. Der karge finanzielle Anteil, den sie für die reguläre Öl-Massage erhalten, reicht nicht zum Überleben.

Meine Geburtstagsdame führt mich in einen geschlossenen Raum mit Dusche. Das ist angenehm. Die meisten Massageplätze besitzen nur mit Vorhängen abgetrennte Kojen. Die Ölmassage ist besserer Durchschnitt. Das Mädchen lacht aus einem hübschen Gesicht, ihre dralle Figur reizt. Für die abschließende Lockerung versuche ich sie zu überzeugen, dass sie wenigstens das Oberteil ablegt. Sie weigert sich standhaft. Nur für einer Body to Body Massage ziehe sie sich aus. Den Mädchen aus dem Isaan fehlt noch das Verständnis für modernes Marketing und added Value. So schließe ich die Augen und habe gleich wieder das lächelnde Gesicht meiner Jagdgöttin vor mir.

Totentanz im Mocca

Verschlafen greife ich zu dem Telefonhörer. „Mr. Pierre, Mr. Olaf is waiting for you", meldet Apa. Olaf lehnt auf meinem Platz. Freudig erzähle ich ihm, dass John am 15.11. aus Thailand über Malaysia ausreiste. Olaf überlegt eine Weile.

„Das kann so nicht stimmen. Ich habe anfangs Dezember mit ihm telefoniert. Er erzählte mir, dass er Apa überzeugt hat, für mich ein Zimmer zum Hof zu reservieren, obwohl sie hartnäckig darauf bestand, dass auch die Zimmer zur Straße ruhig sind. Und zwei Wochen später erhielt ich von ihm eine E-Mail aus Lampang"

Olaf klickt ein paar Mal auf sein Smartphone und zeigt mir die Mail mit dem Datum 16. 12. John konnte nicht bereits am 15.11. das Land verlassen haben. Gab der Beamte in der Immigration eine falsche Auskunft oder irrte sich Georg? Olaf lächelt geheimnisvoll. Er habe eine gute Bekannte bei der Immigration Division 1, die ihm mit seinem Rentnervisum hilft. Vielleicht könnte sie ebenfalls im Zentralcomputer nachsehen. Er will sie gleich morgen aufsuchen.

Eine neue SMS leuchtet auf meinem Handy. Es ist eine Nachricht von Natti: „Komme heute ab 17 Uhr zu der Vernissage ins MOCA, später werden wir die weitere Vorgehensweise besprechen." Ich freue mich, aber fragen hätte sie doch zumindest können. Die Realität holt mich ein. Ohne mir weitere Gedanken über ein MOCA zu machen, gehe ich auf mein Zimmer, ziehe die Vorhänge zu und schlafe sofort ein.

Das Taxi hält vor einem gewaltsamen weißen Kubus. Im Garten neben dem Eingang wächst eine Blumenplastik, geformt wie weibliche Brüste. Nach dem MOCA fahndete ich im Internet nicht lange: MOCA Bangkok, Museum of Contemporary Art, gestiftet von dem Telecom Magnat Boonchai Bencharongkul. Der Stifter wollte in seiner Jugend selbst Kunst studieren. Er folgte indes dem Rat seiner Eltern und nutzte seine künstlerische Begabung dazu, zunächst Milliardär zu werden. Das war von den Eltern weise. Später konnte sich der künstlerisch begabte Sohn ein eigenes Kunstmuseum leisten. Die Vernissage beginnt erst in einer Stunde. So habe ich genügend Zeit, die musealen Exponate zu bestaunen. Surrealistische und mystische Gemälde stilisieren die alte und neue Welt in Thailand: Tradition, modernes Leben, Liebe, Erotik und Tod. Einige der Bilder könnte Dali in Jaabarausch gemalt haben.

Ich trinke gerade einen Kaffee, eine Hand hält mir die Augen zu. Es ist Natti. Und sie ist wieder eine andere Natti als bei den zwei vorangegangenen Dates. Drei Begegnungen, drei Nattis. Ein helles Rouge verziert ihr Gesicht; glattgezogene Haare mit bräunlich eingefärbten Strähnen berühren die Schultern. Der glänzende, lederartige Stoff des roten Kleides fließt eng am Körper, formt ihre Figur wie ein antiker Bildhauer.

„Komm, ich stelle dich meinen Freunden vor. Einer von ihnen hat hier heute seine erste Ausstellung. Das Museum kaufte bereits ein paar seiner Bilder und Skulpturen."

In einem Raum mit schwarzen Wänden hängen großformatige Gemälde. Spotlampen bescheinen die sinnlichen Szenen. Wollust und Genuss, nackte Frauen und Männer, die Geschlechtsteile explizit dargestellt. Tische voller Essen und Trinken. Sportwägen. An Stangen tanzen nackte Gogo-Mädchen, begierig begafft von den feisten Gesichtern dicker Farangs. Die Bilder arrangierte der Künstler vor einer Theaterbühne. Die Zuschauer in traditionellen Gewändern, Bauern, starren dieses Treiben erschrocken und fasziniert an. Auf den nächsten Bildern verwandeln sich die Genießer in Skelette. Sie tanzen weiter den lustvollen Totentanz, ihre Verwandlung nicht bemerkend. Natti betrachtet gebannt die Gemälde. Bei einer weiblichen Figur erkenne ich ihre Gesichtszüge. Die vollen nackten Brüste entsprangen wohl der inspirativen Fantasie des Künstlers. Auch die Absaras, mythische Tänzerinnen an den Wänden der alten Khmer Tempel, formten ihre Skulpteure mit vollen, großen Brüsten. Sie folgten dabei einer uralten männlichen Fantasie, fest eingebrannt in den Tiefen des männlichen Stammhirns bis in die heutigen Tage.

In einer seitlichen Ecke schweben auf einem lotusförmigen Podest zwei bronzene Köpfe eines Liebespaares. Das Haupt des Mannes ruht auf kleinen Hundepfoten. Aus dem oberen Teil seines Kopfes wächst eine Tempelstupa empor. Der Kopf beugt sich über eine Schale. Wie in einem Harry Potter Film zieht eine geheimnisvolle Zauberkraft das Gesicht seiner Geliebten aus der Schale zu ihm hinauf. Lange kann ich den Blick von dieser eigenartigen Skulptur nicht abwenden. Wie anders begreifen hier die Künstler die Seele des Menschen.

Nattis Stimme reist mich aus meinem meditativen Traum. Sie stellt mir den Künstler vor; ein schmaler junger Mann mit langen Haaren und schwarzem Outfit. Er lädt mich in sein Atelier ein. Ansprachen beginnen. Mit einem leisen Flüstern erlöst mich Natti, und wir verlassen unauffällig die Vernissage. Sie möchte zu einem Pier, um nicht das letzte Boot nach Nonthaburi zu verpassen.

Warum fragte ich sie bisher nicht nach ihrem Wohnort? Ich möchte sie beeindrucken, Oriental Hotel. Der Taxifahrer schaut bereits beeindruckt. Meine Idee punktet. Natti war noch nie im Oriental. Der Raum macht auf kolonial, helles kolonial, ebenso wie die Korbsessel, die niedrigen Tische und der hochgewachsene Kellner. Wir sind die einzigen Gäste in der Author´s Lounge. Ich bestelle Tee und Snacks. Das ist stilgerecht. Der koloniale Kellner springt sofort. Jeden Augenblick steigen Graham Greene, James Michener, John le Carré, Somerset Maughen, Joseph Conrad und Yukio Mishima aus den Bilderrahmen. Mit einem Handkuss werden sie Natti begrüßen und ihr verführerisches rotes Kleid bewundern.

Zwei dänische Kapitäne eröffneten 1876 an dieser Stelle ein Gästehaus für Seeleute. Später mutierte die Seemannsherberge zum besten Hotel Bangkoks. Somerset Maugham schlürfte hier an der American Bar seinen Martini in einem hohen, eiskalt gekühlten Glas. Weder gerührt noch geschüttelt, seine eigene Mischung bestand aus Wermut und Gin mit einem kleinen Schuss Benedictine Likör. Dieser weitgereiste Herr mit dem guten Cocktailgeschmack war einer der wenigen berühmten Schriftsteller, die in dieser Stadt weilten und darüber einige Notizen hierließen.

Wir verlassen die verblichenen Herren und flanieren zur Terrasse. Nur wenige Gäste bewundern in der Abenddämmerung den Fluss. Die Betuchten weilen noch auf ihren Zimmern. Bald werden sie das opulente Abendbüfett bestürmen. Der smart lächelnde Kellner kennt Somerset Maughams Mischung nicht und bedauert das zu tiefst. Ich bestelle für Natti einen *Mai Thai* und für mich einen *Singapore Sling,* Nobles obliege. Die einschlafende Sonne hüllt den Fluss in gedämpftes Rot. Stolz empfängt das königliche Gewässer das ausfließende Licht. Über die Jahrhunderte dient der Chao Phraya den Menschen. Verbindet die entfernten Winkel des Landes, kennt die Geschichte der Reisbarken und Handelsschiffe auf ihrem langen Weg nach Ayutthaya. Wie viele Menschen mögen ihm gefolgt sein, Händler, Soldaten, Abenteurer, auf der Suche nach Glück und Reichtum. Der Fluss kennt ihre Träume, Sehnsüchte und den Glauben, den sie aus der fernen Heimat mitbrachten; weint und lacht über ihre unbedeutenden Schicksale. Wie könnte ich an einem solchen Ort über mein Budget sinnieren.

Plötzlich setzt Nattis eine ernste Miene auf, ihre Fröhlichkeit verstummte. Mit leiser Stimme erzählt sie, dass jemand ihre Zweitkopien entwendete und alle Dokumente in ihren Computer löschte. Jetzt reicht's, mit einer dramatischen Stimme berichte ich von den falschen Polizisten und der Immigration.

„Wir sollten uns nicht mehr um die Sache weiter kümmern. John ist nicht mein Freund, ich kenne ihn nur flüchtig."

Natti schaut wortlos ins Nichts.

„Wir werden schon dahinter kommen, was geschehen ist. Es geht ja nicht nur um John. Jemand machte sich an meinem Computer zu schaffen, hat Dokumente gelöscht, ich wurde bedroht. Ich möchte zu gerne wissen, warum diese Schriften einen solchen Aufruhr verursacht haben, dass jemand sogar den Zentralcomputer einer staatlichen Behörde manipuliert hat."

„Und was ist mit den falschen Polizisten?"

„Ja eben, es waren falsche und nicht richtige Polizisten."

„Aber, du sagtest doch, dass jemand deine Kopien entwendet hat und alle Daten im Computer gelöscht sind."

Nattis Lächeln kommt zurück.

„Ich habe einen guten Freund, einen IT-Spezialisten. Es gelang ihm, alle Dokumente zu rekonstruieren. Sie sind jetzt auf meinem privaten Notebook gespeichert. Niemand wird erfahren, dass wir uns damit weiter befassen."

Resigniert gebe ich auf. Ihr Lächeln und das WIR ist stärker als die abstrakte Gefahr. Vielleicht ist alles nicht so schlimm.

Natti doziert über die alten Texte. Ich möchte jetzt lieber den Fluss und die Gäste beobachten, belanglos mit Natti plaudern.

„Wie ich dir bereits sagte, muss zunächst das Alter der Schriften bestimmt werden, bevor der Inhalt interpretiert werden kann. Wir verwenden hierzu eine besondere Software, die verschiedene Texte aus unterschiedlichen Zeitepochen miteinander vergleicht. Ein Kollege, der mir dabei hilft, glaubt, dass er so alte Texte bisher noch nicht gesehen hat. Wir sollten alle Fotos und Unterlagen, die John hinterlassen hat, sichten."

Ich versuche etwas einzuwenden. Sie unterbricht mich sofort.

„Auch hierzu haben wir eine Software. Sie kann Zeitachsen und Zusammenhänge sichtbar machen. Das nächste Mal bringst du die Fotos mit. Die anderen Unterlagen gehen wir gemeinsam durch und scannen sie ein."

Resigniert nicke ich alles ab. Jetzt kann ich nicht mehr zurück. Wir verabschieden uns am nahen Oriental-Pier. Ich hauche ihr zum Abschied einen Kuss auf die Wange; eine unschickliche Geste in diesem Land. Sie dreht sich um, schaut mich an und lächelt zurück. Noch lange winken wir uns zu. Das Expressboot entschwindet in der Dunkelheit. Frohgelaunt schlendere ich zur BTS am Taksin-Pier. Aus einer Seitenstraße weht gedämpfte Orgelmusik heran. Neugierig folge ich der Musik. Sie entrinnt der Assumtion Kathedrale. Den länglichen Bau formten romanische und neoklassizistische Launen. Ich verstecke mich in der letzten Reihe. Die wenigen Besucher falteten die Hände zum Gebet, halten Zwiesprache mit ihrem christlichen Gott. Viele Buddhisten verfallen ebenfalls einer solchen Angewohnheit. Die Buddha-Statuen schütteln ungläubig den Kopf und flüstern den Betenden verschämt zu: „Ich bin kein Gott und übernehme für euch keine Verantwortung, ihr seid für euer Leben selbst verantwortlich." Dabei vergessen die erhabenen Statuen, dass seit Jahrtausenden in allen Menschen das tiefe Bedürfnis schlummert, die eigenen Sorgen mit einem höheren Wesen zu teilen und es um Hilfe zu bitten. Daran kann auch der Erleuchtete nichts ändern. Ein unsichtbarer Organist erzeugt sphärische Klänge von Bach und Buxtehude. Ich schließe die Augen, vergesse Bangkok, Natti, John; meine Gedanken schlafen ein, die Zeit gefriert. Die Musik schafft Transzendenz, aber zu wem und zu was?

◆

Michael diskutiert ungehalten mit Apa. Apa ist verärgert. Das weltbewegende Thema ist der Durchlauferhitzer in Michaels Dusche. Er spuckt nicht genügend warmes Wasser aus. Apa giftet zurück, dass der Techniker das Streitobjekt in Ordnung befand. Michael versucht sie zu bewegen, dass sie selbst nachsehen soll. Apa weigert sich und verweist auf den Techniker. Dann streiten sie über den Ton des Streits. Ich begleite Michael in das Parrot und wir trinken einen Kaffee. Er entdeckte bei einem Englischseminar in der Provinz eine thailändische Englischlehrerin aus Bangkok. Gestern nahm er sie erstmals auf sein Zimmer mit. Ich frage ihn neugierig, wie es war.

„Nichts war, du hast mir doch gesagt, dass ich mit den good Ladies langsam machen soll. Jedenfalls habe ich sie überzeugt, dass es in den USA üblich ist, gemeinsam zu duschen, und dann kam nur kaltes Wasser."

Michael erzählt neidisch von einem älteren Amerikaner. Er habe mindestens fünf Freundinnen, die ihn besuchen, nach Voranmeldung selbstverständlich. Vor drei Wochen versandte er an eine von ihnen eine Nachricht. Durch ein technisches Malheur erhielten alle Freundinnen diese SMS. Die Mädchen kontaktierten einander und erfuhren so über den gemeinsamen Freund.

„Stell dir vor, nach einer Woche war alles wieder im Lot. Jetzt habe ich erfahren, dass er mit einer guten Bekannten von mir zusammen ist. Sie ist vermögend, ihr Mann hat ihr sogar ein Haus gekauft. Ich habe sie gefragt, was sie an meinem Freund so toll findet und ob sie weiß, was er sonst noch so alles treibt. Sie antwortete, dass sie das so genau gar nicht wissen möchte, sie mag ihn eben. Er hilft ihr mit allem, kann alles reparieren und besorgen, löst jedes ihrer Probleme."

Das ist keine gute Nachricht. Hoffentlich gibt es auch thailändische Frauen, für die andere Eigenschaften bei einem Mann wichtig sind. Als ich später an das weibliche Geschlecht im Allgemeinen denke, schwindet meine Hoffnung gleich wieder. Ich kehre zurück zu meiner Bangkok Post. Apa versucht mich sofort auf ihre Seite zu ziehen.

„Er bewohnt hier das billigste Zimmer und beschwert sich noch. Bei dir ist die Dusche in Ordnung, oder?"

Ich nicke. Der Durchlauferhitzer hat nichts mit der Ausstattung zu tun, ich habe das gleiche Modell. Bei dem Streit ging es gar nicht um den Durchlauferhitzer, sondern allein um das „Gesicht". Apa verlöre ihr Gesicht, wenn der

Erhitzer tatsächlich nicht funktioniert hätte. Aus dem gleichen Grund kann jeder Thai immer genau die Richtung angeben, die ein Tourist erfragt. Wenn ich von meinen Fitnessübungen komme, necke ich fortan Apa: *Abnam duay gan,* gehen wir zusammen duschen? Einige Tage später erzählte ich Apa die Geschichte von einem Touristen. Sie rief sofort die Eigentümerin aus dem Büro herbei, und beide bogen sich vor Lachen. Der junge Mann fragte mich, mit welchen Worten er am besten Mädchen ansprechen soll. Fleißig lernte er *abnam duay gan* auswendig. Nach zwei Tage traf ich ihn wieder. Verwundert erzählte er mir, dass einige Mädchen sich kopfschüttelnd abwandten, andere lachten und manche sagten, ok 1000 Baht.

Die Stadt schrumpft, rückt zusammen, immer die gleichen Rituale, alles schon einmal gesehen, das Gehirn streikt, der Wille schwindet, nur noch blindes Treibenlassen. Meine Augen sehen jetzt anders, suchen nicht mehr das Besondere. Auch die unbedeutenden, die banalen Dinge werden sichtbar wie die Menschen, Töpfe, und Pfannen in einem betagten Shopping-Center. Das Kleine wird groß, das Große ist nicht wichtig: *Never neglect the little things of life*. Der westliche Geist sucht stets das Bedeutende, das Bleibende, den alles umspannenden Zusammenhang: *We always find something, eh Didi, to let us think we exist.* Die buddhistisch geprägten Menschen spekulieren nicht über ihre Existenz, warten nicht auf Godot, leben die kleinen Dinge des Lebens. In einer solchen Welt verschwimmt das Reale mit der Möglichkeit: oben oder unten, schwarz oder weiß, links oder rechts; warum entscheiden? Das Leben geschieht, die Menschen schauen zu, spielen mit: *The fool on the hill, Sees the sun going down, And the eyes in his head, See the world spinning round.*

Bei den Unruhen in Bangkok sind Menschen ums Leben gekommen, deshalb sollten Touristen die Zentren der Innenstadt meiden, empfehlen deutsche Online-Medien. Die Unruhen, das sind angeheuerte Killer, die auf Oppositionsführer schießen, Handgranaten schmeißen, Kinder töten. Halt, so genau wollen wir es gar nicht wissen, die von der Opposition, das sind doch die Bösen. Mich zieht es nicht in die Zentren der Innenstadt; nicht wegen den Anschlägen und Demonstrationen. Mein neuronales Nervensystem führt mich immer öfters nach Thonburi. Hier spielt das Moderne nur die zweite Geige im urbanen Stadtorchester. Kein schmutziges Neonlicht verschandelt hier die alten Stadtbiotope.

Beim Wat Kalayanamitr beginnt ein schmaler Pfad, schlängelt am Fluss, entlang des ehemaligen portugiesischen Viertels. Die Santa Cruz Kirche leuchtet in der untergehenden Abendsonne. Nur noch wenige alte Häuser erinnern an die Zeit der portugiesischen Händler. Rastlose Radfahrer einer der „Bangkok by Bike Tours" würdigen den großartigen chinesischen *Kuan Im Kok Tempel* am Ufer des Chao Phraya keines Blickes. Ein alter Soihund schleicht von einem schmalen hölzernen Quersteg herbei, bestaunt neugierig den ungewohnten Farang, wendet den Kopf gelangweilt ab und folgt der streunenden Hundemeute. Die steinerne Bank kühlt den erhitzten Körper. Von hier aus beobachtete ich schon oft, wie der Mond sein überschüssiges Licht mit den quirligen Flussgeistern teilt, lauschte den blubbernden Geräuschen der abendlichen Ausflugsboote, wo traditionell gekleidete Tänzerinnen ihre Glieder zwischen opulenten Buffets verrenken.

In dieser Gegend wohnt auch Professor Singer. Diesmal ist er nicht allein, spricht mit einer etwa 30-jährigen Frau in engen Jeans und losem T-Shirt. Sie ist weder hübsch noch hässlich, sie ist beides. Ihr Gesichtsausdruck lässt auf Intelligenz hoffen.

„Seien Sie gegrüßt, mein junger Freund. Das ist Pam, sie hilft mir mit einem Buchprojekt. Nach dem Erfolg von *Sixty Shades of Grey* wetteifern alle Verlage mit neuen erotischen Thrillern, weiblichen wohlgemerkt. Mein Verlag hat hierzu eine talentierte und noch hübschere junge Dame verpflichtet. Zufällig ist sie die Tochter einer meiner früheren Studentinnen. Für ihren Debütroman leiste ich ein wenig bescheidene Schreibhilfe. Sie werkelt bereits an einer Fortsetzung. Falls ihr Erstlingswerk ein Erfolg sein sollte, wovon wir alle ausgehen, muss gleich ein weiteres Werk von unserem neuen Schriftstellerstar folgen. So wollen es die Gesetze des modernen Buchmarktes. Die Konsumenten lesen nicht mehr Bücher, sie lesen Autoren, was sage ich da, so war es ja schon immer. Gut, dass die Verlage endlich Marktforschung betreiben, so wissen sie jetzt genauer, nach was der Leser lechzt."

„Und wovon handelt der künftige Bestseller", will ich von Professor Singer wissen.

„Die Marketingabteilung hat mehrere moderne Trends kombiniert. Eine junge Dame arbeitet nach dem Studium in der Werbebranche: 12-Stundentage, immer unter Strom, Beziehungen gehen in die Brüche, ihre Lebensgefährten betrügen sie ständig. Jetzt reicht es ihr. Sie steigt aus, schmeißt den Job, unternimmt eine Weltreise, möchte das Lebensgefühl und das Denken fremder Kulturen kennenlernen. Und jetzt der Clou: Bei ihrer Reise ergründet sie hauptsächlich das Wesen der Männer. Sie möchte wissen, ob bei Männern tatsächlich das Prinzip gilt, dass Liebe und Erotik nicht miteinander verbunden zu sein müssen. Und sie erforscht, ob Erotik nur vollständig frei sein kann, wenn sie von der Liebe getrennt ist. Für Männer haben diese Fragen unsere Gene bereits vor tausenden Jahren entschieden. Für Frauen wird das ein ewiges Thema bleiben. Aber bei ihnen kann es ja durchaus zu Genverschiebungen kommen. Und auf welche Weise möchte dies unsere Protagonistin feststellen? Sie raten richtig, mein junger Freund. Eine Frau lernt die Männer am besten im Bett kennen. Ich habe in meinem langen Leben unzählige Damen näher studiert, meine Erkenntnisse über Männer halten sich jedoch in Grenzen. Auch ist alles schon eine Weile her. Pam hilft mir dabei, manche Wissenslücke zu schließen."

„Und warum schreibt die talentierte junge Dame dieses Buch nicht selbst?"

„Eine berechtigte Frage. Die Antwort ist einfach. Frauen können keine erotischen Bücher schreiben. Weibliche erotische Literatur endet meistens bei Fesselspielen, Körperflüssigkeiten und vulgärerer, pornografischer Sprache. Und mit der Philosophie hapert es auch manchmal."

„Sie wollen also einen modernen weiblichen Graf Keyserling erschaffen. Und was ist etwa mit Anaïs Nin?"

„Sie überraschen mich, mein junger Freund. Diesen weitgereisten und gebildeten deutschen Reisephilosophen kennt heute kaum noch jemand. Und was Anaïs Nin anbelangt, haben Sie gleich eine der seltenen Ausnahmen gefunden. Aber, welche der erotischen Texte stammen wirklich von ihr und welche wurden von ihrem Liebhaber Henry Miller geschrieben oder inspiriert? Übrigens, wissen Sie, welcher erotische Roman in den Sechzigern mehr für die Emanzipation der französischen Frau getan hat als sämtliche Schriften Simone de Beauvoirs zusammen? Es war *Emmanuelle* von Emmanuelle Arsan, der thailändischen Frau eines französischen Diplomaten in Bangkok. Dieser Roman aus dem früheren hedonistischen

Bangkoker Ausländermilieu beschreibt einen Eros, der für Frau und Mann keine Eifersucht, Monogamie und sexuelle Tabus kennt. Solche Konventionen werden darin als Grund für die Vereinsamung und mangelnde Liebesfähigkeit der Menschen interpretiert. Aber auch diesen erotisch-philosophischen Roman verfasste nicht eine Frau, wie bis heute fälschlicherweise behauptet wird, sondern ein Mann. Der richtige Autor ist Louis-Jacques Rollet-Andriane, der französische Diplomat und ältere Ehemann von Madam Arsan. Falls Sie einmal beim Nai Lert Park vorbeikommen sollten, können Sie dort heute noch den Phallus-Shrine bewundern, der in diesem Roman eine Rolle spielt."

„Ja, jetzt erinnere ich mich an diese Szene. Emmanuelle beglückt dort einen Knaben mit einem kunstvollen Blowjob. Den Roman las ich in meiner Jugend."

„Bevor Sie kamen, diskutierten wir gerade darüber, wie unsere Heldin männliche und weibliche Geschlechtsteile bezeichnen soll. Noch nicht einmal ein Gynäkologe würde zu seiner Frau sagen, du hast eine hübsche Vagina. Vielleicht können Sie hierzu etwas beitragen. Wie bezeichnen Sie diesen mystischen Ort bei Ihren Geliebten?"

„Da muss ich nicht lange überlegen. Die Mädchen nennen ihn Pussy. Dieser Begriff erinnert an eine Pussycat, was in diesem Zusammenhang ganz passend ist."

„Sie haben mich beide überzeugt, dies war auch der Vorschlag von Pam. Ich dachte zunächst an *Cunt*. Dieser alte Begriff nordgermanischen Ursprungs verbreitete sich im Mittelalter über England in andere europäische Länder. Sogar moderne Feministinnen verwenden das Wort *Cunt*, um den Frauen das Selbstbewusstsein zu geben, alle ihre Körperteile bewusst zu mögen. Ihr habt recht, Pussy klingt poetischer. So, nun müssen wir noch den männlichen

Körperteil benennen. Wie preisen Sie ihn denn bei den Frauen an, mein junger Freund?"

„Ich nenne ihn HE und HIM, you like him? Das liegt daran, dass ER und ICH ständig einen Dialog miteinander führen, anders als manche Frauen, deren Pussys nur anklagende Monologe deklamieren. Wenn wir zusammen im Danny's Corner sitzen und eines dieser bezaubernden Geschöpfe in kurzen Shorts und engem T-Shirt vorbeiläuft, meldet ER sich sofort zu Wort: `Komm, wir nehmen sie mit´. Wenn ich ihn zu überzeugen versuche, dass wir die 1000 Baht lieber in ein Tenderlon Steak und guten Wein investieren sollten, und außerdem ist es doch immer das Gleiche: Bad, eingewickelt im Handtuch..., bedrängt ER mich mit tausend Argumenten."

„Und wie fällt dieser Dialog aus?", lacht Pam.

„Wie immer im Leben, wir schließen einen Kompromiss."

„Ich meine, Sie sollten für das männliche Teil den Begriff COCK wählen", sagt Pam. „Einige meiner Freunde bezeichnen ihn so oder haben kein Problem, wenn ich ihn so nenne. Außerdem passt diese Bezeichnung gut zu dem Thema des Buches. Viele Männer sind auf ihren Cock so fixiert wie ein eitler Hahn."

„Ihr habt mir heute sehr weiter geholfen. Ich habe noch eine wichtige Telekonferenz mit meinem Verlag. Ihr werdet euch bestimmt auch ohne einen alten Mann amüsieren."

Von der Terrasse des einfachen Zoom4Zoom5 Restaurants am Wang Lang Pier betrachten wir schweigend die vorbeifahrenden Schiffe. Jetzt nach Sonnenuntergang strahlt der Königspalast im goldenen Licht. Pam geht an den Bestellcounter und erfüllt ihre kulturelle Pflicht. Nach wenigen Minuten beschweren mehrere kleine Schüsseln den verwitterten Holztisch. Pam besitzt chinesische Wurzeln und stammt aus Phitsanulok in Zentralthailand. Sie studiert Chinesisch, chinesische Literatur, Marketing und daneben arbeitet sie in der Marketing-Abteilung eines chinesischen Unternehmens. Bei Professor Singer belegte sie ein Seminar über europäische Kulturgeschichte.

„Du wirst bestimmt wissen wollen, warum mich Professor Singer als Beraterin für männliche Erotik konsultiert. Vielleicht haben ihn meine theoretischen Kenntnisse über die altchinesische Liebeskunst inspiriert. Wir unterhalten uns oft über Taoismus, die Bedeutung von Yin und Yang und die Sexualkultur im alten China. Aber das ist bestimmt nicht der Grund. Na gut, du würdest es ja ohnehin erfahren. Ich habe ein paar gute Freunde, Expats, die ich ab und zu besuche, und die mir ein wenig zu meinem Studium beitragen. Dadurch kenne ich natürlich die erotischen Verhaltensweisen von Männern, und für manche meiner Freunde bin ich special."

„Also eine *Mia noi* für Farangs."

„Nein, nein, auf keinen Fall, eine *Mia noi* ist eine Zweitfrau oder nach westlichen Maßstäben eine Geliebte. Ich bin keines von beiden. Nur einmal war ich mit einem Expat liiert. Später wurde er eifersüchtig, wollte mein Leben kontrollieren und bestimmen. Mit meinen Freunden habe ich jetzt klare Regeln vereinbart. Wir gehen miteinander nicht aus, treffen uns nur in seinem Apartment oder einem Hotel. Und das Wichtigste ist, er darf mit mir niemals über seinen Beruf oder Familie sprechen. Westliche Männer wollen mit Frauen immer über ihren Beruf oder die Familie sprechen, möchten ihre Probleme auf jemanden anders abladen. Das ist nicht nur langweilig, sondern auch unhöflich."

„Ich weiß, wir sind es im Westen so gewohnt, dass wir uns mit Freunden über Privates unterhalten. Und wie kommen deine Bewunderer damit zurecht?“

„Erst waren die Freunde irritiert und verunsichert. Später merkten sie, wie erfrischend es ist, mit einer Frau nur über positive Dinge zu plaudern. Sex und Erotik sind bei Männern immer ein Thema. Wir verbringen allerdings die meiste Zeit damit, uns über Essen, Kultur und das Leben zu unterhalten. Wir hören Musik oder schauen einen Film an, über den wir später diskutieren. Manchmal kochen wir sogar zusammen. Wir gehen eine Symbiose auf Zeit ein, die für beide von uns nützlich ist, sinnlich wie intellektuell. Auf eine bestimmte Art liebe ich alle meine Freunde und sie lieben mich, ohne dass wir uns gegenseitig besitzen wollen. Professor Singer bezeichnet mich als eine Muse. Das sollen in Europa intelligente und begabte Frauen sein, die Beziehungen mit mehreren Künstlern oder Schriftstellern pflegen. Er konnte mir aber nie so richtig erklären, warum nicht auch andere Männer Musen haben oder warum sich dort intelligente und begabte Frauen so selten als Musen betätigen.“

„Vielleicht liegt es daran, dass in den westlichen Gesellschaften sexuelle Treue als ein verbindlicher moralischer Wert angesehen wird.“

Pam überlegt eine Weile und zieht eine Grimasse.

„Aus anthropologischer Sicht hat die exklusive Koppelung der Sexualität an monogame Partnerschaften keine rationale Grundlage. Sie schadet eher den Beziehungen. Und warum sollen Menschen nicht mehrere Beziehungen nebeneinander pflegen können? In der früheren chinesischen Kultur und Philosophie wurde die Sexualität nicht als sündhaft und tabubeladen betrachtet wie im Westen. Erotik spielte eine positive und sogar heilsame Rolle. Die alten Chinesen betrachteten die sinnliche Liebeskunst als Urkraft des Lebens und als Teil des Jin und Yang Prinzips. Am Hof der Kaiser und Fürsten waren die Liebesdienerinnen hochgebildete und angesehene Damen. Mit ihren Künsten sorgten sie für das Lebensgleichgewicht ihrer Herren. Magst du die chinesische Oper?"

Mich interessiert jede Oper, insbesondere wenn ich sie mit einer intelligenten und charmanten Muse besuchen kann. Mit der lokalen Flussfähre überqueren wir den Fluss. Das Taxi schlängelt durch die verwinkelten Gassen der China Town und hält an einem viereckigen Platz vor einem chinesischen Tempel. Zwei riesige Schlangen, eine weiße und eine grüne, umwinden eine Holzbühne. Die Bühne schimmert im goldenen Licht. Die Vorstellung begann bereits. Wir setzen uns auf einen der wenigen freien Plastikstühle.

„Ich erkläre dir die Handlung in der Pause", haucht mir Pam ins Ohr und streift dabei meinen Arm.

Die Schauspieler tragen maskenhafte Gesichter, bemühen die Gesichtsmuskulatur nur sporadisch. Ihrem Mund entweichen schrille Laute. Manche Akteure bewegen die Beine in Tanzschritten. Fiedel, Banjo, Gong und Schlaginstrumente scheppern, erzeugen eine furiose Geräuschkulisse. Lokale Menschen, gewöhnlich und echt, verfolgen gebannt das Schauspiel. Kinder kichern, rutschen ungeduldig auf den Sitzen. Aus einer steinernen Fontäne sprenkelt blutrotes Wasser. Schattenspiele auf den Häuserfassaden karikieren das Geschehen auf der Bühne. In der Pause entdeckt Pam meine Wissenslücken auf dem Gebiet der chinesischen Oper, ein Schnellkurs folgt.

„Gespielt werden alte Sagen und Geschichten, die uns erzählen, dass sich alle Dinge ständig verändern. Ein Tier kann zum Menschen werden, ein Stein zur Pflanze, eine

Pflanze zum Tier, ein Mensch zum unsterblichen Geist oder Gott, genauso wie eine Schlange zu einer Frau. In der chinesischen Oper ist jeder Charakter genau festgelegt. Das Publikum erkennt den Charakter am Make-up, der Farbe des Kostüms und an seinen Bewegungen: den Bösewicht, den leichtsinnigen jungen Mann, den Dummkopf, die verschlagene Frau, den General, ein verwandeltes Tier. Manchmal werden weibliche Charaktere von männlichen Schauspielern dargestellt oder umgekehrt. Jeder Schauspieler wird nur für die Rolle eines einzigen Charakters ausgebildet. So kann ein junger Schauspieler während seines gesamten Bühnenlebens den Charakter eines alten Mannes spielen."

Die Vorführung beginnt wieder. Pam flüstert mir die Geschichte und die einzelnen Charaktere ins Ohr. Ich beobachte abwechselnd die Vorstellung, die Schattenspiele an den Hauswänden und Pam. In dem fahlen Licht verschwimmen ihre chinesischen Gesichtszüge. Die Oper endet gegen Mitternacht. Nach einem ehernen Gesetz muss einer Thailänderin alle zwei bis drei Stunden Nahrung zugeführt werden, sonst wird sie unwirsch. Ob dies für thailändische Männer ebenso gilt, weiß ich nicht, ich verkehre mit keinem. Wir betreten einen chinesischen Kolonialladen aus der vor 7/11 Zeit. An den Wänden nisten Schubladen mit Gewürzen, Medizin, Kräutern, Süßigkeiten, Snacks und Haushaltswaren. Auf dem Boden hocken Jutesäcke, in denen was auch immer lauert: frisch, getrocknet, kleingeschnitten, geraspelt, gehobelt, grade, verkrümmt. Wir setzen uns an den einzigen klapprigen Tisch vor dem Laden. Die Inhaberin könnte mit ihrer gerunzelten Physiognomie, der krummen Nase und dem zahnlosen Mund eine tragende Rolle in jeder chinesischen Oper übernehmen. Sie kredenzt Snacks und zwei silbrige

Kännchen mit Tee. Die ganze Zeit mustert sie uns wie eine Schlange, die mit ihrem Opfer spielen möchte. Sie sagt etwas zu Pam. Offenbar galten ihre Worte meiner Person.

„Hier kannst du Kräuter und Medizin für alle Krankheiten kaufen und für Männer gibt es Wurzeln und Kräuter zur Stärkung der Virilität und Potenz", lacht Pam.

Die Snacks schmecken hervorragend, so dass Pam eine weitere Runde ordert. Ich bestelle eine zermahlene Wurzel gegen das Völlegefühl.

„Was soll ich jetzt mit Wurzeln für die Potenz anfangen?"

„Es gibt ein altes chinesisches Sprichwort: Ein Löwe muss auch im Schlaf wachsam sein."

War das Ironie, ein Versprechen oder Aufforderung? Warum sprechen Asiaten immer in Rätseln? Die Alte bringt immer neue Snacks und Tee.

„Weißt du, dass Bangkok eigentlich eine chinesische Stadt ist?", fragt Pam.

Selbstverständlich weiß ich das, behalte mein Wissen für mich.

„Chinesen haben hier bereits gesiedelt, als Rama I den Goldenen Palast zu bauen begann. Vor 100 Jahren waren fast zwei Drittel aller Einwohner in Bangkok Chinesen. Auch heute noch fließt bei mindestens 40 Prozent der Bewohner chinesisches Blut in den Adern. Aber was viel wichtiger ist, den größten Teil der thailändischen Großindustrie und der Finanzwelt beherrschen chinesische Familienklans. Die ethnischen Thais, das waren immer schon Bauern, Generäle und Regierungsbeamte. Um die Sache noch komplizierter zu machen, wenn jemand von Chinesen spricht, ist es so, als ob er von Europäern spräche. Es ist schon ein Unterschied, ob es Hokkien, Tae Liu oder Cantonese Chinesen sind. Und diese Gruppen teilen sich noch nach den jeweiligen Provinzen auf, bilden eigene Communities, eigene Wirtschaftsvereinigungen, besuchen eigene Tempel. Würde man in Bangkok alle chinesischen Tempel erfassen, wäre ihre Zahl kaum geringer als die der rein buddhistischen. Auch viele der thailändisch-buddhistischen Tempel haben Chinesen gebaut oder finanziert. Dadurch haben sie das Wohlwollen der früheren thailändischen Königshäuser erkauft und damit Macht und Einfluss."

Interessiert verfolge ich die Lektion in Bangkoker Chinesengeschichte. Jetzt bräuchte ich eine Wurzel gegen die Müdigkeit.

„Der jetzige politische Kampf hat den gleichen Hintergrund. Mit dem chinesischen Thaksin-Klan sind weitere chinesische Wirtschaftsklans verbunden. Der Führer der Opposition Suthep vertritt einflussreiche thailändische Wirtschaftsklans aus dem Süden und hat als früherer Minister großen Einfluss auf hohe Regierungsbeamte und das Militär, die allesamt der ethnischen Elite der Thais angehören."

Ich begleite Pam nach Hause. Wir durchqueren einige dunkle Gassen und gelangen zu einem Apartmentblock, der sich vor zehn Jahren als modern gelobt hätte. Die Straße wirkt leer und verlassen. Unsicher sehe ich mich um. Wo soll ich in dieser Gegend zur späten Stunde ein Taxi finden. Pam bemerkt meinen Blick und lacht.

„Du kannst selbstverständlich heute bei mir übernachten. Übrigens, du bist der erste Mann, der in meiner Wohnung übernachtet."

Der runderneuerte Aufzug mit glatt polierter Stahltür entlässt uns im dritten Stock. Pam bewohnt ein 40 qm großes Studio. Ein Raumteiler trennt die schmale Küche vom restlichen Raum. Hier ist die Ordnung zu Hause:

ausgerichtet, übersichtlich, aufgeräumt, kein Thainippes in den Regalen.

„Möchtest du noch etwas essen?", fragt Pam.

Stracks eile ich ins Bad. Eingewickelt in ein weißes Handtuch, schlafe ich auf dem breiten Bett sofort ein.

Sie hält die Augen geschlossen. Um die schwachen Augenringe mäandern mimische Fältchen. Ihre halblange chinesische Ponyfrisur verrutschte zur Seite. Die angespannten Gesichtszüge verleihen ihr das Aussehen einer lebenden Puppe. Das Gesicht ziert keine der üblichen nach oben gekrümmten asiatischen Steckdosennasen. Den länglichen Nasenrücken schließt eine hakenförmige Nasenspitze ab, die den Nasensteg überlappt. Ihre Haut glänzt wie Samt. Sie kommt mir jetzt kleiner vor als am Abend zuvor, vielleicht trug sie Absätze. Aus dem leicht geöffneten Mund entweicht eine erhöhte Atemfrequenz. Die kleinen Brüste folgen dem Rhythmus der welligen Beckenbewegungen. Sie ist erfahren, die Freunde dürften einen Anteil daran haben. Ihre Bewegungen werden plötzlich langsamer, der Körper vibriert nur noch leicht, es ist eher ein unmerkliches Zittern. Nein, nein, jetzt noch nicht, zuerst IHR Gesicht... Mit einem siegestrunkenen Lächeln schaut sie zu mir herab: „Are you happy already?"

Jetzt kenne auch ich eines ihrer Specials: Sie beherrscht die Vaginalmuskeln. Als ich mich verabschiede, merkt sie meinen verlegenen Blick.

„Du erinnerst dich doch noch an meine Regeln. Falls ich jemals dein Apartment betreten sollte, weißt du bestimmt den üblichen Tarif. Um dein Gewissen zu erleichtern, lade mich das nächste Mal wieder zum Essen ein. Ich werde dich anrufen und dir sagen, wann und wo."

Der letzte Satz klingt streng und bestimmt, keine Widerrede duldend.

Khlong Thoey

Thetawellen vibrieren im Halbschlaf, weiter kommen sie nicht: *Mr. Pierre, Mr.Olaf...* Vor wenigen Minuten war es eine SMS von Natti, die mich aus dem Schlaf riss: „Wir treffen uns am Nachmittag um 14 Uhr am Pier in Nonthaburi. Etwas Schreckliches ist passiert. Nimm alle Unterlagen mit. Sprich mit niemanden über John und unsere Recherchen." Verschlafen ziehe ich mich an. Schon wieder ein Tag, der am Morgen beginnt statt mittags. Olaf kam gerade von der Immigration zurück. Seine geheimnisvolle Bekannte bestätigte ihm, dass der zentrale Computer tatsächlich den 15.11. als Johns Ausreisedatum ausweist.

„Aber etwas ist eigenartig. Sie sagte mir, dass der Vermerk nicht automatisch vom Computer am Grenzübergang in Sadao generiert wurde. Jemand hat ihn manuell in den Zentralcomputer eingegeben."

Das Expressboot rast den Chao Phraya entlang. An den Ufern stieren moderne Hochhäuser auf verfallende Holzhütten hinab. Touristen zeigen Mitleid, zucken ihre Handys, knipsen das Pittoreske. THAI HERITAGE MALL, das Transparent preist ein neues Bauprojekt am Ufer. Die Bangkok Post schwelgte über exklusive Geschäfte, edle Restaurants, schicke Bars und einen modernen Blumenmarkt. Nur ein rückständiger Shop-Owner störte die jubelnden Leserkommentare. Er möchte den Charme des Flusses mit den windschiefen Holzhäusern erhalten. Auch wir Farangs lieben die alte Idylle. Aber wer von uns möchte in diesen moribunden feuchten Hütten leben, die jedes Hochwasser überschwemmt? Wer möchte, dass seine

Kinder in der vergifteten Kloake schwimmen, anstelle der so putzig und fröhlich lachenden Khlongkinder?

Der Pier in Nonthaburi ist die letzte Station des Chao Phraya Expressboots. Unweit vom Pier schreckt das Bang Kwang Central Prison, das berüchtigte Bangkok Hilton. Viele Ausländer vegetieren dort ihre langjährigen Gefängnisstrafen ab, meistens wegen Drogendelikten. Flusslandschaft mit Tempeln und Dörfern zieht vorbei. Die seltsame Nachricht trübt den Genuss. Natti ersehnt mich bereits am Pier. Es ist die Natti Nummer eins: langer Rock, helle Bluse, die Haare nach hinten gezurrt. Die angespannten Gesichtszüge übertünchen die fröhliche Begrüßung. Ihre Stimme zittert.

„Der Professor wurde getötet. Es ist derjenige Professor, dem ich die Fotokopien der alten Schriften übergab und der mich später zum Schweigen aufgefordert hat. Unbekannte Männer überfielen ihn in seinem Haus, durchsuchten alles, sein Computer verschwand. Dabei wurde er so schwer verletzt, dass er später im Krankenhaus starb."

„Siehst du endlich ein, dass wir uns um die Angelegenheit nicht mehr kümmern sollten. Jetzt sterben sogar Menschen."

Natti sagt nichts, wirft mir einen bösen Blick zu und winkt nach einem Taxi. Das Taxi schaukelt durch die verwinkelten Gassen von Nonthaburi. So gefiel sich Bangkok vor 50 Jahren. Khlongs an jeder Ecke, Brücken ruckeln. Natti berührt meinen Arm und lächelt mir zu. Das vertreibt die defätistischen Gedanken. In ihrem strengen konservativen Outfit finde ich sie noch reizvoller als in dem sinnlich erotischen im MOCA. Jetzt kommt ihre Persönlichkeit stärker zum Vorschein. Meinen erhöhten Pulsschlag verursacht jedenfalls nicht der tote Schriftgelehrte. An einer Wasserstraße hat das Taxi genug. Wir betreten ein kleines Restaurant. Die Inhaberin herzt Natti und führt uns zu einer hölzernen Terrasse, die in den Khlong ragt. Zwei wacklige Tische klammern furchtlos am Geländer. Wir sind allein.

„Wir müssen jetzt sehr vorsichtig sein. Ich habe alle Unterlagen auf eine externe Festplatte kopiert und mit Hilfe meines IT-Freundes alle Spuren sorgfältig von meinem Notebook gelöscht. Die Festplatte werde ich hier bei meiner Freundin deponieren."

Die Wirtin erscheint mit einer großen Servierplatte voll mit kleinen Schälchen: *Nam Prik Goong Sot*, eine Mixtur aus Garnelenpaste, gekochten Shrimps und rohem Gemüse, *Gai Pad Prik Gaeng*, kleine gebratene Hähnchenwürfel, *Yam Mamuang*, ein grüner Mangosalat und weitere Gerichte, die ich nicht kenne. Wie gut, dass Thais auch in den betrüblichsten Situationen nicht auf ihr Essen verzichten. Immer neue Schälchen erobern den Tisch. Natti blättert in den Papieren, die ich mitbrachte. Plötzlich erstarrt sie, wirft mir einen bösen Blick zu, den zweiten schon in wenigen Minuten.

„Warum hast du mir nicht gesagt, dass du Kopien von alten Schriften besitzt? Wir mühen uns ab, aus den Bruchstücken etwas Brauchbares herauszulesen und du hortest zu Hause wichtiges Schriftgut."

„Ich untersuchte damals die Papiere nicht so genau", stottert es aus mir heraus.

Natti verdreht die Augen, lächelt jedoch gleich wieder. Dabei weiß sie noch nicht, dass auf den Fotos noch weitere alte Texte abgelichtet sind.

„Mein Freund sagte mir, dass die Texte, die er bisher aus den alten Gandhari-Handschriften entziffern konnte, mit großer Wahrscheinlichkeit buddhistischer Herkunft sind. Sollte dies zutreffen, ist das eine Sensation. Es wären die frühesten buddhistische Schriften überhaupt, die bekannt sind. Falls Buddha gelebt haben sollte..."

Ich möchte etwas sagen, schnell fügt sie hinzu: „Das ist jetzt nicht so wichtig, darüber sprechen wir ein anderes Mal, wenn dich das interessiert."

Selbstverständlich interessiert mich, ob Buddha gelebt hat. Keine Enzyklopädie bezweifelt das nur ansatzweise.

„Das Geburtsdatum Buddhas wird auf das 5. Jahrhundert, neuerdings erst auf das 4. Jahrhundert v. Chr. datiert. Zu dieser Zeit gab es noch keine Schrift und später wurden nur so banale Sachen wie das Eigentum schriftlich aufgezeichnet. Seine philosophischen Gedanken haben seine Anhänger auswendig gelernt und gaben sie an ausgewählte Schüler mündlich weiter, und das über mehrere Jahrhunderte."

„So ähnlich wie in Fahrenheit 451."

Natti schaut mich fragend an.

„Das ist der Titel eines Romans. Die Handlung spielt in einem fiktiven Staat, in dem die Gesellschaft sehr weit fortgeschritten ist. Es gibt keine Minderheiten mehr, die sich diskriminiert fühlen müssen; alle Bürger erreichten den gleichen sozial Status und befinden sich intellektuell auf vergleichbarem Niveau. Um diesen Zustand zu erhalten, gilt der Besitz von Büchern als schweres Verbrechen. Denn Bücher fördern selbständiges Denken, und das führt zu antisozialem Verhalten und einer politisch inkorrekten Gesinnung. Stattdessen beschäftigt der Staat seine Bürger mit Drogen, Videowänden, Sportereignissen und Vergnügungsparks. Die Feuerwehr hat die Aufgabe, Bücher aufzuspüren und zu verbrennen. Papier zündet bei 451 Grad Fahrenheit. Und wie es in Romanen so ist, verliebt sich ein 30-jähriger Feuerwehrmann in ein 17-jähriges Mädchen. Durch das Mädchen findet er zur Literatur und zum freien

Denken. Später schließt er sich Dissidenten an, die in den Wäldern vor der Stadt leben. Diese Menschen lernen Bücher auswendig, um sie vor dem Vergessen zu bewahren. Während sie auf und ab gehen, rezitieren sie die Texte. Sie sind wie lebendige Bücher, genauso wie die Anhänger Buddhas."

Natti überlegt eine Weile.

„Mit dem Staat war bestimmt Thailand gemeint. Bücher sind hier zwar nicht verboten, aber auch hier nehmen die meisten Menschen Drogen und schauen Videos, statt Bücher zu lesen. Und die Männer verlieben sich nur in Mädchen, die nicht älter sind als 20."

Natti zieht eine traurige Grimasse und holt aus ihrer Tasche einen Handscanner heraus.

„Wir werden zunächst alle Blätter einscannen und die Fotos übertragen. Wenn die Software eine Zeitachse identifiziert hat, und das kann eine Weile dauern, legen wir die weitere Vorgehensweise fest."

Ich beobachte abwechselnd die Essensreste in den Schälchen, die plantschenden Abfälle im Khlong und Nattis konzentriertes Gesicht. Sie scannt alle Papiere ein und kopierte die Fotos auf die externe Harddisk.

„Du solltest auch alle Fotos von deinem Computer löschen, es genügt, wenn du sie auf der Memory Card aufbewahrst. Die Papiere lässt du hier. Wir werden sie hier bei meiner Freundin deponieren. Warst du schon auf Koh Kret?"

Ich hörte bereits von dieser Insel inmitten des Chao Phraya. Koh Kret entstand vor 200 Jahren, als eingewanderte Mon eine Flussbiegung durch einen schmalen Kanal verbanden. Wir erklimmen ein Longtail. Das Boot tuckert mit halbem Gas den Khlong Bang Talat entlang. An seinen Ufern wuchern Sträucher, niedrige Bananenstauden und schäbige Mietshäuser neben luxuriösen Villen. Bald erreichen wir den Chao Phraya und segeln motorgestützt und laut flussaufwärts wie die früheren Händler auf ihren Weg nach Ayutthaya. Der Wind zerzauste Nattis Haare. Sofort vergesse ich ihre Persönlichkeit. Von den Ufern wandern kleine Kanäle landeinwärts, verlieren sich im Nichts. Ältere Frauen, ruhig, zeitlos, gelassen, schippern in wackligen Longtails ihren Einkauf zu den Dörfern.

Die Buddhisten begreifen das Leben als ständigen Wandel, ein ewiges Fließen von Entstehen und Vergehen. Alles Sein ist ein momentanes, es blitzt auf und vergeht gleich wieder. Nur diese Augenblicke, *Dharmas*, sind wirklich. Westliche Menschen glauben dagegen, es gebe Dauerhaftigkeit und damit Sicherheit und Beständigkeit. Wenn für die Buddhisten ihr Dasein ständig neu entsteht, entfällt für sie die Grundsorge des westlichen Menschen, die Angst vor dem Scheitern. Und die Angst ängstigt sich weit weniger vor der stärksten Urform des Scheiterns, dem Tod. Das mag ein Grund sein für die Ruhe und Gelassenheit dieser alten Frauen.

Unerwartet legt der Kapitän den Gashebel auf Vollgas. Das Boot galoppiert ruckartig los. Die einsetzenden Fliehkräfte drücken Natti fest an mich. Sofort vergesse ich ihre Persönlichkeit. Ich werde dem Bootsmann das dreifache Trinkgeld zukommen lassen. Das Boot entert einen kleinen Pier. Von der gegenüberliegenden Kanalseite starrt eine gigantische goldene Buddha-Statue herüber. Wir flanieren an verwitterten Holzhütten entlang. In den Restaurants drängeln die Hungernden. Stände mit Süßigkeiten und Töpferwaren buhlen um Aufmerksamkeit. Warum haben wir zuvor so viel gegessen. Sogar Natti verschmäht die Leckerbissen.

Grundlos fangen uns zugewachsene Seitenwege ab, lotsen uns in versteckte Dörfer, wo die Hütten auf Stelzen balancieren. Dorfkinder üben mit Tonfiguren modernes Marketing. Mimose Bäume umschließen wie Trauerflor den wuchernden Wildwuchs, formen Inseln aus Schatten. Stille schleicht entlang der Hörnerven zur den Rezeptoren. Nur ein verwirrter Hahn missachtet das Silentium, befiehlt mit verrutschter Stimme seinen Harem herbei. Eine aufgeschreckte Ratte verharrt in Schockstarre und flieht fiepend unter Gemüseabfälle.

Nach einer Weile erreichen wir das verlassene Kloster *Wat Palelai*. Kriechpflanzen belästigen das Dachgesims, umgarnen die morschen Holzstreben. Die schwächelnden Strahlen der untergehenden Abendsonne berieseln eine Buddha-Statue aus porösem Sandstein. Mit europäisch gekreuzten Beinen ruht der Buddha auf einer Bank. Ein Elefant reicht ihm mit seinem steinernen Rüssel ein Zuckerrohr. Der zuschauende Affe steuert eine Bienenwabe bei. Es ist eine Allegorie auf die Zeit, als Buddha im Dschungel meditierte und wilde Tieren ihn mit Nahrung versorgten.

Natti erzählt von ihrer Familie. Sie lebt mit ihrer Mutter, einem älteren Bruder und einer Schwester im eigenen Haus. Die zwei Jahre jüngere Schwester arbeitet als Managerin in einer internationalen Exportfirma. Nur die jüngste Schwester ist verheiratet und lebt mit einem Honda Händler in Bangkok.

„Sie hat zwar kaum das Abitur geschafft, dafür ist sie bildhübsch."

„Noch hübscher als du?"

Natti neigt den Kopf zur Seite und schaut zu mir hoch. Es ist die gleiche schüchtern kecke Geste, mit der Yingluck Präsident Obama verzauberte. Der Zorn der vereinigten amerikanischen Journalistinnen wurde noch furioser, als sie entsetzt das nächste Foto betrachteten: Ihr Präsident schaut mit dem Grinsen eines frechen Pennälers hinter Yingluck her, wobei ihm die attraktive thailändische Ministerpräsidentin auffordernd den Kopf zuwendet. Die gender-korrekten Damen erahnten wohl das Ziel seines Blicks. Professionalität gepaart mit Weiblichkeit war der amerikanische Präsident aus seiner Heimat nicht mehr gewohnt, seine Hormone zogen blank.

◆

Apa stellt mir einen neuen Bewohner vor. Bogdan, ein aufgeschlossener junger Serbe, 30 Jahre alt, gehört zu der Zunft der modernen digitalen Nomaden. Er arbeitete früher beim staatlichen Fernsehen. Daneben entwarf er Video-Animationen für Unternehmen. Bogdan studierte die Karrieren und die Lebensentwürfe seiner älteren Kollegen und entschloss sich, sein Leben künftig ungeplant fortzusetzen.

„Weißt du, es existiert keine Sicherheit von außen. Nur das, was man kann, wofür man offen ist, gibt einem die Sicherheit fürs Leben. Und diese ist an keinen Ort gebunden."

Eine bemerkenswerte Lebensphilosophie für einen erst Dreißigjährigen. Bogdan löste seinen Haushalt auf. Er möchte eine Weile ausspannen und dann wieder für seine Kunden arbeiten. Dazu braucht er nur ein Notebook und eine schnelle Internetverbindung.

„Über die Ladies könnte ich stundenlang erzählen. Es würde dir jedoch nichts nützen, auch ich bin immer wieder überrascht. Frage lieber deine Freunde, ich gehöre bereits zu einer anderen Generation. Jeder muss hier seine Erfahrungen selbst machen."

Warum fragen alle Neuankömmlinge immer sofort nach den Frauen. Das ist so, als fragte man, wie hier die Tage ablaufen. Die Tage laufen nicht ab. Nach dem Montag kommt ein Dienstag, dann ein Mittwoch, und jeder Tag ist von dem vorangegangenen verschieden. Olaf machte zu den Frauen eine interessante Bemerkung, die mir nicht aus dem Kopf geht: „Gemeinsam bei allen Frauengeschichten ist das Automatengefühl. Es schnurrt in uns, und wir tun alles um einer Frau wegen, es schnurrt wieder, und es ist aus. Dagegen können wir nichts tun."

Auf meine Spaziergänge gehe ich am liebsten allein. Die verborgenen Winkel, die Düfte, die Geräusche, die lockenden Blicke dulden keine Mitwisser. Heute habe ich gute Laune, und Bogdan will mich begleiten. Wir begehen die Soi 22 und biegen in die Rama IV ab. Bogdan sah bisher nur die schillernden Passagen der Sukhumvit. Bereits der rückwärtige Teil der Soi 22 ist für ihn ein besonderes Erlebnis. Wir erreichen den Khlong Toey Market, den größten Frischmarkt in Bangkok. Alles, was wächst, fliegt, schwimmt, läuft, kriecht, wird hier zum Lebensmittel. Fische üben Schnappatmung, springen aus den Körben, zappeln zwischen den Gemüseresten. Die Besitzer lassen sie nicht lange gewähren. Halbtote Frösche und Hummer erwarten ergeben ihr unbarmherziges Schicksal. Vor den prüfenden Blicken der Connaisseurs zerlegen Messerkünstler stilvoll Hühner und Schweine. Bald wird das Getier seine finale Bestimmung in den Kochtöpfen der Hausfrauen, Restaurants und Suppenküchen erfüllen. Alles ist so frisch, dass Kühlung reinster Luxus wäre. Die Körbe stapeln buntes Gemüse und exotische Gewürze. Sehnerven kämpfen mit Geruchsnerven um den besten

Logenplatz. Garküchen, Chefkochs und Schwärme von Fliegen laufen zu Höchstform auf. Touristen werden zu Vegetariern. Bogdan bedauert, dass er seinen Fotoapparat nicht mitnahm.

Neben einem Gemüsestand besetzen wir zwei Hocker. Die Verkäuferin belacht uns mit ihrer rötlich gefärbten Zahnruine. Die Betelnuss war der Missetäter. Ich zeige auf die Suppenküche nebenan; aus den Zellophantüten können wir nicht speisen. Die Alte kennt die Lösung. Sie kramt aus einem Korb zwei Plastikteller und Löffel hervor, verreibt mit einem Tuch den Staub und serviert fachfrauisch zwei Suppen vom Suppenstand. Dazu spendiert sie uns ein paar Gemüseblätter. Bogdan stochert ungläubig in der Suppe herum. Es ist seine erste Streetsoup.

„Enjoy your soup."

Wie aus dem Nichts steht ein junger Mann vor uns, gekleidet in eine altmodische dunkle Hose und ein helles Hemd. Er ist etwa so alt wie Bogdan.

„Mein Freund hier hat diese Stadt zu seinem neuen Lebensabschnitt erwählt, und ich möchte ihm den Anfang der Nahrungskette zeigen. Er kennt bisher nur deren Ende, die schicken Restaurants an der Sukhumvit."

Der altmodische junge Mann betrachtet uns schweigend. Sein Blick wandert von einem zum anderen.

„Seht ihr die zwei Männer dort drüben, die gerade Schweinehälften abladen? Diese Männer bilden den Anfang der Nahrungskette. Sie arbeiten in den Schlachthöfen von Khlong Toey und wohnen in Jet Sip Rai. Dort müsst ihr euren Anfang suchen. Übrigens, ich heiße Josua, meine Freunde nennen mich Franky, und ich arbeite für das Mercy Center."

Franky sieht mich mit seinen durchdringenden Augen fragend an.

„Sie arbeiten für Father Joe und schlagen vor, dass ein Neuankömmling seine Stadttaufe im größten Bangkoker Slum bekommen sollte?“

Franky lächelt zum ersten Mal.

„Kennen Sie Jet Sip Rai?“

Jet Sip Rai bedeutet 70 Rai, es ist ein Flächenmaß, 8 Hektar. Der Slum erstand vor 50 Jahren als Wanderarbeiter aus dem Isaan und Nordthailand den Hafen ausbauten. An die 100.000 Menschen leben hier auf engstem Raum. Father Joe, mit richtigem Namen Joseph Maier, ist ein katholischer Redemptorist Priester. Er kümmert sich seit mehr als 40 Jahren um die Slum Kinder. Sein Mercy Center betreut auch AIDS-kranke Waisenkinder bei ihrem langsamen Sterben.

„Ich war noch nicht in Jet Sip Rai und besuche gezielt keinen Slums, obwohl ich bei meinen Wanderungen schon mehreren begegnet bin, entlang der Bahngleise, an entlegenen Khlongs und auch hier, gleich am benachbarten Kanal.“

„Und was haben Sie dabei empfunden?“

Jetzt schaue ich ihm lange in die Augen. Er hält dem Blick stand.

„Sie meinen, als ich die verschmutzten Kinder mit ihren großen Kulleraugen in zerrissenen Leibchen sah? Und die ausgemergelten halbnackten Männer mit San Yak Tattoos, die vor ihren verfallenen Hütten in Dreck vegetieren? NICHTS, so wie ich nichts Besonderes empfinde, wenn ich in einem noblen Restaurant zu einem Preis esse, von dem zehn Slumfamilien einen Monat lang leben könnten.“

„Wollt ihr mich nach Jet Sip Rai begleiteten?“

„Wenn Bogdan möchte, gerne.“

Bogdan nickt verwirrt. Er verstand unseren Dialog nicht. Franky ist der Sohn eines Rabbiners aus Brooklyn. Sein

Freund arbeitete bereits mehrere Jahre bei Father Joe. Franky übernahm jetzt seine Stelle. Er betreut und organisiert neue Kindergärten in den Bangkoker Slumgebieten, die Waisenkinder oder ausgesetzte Kinder beherbergen.

Wir stolpern durch verwinkelte Gassen mit drängelnden Menschen. Abfälle flattern auf dem heißen Asphalt. Unrat bewohnt die Häusernischen. Es ist die natürliche Patina der Lager, der Geschäfte und der Markthallen. In dieser Gegend regiert die Drogenmafia. Einige der gefährlichsten Amphetamin-Mischungen werden hier zubereitet. An einem Kanal begegnen uns zwei längliche Gebäude, hohe Mauern schützen die Passanten vor ihren Blicken.

„Das hier sind die berüchtigten Schlachthäuser von Khlong Toey. Arbeiter erschlagen Tag und Nacht die Schweine mit Eisenhämmern. Schweine sind intelligente Tiere, spüren ihr Schicksal. Und sie sind auch Stoiker, wissen genau, dass ein Fluchtversuch zwecklos wäre. Übrigens, in den Schlachthöfen arbeiten meistens Vietnamesen. Buddhisten ist das Töten von Tieren untersagt. Aber wenn das Tier schon tot ist, warum sollten sie es nicht auf eine sinnvolle wie angenehme Weise dem Lebenskreislauf wieder zuführen. Viele der Arbeiter sind drogenabhängig. Nur unter Drogen können sie eine solche Arbeit verrichten."

Wir kommen am Mercy Center vorbei. Franky sagt uns, dass Father Joe nicht anwesend ist. Wir könnten ihn ein andermal besuchen. Joe Maier ist mit seinem Lebenswerk bereits zu einer Legende geworden, auch wegen seines Buches *Welcome to the Bangkok Slaughterhouse*. Darin erzählt er Geschichten über die in Jet Sip Rai lebenden Menschen und Helfer; wie von dem an einen Rollstuhl gefesselten alten Mann, der sich von der Hoffnung nährt, den nächsten Tag noch zu erleben. Er berichtet von Menschen, die ihr tägliches Glück suchen und finden. Es sind Geschichten über Drogen und AIDS, traurige und lustige; über Kinder, die von klein auf selbständig auf der Straße zu überleben lernten, wie die Geschichte von den vier kleinen Waisenkindern. Die Kinder erfuhren, dass im Dusit Zoo ein Elefantenbaby ankam, dessen Mutter Wilderer getötet haben. Sie schwänzten die Schule, legten ihr weniges Geld zusammen und machten sich mit einem Tuk-Tuk auf den Weg in den Zoo. Dort fanden sie das Elefantenbaby und sagten zu ihm: „Wenn es dir gelingen sollte aus dem Zoo zu fliehen, wir werden uns um dich kümmern."

Jet Sip Rai ist von einer Mauer umgeben, nur enge Durchgänge führen in den Slum. Motorradtaxis warten auf Kunden. Alte Frauen verkaufen Chips und Softdrinks in Bretterbuden. Kinder rasen auf Rollern durch die engen Gassen, vorbei an Blechverschlägen und bunt bemalten Hütten. Behausungen überqueren auf Stelzen das brackige Wasser der Kanäle. Aus Fernsehern plärren thailändische Seifenopern. In windschiefen Geisterhäuschen flackern die Kerzen wie Lebenslichter, stimmen die Hausgeister gnädig. Hier wohnen die Menschen dicht an dicht. Auch in Baumhäusern leben Menschen. Viele der Slumbewohner sind drogensüchtig, die Kriminalitätsrate hoch. Die Herren in Braun lassen die Junkies gewähren, betreten nur selten diese Welt. Jeden Fotografen springen tausende Motive an, von einer romantischen Idylle bis zum tiefsten Elend. Jeder kann hier die Welt entdecken, die er sehen möchte, die er zu sehen erwartet. Es sind Bilder, wie sie auch in anderen Gegenden zu sehen sind, aber dort verbindet sie unser Gehirn nicht unbedingt mit einem Slum; selektiert das dörflich pittoreske.

„Father Joe übersetzte mir einmal den Satz eines kranken Mannes: *Wir haben hier kein frisches Wasser, wir wissen niemals, was morgen sein wird, wir waren früher ängstlich, jetzt leben wir, jeden Tag finden wir ein neues Leben, ein neues Glück.*"

Franky blickt uns wieder mit seinen melancholischen Augen an: „In einer Kultur, die besessen ist von Genuss, Schönheit und Luxus, gelingt es diesen Menschen, ihr kleines Glück in der Unsicherheit und Ungewissheit des täglichen Lebens zu finden. Das Gestern entstand ohne Berechtigung und das Morgen ist nicht versprochen, das Heute gehört jedermann."

Kann es für diesen altmodischen jungen Mann einen größeren Gegensatz geben als zwischen diesem Ort und Brooklyn. Es wird seine Art sein, dem Leben näher zu kommen. Eine fast zahnlose Frau mittleren Alters zeigt auf ihr Warenangebot: abgepackte Snacks, Süßigkeiten und Softdrinks. Franky und ich besetzen zwei klapprige Holzstühle. Bogdan fläzt seinen Körper in einen löchrigen Autositz, aus dem die Sitzfüllung quillt. Zwei Kola-Dosen und eine zerknautschte Tüte mit Chips finden den Weg auf unseren Tisch. Die Geschäftsfrau zaubert eine Flasche Bier herbei, lässt ihr zahnloses Lächeln kreisen und drückt das Bier Bogdan in die Hand. Offensichtlich sitzt er auf einem VIP-Platz.

Sofort umringen uns Kinder. Die Inhaberin stellt ein abgeblättertes Gestell vor mich. Es ist ein Tic-Tac-Toe Spiel, das auch die Barmädchen mit ihren Kunden spielen. Sie legt ein paar Süßigkeiten auf den Tisch. Ihren Gesten entnehme ich, dass ich mit den Kindern um die Süßigkeiten spielen soll. In vierzig Minuten verspielte ich alle Süßigkeiten auf dem Tisch und die restlichen im Laden, was mich äußerst ärgert. Nicht wegen der Süßigkeiten, die vergönne ich den Kindern, ich verspiele nicht gern, auch nicht gegen Slumkinder. Vielleicht hätte ich mit den Barmädchen üben sollen, aber die spielen nicht um Süßigkeiten, sondern um Lady-Drinks, und das ist teuer. Die Kinder teilen die Süßigkeiten und laufen lachend davon. Ein etwa zehn Jahre altes Mädchen dreht sich um, kommt zurück, packt eine Süßigkeit aus und steckt sie mir in den Mund. Es war das Mädchen, welches mir die meisten Niederlagen bereitete. Sie schaut mich mit ihren Kulleraugen eine Weile an, prüft mit ihren Fingern auf meinem Handrücken, ob die weiße Farbe echt ist und läuft kreischend den anderen Kindern hinterher.

„Ich hoffe, dass Sie ihren Freund demnächst zu unserem Center begleiten. Er hat einige kreative Ideen, von wo er gebrauchter Computer bekommen könnte. Und er hat versprochen, für die Kinder kostenlose Computerkurse zu organisieren. Bei dieser Gelegenheit könnten wir uns über das Leben im Allgemeinen und im Besonderen unterhalten. Das hier ist der lebendigste Platz auf der Welt, er lässt mich jeden Tag fühlen, dass ich lebe. Das Einzige, was ich hier manchmal vermisse, ist die intellektuelle Kultur. Bangkok ist keine Stadt für so etwas."

Wir verabschieden uns von Franky.

„Ich komme gerne, mache mir aber keine Illusionen, dass ich gegen einen in Talmud geschulten Gesprächspartner nur die geringste Chance haben werde wie gegen das kleine Mädchen beim Tic-Tac-Toe Spiel."

Jetzt lächelt Franky das zweite Mal. Wir verlasen den lebendigsten Platz der Welt in die nicht minder lebendigen Straßen von Khlong Toey. Bogdan winkt zwei Mädchen nach, die uns auf ihrem Motorrad überholten und sich nach ihm lachend umdrehten.

„Siehst du, das war das typische all-the-sex-you-want-smile, dem du hier jeden Tag ausgesetzt sein wirst", sage ich zu ihm.

„Ich weiß, es ist wie in einem Haus mit offenen Türen. Du musst durch sie nicht hindurch gehen, aber sie stehen ständig offen."

„Übrigens, warum willst du die Computer besorgen?"

Bogdan überlegt nicht lange: „Einfach, weil ich es kann."

Trotz seines jungen Alters hat er schon viel vom Leben begriffen.

„Am Royal Orchid Sheraton vorbei, auf der linken Seite ein Geschäft mit großen Figuren, direkt gegenüber eine kleine Sackgasse, rote Garagentore, auf die Musik achten, Ramayana Tanztheater ab 20 Uhr", lautet die Nachricht von Pam. Vielleicht liegt es an der verkürzten Kommunikation eines Messangers, dass die Worte „hast du Zeit, hast du Lust" entfallen sind oder Pam nimmt an, dass ich beides habe. Heute habe ich keine Lust, wollte mich ausruhen und später Bogdan eine Soi mit Essenständen an der BTS Thonglor zeigen.

Ich kenne das Royal Orchid Sheraton am Fluss. Es liegt an meinem Weg von der China Town in die Silom oder zum Taksin-Pier. Meistens lege ich in diesem Hotel eine Pause ein, um mich ein wenig zu erfrischen. Manchmal gelingt es mir hier, ein kostenloses Abendbüfett zu ergattern. Das Restaurant liegt direkt neben der Lobby. Ich folgte einmal einer Gruppe von Gästen. Die Empfangsdame notierte etwas in ihr Heft und winkte mir zu. Sie dachte, dass auch ich zu der Gruppe gehöre. Später gelang es mir noch dreimal, im Schlepptau einer großen Gruppe kostenlos an ein opulentes Abendessen zu gelangen. In der Stadt der Genüsse dürfte das Karma wenigstens ein Auge zudrücken. Ich folge jungen Menschen durch das rote

Eisentor. Am Eingang begrüßt mich Pam. Sie verwandelte ihre Gestalt zu einem operettenhaften Gesamtkunstwerk: Knallrote Bluse, geschnürte rote Stöckelschuhe, schwarzer, enger Rock durch dessen seitliche rautenförmige Öffnungen helle Haut schimmert. Ihr Gesicht durchlief die gesamte Farbpalette eines expressionistischen Malers. In dem alten Lagergebäude veranstalten Studenten des College of Dramatic and Performing Arts die Generalprobe für eine politischen Persiflage auf der Grundlage des Ramayana.

Das Ramayana ist ein 2000 Jahre altes indisches Epos, das in unterschiedlichen Fassungen in ganz Südostasien verbreitet ist. Es handelt von dem Prinzen Rama, den sein Vater Dacaratha in die Verbannung schickt. Seine Gattin Sita und der treue Bruder Laskhmana begleiten ihn. Zusammen leben sie in den Wäldern. Eines Tages entführt der Dämonenkönig Ravana die hübsche Sita. Der größte Teil des Ramayana schildert den Kampf Ramas und Ravanas um Sita, wobei Rama vom Affenkönig Hanuman und seinen Armeen unterstützt wird. Rama bleibt am Ende siegreich und der Dämonenkönig stirbt. Rama kann endlich seine geliebte Sita in die Arme schließen. Die Geschichte findet jedoch kein glückliches Ende, da Sita durch ihren Aufenthalt bei Ravana ihre rituelle Reinheit verlor. Sie wird deshalb von Rama verstoßen und kehrt in den Schoß der Erde zurück, aus dem sie einst hervorkam. Es gibt auch politisch korrekte Fassungen mit glücklichem Ende. Für einen modernen König und Mann soll die „rituelle Reinheit" einer Frau nicht mehr so eine fundamentale Bedeutung haben wie für den altmodischen Rama. Das Drama haben die Studenten aktualisiert. Die studentischen Darsteller tanzen in Masken der aktuellen politischen Gegner. Ravana trägt die Maske des verbannten früheren Ministerpräsidenten Thaksin und die rituell unreine Sita die fratzenhafte Maske seiner Schwester Yingluck, der Regierungschefin. Rama kommt in der Maske eines einfältigen Reisbauern daher. Er repräsentiert das einfache Volk, das von all dem Geschehen nichts versteht. Dem verschlagenen Affenkönig Hanuman verpassten die Studenten die Maske des Oppositionsführers Suthep. Die getanzte Aufführung wirkt komisch und die anwesenden Studenten klatschen frenetisch.

Suthep hätte eher die Maske von Lakhsmana verdient, des Bruders von Rama. Denn er spielte während der Kämpfe eine zwielichtige Rolle, als ob er seinem Bruder die schöne Sita nicht vergönnte. Und er war es auch, der Rama, wie Jago seinem Herrn Othello, einflüsterte, dass Sita bei Ravana ihre rituelle Reinheit verloren habe, so wie Suthep dem Volk einflüstert: ein Land ohne Korruption, eine Regierung zum Wohle des Volkes. Bei einer solchen Utopie wäre sogar Thomas Morus rot geworden. Die Maske des Affenkönigs Hanuman könnte für Army Chief General Prayuth Chan-ocha vorbehalten sein, der jede Woche die Möglichkeit eines Putsches dementiert, ohne ihn ausdrücklich auszuschließen. Die Studenten wissen jedoch, dass ein Army Chief als Affe, wenn auch von königlicher Abstammung, in einem Land wie Thailand eine schwere vom Militär nicht hinnehmbare Beleidigung darstellen würde. Außerdem steht diesmal die Armee auf der Seite der Studenten oder die Studenten auf der Seite der Armee, wer weiß das so genau.

„Hast du schon das nächtliche Bangkok von oben gesehen?", fragt Pam.

Das Taxi rast durch die nächtlichen Straßen. Nach einer Weile verliere ich die Orientierung. Und finde sie erst wieder, als das Taxi vor dem Millennium Hilton hält. Wir fahren in das 32. Stockwerk. Hier residiert in einem intergalaktischen UFO die Three-Sixty Lounge. Nur wenige Gäste belegen die spärlich beleuchteten Clubsessel. Zum Glück bedrängen nach Hangover II alle Touristen die Sky-Bar des Lebua State Tower. Aus der Ferne blinzelt der beleuchtete Wat Arun und präsentiert stolz seine göttliche Abstammung.

Ich schaue abwechselnd auf den geschlitzten Rock von Pam und den Fluss, der sich wie eine urzeitliche Kobra im Lichtermeer windet. Tief unter uns kreuzen die Büfetts mit den traditionellen Tempeltänzerinnen. Die Stadt spuckt ihr überschüssiges Lichtmagma in den schwarzen Nachthimmel, um gleich wieder im eigenen Licht zu ertrinken. In der eiskalten Luft der Bar erfrieren die Worte, wollen nicht den Gaumen mit den bunten Cocktails teilen. Nach einer knappen Stunde winkt der Kellner und erlöst uns von dem kalten Atem des UFOS. Eine Treppe tiefer grüßt die offene Dachterrasse. In der milden Nachtluft tauen die eingefrorenen Glieder und die verstummte Sprache. Zweisitzige Korbsofas erzeugen intime Nachtromantik. Eine Kerze beflackert den Korb mit Tapas, verzerrt ihr Spiegelbild in den Gläsern mit Prosecco.

Ich greife zu einem Toast mit Fois Grass, Pam flüstert mir ins Ohr: „Jetzt zum Vollmond gibt es dieses Angebot besonders günstig."

Das „hast du schon das nächtliche Bangkok von oben gesehen" war bestimmt keine spontane Aktion von Pam. Pam erzählt von ihren beruflichen Plänen. Sie möchte zunächst bei einem internationalen Handelsunternehmen im Marketing arbeiten. Später will sie ein eigenes Unternehmen für den Vertrieb von chinesischer Designermode gründen.

„Und was ist mit einer Familie, alle Thaimädchen möchten doch heiraten und eine Familie haben."

Pam zieht eine Grimasse.

„Meine Familie ist nicht reich, deshalb wird mich niemals ein Mann aus einem wohlhabenden Hause heiraten. Und warum soll ich mich überhaupt an einen Mann binden, der dann mein Leben bestimmen möchte. Wenn ich einmal reich bin, kann ich selbst bestimmen, kann mir jeden Mann nehmen, den ich will, und ihn herausschmeißen, wann ich will. Außerdem, ich bin kein bloßes Thaimädchen, wie du wissen solltest. Ich habe chinesische Gene."

Pams Worte klingen kalt und bestimmt. Nur schwer kann ich mir sie als treusorgende Gattin vorstellen. Welcher asiatische Mann würde ihre Selbständigkeit dulden. Aber auch viele westliche Männer sind nur selten bereit, starke und selbstbewusste Frauen zu akzeptieren.

„Why are you not licking me this time?"

Soll ich ihr darauf antworten: „Weil du es vor ein paar Minuten nicht wolltest". Pam war da gerade mit ihrem eigenen Programm beschäftigt, einem angenehmen Programm natürlich. Offensichtlich möchte sie in jeder Situation die Kontrolle behalten. So sage ich nichts und kurble die Zeitmaschine ein paar Minuten zurück. Sex zwischen Ost und West ist ein ewiges Missverständnis, eine Komödie zwischen fremden Welten, die einander nicht verstehen, nur raten. So wird Sex zum Exhibitionismus. Diesmal bereitet Pam ein westliches Frühstück mit Baguette, Rühreiern und englischem Speck.

Therminal 21

Gutgelaunt scherze ich beim Frühstück mit Apa. Wir unterhalten uns über die politische Situation. Die Opposition räumte die besetzten Plätze. Es war eine Schutzmaßnahme für die Kriegskasse und die Anhänger. Die Anschläge nahmen zu. Auch die Regierung zeigte Einsicht und trat zurück. Jetzt demonstrieren die Reisbauern. Die zurückgetretene Regierung regiert zwar von Amtswegen weiter, darf allerdings nicht die umstrittenen Reissubventionen auszahlen. Apa wünscht das Militär herbei. Ich wünsche mir, dass die jetzige Staatsagonie noch lange anhalten möge, der Wechselkurs ist günstig. Was sich die Motorradtaxis vor dem 7/11 wünschen, weiß ich nicht.

Neuerdings bereichere ich mein mittägliches Frühstück durch German-Schinken und zerstöre damit das Weltbild der Verkäuferin im 7/11. Standhaft weigere ich mich, die Wassermoleküle der gepökelten Schweinekeule mit Ultraschall traktieren zu lassen. Lange blieb mir der Grund für dieses Ansinnen verborgen. Eines Tages ereilte mich die erlösende Erleuchtung. Thais frühstücken keinen Schinken. Diese German Spezialität ist für sie ein Fleischprodukt, das sie folgerichtig warm verzehren.

Diesmal versandte Natti keine SMS, beglückte mich mit einem Anruf. Sie habe am späten Nachmittag etwas in der indischen Botschaft zu erledigen. Wir müssten uns heute unbedingt treffen, am besten zum Dinner irgendwo in der Nähe. Die indische Botschaft liegt unweit der Sukhumvit und das ist mein Problem. Es gibt hier hunderte Möglichkeiten. Jeden Tag erwachen neue Restaurants, Bars, Imbisse und Cafés; eine Stadt wie ein Rhizom, das wächst, stirbt, die Wurzeln in andere Richtungen ausstreckt, ständig neue Tempel der Genüsse gebiert. Nach mehreren Stunden intensiven Überlegens und Abwägens entscheide mich für das *Hemingway's Bar and Restaurant* in der Soi 14.

Hemingway's ist eine Reise in die Vergangenheit. Diese frühere Residenz von ausländischen Botschaftern, auch ein Prinz war beteiligt, begann ihre Karriere vor 90 Jahren. Damals, als die Sukhumvit noch nicht existierte, lag das Haus zwischen Reisfeldern an einem Kanal. Offene Terrassen aus seltenem Teakholz umzingeln ein zweistöckiges Gebäude inmitten eines tropischen Gartens. Der Namenspatron wäre hier bestimmt gerne eingekehrt. Er hätte den südafrikanischen Wein genossen, Mojito und Daiquiri bei einer launigen Zigarre geschlürft, vielleicht sogar den starken Long Island probiert. Wenn ich hier manchmal kurz vor der Geisterstunde von der Bar in den tropischen Garten blicke, den blinzelnden Baumlichtern zusehe, stelle ich mir ihn vor. Hätte er sich in dieser Stadt wohlgefühlt, der heutigen natürlich. Hätte die Gewehrkugel auch hier sein Gehirn zerfetzt? Oder hätte er gutgelaunt, mit einer generischen Viagra in der Tasche, den Schönen von der Dating-Webseite seine Geschichten über wilde afrikanische Tiere erzählt. Und hätte er mir meine Frage beantworten können, in was das Geheimnis dieser Stadt besteht? Leider kann ich ihn nicht mehr fragen.

Die Kellnerin serviert zwei Mojitos und mehrere Tapas. Im tropischen Garten genießen nur wenige Gäste. Natti ist begeistert. Sie kostete beides zuvor noch nicht. Natti erzählt, dass sie für einen Kollegen in Neu-Delhi ein neues Forschungsprojekt zu Ende bringen müsse. Mindestens einen Monat werde sie dort bleiben.

„Ich verstehe das nicht ganz, es gibt eigentlich keinen besonderen Grund oder ein anderes wichtigeres Projekt, das meinen Kollegen hindern würde, in Neu-Delhi zu bleiben. Der Institutsleiter konnte mir nicht so richtig erklären, warum gerade ich dieses Projekt jetzt übernehmen soll."

„Kann das mit unseren Nachforschungen zu tun haben", kommt mir in den Sinn.

„Ich weiß es nicht, niemand kann doch wissen, dass wir uns weiter damit beschäftigen. Schau nicht so entsetzt, wir werden jede Woche eine Telekonferenz abhalten. Unser Projekt wird das nicht beeinträchtigen. Nur du wirst jetzt auch ein wenig Arbeit abbekommen."

Wie kann sie nur annehmen, dass ich wegen unseres Projekts so erschrocken schaue.

„Inzwischen bin ich mit meinem Kollegen bei der Textanalyse ein wenig vorangekommen. Auf einem der fotokopierten Dokumente fanden wir schriftliche Anmerkungen in Thai. Es sieht so aus, als ob bereits jemand anderes die Schriften zu übersetzen begann. Es ergibt jetzt nicht viel Sinn, dass ich dir Details erzähle. Um dies richtig zu verstehen, bräuchtest du schon einiges Grundwissen über die buddhistischen Lehren, den historischen Buddha und über das vorangegangene vedische Zeitalter."

So unbedarft, was die alte indische Philosophie und den historischen Buddhismus betrifft, bin ich nicht. Ich verspüre jetzt jedoch wenig Lust, mich in diesem Garten über indische Veden zu unterhalten. Natti packt ihr Notebook aus. Die einzelnen Dokumente und Bilder erscheinen geordnet in einer Zeitachse. Die frühesten Aufnahmen sind Fotos von diversen Fashionshows. Offenbar hat John ein Faible für schöne Thaimodels oder deren Kleider, eher für das Erstere.

„Nimmst du mich zu einer Fashionshow mit?", fragt Natti unvermittelt.

Wie selbstverständlich nahm ich bisher an, dass sie keinen Freund hat.

„Ich hatte einen Freund in Schweden. Er wollte unbedingt, dass ich dort bleibe. Er war jedoch feige. Die meisten europäischen Männer sind feige. Sie wollen keine Verantwortung für eine Familie übernehmen, hängen lieber am Rockzipfel ihrer Mutter oder denken nur an ihr Vergnügen."

Schnell wechsle ich das Thema. Später fotografierte John Wandgemälde in Tempeln und Begebenheiten aus der buddhistischen Mythologie. Manche Fotos enthalten die thailändische Ausgabe des indischen Ramayana Epos.

„Weißt du, was eigenartig ist. Mein Kollege machte mich darauf aufmerksam. In die Abbildungen des Ramayana sind Zeichnungen eingeschoben, die nicht zu der Geschichte passen. Gerade diese Ausschnitte fotografierte John mehrfach. Kennst du dieses Epos?"

Nur die fahle Beleuchtung verhindert, dass Natti den Farbwechsel in meinem Gesicht bemerkt. Erst vorgestern besuchte ich das karikierte Ramayana Tanztheater mit Pam.

„Wenn ich zurückkomme, werde ich dir darüber erzählen. Für jemanden, der in Asien lebt, gehört dieses Epos zur Allgemeinbildung. Ich habe darüber meine Diplomarbeit verfasst."

Dann erscheint das Bild mit dem langhaarigen bärtigen jungen Mann auf dem Grabstein.

„Das Foto muss in Thailand, vermutlich in Bangkok, aufgenommen worden sein. In der Provinz gibt es keine Friedhöfe, wo Farangs eigene Grabsteine haben. Gleich am nächsten Tag fotografierte John ein Wandgemälde, konnte somit zwischenzeitlich nicht ausgereist sein."

Mir fällt die Reaktion von Georg ein, als er dieses Bild sah. Ich dachte mittlerweile nicht mehr daran, behalte dies lieber für mich.

„Und dieser halb abgerissene Zettel scheint auch wichtig zu sein. Es sieht so aus, als ob es ich um eine Schließfachquittung handeln könnte. Die Adresse ist leider auf dem abgerissenen Papierteil geblieben und von der Telefonnummer sind nur ein paar Ziffern übrig. Das sollte sicherlich kein Problem sein. Viele Schließfächer wird es in Bangkok nicht geben. Thais benutzen Schließfächer kaum. Jetzt zu unserem Projektplan. Wir sollten im ersten Schritt herausbekommen, in welchen Tempeln die Fotos entstanden sind. Ich werde dir eine Liste der möglichen Tempel zusenden. Wie gerne hätte ich dich bei einer solchen aufregenden Aktion begleitet."

Der ironische Unterton ist nicht zu überhören.

„Deine zweite Aufgabe wird es sein, den Friedhof mit dem langhaarigen jungen Mann zu suchen. Das Foto ist bestimmt kein Zufall. Übrigens, warum tragen Farangs heute nicht mehr so schöne lange Haare?"

„Und meine dritte Aufgabe wird es sein, das Schließfach zu finden", sage ich fast schon missmutig.

Sie lächelt mich an, den Kopf leicht zur Seite geneigt, der Blick von unten nach oben gerichtet. Entwaffnet nicke ich alles ab.

„Für einen Mann hast du eine besondere Begabung für Projektpläne. Sind alle europäischen Männer so klar strukturiert? Ich werde mich mit meinem Kollegen weiter um die alten Schriften kümmern. Bei unseren wöchentlichen Telekonferenzen werden wir die bisherigen Ergebnisse zusammenfassen und den Projektplan anpassen."

Natti bittet mich, um einen weiteren Mojito. Sie wird mir fehlen. Erstmals spüre ich etwas Halt in dieser Stadt. Noch lange, nachdem sie ins Taxi gestiegen war, laufe ich durch die verwinkelten Gassen der unteren Sukhumvit. Dort, wo sich die Sois Nr. 1 und Nr. 2 tauften, tost der Express Way. An den Betonpfeilern der Überführung haften Blechverschläge wie verunglückte Vogelnester. Zerlumpte Gestalten trinken an schäbigen Tischgestellen ihren verdünnten Whiskey. Ich geselle mich zu den Ausgestoßenen, koste von dem Fusel. Wir können miteinander nicht reden, brauchen nicht zu sprechen. Sie erkennen in mir den ihrigen, wir verstehen uns. Hier entspannt das aufgeputschte Gehirn, vergisst das Geglitzer, den tropischen Garten, Natti.

Erst kurz vor dem Morgengrauen trotte ich zurück ins Liberty, müde und wach zugleich. Es ist die stille Stunde, die magische Zeit, wenn die Nacht den Morgen berührt. Die Nachtluft wiegt jetzt leichter. Der kalte Schein des Neonlichts blinzelt verträumt auf die wortlosen Gehsteige hinab. Die Straßen leben in Auflösung. Nur wenige Übriggebliebene kleben wie Lemuren an den mobilen Bars. An einer Häuserecke hat sich ein Mädchen vergessen. Im McDonald's umlagert eine Gruppe Katoys einen Tisch. Daneben sitzt ein Farang mit gesengtem Kopf vor seinem Burger. Nur noch wenige Atemzüge und die Nacht fällt zusammen, der Morgen stößt hervor. Aus ihrem kurzen Schlaf erwacht wieder die tosende Tagesstadt. Von allen Nachtzeiten habe ich diese späte Stunde am liebsten. Wie ein Vampir ziehe ich die Vorhänge in meinem Zimmer zu, um die ersten trüben Lichtstrahlen aus dem Raum zu vertreiben.

◆

Eng umschlungen stehe ich mit Natti auf einer runden Bühne, umringt von Affen mit menschlichen Masken. Ein riesiger weißer Affe mit einer Krone auf dem Kopf spritzt blutiges Wasser auf uns. „Mr. Pierre, Mr. Olaf like speak to you...", manchmal glaube ich, dass Apa durchaus boshaft sein kann. Verschlafen, das T-Shirt verkehrt herum, steige ich aus dem Aufzug. Olaf erzählt, dass ihn letzte Woche ein gut angezogener Mann kurz vor dem Liberty anhielt. Er stellte sich als Vertreter der britischen Botschaft vor. Der Mann wollte insbesondere wissen, ob John in Bangkok ein Schließfach benützt.

„Die Sache kam mir nicht geheuer vor. So habe ich das verneint. John nutzte manchmal ein Schließfach. Er deponierte dort immer einige seiner Fotoapparate, wenn er verreiste."

Ich sage Olaf nichts über das Projekt mit Natti. Apa hörte das Gespräch offenbar mit.

Nachdem Olaf die Rezeption verlassen hatte, flüstert sie mir leise zu: „Letzte Woche war schon wieder ein Polizist hier und fragte nach John. Er wollte wissen, ob John inzwischen zurück ist, oder ob jemand im Haus seinen Aufenthalt kennt."

Das ist eigenartig. Jemand manipulierte den Computer, möchte den Eindruck erwecken, dass John bereits ausgereist ist. Die falschen Polizisten wollen wissen, wo er sich aufhält. Jemand tritt als Botschaftsangehöriger auf und fragt nach einem Schließfach.

„Hast du ihn gefragt, warum er dies wissen möchte?"

Apa schaut mich verständnislos an.

„Wenn er das nicht gesagt hat, wollte er es nicht sagen. In Thailand gilt Neugierde als unhöflich."

Ich bedanke mich für die Lektion über thailändische Höflichkeit, fahre nach oben, versuche zu schlafen. Es ist vergeblich. Wieder ein Wochenende, wieder kein Ziel, wieder kein Plan, wie gerne hätte ich jetzt einen. Pläne machen das Leben vorhersehbar, ordnen, bieten Halt. Natti meldete sich noch nicht. Sehnsüchtig warte ich auf unsere erste Skype-Konferenz, möchte ihr Lachen sehen, ihre Stimme hören.

Jetzt, wo es jeden Tag wärmer wird, saugt die Stadt menschliche Energie. Bereits wenige Schritte werden zur Qual. Flüssigkeit drängt aus dem Körper, wässert die Haut, benetzt die Kleidung. Im Benjasiri Park zelebrieren ältere Frauen ein Geisterballett mit Schwertern. Junge Männer spielen *Takraw*. Akrobatisch zirkeln sie einen kleinen geflochtenen Ball über das Netz, beachten die Hitze nicht. Erschöpft setze ich mich auf eine Bank. Die Betawellen der Gehirnströme tendieren gegen die Null; Sinneseindrücke ohne geistige Aktivität, ein meditativer Zustand wie bei buddhistischen Mönchen auf ihrem Weg zum Nirvana. Aber, wollen die Mönche wirklich das Nirvana erreichen, wollen sie diesen Bruch mit der Welt, frei sein von der Unruhe des Geistes, von allen Wünschen und Denken?

Hier kann ich nicht bleiben. Zügig eile ich durch die Wand aus heißer, vaporisierender Luft. Schweiß springt von der Stirn, die Schnappatmung ächzt, endlich die klimatisierte BTS. Die Menschen drängen, aber stoisch, die Blicke in die Smartphones vertieft. Manche glotzen auf die großen Displays über den Fensterscheiben: Junge sportliche Männer springen durch Häuserschluchten, ein Energiedrink verlieh ihnen Flügel; Instantnudeln und Hähnchenteile landen auf dem Teller im Schnellimbiss, knusperbraun und klinisch rein, belächelt von adretten

Menschen, wer will da noch eine Straßenküche bemühen; Mädchen mit Tonnen von Schönheitscremes lachen um die Wette, aber bitte mit Whitening; und dazu plärrt das neueste Smartphone, extra dünn und farblich zur Handtasche passend. Dort draußen läuft das echte Kino: der Benjasiri Park mit dem See, die ausgewohnten Hausruinen des ehemaligen Washington Squares, die Ecke der Soi 22 mit den Bars, die Dachterrassen mit den Blumenkübeln, immer neue Einblicke, immer neue Filme und Geschichten. Es gab schon Tage, die ich im Skytrain verbrachte, vom Logensitz am Fensterplatz bestaunte ich die Stadt.

An der Asok-Station öffnet die Schiebetür. Vom Willen unabhängige Motoneuronen bewegen meine Beine in das gegenüberliegende Terminal 21, eine moderne Schopping-Mall. Der gekühlte Tempel menschlicher Begierden nimmt mich in seine Arme wie eine verdurstende Geliebte. Die einzelnen Stockwerke schmücken Namen von Weltstädten: Tokyo, London, Istanbul, San Francisco. Unzählige Läden und Boutiquen mit namenloser Designer-Mode, Accessoires, Handtaschen und Schmuck füllen die verwinkelten Gänge. Wer ein Smartphone nicht bedienen kann, sollte an diesem Ort seine Notdurft lieber nicht verrichten. Er käme mit den Schaltern des beheizten Toilettenapparats nicht zurecht. In den zwei obersten Stockwerken locken mehr als 50 Restaurants, Cafés und der riesige Foodcourt mit Essensgenüssen. Im Foyer beleuchten Reflektoren auf Metallstelzen die Models einer Fashionshow. Mannequins im zwanzigsten Lebensjahr gelten bereits als unanständig. Lolitas mit grell gefärbten Haaren und geschürzten Lippen staksen bemüht im Kreis umher. Blecherne Technomusik hämmert unermüdlich. Auf einer Harley-Davidson rekelt ein leicht bekleidetes Model in geschlitzter Lederkluft ihren Körper. Die hochgewachsene, makellose Gestalt mit hohen Wangenknochen lässt auf einen Kathoey schließen. Kichernde Schülerinnen und neugierige Putzfrauen umringen den herausgeputzten Bühnenplatz. Die meisten Besucher flanieren gleichgültig vorbei. Rasende Rolltreppen bringen sie in die höheren Stockwerke. Warum soll ich die Spurensuche in Tempeln und auf Friedhöfen beginnen? John lichtete auch solche Fashionshows ab.

Stundenlang irre ich durch das Labyrinth der kleinen Läden, bestaune Kleider, Accessoires und Modeschmuck, genieße Formen und Farben. Die großen internationalen Brands des uniformierten Luxusgeschmacks fühlen sich hier nicht wohl. Ich kaufe nichts. Digitale Nomaden sind wie die frühen russischen Anarchisten immer auf der Flucht, können dabei nicht all die wunderbaren Sachen mitnehmen. Es sind die kleinen Fluchten, in ein anderes Leben, zu einem anderen Ort, in eine andere Zeit; der eigene Anarchismus gegen ein geordnetes Leben und fremdbestimmten Lebensentwurf.

In einem kleinen Laden probiert ein Mädchen Sonnenbrillen, dabei schneidet sie komische Grimassen. Es ist vermutlich eine Japanerin. Das Mädchen ist schlank und groß, Anfang bis Mitte dreißig, gekleidet in einen hellen, langen Wickelrock und eine Rüschenbluse. Als sie mich bemerkt, schüttle ich verneinend den Kopf oder nicke zustimmend. Bei einer Brille in einem giftgrünen, wilden Design hebe ich zustimmend den Daumen. Sie lacht und reicht die Brille dem Verkäufer.

„Ich könnte dich ja als Einkaufsberater engagieren“, sagt sie im guten Englisch.

An einem Ständer entdecke ich eine Halskette im Design der Brille: ineinander gedrehte giftgrüne rautenförmige Elemente und darin rote Kügelchen. Ich reiche die Kette dem Verkäufer, bezahle und hänge sie dem Mädchen um den Hals.

„Jetzt muss ich dich wohl zu einem Kaffee einladen und später machen wir mit dem Einkaufen einfach so weiter."

Aus Niko entpuppt sich tatsächlich eine Japanerin. Wir verbringen die nächsten zwei Stunden plaudernd im Café wie alte Freunde, die einander lange nicht sahen. Niko nimmt nichts ernst, macht sich über alles lustig. Bisher habe ich nicht gewusst, dass Asiatinnen so humorvoll sein können. Wir verlassen das Terminal 21 in Richtung BTS.

„Heute Abend gibt es guten Jazz im *Iron Fairies*. Komme noch vor 9 Uhr, später wird es sehr voll, unter Thonglor in Google eingeben."

Langsam gewöhne ich mich daran, dass asiatische Frauen mich nicht fragen, ob ich Zeit und Lust hätte. Im Parrot sitzen Michael und Bogdan. Ich erzähle ihnen mein neustes Erlebnis von heute Nachmittag. Wir unterhalten uns immer über unsere weiblichen Bekanntschaften. Aber ich erzählte ihnen bisher nichts von Natti. Männer tauschen Geschichten, niemals Gefühle.

„Und was macht Niko in Bangkok", will Michael begierig wissen.

Er wollte immer schon eine Japanerin treffen, eine gelangweilte und einsame Ehefrau. Er vermutet, dass es in Bangkok Tausende davon geben muss, vernachlässigt von ihren arbeitsamen Männern. Erst jetzt wird mir bewusst, dass ich es nicht weiß. Wir haben nicht über uns gesprochen. Es ist eines der üblichen Rituale, wenn Mann und Frau einander erstmals begegnen. Wir wollen über den anderen sofort alles wissen, um ihn einzuordnen, zu sortieren und zu bewerten. Über den eigentlichen Menschen erfahren wir dabei nichts. Insgeheim stelle ich mir vor, wie Michael und Bogdan im Terminal 21 hübschen

Thaimädchen Designerketten um den Hals hängen. Aus purer Bosheit verrate ich ihnen nicht, dass Thaimädchen keinen Modeschmuck mögen. Sie lieben nur echten aus Silber oder Gold.

In meinem Zimmer schalte ich den Computer ein. Meine Euphorie schwindet, eine E-Mail von Natti blinkt penetrant: „Habe Neuigkeiten, besprechen heute Abend per Skype den Stand des Projektes“. Es ist mir weder gelungen, Adressen von Schließfächern zu finden, noch habe ich den Friedhof aufgesucht, und heute Abend bin ich nicht zu Hause. Ich klappe das Notebook zu, antworte nicht. Ein katholischer Friedhof ruht an der Silom. Den kenne ich. Die Toten müssen dort seit mehreren Jahren ohne ihre Grabsteine auskommen. Das geschändete Gelände liegt brach. Den Investoren gelang es offenbar nicht, die Friedhofsgeister zu besänftigen, mit denen sich vielleicht sogar die Geister des benachbarten chinesischen Friedhofs solidarisierten. Es gibt nur noch einen weiteren Gottesacker in Bangkok, wo Farangs auf ihre Auferstehung warten. Es ist der protestantische Friedhof an der unteren Charoen Krung. Gleich morgen werde ich mich auf den Weg machen.

Die Soi 55, Thonglor genannt, ist das Bangkoker Schwabing der Schönen und Reichen, mit dem Unterschied, dass die Schönen hier auch noch reich sind. Reklamen hetzen über die Fassaden, schreien ihre lichternden Botschaften in die Nacht. Puppen mit eurasischen Gesichtern in weißen Hochzeitskleidern bewohnen klimatisierte Schaufenster. Taxis, Porsches und Jaguars warten vor den noblen Clubs und Restaurants. Töchter und Söhne von vermögenden Papas, Movie Stars, Models und sichtlich weniger reiche Farangs pumpen hier Nacht für Nacht bedrucktes Papier in den Wirtschaftskreislauf der Stadt. Damit halten sie auch den Khlong Toey Slum am Leben, der mit Father Joe und den Waisenkindern keine zwei Kilometer entfernt im Schein der flackernden Holzfeuer von einem besseren Leben träumt. Dort mischen ausgemergelte Gestalten das Jaaba für diese Glitzerwelt. Dort verwandeln abgestumpfte Männer mit Hämmern stoische Schweine und dumpfe Rinder in Steaks. Und klagende Schrimps hauchen im kochenden Wasser der Schlachthäuser ihre Seele aus. All das findet seinen Weg in die Bars, Clubs und Restaurants von Thonglor, wo sich die Menschen über den leidvollen Kreislauf des Lebens hinwegtrösten.

Das *Iron Fairies* kopiert das Ambiente einer Eisenschmiede aus dem 19. Jahrhundert. Der verwinkelte Raum erinnert an den Londoner Pub *Zum tropfenden Kessel*. Gleich kommen Harry und Hagrid vorbei, um in die Charing Cross Road zu gelangen. Das Lokal ist dunkel, sehr dunkel: schmiedeeiserne Wendeltreppen, kleine eiserne Feen, ein Feenlabyrinth mit versteckten Nischen und geheimen Türen, jede Menge Mystik. Drei Ebenen verbunden mit höhenangstfreien Leitern. Mit Feenstaub gefüllte Medizinfläschchen belagern hohe Regale. Lampen aus dem vorletzten Jahrhundert glimmen an den Wänden. Unter der Treppe hängen Kinderfahrräder. Wohin sind die Kinder bloß gefahren? Glasschalen beherbergen kleine eiserne Feen, nur zum Anfassen, nicht zum Mitnehmen, das bringt Unglück. Selbstverständlich sind die Fabelwesen käuflich, das bringt Glück. Die Inspiration für dieses Lokal stammt aus einem Märchenbuch von Ashley Sutton, dem Eigentümer des Lokals. Die mystische Geschichte spielt Ende des 18. Jahrhunderts. Bergleute, mürrische alte Männer, stellten im Laufe der Jahre in geheimen Tunneln kleine eiserne Feen her. Jede Fee hatte eine Lebensdauer von 3 bis 6 Jahren, bevor sie verrostete.

Zwei Bergleute fanden eine Formel, um die Feen vom Rost zu bewahren. Wer eine eiserne Fee erwirbt, erhält nach dieser magischen Formel hergestellten *Magic Fairy Dust.*

In dem unteren Teil des Lokals quellen die Besucher aus allen Ecken. In einer Nische auf der oberen Ebene entdecke ich Niko.

„Ich habe dir bereits einen Cocktail bestellt. Deutsche sind immer pünktlich, das haben sie mit Japanern gemeinsam."

Ich sage dazu lieber nichts. Überall komme ich regelmäßig zu spät. Mein Genom enthält auch nur zu 70 Prozent deutsche Gene. Wenigstens machte ich auf Niko einen guten Eindruck. Die Life Band folgt einer Sängerin. Mit ihrer tiefen, angerauten Bluesstimme haucht sie ältere amerikanische Jazzlieder in das Mikrofon. Am Nachbartisch produziert ein fescher junger Thai vor zwei Mädchen seine Wichtigkeit. Nach einigen Cocktails bestellt er eine Flasche Rotwein. In der Getränkekarte fangen die Rotweine bei 2.500 Baht an. Niko betrachtet fasziniert den attraktiven jungen Mann.

„Solche thailändischen Männer sieht man sonst leider nur in Fernsehserien", seufzt sie mit einer verträumten Miene. Niko lebt seit zwei Jahren in Bangkok. Sie wohnt mit ihrem Freund in einem der teuren Condos in Thonglor. Wie ihr Freund arbeitet sie für eine japanische Holding, zu der mehrere Fabriken in Thailand gehören. Ihr Freund ist ein Manager in diesem Unternehmen und verreiste gerade für zwei Monate beruflich nach Japan. Niko arbeitet im Marketing. Sie wollen noch in diesem Jahr heiraten und kennen einander seit der frühesten Jugend.

„Unsere Eltern sind befreundet und haben uns füreinander ausgesucht. Ich weiß, in Europa ist es anders, aber in Japan ist das immer noch Tradition."

Erstaunt frage ich, warum sie ihren Freund nicht selbst aussuchte, und was geschehen würde, wenn sie sich in einen anderen Mann verliebe.

„Warum sollte ich mir einen anderen Mann suchen? Wir stammen aus derselben Stadt, haben dieselbe Schule und Universität besucht, haben gemeinsame Freunde, teilen die gleichen Interessen und kennen uns sehr genau. Die Liebe kommt mit der Zeit von selbst und wenn nicht, dann passen wir wenigstens zusammen und können eine harmonische Ehe führen. Siehst du, ich bin ein altmodisches Mädchen."

Niko zieht eine ironische Grimasse. Jetzt erst fällt mir auf, dass alles an ihr ein wenig zu groß und zu lang geraten ist, der Oberkörper, das längliche Gesicht und auch ihre schmalen Hände. Ich lege meine Hand auf die ihrige, meine ist kleiner. Niko lacht.

„Wir hatten ein schwarzes Schaf in der Familie. Meine Mutter vertraute mir unter dem Versprechen absoluter Verschwiegenheit dieses dunkle Familiengeheimnis an. Eine Urgroßmutter hatte mit einem *Gaijin* Kopfkissen geteilt. Heute würde man sagen, sie hatten zusammen Sex. Dieser Mann soll ein französischer Missionar gewesen sein. Wie du selbst siehst, in mir kommen die Gene dieses Missionars wieder zum Vorschein. Eigentlich bin ich eine Französin."

◆

Die Bangkok Protestant Cemetery beherbergt ihre Toten in der Soi 72/5, behauptet Google. Niko war von der Idee begeistert, für einen amerikanischen Freund das Grab eines hier ruhenden Verwandten zu suchen. Sie kennt christliche Friedhöfe nur von Bildern und wollte unbedingt mitkommen. Niko ist immer zwei Schritte zu schnell. Ich trainierte mir eine betont langsame Gangart an, um nicht zu schwitzen. Schwitzen hängt auch von der mentalen Einstellung ab. Touristen verkrampfen ihre Gesichter, atmen schwer und lamentieren über die Hitze. Damit lösen sie im Körper Stresshormone aus, die wie bei einem Jurastudenten im Examen den Schweiß erst recht aus den Poren treiben.

In diesem Teil der Charoen Krung wechseln hässliche Baustile mit noch hässlicheren Häusern ab. Es sind Billigbauten aus den Sechzigern und Siebzigern. In diesem Gebiet brauchte die Stadt auf den Geschmack der Farangs keine Rücksicht zu nehmen. Hier lebten zunächst die Dockarbeiter und später entstanden Wohnblocks für die aufstrebende Schicht der Angestellten, der kleinen Geschäftsleute und Händler. Nur direkt am Fluss sprießen moderne Hotels und Residenzen. Niko bleibt vor jedem Handwerksladen stehen, schaut in die einfachen Friseursalons, wo ältere Frisöre noch ältere Thais rasieren, möchte sofort in die engen kleinen Quer-Sois hineinlaufen. Ihre Welt in Bangkok, das ist das mondäne Thonglor, die Shopping-Malls, Restaurants und Cafés entlang der Sukhumvit. Nur selten unternahm sie mit ihrem Freund Ausflüge in andere Stadtteile: Golden Palace, Chatuchak Weekendmarket, einmal sogar die Chinatown.

Wir gelangen zur Soi 72/5, aber wo ist der Friedhof? Nirgendwo sehen wir ein Schild oder ein Zeichen, das auf einen Friedhof hinweisen würde. Langsam befallen mich Zweifel, verwechselte mein Gehirn wieder etwas, macht es sich über meinen Orientierungssinn lustig? Niko überquert die Straße und winkt plötzlich. Sie zeigt in Richtung der Mauer, an der wir gerade vorbeiliefen. Von der gegenüberliegenden Straßenseite erblickte sie eine Konstruktion, die sie von Friedhofsbildern kennt. Am Ende der Mauer neben einem verfallenen Fabrikgebäude entdecken wir ein Eisentor. Die niedrige Tür darin gibt den Weg frei in die protestantische Nekropolis. Hier ruhen an die 2.000 Gräber. Am Eingang schmückt der Davidstern einige Grabsteine. In diesem Teil der Welt waren die Religionen untereinander solidarisch. Wir sind die einzigen Besucher.

Der Friedhof wurde unter König Mongkut im Jahr 1853 angelegt, als die in Bangkok verstorbenen Farangs langsam zur Plage wurden. Wir spazieren ziellos entlang der Grabsteine; manche im schlichten Kleid, nur ein Steinkreuz, andere schmücken Obelisken. Etlichen Steinplatten setzte der Regen zu, bleichte die Beschriftungen. Das Memorial des früheren Diplomaten und Beraters des Königs, Henry Alabaster, formt eine miniaturisierte gotische Kathedrale. Der Berater verstarb im gesegneten Alter von 48 Jahren. Zuvor gelang es ihm noch, die Charoen Krung anzulegen.

Gestorben wurde in den alten Tagen oft und sehr jung. Krankheiten und Tod liefen durch die modrigen Gassen, lauerten in den vermüllten Ecken, versteckten ihr Antlitz im unheimlichen Fluss. Einzelne Grabsteine bezeugen die betrüblichen Schicksale: Wilhelm Diethelm 27 Jahre; Ellen Kayser 38 Jahre; Paul Rose, geboren d. 1. Februar 1854 in Lübeck, gestorben in Bangkok d. 19. März 1883; Euced

Addision 8 Monate, gestorben 1884; Emuna Addision 19 Monate, gestorben 1895, gestiftet von Brown John Co. HK. Fast alle Nationalitäten ruhen hier nebeneinander, die meisten sind Deutsche, Dänen und Briten. Die Inschrift auf einem Gedenkobelisken erinnert an namentlich verzeichnete Mitglieder der Vereinigung „Concordia"; sie starben alle am 23.9. 1871 in Hongkong. Was mag geschehen sein? Wer waren alle diese Menschen? Was für ein Leben führten sie in Bangkok? Welche Geschichten verbergen sich hinter den Namen? Manche Grabsteine geben Hinweise: Es waren Gesandte, Berater am königlichen Hof, Militärs im Dienste des Königs und Vertreter von Handelshäusern. Die meisten Gräber schweigen, nur die Namen blieben übrig, deren Bewohner nahmen ihre Lebensgeschichte in das sprichwörtliche Grab.

In einem der Gräber büßt Caroline Knox Leonowens für ihre Schwiegermutter Anna Leonowens. Anna war eine weitgereiste britisch-indische Lehrerin und Schriftstellerin. Der Königshof unter König Mongkut stellte Anna als Englischlehrerin ein. Diese begnadete Fabuliererin und frühe Feministin bezeichnete sich selbst als Gouvernante in der Königsfamilie. Später verfasste sie Memoiren, die als Vorlage des biographischen Romans *Der König und ich* von Margaret Landon aus dem Jahr 1944 dienten. Die Memoarien und der Roman schildern König Mongkut als tumben und grausamen Herrscher. Einen solchen Stoff konnten Hollywood und Broadway nicht übersehen: ein exotischer Wilder und grausamer Herrscher gezähmt von einer gebildeten Engländerin. Glatzköpfig und mit entblößtem Oberkörper spielte Jul Brynner den archaischen König Mongkut in dem Hollywoodstreifen von 1956 und tausendmal in dem Rodger und Hammerstein Musical.

Was für eine Ironie und Ignoranz. Vor seiner Thronbesteigung war Mongkut 27 Jahre lang buddhistischer Mönch. In seiner Klosterzeit lernte er Latein und Englisch, beschäftigte sich mit europäischen Wissenschaften und Kultur, verfasste Bücher. Als König leitete er die Modernisierung Siams ein. Was veranlasste aber Anna zu ihrer Sicht? Gab es hierfür einen Grund? Es liegt wohl an dem Wesen der Memoiren. Nur selten möchte diese Literaturgattung prüfbare Fakten aus dem Leben des Verfassers wiedergeben. Der Erinnernde schildert seine Person so, wie er sein möchte, wie er gelebt haben wollte. Ana erfand sich selbst. Und es sind manchmal auch geschäftliche Gründe ausschlaggebend. Die Memoiren erschienen 1870, Afrika war gerade in Mode. Die Ausbeutung afrikanischer Menschen erfolgte unter dem Deckmantel der Kolonisierung der Wilden durch die kulturell überlegenen weißen Herrscher. In diese damalige Grundstimmung passten die Memoiren, nahmen das Thema auf. Stellvertretend für die nicht erfolgte Kolonisierung Siams durch westliche Länder übernahm Ana diese Rolle. Und später in den Fünfzigern passte das Thema wieder. Jetzt tobte ein kultureller und politischer Kampf zwischen Asien und Europa.

Vielleicht waren aber auch ganz persönliche Empfindsamkeiten der gebildeten englischen Dame beteiligt. König Mongkut lebte 27 Jahre im Zölibat, sein Nachholbedarf war gewaltig. Und er holte gewaltig auf: 32 Ehefrauen, unzählige Konkubinen, jung und attraktiv, hunderte weibliche Bedienstete am Hofe, 82 Sprösslinge am Totenbett. Aber auch hier war die frühe Feministin nicht objektiv. Mongkut verbesserte die Rechte der Frauen in Siam. Er ließ eine große Anzahl der Konkubinen frei. Sie durften ihren eigenen Ehemann wählen. Und er verbot Zwangsehen und den Tausch einer Frau gegen Schulden. Ist das alles so wichtig. Wären Memoiren amüsanter, wenn sie reine Fakten aufzählen würden. Sollen die Kinder aufhören Karl May zu lesen, nur weil er niemals Amerika besuchte und einen wilden Westen schildert, den es so nie gab. Die Thais sehen das ähnlich, beschweren sich nicht über die notorische westliche Literatur, wie sie Bangkok schildert: Mafia, Verbrechen, Nachtleben, Sex. Wenn es aber um ihre Könige geht, versteht Thailand keinen Spaß, das ist Lèse-majesté, Majestätsbeleidigung, strafbewehrt mit langjährigen Freiheitsstrafen. Es ist deshalb nicht ratsam, in einem Bangkoker Starbucks auf seinem Notebook Jul Brynner im alten Siam zu bewundern.

Niko springt von einem Grab zum anderen und hat tausend Fragen. Wir einigen uns schließlich auf eine systematische Vorgehensweise. Ein breiter betonierter Weg teilt den Friedhof in zwei Bereiche. Zwischen den Gräbern stolpern Grasflächen, umgeben von kleinen Tümpeln mit Moskitobrut. So müssen wir über manche Gräber steigen, um weiter zu kommen. Ich übernehme die linke Seite und Niko die rechte. Nach einer Stunde winkt Niko wieder. Sie fand einen Grabstein mit dem Foto eines bärtigen, langhaarigen jungen Mannes: IN LOVING MEMORY OF WILLIAM R. BODENHAMER, BORN: 16. SEPTEMBER 1947, DIED: 1. MARCH 1974. Es ist der Mann auf Johns Foto.

„Du bist der geborene Scout."

Niko lacht und freut sich wie ein kleines Mädchen.

„Ich mache gerne den Scout, du musst mich aber zu all den Orten in Bangkok mitnehmen, von denen du mir gestern in *Iron Fairies* erzählt hast."

Hätte ich doch lieber geschwiegen. Warum erzählen Männer immer so viel, wenn sie eine Frau treffen. Die mit Niko verbrachte Zeit ist kurzweilig, ich mag ihren Humor und ihre Grimassen, aber durch Bangkok laufe ich am liebsten allein. Die Dämmerung setzt ein. In den Tropen erfolgt der Übergang von Tag zur Nacht plötzlich. Wir lehnen an der Kaimauer direkt am Chao Phraya. Ein Hochhaus in der Ferne bricht die matten Strahlen der untergehenden Sonne, wirft eine funkelnde Lichtschneise über das Wasser, die um schwarze Anlegehölzer tänzelt.

Wir spürten es unabhängig voneinander. Der Friedhof veränderte sein Aussehen, als ob er das letzte Tageslicht in sich begrübe. Dunkel und düster ruhen die Gräber. Schatten huschen zwischen den Reihen. Kein Laut dringt von der lauten Charoen Krung, eine Mauer aus Stille schloss uns ein. Ist das die Zeit der Friedhofsgeister, die alle Geräusche der Straße schlucken und für die Totenruhe sorgen? Neben meinem Fuß spüre ich eine Bewegung. Eine kleine grüne Schlange flitzt vorbei und verschwindet im Gras. Das war ein Zeichen. Wir sind hier nicht mehr erwünscht. Schweigend und ängstlich eilen wir zum Ausgang. Die kleine Eisentür gibt nach, sie ist zum Glück nicht verschlossen. Beide atmen wir tief durch, als uns der gewohnte Krach der Charoen Krung in die Ohren hämmert.

Natti möchte unbedingt mein Zimmer sehen. Warum globales Dorf? Es müsste globales Zimmer, globales Café, globale Straße heißen. Sogar Taubstumme sind global wie der junge Mann nachts am Straßenrand. Mit seinen Gesten antwortete er vor einem Notebook einer jungen Frau, an deren Ort gerade Tageslicht schien. So drehe ich das digitale Auge herum und zeige Natti mein Reich. Zum Glück säuberten es heute die indischen Maids. De jure könnte mein Zimmer eine solche Behandlung jeden Tag beanspruchen. Ich bin jedoch kaum in der Lage, für die dienstbaren Geister ein tägliches Putzprogramm zu organisieren. Und außerdem ist es mühsam, jede Nacht die festgezurrte Decke frei zu strampeln. Serviced Apartments sollten für Männer verboten werden. Die Herren verlieren hier ihre Eignung für ein geordnetes Ehedasein: Das Zimmer wird gereinigt, die Kleidung gewaschen, ein Anruf genügt und aus einem Restaurant spurtet das Essen herbei und den besonders Schüchternen hilft der Outcall-Massageservice. Mein gesäubertes Zimmer machte auf Natti einen guten Eindruck, jedenfalls vernahm ich keinen negativen Kommentar. Sie sprudelt gleich los.

„Es gelang mir und meinem Kollegen, einige der Texte in der alten Gandharischrift zu übersetzen. Es sind Bruchstücke aus den Mahayanasutras. Das sind Lehrreden, die von Buddha stammen sollen. Die Sanskrit-Texte scheinen diese frühen Schriften zu kommentieren. So und jetzt kommt die Sensation. Die Gandhari-Dokumente und die späteren Sanskrit-Kommentare behandeln den buddhistischen Kanon. Wie du weißt oder auch nicht, gab es zwischen 480 und 244 v. Chr. mehrere buddhistische Konzile. Bei den Konzilen wurde darüber gestritten, welche von den überlieferten Lehrreden Buddhas authentisch sind. Genauso wie bei der Kanonisierung der Texte zu den christlichen Evangelien ging es dabei nicht um historische Authentizität, sondern um Politik, Macht und Interessen. Bisher gingen die Historiker davon aus, dass die ersten buddhistischen Schriften aus dem 1. Jahrhundert n. Chr. stammen. Die Gandhari-Texte könnten jedoch aus einer Zeitspanne zwischen 200 und 50 v. Chr. stammen, und dann käme man der ursprünglich Lehre Buddhas schon erheblich näher."

„Gut, dass der Buddhismus nicht in Thailand entstand. Die Mönche hätten nicht um alte Lehrsätze gestritten, sondern darüber, welche Essensrituale in den Kanon aufgenommen werden sollen. Und du meinst, dass wegen der alten Texte ein Professor getötet wird, falsche Polizisten nach John fahnden und der Computer der Immigration manipuliert wird? Auf so etwas würde noch nicht mal Dan Brown kommen."

Natti schüttelt missbilligend den Kopf und setzt ihren wissenschaftlichen Monolog fort.

„Wie ich hier am indologischen Institut erfahren konnte, fand man vor wenigen Jahren Fragmente von buddhistischen Schriften in der Gandhari-Sprache auf Birkenrinderrollen in einer Region im Nordwesten von Pakistan. Diese Rollen liegen in einem Institut in Deutschland, das ein Forschungsprojekt für 21 Jahre aufgelegt hat. Und erst danach sollen die Texte auch den anderen Instituten zur Verfügung gestellt werden. Normalerweise ist so etwas nicht üblich. Das Institut muss etwas Besonderes in den Texten entdeckt haben, sonst kann ich mir diese Geheimnistuerei nicht erklären. Wir werden schon dahinterkommen."

Ich versuche es nochmals.

„Falls die alten Texte näher an die ursprünglichen Lehren Buddhas herankämen, wäre das ein Grund für einen solchen Aufruhr?"

Natti sagt lange nichts. Nach einer Weile erscheint ein Lächeln auf ihrem Mund.

„Na ja, solche Gedanken habe ich mir auch schon gemacht. Mein Kollege hat mir gesagt, dass er auf noch etwas gestoßen ist. Nächste Woche werden wir eine Telekonferenz deswegen abhalten. Wie weit bist du mit deinen Nachforschungen?"

Stolz erzähle ich, dass es mir gelang, das Grab des jungen bärtigen Mannes zu finden, und ich jetzt sogar seinen vollständigen Namen weiß.

„Na und, wer war dieser Mann, warum ist er gestorben, was waren die Hintergründe?"

Frauen, insbesondere Wissenschaftlerinnen, kann man nichts recht machen.

„Es ist doch bestimmt nicht so schwer, das herauszufinden. Er hat sein Grab bestimmt nicht selbst geschaufelt und sich dann hineingelegt. Jemand kaufte die Grabstätte oder erteilte den Auftrag hierzu. Diese Unterlagen werden bestimmt noch bei der Institution liegen, die diesen Friedhof verwaltet."

Sie lächelt gleich wieder. Das sind die kleinen kulturellen Unterschiede zu Europa. Ein nicht rechtzeitig entsorgter Abfalleimer würde dort mindestens zwei Stunden ausdiskutiert werden. Wir plaudern noch eine Stunde. Jetzt habe ich eine genaue Vorstellung, wie das Leben in New-Delhi abläuft, insbesondere wo und was es zu essen gibt.

„Jetzt gehe ich duschen", möchte Natti unser Skype-Gespräch beenden.

„Deshalb brauchst du doch nicht den Computer ausschalten. Ich wollte immer schon sehen, wie indische Duschen funktionieren."

Natti lacht und zieht eine schamhafte Grimasse.

„Leider reicht das Verbindungskabel nicht bis ins Bad. Warum sagtest du mir nicht in Bangkok, dass du Mädchen beim Duschen zusehen möchtest?"

Champagner im Bumrungrad

Apa schaut verwundert. So früh am Morgen sieht sie mich selten in der Rezeption. Ich reiche ihr einen Zettel mit einer Telefonnummer. Die Nummer fand ich auf der Webseite der Bangkok Protestant Cemetery.

„Hast du schon einen europäischen Friedhof gesehen?"

Apa hat überhaupt noch keinen Friedhof gesehen. Die buddhistische Feuerbestattung ermöglicht der Seele den Körper zu verlassen, um in einer neuen Inkarnation wiedergeboren zu werden. Die Wiedergeburt, in welcher Form auch immer, ist im Buddhismus zeitnaher als das Jüngste Gericht. Deshalb sind buddhistische Todeszeremonien nicht so traurig wie europäische Begräbnisse. Die menschlichen Reststoffe beherbergen Flüsse, Gefäße und Tempelmauern.

„Auf europäischen Friedhöfen liegen fast nur alte Menschen, unter ihnen würde ich mich nicht wohlfühlen. Jetzt habe ich in Bangkok einen Friedhof entdeckt, wo auch jüngere Verstorbene in den Gräbern wohnen. Sie werden dort sogar von Friedhofsgeistern bewacht, die für die Totenruhe sorgen. Gerne möchte ich mir dort einen Platz reservieren."

Apa schaut entsetzt, sie verstand die Pointe nicht. Schnell erzähle ich ihr die gleiche Geschichte wie Niko. Apa wählt die Nummer und vereinbart für übermorgen einen Termin mit dem Friedhofsverwalter.

„Olaf ist vor zwei Tagen ins Bumrungrad gefahren und bisher nicht zurückgekehrt. Er hatte Schmerzen in der Bauchgegend. Könntest du dort nachfragen, wenn du schon so früh wach bist."

Apa reicht mir die Fotokopie seines Passes. Im Parrot erblicke ich Bogdan. Er starrt mit glasigen Augen.

„Das Mädchen ist gestern gestorben. Ich wusste nicht, dass sie auch krank war. Sie war die Beste im Kurs, wollte immer alles gleich wissen, hat sofort verstanden. Sie ahnte wohl, dass ihr nur noch wenig Zeit bleiben würde."

Ich spüre, dass Bogdan jetzt allein sein möchte und verzichte auf einen Kaffee.

„Übrigens, es war das Mädchen, das dir bei dem Tic-Tac-Toe Spiel so zugesetzt hat."

Es gibt Tage, an denen man besser nicht aufgestanden wäre. Das Bumrungrad residiert in der Soi 3. Gedankenleer trotte ich die Sukhumvit entlang. Nur selten sehe ich die Sukhumvit bei Tageslicht. Sie wirkt fremd wie ein Komiker, der sein Hemd verkehrt herum anzog. Die Energie der Straße erwacht nur langsam, sammelt Kraft für die späteren Stunden. Ein älterer Farang mit zerknittertem Gesicht trinkt sein erstes Bier. Das Barmädchen hängt müde an seiner Schulter. An einem verrosteten Karren beschneidet der Obstmann seine Schätze. Er wird hier den ganzen Tag verharren. Die Stimmbänder des indischen Schneiders dösen noch, bald ertönt sein monotones „Welcome söör, your suit in 24 hours." Vor einem Reisebüro beredet ein junges westliches Mädchen ihren Begleiter: „Du bist ständig müde, auch im Flugzeug hast du nur geschlafen. Ich will die Stadt sehen, lasse mir von dir den Urlaub nicht verderben". Der schwitzende müde Mann steht stumm da, sagt kein Wort. Warum schlafen sie nicht erst ihren Jetlag aus? In einer Stadt, die nie ruht, können sie nichts versäumen.

Winzig und verloren wie Gulliver im Land der Riesen bestaune ich die hohe Lobby. Restaurants, Cafés, Boutiquen und internationale Fastfood Ketten huldigen den Geduldigen, *patient* braucht hier niemand zu sein. Business Centers, Sky Lobby und private Lounges therapieren die Geschäftigen; die neusten Börsenkurse gibt es inklusive. Menschen aller Nationalitäten und Hautfarben wuseln wie auf einem Großflughafen. In ihren Augen spiegelt die Hoffnung, ihre Taschen beschwert Geld oder wenigstens eine gute Versicherungspolice. Wer möchte an einem solchen Ort an ein Krankenhaus denken. Nein, es ist ein Asklepios geweihter Tempel der Lebensfreude, wo auch das Sterben noch Sanuk ist, begleitet von lächelnden Todesengeln. Ein Prospekt verrät die Facts: *over one million patients a year, over 4,800 employees, over 1,200 physicians and dentists, over 900 nurses.*

Die zentrale Rezeption empfängt im dritten Stockwerk. Arabische Menschen belagern einen arabischen Counter, Übersetzungsservice und Visaabteilung gleich neben an.

„Sind Sie mit dem Patienten verwandt?", natürlich bin ich verwandt. „Melden Sie sich bitte an der Rezeption im 14. Stock, bitte den linken Aufzug mit dem roten Balken benutzen", belächelt mich eine Stewardess in blauer Uniform.

„Nehmen Sie bitte dort drüben Platz, die Schwester wird sie gleich abholen", belächelt mich eine Stewardess in grüner Uniform.

Keine Schwester oder Arzt nehmen hier ein Stück Papier in die Hand. Eine Plastikkarte mit Foto und Chip beherbergt die Leiden der Klienten, den Rest weiß der Computer. Sehen so die Gesundheitsfabriken der Zukunft aus, organisiert nach den Lean-Prinzipien moderner Autofabriken, vollautomatisch und computerisiert? Die grün gewandete Stewardess lag richtig. Eine Schwester in grünblauer Uniform nimmt mich wie ein kleines Kind an die Hand, drückt ein Lächeln aus dem Gebiss und schiebt mich durch die Gänge. Das Lächeln muss hier zu den Pflichtfächern der Ausbildung gehören.

Olaf liegt im Bett. In seinem Arm steckt eine Kanüle, deren Ende am Infusionsständer baumelt. Ein schlanker älterer Mann mit tiefdunklen Augenringen grinst aus dem Sofa.

„Hi Pierre, ich hätte Apa Bescheid geben sollen. Aber Jari, dieser finnische Bastard, unterhält mich den ganzen Tag mit seinen lustigen Geschichten. Ich bin wieder ok, war nur ein kleiner laparoskopischer Eingriff. Mein Blinddarm hat das lokale Bier nicht so gut vertragen."

Jari lebt seit 15 Jahren in Thailand. Auf Phuket betreibt er einen exklusiven Jachtverleih. Vor einiger Zeit bekam er Probleme mit seinen Nieren und flog zur Behandlung nach Finnland. Die Ärzte diagnostizierten schwere Nierenschäden. Er brauche unbedingt ein neues Organ. Sie wollten ihn auf eine Warteliste setzen.

„Ich fragte den Arzt, wie lange ich auf das Ersatzteil warten müsste. Er zuckte mit der Schulter, bis zu zwei Jahren. Und als ich fragte, wie lange ich noch ohne segeln kann, war die Antwort, bei etwas Glück so um die sechs Monate. Gleich am nächsten Tag flog ich nach Bangkok. Die Ärzte im Bumrungrad versicherten mir, dass es hier keine Warteliste gibt. Wenn eine Niere eintrifft und kompatibel ist, werde ich sofort operiert."

Schwer atmend hievt Jari seinen Körper aus dem Sofa: „Meine Herren, *tres facet collegium* und das heißt, wir sind vollzählig und können mit der Therapie beginnen, einer Champagner-Behandlung mit Verlaub. Der Anblick der hübschen Schwestern wird mich nicht ewig am Leben halten können. Und sie sehen bestimmt ein, dass es angenehmer ist, das Jenseits in einer Champagnerlaune zu betreten."

Ich helfe Olaf, den Infusionsbehälter in seinem Bademantel zu verstauen. Wir laufen die Gänge entlang. Jari gibt den Fremdenführer.

„Hier lassen die Muselmänner ihre Frauen runderneuern. Muselmänner sind die größten Egoisten auf Erden, sie wollen die Ergebnisse der ärztlichen Kunst mit niemandem teilen. Und dort drüben werden die schönsten Frauen Thailands aus Männern geschnippelt."

Food Experience verkünden Leuchtbuchstaben. Hinter der Glaswand erfüllen mindestens zwanzig nationale Küchenstände die Prophezeiung. Ich werde dieses Krankenhaus auf meine kulinarische Zielliste setzen. Vor einer Rezeption bewedelt Jari die dunkelrot kostümierte Empfangsdame mit einer goldenen Plastikkarte. Das verschafft uns Eintritt zu einer privaten Lounge. Bequeme Plüschsessel und niedrige Tische vor Sideboards mit bunten Snacks warten auf die Leidgeplagten. Die Wände bespannen großformatige Gemälde. Darin spazieren schlanke bäuerliche Frauen mit entblößten Brüsten und halten Krüge in den Händen. Eine nette Geste der Verwaltung. Die gigantische Bar stattete sichtbar ein notorischer Spirituosenliebhaber aus. Jari bestellt eine Flasche Champagner. Die Stewardess in blauroter Uniform sorgt sich um die Erlaubnis seines Arztes.

„Selbstverständlich, sonst wäre ich doch nicht hier", antwortet Jari.

Jetzt fixiert die uniformierte Bardame misstrauisch Olaf, in dessen Handgelenk die Infusionskanüle steckt und im Bademantel endet.

„Der auch", herrscht Jari in einem Ton, der keine Widerrede duldet.

Olaf fügt noch hinzu: „In meinem Land wird der Champagner über die Infusionskanüle direkt dem Körper zugeführt, um den Verdauungstrakt zu schonen."

Die Dame füllt drei Champagnergläser. Dabei schaut sie ständig auf Olafs Kanüle, als ob sie Angst hätte, nicht auf dem neuesten Stand der Heilkunde zu sein.

„Wenn ihr diese heilige Stätte unbeschadet verlässt, könntet ihr etwas für euer gutes Karma tun. Ladet jeden Motorradfahrer mit den Worten *Moribundus te salutat* zu mehreren Runden Whiskey ein. Die Bangkoker Leichensammler sind von den Ärzten bestochen. Irgendwann wird bestimmt eine Niere für mich dabei sein. Für einen Buddhisten müsste es eigentlich eine Ehre sein, dass seine Niere in einem alten Finnen inkarniert, statt in einer Wasserratte."

♦

Das Thermometer im Zimmer erklimmt immer öfter die 30 Grad Marke. Das führt mich zu den grundlegenden Fragen des praktischen Existentialismus: Erkältung durch die Aircon oder nasser Körper. Ich beschreite den mittleren buddhistischen Pfad, schalte hin und her. Das Arbeiten fällt schwer, erfordert Selbstdisziplin. Nur noch zwei Stunden intensiven Schwitzens, dann treffe ich Professor Singer. „Mein junger Freund, wenn sie Ihr gutes Karma nicht aufs Spiel setzen möchten, kommen sie Ihrer Einladung schnell nach; ich muss unerwartet eine unerquickliche Aufgabe in Paris übernehmen", lautet seine SMS.

Ich treffe Professor Singer am Oriental Pier. Wir spazieren die Parallelstraße zur Charoen Krung entlang. Professor Singer scheint die Gegend zu kennen.

„Kommen Sie mit, mein junger Freund, ich zeige Ihnen ein Palazzo. Sollte ich jemals einen Roman über das alte Bangkok schreiben, aus der Zeit, als man diese Stadt noch das Venedig des Ostens nannte, lasse ich meine Romanfiguren in diesem Haus residieren."

Neben der französischen Botschaft löst der Lebenskreislauf eine neoklassizistische Fassade auf. Das Innere des siechenden Palazzos eroberte die Natur zurück, die einst dieser Bau verdrängte. Gräser bewuchern die Fenstersimse, Wurzeln von Bäumen suchen im Dachstuhl nach Nahrung.

„Sehen sie das Gesicht in der Lünette dort oben? Das muss die Geliebte des Hausherrn gewesen sein, die er in der fernen Heimat zurückließ und nach der sein Herz fieberte. Finden Sie nicht, dass die feinen Zeichnungen der Gesichtszüge von Botticelli inspiriert sein könnten. Bisher fand ich lediglich heraus, dass ein Ingenieur aus Genua dieses Palazzo im Jahr 1892 errichtete. Wir stehen hier auf historischem Boden. In dieser Gegend lebten die ersten Farangs, als die Sukhumvit noch vom Dschungel überwuchert war. Auch Sie könnten helfen, in die dunkle Geschichte etwas Licht zu bringen. Wie ich höre, sollen Sie in solchen Fällen besondere Fähigkeiten entwickelt haben."

Ich bewunderte schon öfters die feine Ironie des Professors. Ein Mann wie er passt eigentlich nicht in eine Stadt, in der Intellektualität, Kunst und Literatur von der oberflächlichen Kultur des Genusses keine Luft zum Atmen bekommen. Gleich neben dem Palazzo strebt die frühere Zollstation dem Nirvana entgegen. Hier muss derselbe Architekt zu Werke gewesen sein. Aus den Fenstern lehnen T-Shirts, Arbeitshosen, Jacken und Gummistiefel. Dieser Bau spielte im Film *Killing Fields* das berüchtigte Foltergefängnis S-21. Auch innovative Modefotografen mögen das Feuerwehr-Gebäude. Bisher trotzt die Feuerwehr von Bang Rak allen Versuchen, den natürlichen Verfall ihres Domizils durch dessen Inkarnation in ein 5-Sterne Hotel zu unterbrechen.

Wir nehmen eine Abkürzung zum Restaurant über das alte muslimische Viertel um die Haroon Moschee. Türkisfarbene Holzhütten, die Türen geschnitzt und rot bemalt; enge, verwinkelte Gassen; Vorgärten voll mit Fruchtbäumen. Der Friedhof mit den geschmiedeten Bänken und schattigen Bäumen ist außer Dienst, verwahrlost; ein Memento mori der Vergänglichkeit. Zwischen den einfachen Holzhäusern locken Stände mit Chicken Mataba und Beef Biryani. An dieser kleinen muslimischen Enklave knabbert bereits der gefräßige Stadt-Dschungel. Wann werden progressive Developer die Menschen hier an den Stadtrand verdrängen und eine muslimische Shopping-Mall im Stil von 1000 und einer Nacht designen.

Das Restaurant *Harmonique* bewohnt ein altes chinesisches Shop-House. Bric-à-Brac Antiquitäten schmücken den Eingang. An den Wänden schlängeln Pflanzen. Orientalische Artefakte blinzeln aus jeder Ecke. So müssen die europäisierten Restaurants der damaligen Fremden ausgesehen haben. Im überdachten Hof beehren wir einen runden kolonialen Marmortisch.

„Wie ich sehe, können Sie inzwischen meinen Geschmack gut einschätzen. Dieses Restaurant habe ich bisher nicht gekannt. Hier könnten wir uns öfters treffen. Leider muss ich einen erkrankten Kollegen in der Jury des *Prix Renaudot* vertreten."

Ich freue mich über das Lob des Professors. Das Restaurant entdeckte ich erst vor zwei Wochen auf einem nächtlichen Marsch durch die Charoen Krung.

„Wissen Sie, seit die Literatur gestorben ist, werden von Jahr zu Jahr immer mehr Schriftsteller geboren, und viele von ihnen leben von den unzähligen Literaturpreisen. Ich sehe Ihren missbilligenden Blick. Sie haben ja recht, vielleicht übertreibe ich ein wenig. Verzeihen Sie es einem unmodernen Mann. Aber, was hat eigentlich die bedeutenden Dichter der vergangenen Jahrhunderte ausgemacht? Ich werde es Ihnen sagen. Wie die großen Maler und Musiker überschritten sie gesellschaftliche Konventionen. Die früheren Meister des Wortes haben die menschlichen, politischen und gesellschaftlichen Konflikte in ihren Romanen verdichtet, um sie zu überwinden. Es war immer ein Kampf zwischen dem Alten und dem Neuen, zwischen bestehenden und neuen Weltbildern. Und manch einer der Protagonisten landete dafür sogar auf dem Scheiterhaufen. Welche Grenzen wollen sie in der heutigen Zeit noch überschreiten? Alles ist möglich, alles ist erlaubt, alles ist bereits einmal da gewesen. Wer würde heute noch vor Zorn über eine literarische Provokation knirschen, Galerien stürmen und Bilder zertrümmern."

„Was, wenn wieder ein großer Schriftsteller aufersteht und ein Thema findet, das die Menschen auch heute noch aufrüttelt. Sind denn nicht viele Themen universell und müssten nur der heutigen Zeit angepasst werden?"

„Sie haben ja so recht, mein junger Freund. Die Inkarnation eines Dostojewski mit einem modernen Raskolnikov wäre in unserer Zeit hochaktuell. Was für ein großartiges Thema: Ein politischer Fanatiker sieht im Zweck das geheiligte Mittel, um die Welt zu verbessern. Er stellt seine Ideen und Vorstellungen über die Wirklichkeit, verleiht sich und den Gleichgesinnten das Recht, die gewöhnlichen Menschen zu erziehen und zu gebrauchen. Schließlich verfällt er der Liebe eines einfachen Mädchens, das aufgrund sozialer Umstände gezwungen ist, mit Prostitution ihre Familie zu ernähren. Und erst durch sie entdeckt er die reale Welt, die ihm jetzt humaner und ehrlicher vorkommt als alle seine bisherigen Ideale. Von solchen modernen Raskolnikovs wimmelt es nur so in der Politik, den Zeitungsredaktionen, den Fernsehanstalten und in den Elfenbeintürmen der Intellektuellen. Alle diese Weltbeglücker träumen von einem neuen Menschen, wollen den alten erziehen, ihn nach eigenen moralischen Grundsätzen formen, seine Sprache und Ideen korrigieren, und wenn alles nichts hilft, ihn per Gesetz vor sich selbst schützen; von den Jihadisten ganz zu schweigen. Aber unser noch unbekannter Dostojewski bekäme von einem Verlag keine Antwort auf sein Manuskript. Solch ein Thema dürfte für die Marketingabteilung nicht genügend aktuell sein und außerdem politisch inkorrekt erscheinen. Ja, Romeo und Julia im Flüchtlingscamp, das wäre preisverdächtig. Was für ein Buch haben Sie zuletzt in Bangkok gelesen?"

„Ich muss es gestehen, keines. Zuhause in Europa lese ich immer mehrere Bücher gleichzeitig. Ich weiß nicht, was mich hier davon abhält, mein Kindle einzuschalten."

„Ich werde es Ihnen sagen. Die Literatur diente immer auch dazu, die Leser in ein Second Life zu versetzen. Für viele Menschen sind Bücher, genauso wie Filme und Computerspiele, eine Flucht aus ihrem realen Leben in eine künstliche Traumwelt. Dagegen ist nichts einzuwenden. Das Leben in dieser Stadt ist so unmittelbar und intensiv, dass eine Flucht in ein Second Life kaum gelingen kann. Die Stadt selbst ist ein unendlicher Roman, voll von lebenden Romanfiguren. Kein Mensch wird hier einsam in seiner Wohnung harren. Er wird in die Straßen tauchen, mit Menschen scherzen, sein Leben kommt niemals zum

Stillstand. Während er des Vergangenen erinnert, lässt ihn das Neue bereits vergessen. Und warum sollten Sie gerade hier weltbewegende Themen wälzen; in einer Stadt, die Aphrodite geweiht ist, wo Frauen die Beine spreizen wie Blätter eines aufgeschlagenen Buches, wo jede Lebensmüdigkeit sofort verwelkt wie gepresste Blüten."

„Aber gerade in einer Welt, in der Oberflächlichkeit regiert, das Denken degeneriert, die Menschen sprachlich und intellektuell auf das Niveau von Twitter, SMS und WhatsApp absinken, könnten doch Bücher helfen."

„Ja"

Professor Singer stockt für einen Augenblick, als ob ihm die Worte ausgingen.

„Aber die heutige Literatur produziert fast nur noch Banales, huldigt der Beliebigkeit; ein Geräusch der Worte, ein Mögliches an Bildern, ein Nichts an Substanz. Die modernen Autoren sind vom Zeitgeist weichgespült, schreiben nicht mit Herzblut, schielen nach Pensionsansprüchen, sind Darsteller ihrer selbst. Wenigstens flüstern uns die Vertreter der Verlage und die Literaturagenten die üblichen Verdächtigen ins Ohr und versuchen später ihr schlechtes Karma mit milden Gaben zu besänftigen."

Professor Singers Monologe lassen mich immer betrübt zurück. Aber ich freue mich jedes Mal auf unsere Treffen. Er repräsentiert die intellektuelle Welt in dieser Stadt. In einer Stadt, die mit sinnlichen Genüssen die Menschen beherrscht. Dort, wo alles möglich ist, das Leben keine Grenzen erfährt, schrumpfen die Menschen auf ihre archaischen Grundmuster. Der Intellekt stumpft ab.

„Übrigens, kümmern Sie sich bei meiner Abwesenheit gut um meine beiden Studentinnen. Natti hält Sie zwar für einen ganz und gar unpraktischen Menschen, bekommt jedoch glänzende Augen, wenn sie von Ihnen spricht. Und Pam vertraute mir an, dass sie meine kulturgeschichtlichen Vorlesungen erst nach den nächtlichen Gesprächen mit Ihnen so richtig verstanden hat."

◆

Es war eine gute Idee von Apa, die Adresse der Bangkok Protestant Cemetery in Thai auf einen Zettel zu schreiben. Auch so irrte das Taxi eine halbe Stunde in den engen Gassen und erreichte sein Ziel erst, nachdem ein zweirädriger Kollege ausgeholfen hatte. Der Verwalter der Protestant Cemetery ist ein kleiner, gebeugter Mann. Er empfängt mich mit einem Wai, der thailändischen Ehrerbietung. Der gebeugte Rücken rührt nicht von einem Hexenschuss, sondern von den vielen Verbeugungen, die er in seinem Leben vollführte. Auf einem Plan zeigt er mir verschiedene Grabplätze. Die billigsten Gräber mit einer Grundfläche von einem Quadratmeter kosten 60.000 Baht. Die teuersten Gräber, nur noch wenige seien frei, hausen auf dem Friedhofsteil, den die Wassergeister nicht überschwemmen. Der Totenwärter fixiert mich mit gerundeten Augen und flüstert mir zu, als ob die Hausgeister nicht mithören sollten, dass einige Gräber seit Jahren aufgegeben sind. Diese Gräber seien eventuell auch zu haben, zwar nicht offiziell, man könnte sich über den Preis privat einigen. Ich frage ihn nach dem Grab von William R. Bodenhamer. Seine Mimik verbirgt kaum die Enttäuschung, das Gesicht hellt aber gleich auf, als ich eine Flasche Jack Daniels aus meiner Plastiktüte ziehe. Er sucht eine ganze Weile in einem Aktenschrank und kramt dann schließlich eine Akte mit den Namen BODENHAMER hervor. Das Grab bestellte und bezahlte die amerikanische

Botschaft. Für die ersten fünf Jahre nach der Beerdigung gibt es Einträge. Die Botschaft überwies jährlich einen kleinen Betrag für die Grabpflege und Blumenschmuck. Später kümmerte sich niemand mehr um das Grab.

Der Verwalter versucht mich zu überzeugen, dass ich für eine bescheidene Gebühr wenigstens einen Grabplatz reservieren sollte. Man könne ja nicht wissen, wann ein Bedarf entsteht. Mit einem prüfenden Blick mustert er mich von oben bis unten. Solche Reservierungen seien offiziell nur für einen Zeitraum von zwei Jahren zulässig. Gegen eine kleine Extragebühr könnte er die Reservierung bis zu fünf Jahren verlängern. Ich verspreche, bestimmt wiederzukommen, um die freien und weniger freien Grabstätten zu besichtigen. Der Verwalter beugt seinen krummen Oberkörper und faltet die Hände vor der Stirn zu einem hohen Wai. Und er hat auch dafür Verständnis, dass ich meine künftigen Nachbarn erst genau kennenlernen möchte, bevor ich ein Grab wähle.

Den Gedanken, bei der amerikanischen Botschaft vorzusprechen, verwerfe ich gleich wieder. Welche Botschaft wird 40 Jahre lang schriftliche Aufzeichnungen über einen verstorbenen Landsmann aufbewahren. Was soll ich nur Natti erzählen. Alle meine bisherigen Nachforschungen nach Schließfächern versagten ebenfalls. Auch Apa hat keine Ahnung, wo man in Bangkok persönliche Sachen lagern könnte. Sie hilft mir jedoch bei meiner genialen Idee, die mich aus schierer Verzweiflung ereilte. Wenn Bodenhamer ein US-Soldat gewesen sein sollte, was im Jahr 1974 sehr wahrscheinlich ist, könnte er in einem Militärregister verzeichnet sein. Die geeignetste Person für eine solche Recherche, und das ist das Geniale daran, bin nicht ich, sondern Curt. Für einen ehemaligen hohen Offizier sollte es nicht schwer sein, Informationen über einen Soldaten Bodenhamer herauszufinden. Apa genügen zwei Telefonate mit dem Büro der Bangkok Opera und ich halte einen Zettel mit Curts Telefonnummer in der Hand. Curt ist begeistert, dass ich ihn gleich morgen am Samstag besuchen komme.

Ich treffe Niko am Busterminal Ekamai. Sie lud mich für Sonntag zu einem Ausflug ein, der eine Überraschung sein soll: „Kannst du Rad fahren", lautete ihre seltsame Frage. Als ich ihr von Chon Buri erzählte, lud sie sich sofort selbst ein. Wir besteigen einen Bus nach Pattaya. Der Bus hält auch im 80 km entfernte Chon Buri. Eine Gruppe aufgescheuchter junger Männer kann es kaum noch erwarten. Pattaya ist voll von jungen Männern, die dort einem bacchantischen Lebensrausch verfallen und damit dutzenden Dörfern im Isaan ein beachtliches Auskommen bescheren.

Wann wird Thailand endlich seine hunderttausende Barmädchen ehren? Diese Mädchen leisten für die touristische Entwicklung des Landes mehr als alle anderen Berufsgruppen zusammen. Ein bronzenes Denkmal für das unbekannte Barmädchen ist längst überfällig. Niko bestaunt die weiteren Farangs im Bus. Es sind meist ältere, übergewichtige und glatzköpfige Männer. Sie kommen regelmäßig, um die Genüsse auszuleben, die ihnen ihre Heimatländer verwehren. Im Gegensatz zu den jungen und etwas weniger übergewichtigen Männern, wirken sie abgeklärt und ruhig. Ich erkläre Niko, dass Pattaya der offizielle Treffpunkt aller übergewichtigen und glatzköpfigen Männer dieser Welt ist.

„Das muss ich unbedingt sehen. Jetzt weiß ich endlich, wo die Sumoringer Urlaub machen."

Niko will immer sofort alles sehen, wovon ich ihr erzähle. Der Taxifahrer findet problemlos Curts Haus. Er scheint es zu kennen. An den Häusern der Umgebung nagt die feuchte Meeresluft, löst die Fassaden auf. Unrat, Gräser und Schlingpflanzen bewuchern die verwilderten Gärten. Unweit liegt ein Pier. Daneben warten einige Bootsleichen auf ihre Auferstehung. Curt ist ein begeisterter Freizeitkapitän. Er kaufte sein Haus in dieser tristen Gegend wegen des Piers. Es war preiswert. Thais wohnen nicht gerne beim Wasser, sie fürchten die Wassergeister. Das einstöckige hölzerne Gebäude umgibt ein tropischer Garten. Darin versammelte Curt fast alle Artefakte, die es in Südostasien anzutreffen gibt. Eine fröhlich lächelnde Dame mittleren Alters trägt Snacks auf die Terrasse. Niko stürzt sofort in den Garten, springt von einem Kunstwerk zum anderen und begrüßt jede Pflanze einzeln. So kann ich Curt ungestört mein Anliegen schildern. Ich erzähle ihm knapp, dass ich nach einem verschwundenen Engländer suche. Die Identität des verstorbenen GIs könnte dabei eine nützliche Spur sein. Es trifft sich gut, dass Curt mit solchen Nachforschungen bereits öfters betraut war.

„Hast du eine Ahnung, wie viele Kinder amerikanische Soldaten in Vietnam hinterließen, als sie dort neben Napalm auch ihre Gene verstreuten? Es gibt keine genauen Zahlen. Schätzungen sagen bis zu 100.000. Viele der ehemaligen GIs waren vom Krieg und der amerikanischen Gesellschaft so traumatisiert, dass sie ihre Gedanken an die Vietnamzeit zu verdrängen versuchten. Wenn die Veteranen in ein Alter kommen, in dem ein Mann über sein Leben nachzudenken beginnt, fallen ihnen ihre vietnamesischen Bälge wieder ein. Und manch einer möchte das Leid wieder gutmachen, das die Kinder und ihre Mütter durchzustehen hatten. Der Vietcong steckte die Mütter in Umerziehungslager und behandelte die

Mischlinge wie Aussätzige. Oft fristeten sie ihr Dasein als elternlose Straßenkinder. Die sanftmütigen Vietnamesen schlugen und beschimpften sie als US-Bastarde. So half ich bereits öfters Kinder von Vietnamveteranen zu finden. Wenn ich dabei auf erwachsene Kinder stieß, die nicht von meinen Auftraggebern abstammen konnten, suchte ich im Gegenzug nach deren Vätern. Sollte der gute Bodenhamer tatsächlich ein GI gewesen sein, werde ich seine Identität und die Umstände seines frühen Ablebens bestimmt herausfinden."

Zwischenzeitlich kam Niko, und Curt muss ihr jeden Snack am Teller einzeln erklären. Als Niko davon hört, dass Curt einen Roman schrieb, wo Schiffe und Piraten vorkommen, bedrängt sie ihn so lange, bis er ihr die Geschichte erzählt. Jetzt springe ich von einer Figur zu anderen und begrüße jede Pflanze einzeln, und das für volle zwei Stunden. Den Roman kenne ich fast auswendig. Beim Abschied müssen wir Curt versprechen, dass wir bald wiederkommen und mit ihm einen Bootsausflug unternehmen.

◆

Mattes Neonlicht schielt gewaltsam durch den Spalt im Vorhang. Es stammt aus dem Treppenhaus von gegenüber und brennt die ganze Nacht. Ich sehe die Umrisse des Fernsehers, sie lösen sich auf; das Gehirn ist wach, denkt nicht, warum soll es denken; ein großartiger Tag heute, mehrere bereits; vor wenigen Tagen saß ich hier und wusste nicht wohin, war das letzte Woche oder vor einem Monat, was macht das für einen Unterschied; die Zeit kollabiert, alles kollabiert, die Barmädchen kollabieren, auch die Tempel und Niko; oben schwimmt Curts Boot, der rettende Anker, ich kann ihn nicht erreichen, sinke tiefer, immer tiefer, male azurne kalligraphische Zeichen auf den nackten Körper einer Frau; Leviathans schweben im magischen Licht; dort oben geht das Leben weiter, es geh immer weiter, das Frühstück pünktlich um zwölf; der verkrüppelte Schuhputzer hält die Bürste in den Zähnen, bemüht die Borsten vergeblich, wo sind seine Kunden; ein Mann ohne Beine jongliert mit Pussys, sie bewegen ihre Lippen, Money, Money, Money, verrückt, immer wollen sie Money, viel Money, Money for what; sage lieber nichts, es ist besser, nichts zu sagen; manche sagen Hodscha, Hodscha, was sind das für Worte; Fliegen schmusen auf den schmutzigen Füßen einer zerlumpten Gestalt, der Kopf träumt auf dem Pappkarton, polierte Bentleys staunen aus der Auslage; denke lieber nicht, es ist besser, nicht zu denken; warum hört mich die Jury nicht, ich lese immer lauter, schreie die Wörter hinaus; bebrillte Jurorinnen lachen, Charles Bukowsky lässt die Hosen herunter „You can fuck me", Henry Miller erkundigt sich nach der Form ihrer Cunts; bebrillte Jurorinnen lachen, zeigen lasziv ihre Pussys, Money, Money, setzen fünf; der Bettler will mein Sandwich kaufen, wie kann er im Wasser ein Sandwich essen, ich spucke ihm ins Gesicht; was ist das für ein Leben; ich sank bereits tief, zu tief, die Hirnströme flackern nur noch unregelmäßig, gleich fließt mein Leben an mir vorbei; jetzt wird es gefährlich, eine beglückende Agonie, bald möchte ich diesen wollüstigen Zustand nicht mehr verlassen; jetzt muss ich kämpfen; warum habe ich keine Flossen; nur ein Auge öffnen, der Raum ist dunkel; die Lichtschwaden an der kräuselnden Oberfläche kommen näher, ein titanisches Ringen; jetzt werde ich wieder nach unten gezogen, aufgesogen von der Dunkelheit, der Tiefe, der Wollust, zapple in einem leeren

Strudel, hilflos, es ist eine wohlige Hilflosigkeit; wie eine gesunkene Boje schwebe ich ohne Gefühle, ohne Denken...sieht so das Nirvana aus?

Jetzt erkenne ich die Umrisse des Zimmers. Der Wecker bemühte die Schallwellen schon dreimal vergebens. Schlaftrunken steige ich in das Taxi. Niko bestand darauf, dass wir früh losfahren. Das Taxi spurtet durch den rückwärtigen Teil der Soi 22 und biegt in die Rama IV ein. Will sie mir den Freshmarket zeigen? Das Taxi fährt weiter, hält an einem kleinen Pier, das sich als Wat Khlong Toey Nok Pier zu erkennen gibt. Wir steigen in ein enges Longtail, tuckern über den Chao Phraya zum anderen Ufer. Langsam ahne ich, welche Überraschung mir Niko bereiten möchte. Bisher fand ich nicht die Energie. Auf Google-Maps erscheint dieses Gebiet als dunkelgrüner Fleck. Vor 200 Jahren wanderten hier die Mon ein, schon wieder die Mon, und besiedelten ein 5.000 Hektar großes Dschungelgebiet, eingezwängt zwischen einer Biegung des Chao Phraya.

Am Anlegepier mieten wir für jeweils 100 Baht zwei Fahrräder. Für mehr als den zehnfachen Preis organisieren Fahrrad Tour Operators halbtägige Gruppenerlebnisse für adventurous Tourists, wie Niko gesteht. Bang Kra Jao durchziehen kleine Dörfer, Tempel und Märkte. Von den wenigen Straßen zweigen schmale Betonpfade in die dschungelartige Vegetation ab. Als ich Nikos schlängelnden Fahrstil bemerke, bereite ich mich darauf vor, in den moskitoverseuchten Kanal zu hechten, um sie heldenhaft vor den quakenden Fröschen zu retten. Mit erhöhtem Pulsschlag folgen wir dem magischen Schild *Floating Market*. Endlich, an einem Kanal erblicken wir ihn, den Traum aller Bildungsreisenden. Ältere Frauen in kleinen Boten verkaufen sich Gemüse und Obst gegenseitig. Die

Besucher kaufen die bunten Kokoseis-Spezialitäten und die fremdartigen Mon-Süßspeisen lieber trockenen Fußes in den kleinen Marktständen entlang des Kanals. Niko probiert alle Eisvariationen, ich teile mit ihr die klebrigen Süßspeisen. Frohgelaunt verlassen wir den schwimmenden Markt, und ich hoffe auf die Einsicht der fremdartigen Mon-Bakterien. Die Sonne steht senkrecht, und ich verstehe, warum wir so früh losfahren mussten. Die betonierten Pfade verbergen die Richtung. Warum sollten sie sprechen, die Farmer kennen ihren Weg. Niko wankt jetzt weniger, in mir keimt Hoffnung. Wir durchqueren Gemüsefelder, Bananenplantagen, erreichen kleine Dörfer. Vor ärmlichen Holzhütten winken Frauen in traditionellen Wickelröcken. Die Dorfjugend jagt einem frisierten Moped ohne Motorverkleidung hinterher. Schnatternde Enten glotzen stumpf, wollen nicht weichen.

An einem Tempel biegen wir ab, befahren einen engen Pfad aus gestampfter Erde entlang des Flusses. In der halbhohen vertrockneten Vegetation zirpen Grillen. Ein Froschehepaar zankt unablässig in einem Tümpel. Unsere Radtour endet bei einer Ansammlung von hellen kubischen Gebäudeteilen. Die Kuben ruhen auf Stelzen. Darunter im brackigen Wasser kämpfen Pflanzenteile verzweifelt gegen das Ertrinken. Über einen Holzsteg erreichen wir ein offenes Restaurant und besetzen zwei gepolsterte Korbsessel. Aus dem ausliegenden Prospekt erfahren wir: „Das Eco-Hotel ist keine Herberge für jedermann.“ Die Preise sind auch nicht für jeden. Fünf bis zehntausend Baht kostet eine Nacht in diesem Ecoparadies, der Preis für ein 5-Sterne Hotel in der City. Dafür bekommt der Gast: *trees, plants, exotic lizards, birds, fireflies, cicada...and you may have to share the pool with friendly insects.* Selbstverständlich gibt es Außenduschen, und manche der Kuben beherbergen ihre Betten auf dem eigenen Dach, sonst könnte das Hotel nicht als *Tree House* firmieren. Und: *From our farm to your table... a vegan menu is always available.* Das Hotel scheint von Ostermarschierern und Verwandten im Geiste gut belegt zu sein.

Niko hält es nicht in ihrem Korbsessel. So nehmen wir unsere Getränke in die Hand und begeben uns auf eine Sightseeing-Tour. Eine steile Treppe führt zu den Kuben. An den Hauswänden glänzen kleine Spiegel in der schwächelnden Sonne. Niko ruft mir etwas zu. Sie deutet auf einen der Spiegel. Ich schaue hinein, erschrocken springt mir mein rot angelaufenes Gesicht entgegen. Jetzt erst merke ich den Grund für ihr Ansinnen: *Happiness is looking in the mirror and liking what you see*. Auch die anderen Spiegel zieren erhabene Sinnsprüche. Über eine Leiter erklimmen wir das Dach eines unbewohnten Zimmers. Die Wände bestehen vollständig aus Glas. Was mag die ECO-Klimaanlage über dieses Baumaterial denken? Wir legen uns auf harte Metall-Liegen und genießen den Ausblick auf den Chao Phraya. Eine in die Jahre gekommene Raffinerie winkt uns von dem gegenüberliegenden Flussufer begeistert zu. Halb beladene Containerschiffe beschippern den Fluss der Könige. Die tiefstehende Sonne tauchte die verrosteten Kähne in feinstes Siena-Ocker.

„Warum übernachten die Touristen nicht in einem Nationalpark, wenn sie die Natur genießen möchten?", fragt Niko.

„Weil es für sie ein besonderes Erlebnis ist, in einer Großstadt wie Bangkok von unberührter Natur umgeben zu sein."

Niko schüttelt den Kopf. Zum Glück fragt sie nicht weiter. Ich mühte mich bereits genügend mit Pam ab, ihr den modernen europäischen Zeitgeist zu erklären: die Sehnsucht der Menschen nach einfachen, im Einklang mit der Natur stehenden ökologisch korrekten Lebensweisen. Wir besteigen wieder unsere ökologisch korrekten Zweiräder. Unterwegs passieren wir den Phuegnang Homestay. In einem tropischen Garten gähnen leerstehende Holzbungalows, ausgestattet mit Aircon, Fernseher, Kühlschrank und Warmwassererhitzer zu einem Preis von 1.000 Baht.

„Warum kommen die Touristen nicht hierher, wenn sie in der Natur sein möchten?"

„Weil dies kein Eco-Hotel ist und es keine Sinnsprüche auf Spiegeln gibt."

Niko verstand wirklich nichts. Wenigstens findet sie mit intuitiver Sicherheit immer die richtige Abzweigung. Durch die Abendstunde hallen Zikadenschreie, dämmriges Licht bescheint unsere Gesichter. Wir müssen uns beeilen. Der Verleiher ist nicht mehr da, erweist Vertrauen. Kommt noch ein Boot? Das dunkelgraue Wasser des Chao Phraya schmatzt um die Pfosten des wankenden Piers. Kinder lungern auf den Holzplanken, schlendern ihre spindeldürren Beine über dem Wasser. Drüben auf der anderen Seite liegt das Ziel ihrer Sehnsucht, unerreichbar fern und doch so nah; dann wenigstens warten, beobachten, wer da kommt und was geschehen mag. Ein Mädchen im engen Rock, stark parfümiert und hübsch, wartet auf das Boot, behält das Ufer fest im Blick. Wenn sie dort drüben ankommt, wird sie nur als das Mädchen im engen Rock erkannt werden, und keine Spur verrät ihre Herkunft aus den Hütten von Bang Kra Jao. Das wacklige Longtail legt an. Der Bootsmann mahnt zur Eile, sein abendlicher Sanuk wartet. Rotberauscht spiegelt das schweifende Gewässer in der untergehenden Abendsonne. Die wuchtigen Schiffsleiber an den Ketten der Hafenmauer zerfließen in Pastellfarben, lauschen der schwächer werdenden Flussmelodie aus tuckern, hämmern und pfeifen.

Das Taxi hält vor dem Liberty. Niko möchte unbedingt noch duschen, bevor wir essen gehen. Eingewickelt in mein weißes Handtuch liegt sie auf dem Bett. Ich komme ohne Handtuch dazu, da ich es komisch finde, mich in ein Handtuch zu wickeln, das zudem feucht ist. Erschöpft von unserem Ausflug schlafen wir sofort ein.

Niko hält die Augen geschlossen. Wie auf einem gut gestimmten Klavier lassen sich auf ihrem Körper alle Tonarten fortissimo wie auch piano spielen. Ihre Mimik reagiert auf die feinsten Berührungen. Fasziniert beobachte ich ihr Gesicht, genieße das sinnliche Schauspiel. Nur der beschleunigte Atem verrät ihre Höhepunkte, dezent, fast schüchtern, kommen sie daher. Auch im Liebesrausch siegt die asiatische Zurückhaltung; nur nicht auffallen, nicht als Individuum wahrgenommen werden. Warum erleben nur so wenige Frauen multiple Orgasmen. Liegt das an mentalen Barrieren? Nach einer gespürten Ewigkeit beugt Niko den Kopf zu mir herab und auf der großen Anzeigetafel erscheint nach wenigen Augenblicken das Endergebnis: 8:1.

Fire and Ice

Gegen zwei Uhr morgens erreicht mich Pams Line-Message: „Hast du schon den Sonnenaufgang am Wat Arun erlebt, du findest mich in einer Stunde auf einer Bank am Pier, bringe zwei Flaschen Weißwein mit". Ich gewöhnte mich bereits daran, dass sie mich immer spät abends einbestellt. Niemals fragt sie, und wenn der Satz eine Frage enthält, kling er wie ein Imperativ. Und warum sollte ich nicht kommen. Sogar zur späten Stunde findet sie immer ein offenes Restaurant, oder wir bestaunen tief in den Eingeweiden der Chinatown ein Panoptikum aus chinesischer Kleinkunst. Oft plaudern wir die ganze Nacht, nie wird es uns langweilig. Und es ist mir auch angenehm, mit ihr zu schweigen, es ist, als verstünde sich unser Schweigen. Jedes Mal dringe ich tiefer in die praktische chinesische Gedankenwelt und sie in das weniger praktische europäische Denken.

Pam ist intelligent, besitzt jedoch nicht den Esprit von Niko. Niko kennt viele Sachen nur oberflächlich, kann aber genau beobachten, erfasst sofort das Wesentliche, karikiert es mit Humor. Sie ist neugierig und spontan wie ein aufgewecktes Schulmädchen, möchte sofort alles ausprobieren, freut sich über jede Kleinigkeit. Pam plant ihr Leben. Es ist eine strikte Planung, die keine Veränderungen zulässt. Sie weiß immer genau, was sie will und was nicht. Und sie hat immer ein altes chinesisches Sprichwort parat wie: „Man muss gegen den Strom schwimmen, um an die Quelle zu gelangen." Pam würde gut zu John passen. Sein Lebensmotto war immer: good Food, a good Talk, a good Fuck. Bereits Pam beim Essen zu beobachten ist inspirierend. Sie wählt die Speisen sorgfältig aus, genießt jeden Bissen, in einem luxuriösen Restaurant genauso wie an einer gewöhnlichen Straßenküche. Es ist ihre Art das Essen zu genießen, gezielt und bewusst, als reine Sinnlichkeit wie die alte taoistische Liebeskunst. Und morgens, unser verschlafenes Frühstück, keine Hast. Und zuvor, ihr biegsamer Körper, jede Variante sorgfältig gewählt, immer anders, immer neu, immer von ihr bestimmt.

Zunächst stellte ich mir die Frage nach dem Warum, warum sie, warum ich? Inzwischen stelle ich mir diese Frage nicht mehr. Nur Europäer können über solche Fragen nachdenken. Wir saugen das Warum bereits mit der Muttermilch auf, wollen immer genau wissen, warum dieses oder jenes geschieht, warum die Welt so ist, wie sie ist, und welche Rolle wir darin zu spielen haben. Für Pam ist die Welt einfacher, sie weiß nur *I like or I don´t like*. Das Warum interessiert sie nicht.

Im Getränkeregal des 7/11 freuen sich die zwei letzten Flaschen südafrikanischen Weißweins über meine Absicht. Die müde Verkäuferin füllt Eiswürfel in eine große Plastiktüte und hilft mir, die zwei Flaschen hinein zu wuchten; war es mein Charme oder ihre Vergesslichkeit? Zwischen Mitternacht und fünf Uhr morgens darf ein 7/11 kein Alkohol verkaufen, verkündet das große Schild über dem Regal. Jetzt fehlen nur noch zwei Gläser aus meinem Zimmer und ein Taxi. Diesmal verzichtet der Fahrer auf lange Verhandlungen über den Festpreis ob der späten Stunde.

Der Pier schwankt verlassen und düster. Am Tag stürmen tausende Menschen die verwaschenen Planken. Pam sitzt neben einem Anlegereifen und schaut verträumt auf den Fluss.

„Komm, wir gehen hoch, ich habe einen Mönch bestochen.“

An einer entlegenen Seite des Tempels gibt eine knarrende Eisentür nach. Der bedürfnislose Mönch hielt Wort.

„Weißt du, warum König Taksin diesen Tempel nach *Aruna,* dem Wagenlenker des Sonnengotts *Surya,* benannte? Es war der einzige Ort in Thonburi, der das Morgenlicht auffing. Jetzt sitzen WIR hier und werden uns mit Wein berauschen, die Nachtluft trinken und warten, bis die Nacht mit den ersten Morgenstreifen zusammenfällt.“

Ich wusste gar nicht, dass Pam mit ihren pragmatischen chinesischen Genen so poetisch sein kann. Wir besteigen die steilen Treppenstufen des zentralen Prangs. Dämonisch blickende *Yakshas* werfen uns böse Schatten zu. Sie sind es nicht gewohnt, zur so späten Stunde noch Besucher zu empfangen. Dagegen bestaunen uns die himmlischen *Devantas* freundlicher, erwarten wohl eine kleine Weinspende für ihren Herrn *Aruna.* Das schale Mondlicht schläft im offenen Schoß der Wassergöttin *Phra Mae Khongkha.* Kein Schiffsgeräusch stört diesen Schlaf. Eine göttliche Stille umhüllt den Tempel. Ich höre nur meinen Herzschlag und ab und zu den von Pam, spüre, wie unser Blut den gleichen Takt hält, als tanzte es zusammen. Der Große Palast leuchtet in der Ferne und lässt auch Wat Po an seiner königlichen Herrlichkeit teilhaben. Wie die indischen Götter auf dem heiligen Berg Meru schauen wir hinunter auf diese surreale Stadt. Bald schleichen vom Horizont die ersten diffusen Lichtnebel in die Häuserfluchten. Der Sonnenaufgang ist nicht mehr fern. Die letzten Nachtschwärmer begegnen den ersten Tagerwachten. Mit göttlicher Hand knipst Surya die Beleuchtung des Tempels aus, bald folgt der Große Palast.

„Wenn du reich wärest, genügend Geld hättest, wie möchtest du leben", frage ich Pam.

Sie schaut mich an, wiederholt die Frage ganz langsam, als ob sie nicht verstehen würde.

„I would just live."

Was für eine monströse Idee, einfach nur zu leben. Ich bin noch nicht reif für solche Gedanken. Pam berührt meinen Arm.

„Träumst du manchmal? Es gibt ein altes chinesisches Sprichwort: Wenn man schläft, kann man Träume nicht leben, wenn man aufwacht, schlafen die Träume ein."

Beim Abschied ahne ich die Antwort auf das Warum. Ohne zu denken, schaue ich lange dem Taxi nach, in dem Pam wie ein Schatten entschwand. In die Stille dringen die ersten morgendlichen Geräusche. Das Licht wächst an, der Tag erhebt die Stimme, immer der gleiche ewige Tag, immer das gleiche unverlierbare Licht. Ein Mönch schabt vorbei, schleift das Klappern der Essschalen hinter sich her. Bald können die Gebenden ihr Karma verbessern. Wie konnte jemand nur auf die Idee kommen, die Vermittler der alten buddhistischen Lehren als Bettelmönche zu bezeichnen? Was für ein grundlegendes Missverständnis der buddhistischen Religion. Da, durch die silbrige Luft schweben zwei Mädchen, riechen nach Leben, Rock, Bluse, der dünne Stoff wellt verräterisch. Der junge Mönch dreht den Kopf, die Augen auf dem Sprung, um die Blicke einzufangen. Die Mädchen lassen sich nicht lange bitten. Hier sind die Mönche Bejaher des Lebens, nicht Gaukler des Todes und Lehrer des Jenseits.

◆

Von Natti hörte ich seit zwei Wochen nichts mehr. Sie ist in Indien unterwegs. Ihre letzte E-Mail erhielt die Namen von sechs Tempeln, die ich unbedingt aufsuchen soll. Mit dem Schließfach komme ich nicht weiter, nirgendwo finde ich einen Hinweis. Offensichtlich hat in Bangkok kein Farang das Bedürfnis, seine Sachen in einem Schließfach zu deponieren. Wenigstens bestätigte Olaf, dass John tatsächlich ein Schließfach nutzte. Er versprach, ebenfalls nach dem Schließfach zu fahnden. Bisher gelang es mir, in vier Tempeln alle Wandzeichnungen zu fotografieren. Sie sehen für mich alle gleich aus. Apa fand sich bereits damit ab, dass ich ab und zu mein Frühstück morgens statt mittags einnehme.

Endlich, Curt kommt heute zur Chorprobe nach Bangkok und hat Neuigkeiten über Bodenhamer. Wir verabreden uns im *Viva* in der Soi 8; mein Restaurant für europäisches Essen, Hauswein und Straßentheater. Zuhause in Prag träume ich von den Straßensuppen, lasse kein thailändisches Restaurant aus. Bereits am zweiten Tag in dieser Stadt suche ich nach europäischen Speisen, und sei es nur ein Kartoffelbrei mit Cheddar. Wo es Möglichkeiten gibt, stirbt die Sehnsucht. Gegenüber in einer kleinen Bierbar lauschen Harley-Davidsons der Rockmusik aus den Siebzigern. Dem Barhund gehört die Straße, Autos müssen weichen. Und wenn es ihm nach Süßigkeiten gelüstet, marschiert er in den benachbarten 7/11, nur selten kehrt er ohne Tüte zurück.

Curt sitzt bereits vor einem Bier. Er ist wie immer fröhlich gelaunt. Nur sollte er etwas abnehmen, das Laufen fällt ihm bereits schwer. Er fragt nach Niko, sie hat ihm wohl gefallen. Wenn sie möchte, könnte er ihr noch weitere Geschichten erzählen. Wir sind jederzeit eingeladen.

„Wie du siehst, mögen Vietnamveteranen auch japanische Gesichtszüge, anders als unsere Väter, die im Pazifik kämpften. Jeder Anblick eines Japaners bereitete ihnen Alpträume."

Ich kann mir Curt nicht in einer amerikanischen Kleinstadt vorstellen, wie er vor seinem Reihenhaus in einer Gartenschaukel sitzt. Männer wie er können nur schwer in geordneten bürgerlichen Bahnen leben. Der Vietnamkrieg prägte ihn.

„Weißt du, wann ich das Leben am stärksten spüre? Wenn ich mit meinem Boot in einen Sturm gerate und nicht weiß, ob ich jäh das Ufer wieder erreichen werde. Nein, es ist keine Todessehnsucht. Für manche Menschen ist, wenn alles auf seinem Platz steht, wenn alles wie gewohnt abläuft, alles seine Ordnung hat, der höchste Zustand des Lebensglücks. Ich spüre in solchen Situationen, dass ich eigentlich tot bin, nicht lebe."

Ich frage gleich nach Bodenhamer.

„Ja, das ist eine seltsame Geschichte. In den Verzeichnissen über gefallene GIs fand ich einen Eintrag über einen William R. Bodenhamer, auch das Geburtsdatum stimmt. Bodenhamer war tatsächlich ein GI. Als Todesdatum ist dort jedoch der 15.2. 1974 verzeichnet und nicht der 1.3 1974 wie auf dem Grabstein. Dann ist noch das 141. Infantry Regiment vermerkt und weiter: *missing in action*. Da mir dies seltsam vorkam, habe ich in den Verzeichnissen der 141. Infantry Regiments gesucht. Dort fand ich keinen Eintrag über einen William R. Bodenhammer. Jetzt wurde ich erst recht neugierig. Über die Veteranenverbände gelang es mir, noch einige Angehörige des 141. Infantry Regiments zu finden. Keiner von ihnen kannte einen Bodenhamer. Jetzt blieb nur eines übrig. Ich wandte mich an einen Freund, der Zugang zu den digitalisierten Archiven der Militärverwaltung hat. Er fand dort einen Eintrag. Leider konnte er die Datei nicht öffnen. Es ist eine *Classified Mater,* eine geheime Angelegenheit auf einer so hohen Stufe, dass hierzu seine Zugangsberechtigung nicht ausreicht. Aus den Kürzeln in der Akte konnte er entziffern, dass diese Person in einem Zusammenhang mit einem US-Geheimdienst stand oder, was eher wahrscheinlich ist, mit einer US Law Enforcement Unit. Diese Organisation ist so etwas wie Interpol, bekämpft das organisierte Verbrechen und arbeitet eng mit der DEA zusammen, die weltweit für die Drogenbekämpfung zuständig ist. Deren Agenten schleusen sich in Verbrechersyndikate ein und übernehmen manchmal auch schmutzige Aufträge für US-Geheimdienste."

Schlagartig kommt mir die Reaktion von Georg in den Sinn, als er das Foto von Bodenhamer erblickte. Er erzähle doch von seinem Chef, der ebenfalls für den amerikanischen Geheimdienst arbeitete. Könnte es hier einen Zusammenhang geben? Ich werde Georg direkt fragen. Bestimmt gibt es eine Erklärung dafür und alles ist nur ein Zufall. Der amerikanische Geheimdienst und alte buddhistische Schriften, das passt nicht zusammen.

„Könntest du erfahren, warum Bodenhamer in Bangkok verstorben ist?"

„Ich weiß es nicht. Es ist schon vierzig Jahre her und wenn die Sache bis heute eine *Classified Mater* ist, sollte man darin lieber nicht wühlen. Was soll's, ich bleibe dran."

◆

Niko ist neben mir eingeschlafen. Sie kommt regelmäßig jeden Mittwoch zum Kopfkissen teilen. Es ist auf ihrem Weg von der Arbeit, immer pünktlich um 18 Uhr. Sie bleibt nie länger als ein bis zwei Stunden. Das ist praktisch. In Europa ist gerade Mittagszeit, und ich bleibe von Anfragen aus dem Büro verschont. Auf ihrem Körper ruht mein weißes Handtuch und erfüllt seinen Lebenszweck. Vorsichtig ziehe ich das Weiß zur Seite. Nikos Gesicht ruht entspannt, alle Lust ist aus ihm gewichen. Um die Wangenknochen schwächeln Sommersprossen, halten Ausschau nach dem französischen Spender. Feine bläuliche Äderchen marmorieren die bleiche Haut, entweichen am Halsansatz und mäandern über die kleinen Brüste. Die Abendsonne blinzelt voyeurhaft in das Zimmer, lässt einen verirrten Tropfen in ihren Schamhaaren wie eine edle Perle leuchten. Japanische Männer fänden es unerotisch, wenn Frauen sich diesen Schmuck abrasierten, vertraute mir Niko an. Ihre Pussy wölbt nach außen wie eine geschlossene Muschel; Feuchtigkeit benetzt den schmalen Spalt. Mit den Jahren verschwimmen die Gesichter meiner Geliebten, ihre Namen schleichen aus dem Gedächtnis. Allein ihre Pussys brannten sich unauslöschlich in mein Gehirn, feinziseliert wie mittelalterliche Kupferstiche. Manche Männer sammeln moderne Kunst, ich sammle Pussys, genauer gesagt, die Anblicke von Pussys. Es ist eine Leidenschaft wie jede andere.

Ich konnte Niko nicht den Wunsch abschlagen, ihren Chefs etwas über die deutsche Mentalität zu erzählen. Ihre Firma erwartet eine Delegation aus Deutschland. Es geht um ein Joint Venture und noch dazu in einer Branche, die ich als Headhunter genau kenne. Ein deutsches und ein japanisches Unternehmen aus der Automobilindustrie wollen in Thailand ein gemeinsames Werk für Zulieferteile errichten. Niko wird bei unserem Gespräch dabei sein und übersetzen, da nicht alle Chefs gut Englisch verstehen.

Niko empfängt mich in einem kalten Großraumbüro. Sie trägt eine helle Bluse und einen engen, geschlitzten, schwarzen Rock. Gleich sehe ich wieder die Psychologin. Ich werde Niko bitten, beim nächsten Kopfkissen teilen einen solchen Rock zu tragen. Sie führt mich in einen noch kälteren Konferenzraum. Um einen Konferenztisch sitzen, dem Alter nach sortiert, sieben Herren in dunklen Anzügen, weißen Hemden und gleich aussehenden dunklen Krawatten. Sie mustern mich neugierig und verziehen dabei keine Miene. Ich stehe vor ihnen in einer dunklen Freizeithose, in der ein rotgestreiftes Hemd mit hochgekrempelten Ärmeln steckt. Das war das beste Outfit, das ich in meinem Kleiderschrank fand. Der jüngste Japaner springt auf, vorbeugt sich, schüttelt mir die Hand und zaubert ein freundliches Lachen auf sein Gesicht. Er stellt die anderen Herren der Reihe nach vor, beginnend mit dem ältesten: sein Titel, seine Funktion und seine Dienstdauer im Unternehmen. Der älteste ist der Präsident und er arbeitet im Unternehmen am längsten. Ich weiß natürlich, dass der Präsident nicht der Präsident des Unternehmens ist, sondern allenfalls ein Chef der thailändischen Unternehmensfiliale. Japaner lieben Titel, die ihre Wichtigkeit unterstreichen sollen. Jeder der Herren vorbeugt sich, schüttelt mir die Hand und zaubert ein freundliches Lächeln auf sein Gesicht. Der jüngste Japaner spricht gut Englisch und ist am kürzesten im Unternehmen. Er erklärt das Tagesprogramm. Vormittags haben wir drei Stunden, dann gehen wir gemeinsam essen. Am Nachmittag folgen weitere drei Stunden. Obwohl die

Temperatur im Raum das Blut gefrieren lässt, spüre ich, wie ein heißer Wasserstrahl meinen Rücken herunterläuft. Ich stellte mir eine lose Plauderei bei einer Tasse Kaffee vor. Was hätte ich jetzt dafür gegeben, 8.000 Kilometer entfernt an meinem Büroschreibtisch zu sitzen.

Verzweifelt schaue ich mich um und erkenne den Schimmer einer Rettung. Nirgends sehe ich einen Flipchart, nur ein Projektor ruht einsam auf einem Sideboard. Zum Glück fällt mir der klassische Trick der Unternehmensberater ein. Die Teilnehmer von Workshops wissen fachlich oft mehr als der Berater. Dieses Wissen gilt es abzuschöpfen, am besten bei Rollenspielen. Der Berater strukturiert die Ergebnisse und versieht sie mit modernen Begriffen. Teilnehmer, die mit ihrem eigenen Wissen vor den Kollegen glänzen konnten, loben bei ihren Chefs den kompetenten Berater und den gelungenen Workshop.

So frage ich nach einem Flipchart und farbigen Zetteln. Der Präsident schaut auf seinen Nachbar, und so geht es der Reihe nach weiter bis das Schauen den jüngsten Japaner erreicht, der auf Niko schaut. Niko springt auf und rennt zur Tür. Ich bitte die Herren, dass sie auf kleine weiße Zettel aufschreiben, welche Informationen für sie wichtig sein könnten und was sie von unserem Seminar erwarten. Die Herren erledigten ihre Aufgabe und Niko ist immer noch nicht zurück. Eine weitere Aufgabe muss her.

„Ihre deutschen Kollegen werden sich auf die Verhandlungen auf die gleiche Weise vorbereiten. Sie werden einen Japaner engagieren, der ihnen erzählen wird, wie Japaner verhandeln. Schreiben Sie bitte auf einen weiteren Zettel, was Sie den Deutschen sagen würden."

Der jüngste Japaner schaut auf seinen Nachbarn, der auf den nächsten, bis die Blicke schließlich den Präsidenten erreichen. Der Präsident nickt und alle beschreiben weitere

Zettel. Noch bevor die Herren damit fertig sind, erscheint Niko. Es gelang ihr, einen Flipchart aufzutreiben. Niko sortiert die beschriebenen Zettel, liest vor und übersetzt. Jetzt gilt es, nur noch eine knappe Stunde des Vormittages auszufüllen. Was die Herren von dem Seminar erwarten und wie sich Japaner verhalten, wusste ich auch ohne die Zettel. Was ich nicht weiß, wie man daraus eine Verhandlungsstrategie entwickeln soll. Zum Glück überfällt mich eine geniale Idee. Erst vor zwei Wochen las ich zufällig einen Artikel über den alten chinesischen Militärstrategen Sunzi und seine Erkenntnisse, die er vor 2500 Jahren in seinem Werk *Die Kunst des Krieges* niederschrieb. War das Vorsehung? Wie werden jedoch Japaner auf einen alten chinesischen Militärstrategen reagieren? Ein deutscher Militärstratege dürfte auf die gediegenen Herren bestimmt einen besseren Eindruck machen, auch wenn er sich dabei bei Sunzi bedienen sollte.

„Dear Gentlemen, jede Verhandlung ist ein Krieg. Stellen Sie sich vor, Sie sind moderne Samurai. Leider habe ich zu wenig Ahnung über die Militärstrategie der alten Samurai, aber ich kenne den bedeutendsten deutschen Militärstrategen Claus von Clausewitz. Dessen Strategien adaptieren die besten amerikanischen Business-Akademien für Verhandlungen. Die wichtigste Lehre, die Sie beachten sollten, lautet: Jede Verhandlung beruht auf Täuschung und Verwirrung. Das Ziel besteht darin, den Gegner psychisch und physisch zu destabilisieren. Wenn Sie fähig sind anzugreifen, müssen Sie als unfähig erscheinen. Wenn Sie nahe sind, müssen Sie den Verhandlungsgegner glauben machen, dass Sie weit entfernt sind. Wenn Sie weit entfernt sind, müssen Sie ihn glauben machen, dass Sie nahe sind. Oder mit noch einfacheren Worten: Wenn du eine Sache vorhast, tue, als ob du es nicht vorhättest, wenn du etwas willst, tue, als ob du es nicht wolltest."

Die Herren schauen einander hilflos an. So beginne ich gleich mit einer praktischen Übung.

„Zunächst müssen Sie die Deutschen verwirren. Sie haben ja bereits japanische Verhaltensweisen auf die Zettel geschrieben. Die Deutschen werden überrascht sein, wenn sich ihre japanischen Partner anders verhalten. Dies fängt schon bei der Kleidung an. Die Deutschen erwarten korrekt gekleidete Japaner. Überraschen Sie die Deutschen mit dem Gegenteil. Wir können dies gleich üben. Bitte ziehen Sie ihre Jacketts und die Krawatten aus und krempeln Sie die Ärmel ihrer Hemden hoch."

Alle Augen stieren auf den Präsidenten. Der Präsident zieht sein Jackett aus, und ich weiß, dass ich meine erste Schlacht gewonnen habe. Mit Hilfe des alten Sunzi gelang es mir, die Japaner zu verwirren.

„Jetzt kommen wir zu dem zweiten wichtigen Punkt der Verhandlungstaktik. Die Deutschen werden erwarten, dass ihre japanischen Partner bei dem ersten Gespräch nur unverbindlich verhandeln. Das sagte ihnen der japanische Coach. Bereiten Sie sich auf das Gespräch deshalb sorgfältig und detailliert vor. Damit versetzen Sie dem Gegner einen weiteren schweren Schlag. Und jetzt zum dritten Punkt, dem wichtigsten, der Täuschung. Damit können Sie den Gegner endgültig erledigen. Bei den Verhandlungen sollten Ihre Fachleute vehement die unwichtigen Punkte verhandeln und überlassen den gestressten Deutschen den Sieg. Die wichtigen Sachen entscheiden Sie dann als Kompromiss für sich. Mit Ihrem präzisen Detailwissen und den Druck auf eine konkrete Vereinbarung schlagen Sie die deutschen Partner mit deren eigenen Waffen."

Einen kleinen Scherz kann ich mir nicht verkneifen.

„Kennen Sie den Witz über das Joint Venture? Ein Huhn und ein Schwein wollen ein Joint Venture für ein gemeinsames Frühstück schließen. Das Huhn sagt zum Schwein: *ich stelle mein Ei zur Verfügung und du deinen Schinken*. Das Schwein überlegt eine Weile und wendet ein, das dies nicht fair sei: *Dir wächst ein neues Ei nach und ich überlebe es nicht, wenn ich meinen Schinken hergebe.* Das Huhn antwortet kühl: *Das ist doch der Sinn eines Joint Ventures.* Sie haben es selbst in der Hand, wer bei den Verhandlungen das Huhn und wer das Schwein sein wird."

Die Herren lachen laut und ausgelassen. So führe ich noch eine weitere Strategie ein, die weder von Clausewitz noch von Sunzi stammen kann. Es ist die Barmädchenstrategie. Ich wende mich an den jüngsten Japaner und frage ihn: „Wenn Sie in eine Karaokebar kommen, wann wird Ihre charmante Hostess den Preis für einen privaten Liederabend verhandeln?" Der junge Japaner läuft rot an und schaut hilflos auf seinen Präsidenten. Der Präsident lächelt wissend.

„Ich werde es Ihnen sagen. Bestimmt nicht, wenn Sie gerade angekommen sind, denn zu diesem Zeitpunkt können Sie noch jederzeit die Bar verlassen. Die Hostess wird mit Ihnen erst nach dem fünften Sake verhandeln, wenn Sie bereits so ausgelassen sind, dass Sie in ihr eine Prinzessin des japanischen Kaiserhofs erkennen. Für die Verhandlungen bedeutet dies, dass Sie konkrete Ergebnisse erst verhandeln sollten, wenn Ihr Gegenspieler bereits total hilflos ist."

Jetzt ist das Eis endgültig gebrochen. Die Runde prustet ungehemmt los. Niko macht auf das Mittagessen aufmerksam. Und ich erkläre den Herrn, dass wir am Nachmittag die Kampftheorien an praktischen Beispielen üben werden. Wir besuchen ein exklusives japanisches

Restaurant gleich neben dem Bürohaus. Ich flüstere Niko zu, dass dies mein erstes japanisches Restaurant ist, und ich außer Sushi kein japanisches Gericht kenne. Niko besetzt den Stuhl neben mir und legt die einzelnen Speisen mundgerecht auf meinen Teller. Zum Glück beschäftigen sich die Herren miteinander und bemerken nicht, dass ich mit den Stäbchen jedes Mal drei Anläufe benötige. Ich frage Niko nach dem Löffel für die Suppe, sie lacht. Japanische Suppen werden nicht gelöffelt, sondern aus Schälchen getrunken.

Am Nachmittag führe ich kaum noch Regie. Die Herren üben mit hochgekrempelten Hemdsärmeln die Strategien. Einer spielt einen Deutschen, der andere einen Japaner, dann tauschen sie die Rollen. Auch der Präsident macht mit. Niko wirft mir bewundernde Blicke zu. Jetzt wird sie mir bestimmt nicht den Wunsch abschlagen, und beim nächsten Kopfkissen teilen ihren engen dunklen Rock tragen.

Als die Zeit um ist, winkt der Präsident Niko herbei. Niko nimmt mich zur Seite. Der Präsident und die Herren waren mit dem Seminar hochzufrieden. Sie möchten mir ein Geschenk machen oder mich einladen. Um keinen Fehler zu begehen, soll mich Niko diskret fragen, was ich mir wünschen würde. Mehr scherzhaft als ernst sage ich zu ihr, dass es mir gefallen würde, irgendwo hin mitgenommen zu werden, wo sich japanische Männer in Bangkok vergnügen. Aber keine Karaokebar, da ich nicht singen kann. Niko richtet meinen Wunsch dem Präsidenten aus. Eine Limousine werde mich um 20 Uhr am Liberty abholen, mehr wisse sie nicht.

Die Limousine biegt in eine Einfahrt zwischen zwei Hochhäusern. Der Fahrer parkt den Wagen auf einem halboffenen Stellplatz, der vom Hof nicht einsehbar ist.

Dorische Säulen bewachen den Eingang zu einem weißen zweistöckigen Haus im pseudo-klassizistischen Stil. Vor der breiten Treppe verbeugen sich zwei Japanerinnen in traditionellen Kimonos. Im Empfangsraum sitzen bereits drei meiner Seminarteilnehmer, der Präsident und die ihm in der Hierarchie nachfolgenden Kollegen. Über den Sofas im Louis Philippe Stil spielen mannshohe barocke Spiegel mit unseren Gestalten. Asiatische Innenarchitekten folgen der modernen Fusion-Küche, kreieren immer neue Stilgemische. Werden wir jetzt gleich Sushi von den nackten Körpern junger Thaimädchen essen? Niko erzählte mir, dass es in Bangkok solche Clubs für Japaner gibt. Die abendlichen Vergnügungen von japanischen Managern haben einen praktischen Grund. Die strikte Firmenhierarchie erlaubt nicht, dass ein jüngerer Manager einen älteren Kollegen kritisiert oder ihm etwas vorschlägt. Bei den gemeinsamen Vergnügungen in Karaokebars und Clubs zählt nur der Mann. Hier können sie alles sagen, ohne Rücksicht auf ihre Stellung.

Vier kimonierte Japanerinnen im Jesus-Alter trippeln herbei, die Haare hochgesteckt wie in japanischen Historienfilmen. Drei von ihnen sind hübsch. Die Vierte trägt ein Gesicht, weder hübsch noch hässlich, es ist auf eine geheimnisvolle Art unauffällig. Die Japanerinnen beugen ihren Rumpf, genauso wie meine drei Begleiter. Ungelenk ahme ich diese japanische Höflichkeitsgeste nach. Die Kunst des Verbeugens wurde in früheren Jahrhunderten auch in Europa gelehrt und geübt. Wie bei den Japanern war es eine Geste der Ehrerbietung, nicht der Unterwerfung. Das geheimnisvolle Gesicht fixiert mich mit intelligenten Augen.

„Ich heiße Juki und bin Ihre Hostess", erfahre ich in gutem Englisch.

„Wo sind wir hier?"

„Nur westliche Gäste wollen immer sofort alles wissen, fürchten Geheimnisse."

Zwei junge Japanerinnen in dünnen weißen Bademänteln nehmen mich an der Hand.

„Begleiten Sie die Damen, wir sehen uns später."

Ich folge den Mädchen in einen Raum mit im Boden eingelassenen Becken. Die Wände umfließt rötlich schimmernder Marmor. So sehen auf Bildern altrömische Thermen aus. Meine Erwartung steigt. Findet hier ein bacchantisches Gelage statt? Die Bademädchen helfen beim Entkleiden. In der Dusche seifen sie mich ein und trocknen meinen Körper mit weichen Frottiertüchern. Das Stammhirn reagiert sofort, verlagert Blut vom Kopf in den Unterleib. Die Mädchen stört das nicht, sie lächeln kokett, wissen um die Wirkung ihrer zarten Hände. Dann deuten sie auf eines der Becken. Intuitiv greife ich in das Wasser, es ist kochend heiß. Da soll ich hinein? Die Mädchen verstehen mein Zögern nicht, versuchen mich in das Becken zu drücken.

„Hot, hot", sie verstehen nicht.

„Ich bin kein Schrimp."

Sie lachen, dass Wort Schrimp verstanden sie offenbar.

„No Schrimp, no Schrimp"

Endlich zeigen sie Erbarmen, lassen ein wenig Wasser ab und füllen kaltes nach.

„No Schrimp, no Schrimp"

Meine Verwandlung in einen Schrimp fanden sie lustig. Das Wasser ist immer noch heiß. Ich beiße die Zähne zusammen und bin mir ganz sicher, dass dies meine letzte Blutverlagerung gewesen war. Nach einer Weile helfen mir die japanischen Badenixen aus dem Wasser und zeigen auf ein weiteres Becken. Darin schwimmen gelbgrüne Gemüseblätter. Jetzt weigere ich mich standhaft. Zum Glück lassen sie von ihrem Vorhaben ab, ergreifen jedoch sofort eine neue Foltermethode. Auf einer Matte bestreuen sie meinen ganzen Körper mit Salz und reiben das Natriumchlorid mit feuchten Frottiertüchern hin und her. Die aufgeweichte Haut brennt höllisch. Entsetzt betrachte ich die abgeriebenen dunklen Hautfetzen. Die anschließende Ölbehandlung in Form einer sanften vierhändigen Massage ist angenehmer. Beruhigt stelle ich fest, dass der Blutfluss intakt blieb.

Juki empfängt mich mit einem fröhlichen Lachen.

„Ich sehe, Sie haben sich nicht in einen Schrimp verwandelt, wie fühlen Sie sich?“

Wir betreten einen kleinen kahlen Raum. Die Wände zieren schlichte papierbespannte Sprossenrahmen. Auf dem polierten Holzboden rasten niedrige Holztische, daneben lungern bunte Sitzkissen.

„Ihre Kollegen genießen noch das Reinigungsritual, sie werden gleich eintreffen.“

„Ich weiß jetzt, wo wir hier sind, es ist ein japanischer Folter-Club. Hübsche, aber grausame Folterdamen reißen den Gästen die Kleider vom Körper, kochen ihre Opfer in einer Gemüsesuppe und reiben ihnen bei lebendigem Leib die Haut ab. Ich bin auf die nächste Folter gespannt.“

Juki lacht.

„Sie haben nicht mal so Unrecht. Lust und Schmerz liegen oft eng beieinander, das Eine ist ohne das Andere nicht denkbar.“

Bevor ich über den Sinn dieser Worte nachdenken kann, betreten meine Gastgeber den Raum, die jüngeren zuerst, der Präsident zuletzt. Sie sind wie ich in dünne Kimonos gekleidet. Meiner ist zu eng und hat Probleme, ein Sitzkissen auf dem glattpolierten Teakholzboden zu besetzen.

Traditionell kostümierte Japanerinnen schleppen Schälchen mit Speisen.

„Beim Essen dürfen unsere Gäste nicht ihre Hände benutzen, dafür sind wir da", haucht Juki.

Meine Gastgeber prosten mir zu, dabei führt die persönliche Assistentin eine Tasse mit Sake zum Mund ihres Schützlings. Nach der dritten Runde weiten meine Augen zu einem fragenden Blick. Juki versteht sofort. Auf wundersame Weise gelingt es ihr, meine Tasse mit Tee, statt mit Sake zu füllen. Ich fühle mich beim Füttern wie ein hilfloses Baby, passend zu meiner glatt geschrubbten Haut, mit der ich jeden Babywettbewerb gewinnen würde. Es ist eine wohltuende Hilflosigkeit, ich fange an, sie zu genießen. Wir lernen von klein auf das humanistische Ideal von der Gleichwertigkeit aller Menschen. Deshalb beschleicht uns immer dann ein schlechtes Gewissen, wenn uns ein anderer Mensch bedient. Im Buddhismus sind unterschiedliche gesellschaftliche Ebenen, Reich und Arm, der Diener und der Herr, natürliche Erscheinungen des ewigen Lebenskreislaufs

Juki ist eine charmante und geistreiche Hostess. Sie studierte auf der *Tokyo University of the Arts* Kaligrafie und Geschichte. Daneben absolvierte sie eine klassische Geisha Ausbildung.

„Wir sind nicht ein gewöhnlicher Geisha Club, wir sind mehr: We are a Temple of Pleasures, members only, very rich members, businessmen and diplomats."

Meine drei höflichen japanischen Gastgeber genießen ihre Speisen und den Sake, beachten mich kaum. Ihre anerzogene Zurückhaltung schrubbten die Bademädchen ab. Jeder von ihnen ist mit seiner Hostess beschäftigt. Eine Hostess singt und spielt dazu auf dem Shamisen, der japanischen Laute. Ihr Schützling ahmt ihren Gesang nach.

Jetzt weiß ich endlich, wie Karaoke entstand. Der Präsident trinkt den Sake nicht aus einer Schale, das Getränk flößt ihm seine Hostess gekonnt Mund zu Mund ein. Fasziniert beobachte ich das ausgelassene Treiben dieser seriösen Herren. Juki fasst mich am Arm. Wir verlassen das bacchantische Gelage und betreten einen anderen Raum. Am Boden warten Matten und bequeme Kissen. Von der Decke blinzeln Spiegel. Die Wände zieren altjapanische erotische Zeichnungen.

„Die absolute Harmonie eines Menschen wird durch drei heilige Rituale erreicht, sie repräsentieren die drei grundlegenden menschlichen Genüsse: das Ritual der Reinigung, das Ritual der Nahrung und das Ritual der körperlichen Sinnlichkeit."

„Und der nächste Raum wird eine Bibliothek sein, das Ritual des Geistes."

Juki lächelt und entgegnet mit ruhiger, sanfter Stimme: „Wozu brauchen Sie Bücher für einen menschlichen Genuss. Haben sie keine eigenen Ideen, dass Sie fremde Gedanken stehlen müssen? Wollen Sie Geschichten lesen, statt eigene zu erleben?"

Juki deutet auf die Wand.

„Verraten sie mir Ihre erotischen Fantasien oder suchen Sie eine aus den Gemälden aus."

Es überfällt mich eine unüberwindliche Müdigkeit. Ich hätte mich doch in die Gemüsesuppe setzen sollen. Am liebsten würde ich jetzt eine der Matten belegen, die Augen schließen und Juki könnte dabei leise auf dem Shamisen spielen. Auf einem der erotischen Bilder ruht ein dicker Japaner mit verbundenen Augen bäuchlings am Boden, eine Japanerin mit hochgesteckten Haaren und entblößtem Oberkörper sitzt halb aufgerichtet auf seinem

Rücken. Eine Massage wäre jetzt angenehm, so zeige ich auf das Bild.

Juki zieht mir den Kimono aus, verbindet meine Augen mit einer schwarzen Binde und haucht mir ins Ohr: „Sie haben den Tod der 1000 Berührungen ausgesucht."

Mit verbundenen Augen liege ich auf der Matte und erwarte ergeben meinen sinnlichen Exitus. Zunächst spüre ich nur sanfte Berührungen, sie werden immer schneller. Dann spüre ich einen Druck auf verschiedene Stellen der Wirbelsäule. Wärme durchströmt meinen Körper, Brüste gleiten über den Rücken, ein nackter Frauenkörper schiebt sich unter den meinen, überall Hände, Berührungen, tausende Berührungen an jeder erdenklichen Stelle, die das letzte bisschen Blut aus dem Kopf in den Unterleib pressen, der ständig zu explodieren droht. Juki dreht mich um und das Ritual beginnt vom neuen: das Gesicht, der Körper, keine Stelle auslassend. Ein drehender Griff, das Blut strömt in den Kopf zurück und schießt sofort in die entgegengesetzte Richtung. Und plötzlich, ein scharfer Schmerz wie ein Schnitt mit dem Messer, eiskalt, und dann ein weicher warmer Mund, nur um das pulsierende Blut gleich wieder mit einem eisigen Todeskuss einzufrieren; ein ständiges Wechselspiel. Mir schwinden die Sinne. Ich spüre nur noch Wärme, Energie, die zur Körpermitte strömt und in einer schlagartigen Eruption wie ein Vulkan explodiert. Als ich wieder das Bewusstsein erlange und die Augen öffne, liege ich mit einer Decke bedeckt neben Juki.

„Ich gratuliere, nicht jeder überlebt den Tod der 1000 Berührungen", sagt Juki mit einem spöttischen Ton.

Ich öffne ihren Kimono.

„Jetzt tauschen wir die Rollen."

Sie lächelt mich an.

„Ich verstehe Ihre Fantasie. Aber sie haben nicht den Wunsch die Rollen zu tauschen, nicht jetzt, nicht in diesem Augenblick. Westliche Männer haben nicht gelernt Lust zu empfangen, ohne sich dabei schuldig zu fühlen. Wie können westliche Männer ihren Frauen die höchsten Genüsse bereiten, wenn sie nicht in der Lage sind selbst zu genießen?“

Ich berühre ihre Wange und küsse sie auf die Stirn.

Niko kündigte das Kopfkissen teilen für den nächsten Tag an, obwohl es nicht ihr Wochentag ist. Sie ist ganz begierig, alles genau über den Abend mit ihren Chefs zu erfahren.

„Du weißt wirklich nicht, was geschehen ist, was Juki zum Schluss gemacht hat? Sind dir nicht die zwei Schälchen aufgefallen? In einer der Schalen war warmes Wasser, in der anderen war Eiswasser, manchmal schwimmen sogar Eiswürfel darin. Wir nennen das in Japan Fire and Ice. Kennst du das nicht?“

Ich kenne Fire and Ice. Es ist ein Gedicht von Robert Frost:

Some say the world will end in fire,
Some say in ice.
From what I've tasted of desire
I hold with those who favor fire.
But if it had to perish twice,
I think I know enough of hate
To say that for destruction ice
Is also great
And would suffice.

Müssen wir uns entweder für die feurige Sinnlichkeit oder die kalte Ratio entscheiden? Warum können wir nicht Fire und Ice gleichzeitig leben? Denn letztendlich erleiden wir, so oder so, den unumgänglichen Tod. Unser westliches

Denken und Fühlen ist immer noch zu sehr im faustischen Zwei-Seelen-Dilemma gefangen, kann nicht begreifen, dass in unserer Brust tausende Seelen erwachen und nicht nur zwei. Würde Robert Frost nach einem Besuch bei Juki sein Gedicht umschreiben?

„Hat dein Kühlschrank ein Eisfach?“, reißt mich Niko mit einem auffordernden Blick aus meinen Gedanken.

Ich greife nach der Fernbedienung und wir schauen uns einen Film auf HBO an.

Das Schweigen der Stille

Die Temperaturen pendeln tagsüber um die 40 Grad. Körper wird zu Schweiß. Meine Stimmung schwankt, leichte und schwere Depressionen wechseln. Die heiße Jahreszeit martert die Gemüter der Farangs. Thais wischen den Schweiß von der Stirn und lachen. Farangs lachen nicht, vielleicht werden sie deshalb depressiv. Oder liegt es an dem schlechten Karma, das die Stadt verströmt? Das Militär wartete Songkran ab und übernahm die Macht. Die meistens Menschen im Lande sehnten diesen Schritt herbei, nicht so das Ausland. Demokratie, Demokratie, schallt es empört aus allen Medien. Die Thais rufen nicht, wollen endlich Ruhe und Reformen. Militärs handeln: Verfassungsreform, Ministerpräsidentin angeklagt, hohe Polizeioffiziere wegen Korruption verhaftet, neue Fahrradwege angelegt.

Die Ausgangssperre ist unpraktisch, verändert den Rhythmus der Stadt. Die wenigen Touristen verbringen die Abende an den Hotelbars. Fürsorgliche Mädchen bleiben zum Shorttime-Tarif die ganze Nacht. Auch Georgs Sportsbar schließt pünktlich, zieht die Fenster zu, verrammelt die Türen. Wie zu Zeiten der amerikanischen Prohibition kommen die Barmädchen mit den Getränken nicht nach. Genießer des Lebens lieben das Verbotene, das Geheime, das Versteckte. Sie fanden den höchsten Genuss immer in Zeiten, in denen die gesellschaftlichen Konventionen den Genuss bannten. Früher waren die Genüsse elitär, heute sind es die Genießer. Am Wochenende kehrt endlich Natti heim. Aus einem Monat wurden fast zwei.

Ihre letzten Mails klangen kryptisch und verängstigt. Sie änderte ihre E-Mail-Adresse und bat mich, das Gleiche zu tun. Jeden zweiten Tag fragt sie nach den Tempeln. Bisher fand ich nichts Besonderes. Die Wandgemälde sahen alle gleich aus. Es sind meistens Jakata, Gemälde, die das Leben Buddhas darstellen. Jetzt muss ich handeln, noch zwei Tempel jagen.

In sich versunken und einsam steht ein Mönch am Pier. Sein orangenes Gewand leuchtet vergebens gegen die hemmungslose Sonne. Die Brise am Chao Phraya befeuert die flirrende Hitze. Die Leiber der Menschen sind für so etwas nicht gemacht, fauchen, kreischen, schwitzen. Sogar die Geister der früheren portugiesischen Händler ächzen in den feuchten Kellern, wehklagen durch die Ritzen. Wirbelndes Blau verschlingt die leeren Straßen, entblößt die Fassaden der gemarterten Häuser. Nur ein Krüppel mit verhärmtem Schädel klebt an der steinernen Bank vor dem neugotischen Bau. Der Jäger, der Mönch und der Krüppel vereint unter dem Pantheon verschiedener Götter. Die Tür steht offen, nur eine alte Frau betet in der ersten Reihe. Ein paar Minuten ausruhen, Luft von den Deckenventilatoren erheischen, weg von der blendenden Sonne, ausatmen vor der Jagd.

Immer weiter, die Amarin Straße entlang, am Yai Kanal abbiegen, endlich, Wat Hong Rattanaram meditiert in einer Seitenstraße. Zum Glück sind die Tempel nie verschlossen. Die Wandgemälde im Bot verwitterte die Zeit. Auf einem der Bilder schwebt ein Buddha weit oben über einer Hölle. Furchterregende Dämonen vollführen ihr grausames Werk. Menschliche Gestalten streben verzweifelt aufwärts, möchten den Erhabenen erreichen. Die Dämonen kennen kein Erbarmen, reißen die Verdammten zurück. Über ihnen grient die Fratze eines Ober-Dämons, flankiert von drei weiblichen Figuren mit entblößten Brüsten. Der Grienende ist der Dämon *Devaputra Mara*, der Gegenspieler Buddhas, mit seinen Töchtern: *Rati*, die Lust, *Arati*, die Unzufriedenheit und *Tanha*, die Gier.

Die Höllenvorstellung der buddhistischen Religionen beruht auf dem Karmagesetz. In einer buddhistischen Hölle vegetiert ein Mensch im niedrigsten Existenzzustand, in den er wegen schlimmster Taten wiedergeboren wurde. Bevor er eine höhere Lebensstufe erklimmen darf, muss er warme und kalte Höllen durchleiden. Auch die Buddhisten erkannten: Wer Himmel und Hölle, Gut und Böse beherrscht, gewinnt Macht über die Menschen. Dies gilt bis in die heutigen Tage, und nicht nur bei Religionen.

Apathisch betrachte ich den leeren Raum. Ebenfalls in diesem Tempel gibt es nichts zu fotografieren. Durch die halboffenen Fenster dringen monotone Mantras. Ein Sonnenstrahl spiegelt an einer vergoldeten Buddha-Figur und springt seitwärts zu einem Triptychon über der Fensteröffnung. War das ein Fingerzeig Buddhas? Die feinen Zeichnungen sind kaum zu erkennen. Das Teleobjektiv hilft. Auf einer der Bildtafeln schweben mehrere Tempel. Eine Menschenprozession umringt einen weißen Elefanten. Auf seinem Rücken in einem Sitz mit Baldachin thront eine kleine grüne Buddha-Figur. Auf dem zentralen Hauptbild umringen die Menschen einen Tempel mit derselben Buddha-Figur. So eine Szene sah ich bereits auf einigen der Fotos von John. Seltsam, am unteren Bildrand hält eine Gestalt eine weitere grüne Buddha-Figur in den Händen, halb verhüllt mit einem Tuch. Auf dem dritten Bild schreiten Menschen einen steilen felsigen Abhang herab. Eine der Gestalten scheint ebenfalls eine verhüllte

Buddha-Figur zu tragen. Sorgfältig fotografiere ich die Szenen mehrfach ab.

In einer offenen Seitenhalle rezitiert ein Mönch mit monotoner Stimme Mantras in ein Mikrophon. Auf dem Boden vor ihm hocken Mönche und dahinter Frauen mit Textbüchern in den Händen. Manche Frauen beschäftigen ihre Smartphones. Die Mönche und die Frauen wiederholen die Mantras. Eine der Frauen winkt mich heran, deutet auf einen Stuhl und fordert mich auf, die Hände zu falten. Ich folge. Der Sprechgesang stimuliert die Gammawellen meines Gehirns. Die Synapsen streiken, das Bewusstsein erlahmt, der Puls sinkt. Plötzlich verstummt der Sprechgesang. Die Stille schweigt; Ich, Raum und Zeit verschmelzen.

◆

Ihr Anruf klang wirr. Natti kam heute in Bangkok an und will mich sofort in der Shopping-Mall Central Plaza treffen. Ich soll dort auf sie im Starbucks warten. Sie könne keinen festen Zeitpunkt ausmachen. Zuvor müsse sie noch dringend mit jemandem aus dem Institut sprechen. Ich kann mich für Ladprao, das Shoppingherz von Bangkok, nicht erwärmen. Rastlose Menschen spurten aus den Skyrains, fluten wie Gischt die gigantischen Shopping-Malls. Le Corbusier fände hier seine kühnsten Träume übertroffen, nicht nur eine autogerechte, sogar eine einkaufsgerechte Stadt entstand hier bereits: Aus einem Büro in eine Stadtbahn, dann direkt in ein Shopping-Center mit endlosen Einkaufsstraßen, Kinos, Restaurants und Cafés, wobei mindestens eins ein Starbucks sein muss; alles klimatisiert und klinisch rein. Junge Liebespaare flüstern ihre zärtlichen Worte in grellbeleuchteten Snackbars, wo sie riesige bunte Eisbecher mit aufgesteckten Herzchen vertilgen. Natti war einverstanden. Wir werden uns am Swimmingpool des nahen Swiss Hotels treffen.

Die nachmittäglichen Sonnenstrahlen zerstäuben in den Palmenzweigen, entlocken dem Chlorophyll immer neue grüne Farbtöne. Exotische Bäume, bewachsene Felswände und künstliche Wasserfälle trotzen der dampfenden Stadt. Zwitschernd stelzt ein bunt gestreifter Vogel vom nierenförmigen Pool zu meiner Liege und hebt neugierig den Kopf. Das Federtier sah es genau, wie mir der Hotelboy das Handtuch reichte. Michaels Tipp ging auf, wer sollte einen Farang verdächtigen.

„Ich wusste gar nicht, dass der Nai Lert Park so groß ist."

Ich springe auf, halte sie für einige Augenblicke stumm in den Armen. Nattis fröhliches Lachen verstummt. Ihr Gesicht wirkt angespannt.

„Vor zwei Tagen rief mich der Leiter des indologischen Instituts an. Er wollte mich unbedingt gleich nach meiner Ankunft treffen. Er erzählte, dass ihn vor zwei Wochen mehrere Vertreter eines Klosters aufsuchten. Sie waren über alle Vorgänge um die Schriften informiert. Sie wussten auch, dass ich und mein Kollege alte Dokumente übersetzen. Diese Dokumente sollen gestohlen worden sein, gehörten nunmehr dem Kloster. Der Institutsleiter versprach, die Sache aufzuklären. Das war nicht alles. Einige Tage später kamen andere Herren, sogar ein uniformierter Polizist war dabei. Sie fragten im Prinzip das gleiche, interessierten sich jedoch hauptsächlich für John und einen weiteren Farang. Diese Herren wirkten bedrohlich. Der Institutsleiter gab ihnen die gleiche Auskunft wie den Vertretern des Klosters. Weitere Einzelheiten wollte er nicht sagen und empfahl mir, die Arbeit im Institut vorerst nicht aufzunehmen."

„Von wo können sie wissen, dass du dich mit den Schriften befasst?"

„Ich weiß es nicht."

„Hat dein Kollege etwas damit zu tun?"

Natti schüttelt den Kopf.

„Ich kann ihn nicht erreichen. Vor drei Tagen rief er mich an und sagte, dass er etwas Wichtiges entdeckt hat und jetzt in Lampang unterwegs ist. Seit dieser Zeit gibt es von ihm keine Nachricht. Das ist aber nicht alles. Ich rief vom Flughafen zu Hause an, meine Mutter sagte mir, dass in der letzten Woche fremde Herren bei den Nachbarn nach mir gefragt hätten. Ich übernachte jetzt bei meiner Schwester in Bangkok."

Als Natti mein eingefrorenes Gesicht bemerkt, setzt sie ihr bezauberndes Lächeln auf.

„Jetzt siehst du endlich ein, dass wir nicht aufgeben können. Erst wenn wir die Sache aufdecken, kann ich wieder ein normales Leben führen. Wirst du mir dabei helfen?"

Stumm nicke ich.

„Ich kann nicht verstehen, warum sich so viele Menschen für diese alten Schriften interessieren. In wissenschaftlicher Hinsicht sind die Texte zwar brisant, es ist jedoch ein Thema, das nur für Indologen bedeutsam ist. Vielleicht haben wir etwas übersehen. Jetzt habe ich mehr Zeit, um mich darum zu kümmern."

Ich wirke offenbar immer noch bekümmert, sie rüttelt mich so heftig, dass wir fast über die Liege stürzen.

„Wir sprechen ein anderes Mal darüber. Der Park ist wunderschön. Warum hast du mir nicht früher davon erzählt, ein Dschungel mitten in Bangkok. Ich kann zwar nicht schwimmen, möchte aber zu gerne in dem Pool planschen. Schenkst du mir einen Bikini? Als anständiges

Mädchen kann ich mir keinen selber kaufen. Anständige Mädchen gehen nur in Shorts und T-Shirts ins Wasser. Das würde hier bestimmt auffallen. Wenn jedoch ein Mann einem Mädchen einen Bikini schenkt, wäre es unhöflich, ihn nicht anzuziehen."

„Wenn du mir deine Maße verrätst, gerne."

Natti zieht eine verschämte Miene. Die Anspannung verflog, ihr fröhliches Lächeln kam zurück.

„Weißt du schon, wo wir heute Abend zusammen essen? Die indische Küche ist wirklich nichts Besonderes."

Sind es die Endorphine, dass mir Emmanuelle in den Sinn kommt? Nein, es ist eine Assoziation mit dem Nai Lert Park, den Professor Singer erwähnte. Ich erzähle Natti kurz den Inhalt des Buches und vom Phallus-Schrein, der hier irgendwo auf seine Bewunderer wartet. Die Szene, die hier stattfand, lasse ich lieber aus. Natti hört gebannt zu, ihre Augen leuchten.

„Ich verstehe, dass Emmanuelle die sinnliche Liebe ohne exklusive Bindung an ihre Ehe erforschen wollte. Was ich nicht verstehe, warum sie nicht eifersüchtig auf ihren Mann war, der sie hierbei unterstützte."

Die Gedankengänge von Thaimädchen wird ein Farang nie begreifen. Natti will unbedingt den Phallus-Schrein sehen. Wir stehen auf, gehen alle Wege im Park ab, schauen in alle Ecken, nichts. Ich deute auf einen Gärtner, der eine Karre mit aufgesammeltem Laub vorbeischiebt. Nur widerwillig spricht ihn Natti an. Laut lachend zeigt er auf ein Eisentor. Natti läuft rot an.

Auf meinen fragenden Blick erklärt sie verlegen: „Ich habe ihn nach einem Schrein mit Penissen gefragt."

Das Tor führt zum Parkplatz des Hotels. Zwei Männer wechseln gerade einen Reifen. Als sie mich erblicken, zeigen sie, ohne uns weiter zu beachten, auf die hintere

Ecke des Hofes direkt am Saen Saep Kanal. In einem verwilderten Garten wachsen Phallusfiguren in allen Größen aus dem Boden. Manche lehnen an Birkenfeigen, andere, rot angemalt, füllen einen ausgehöhlten Baumstamm; kleine, große, mannshoch, hölzerne oder aus Beton geformt und mit bunten Tüchern umwickelt. Da ist er, ein kleiner hölzerner Schrein auf einem erhöhten Podest. Darin warten Snacks und kleine Schälchen mit Flüssigkeit auf den Bewohner. Ein Schild klärt auf, dass dies hier der Chao Mae Tuptim Schrein ist, in dem ein Baumgeist wohnt. Frauen bringen dem Geist Opfergaben, und der Geist befreit sie von der Unfruchtbarkeit. Vermutlich benutzt er hierzu den eigenen Samen wie der fiese Bäderarzt in Milan Kunderas Roman *Abschiedswalzer*. Die überglücklichen Schwangeren bedanken sich später bei dem Geist mit einem Phallus als besondere Opfergabe.

Als die ersten europäischen Forschungsreisenden im prüden 19. Jahrhundert bei alten Khmer Tempeln Lingams und Yonis entdeckten, war für sie die Ausgangslage sofort klar. In ihre Forschungsbücher notierten sie das Wort „Fruchtbarkeitssymbole." Dieser Begriff geistert bis zum heutigen Tag durch die Enzyklopädien. Leider fehlt in diesen klugen Büchern die erläuternde Erklärung, warum Menschen vor mehr als tausend Jahren bei dem Anblick eines Penis und Vagina an Fruchtbarkeit dachten. Den genauen Zusammenhang zwischen Sex und Kindersegen wussten noch nicht einmal die einfachen Menschen im Mittelalter. Nein, künstliche Lingams und Yonis sind keine Fruchtbarkeitssymbole. Es sind Symbole der Lust und der Sinnlichkeit. In der hinduistischen Tradition gelten sie als unzertrennliche heilige Einheit, geweiht den Göttern Shiva und seiner Shakti Parvati. Die Figuren an den Tempeln von Khajuraho belegen anschaulich, wozu den Menschen im alten Indien die Lingams und Yonis dienten. Die pragmatischen Thais hängen sich kleine hölzerne Phallusse als Glücksbringer um den Hals oder legen sie neben eine Ladenkasse, um den Cashflow zu fördern. Diese Eigenschaft eines Phallus haben die Barmädchen schon vor mehr als 40 Jahren entdeckt. Ich frage Natti, ob sie nicht Chao Mae Tuptim fürchtet, sie neigt den Kopf zur Seite und auf ihren Lippen erscheint das Lächeln der Mona Lisa.

♦

Missmutig sitze ich in der Rezeption vor meinem Frühstück und denke an mein Karma. Ich wollte mich heute mit Natti treffen. Ihre SMS ändert alles: „Ich muss dringend umziehen, melde mich in der nächsten Woche". Ihr Handy bleibt stumm, abgeschaltet. Ein paar Sätze mehr, unterlegt durch ein Smiley, und die Welt sehe anders aus, wäre verständlicher, begreifbarer. Stattdessen flimmert nur dieser karge Satz am Display, der nichts besagt, alles offenlässt, düstere Gedanken auslöst. Ich gehe in mein Apartment, lege mich auf das Bett, habe keine Lust auszugehen, warte darauf, dass Nattis Handy anspringt. Das Bett ist das Energiezentrum des Zimmers. Wenn ich nicht gerade arbeite, wohne ich im Bett. Nur zwei harte Stühle gestattet der Raum. Besucherinnen, die nicht wie in einer Bahnhofsecke abgelegen sitzen möchten, habe keine andere Wahl. Das ist praktisch. HBO zeigt eine Wiederholung. Neidisch beobachte ich durch das Fenster die Menschen auf dem Dachpool gegenüber. Der Pool gehört zu dem Serviced Apartment Bally. Warum kann ich mir dieses Apartment nicht leisten? Will ich es mir überhaupt leisten? Jetzt wäre es angenehm, einen Pool auf dem Dach zu haben. Der Kreislauf sackt zusammen. Jeder weitere

Halbschlaf verstärkt zusätzlich die Müdigkeit. Sonnenstrahlen dringen gewaltsam in das Zimmer, spiegeln in der kleinen Figur der japanischen Göttin *Benzaiten*. Die Göttin ist ein Geschenk von Niko. Seit ein paar Wochen treffe ich Pam und Niko nicht mehr. Jetzt, wo Natti zurück ist, bin ich erstmals froh darüber. Pam fand einen neuen und reichen amerikanischen Sponsor, der mit ihr durch Südamerika reisen möchte. So eine Gelegenheit ändert natürlich die strikten Grundsätze eines pragmatischen Mädchens mit chinesischen Genen.

Niko wirkte fahrig. Auf der großen Anzeigetafel leuchtete ein mageres 2:0, und sie ging bereits duschen. Dann bat sie mich, meine Wette einzulösen. Die Wette war ein Scherz. Wie kann ich ein Restaurant in Thonglor kennen, das sie zuvor noch nicht entdeckt hat. Ich bekam eine Idee. Das Taxi hielt direkt an der Skytrain Station. Ich führte Niko zu der kleinen Soi gegenüber. Marodierende Düfte waberten durch die zahlreichen Straßenküchen, beseelten die schwüle Luft der engen Soi. Wir zwängten uns an Straßenküchen vorbei in einen stickigen Raum. Der junge hagere Mann nickte mir freundlich zu. Er nickt mir immer zu, und ich esse hier immer nur seinen Duckreis. Die nacktgerupften Enten baumeln kopfüber an Haken und glotzen in das Öl, das aus ihren Köpfen tropft. Nur mühsam fanden wir an einem der Metalltische zwei leere Plätze. Ein Wink genügte, das Mädchen an dem Saftstand wusste sofort Bescheid. Zwei frischgepresste Limejuices spurteten zu unserem Tisch. Nikos Blicke kreisten im Raum. Ihre Augen flackerten, als ob sie träumten.

„Du hast die Wette gewonnen. Hier war ich noch nie. Ein Restaurant mit mehreren Straßenküchen und ein so schmackhafter Duckrice für nur 50 Baht, sogar mit Suppe. Das muss ich unbedingt meinen Freundinnen zeigen."

Ihre gute Laune kehrte zurück. Nur für einen Augenblick verdüsterte sich ihr Gesichtsausdruck.

„Mein Freund kommt übermorgen nach Bangkok zurück."

Wir schauten uns eine Weile schweigend an, dann lachte Niko wieder und begann das Angebot der anderen Küchenstände zu erforschen; ..."das Gestern entstand ohne Berechtigung und das Morgen ist nicht versprochen". In der folgenden Woche besuchte sie mich zum letzten Mal. Sie trug einen engen schwarzen Rock mit seitlichem Schlitz. Ihre Augen verbarg eine giftgrüne Designerbrille, die passende Kette umschlang den Hals. Erstmals verbrachten wir in meinem Zimmer den ganzen Abend miteinander, die Anzeigetafel lief heiß. Als sie ging, schenkte sie mir eine kleine Statue. Es war Benzaiten, die einzige weibliche Gestalt unter den sieben Glücksgöttern Japans; die Göttin der Beredsamkeit und der Kunst, Schutzpatronin der Geishas.

Noch die letzten Kräfte aktivieren. Was ist mit den Tempelbildern. Ich kopiere die Speicherkarte aus meinem Fotoapparat auf das Notebook. Dasselbe mache ich mit Johns SD-Karte. Seine Fotos löschte ich zuvor von meinem Computer, so wie es mir Natti empfahl. Und tatsächlich, John fotografierte dieselben Tempelbilder, die ich im Wat sah. Endlich kann auch ich etwas vorweisen. Gedankenverloren klicke ich durch Johns Bilder: Models von Fashionshows, Tempelfotos. Zufällig streift mein Blick über die Informationen auf dem rechten Bildrand: Datum, Blende, Belichtungszeit und im Feld „detailliertes EXIF" der Eintrag: Hersteller Panasonic, DMZ-TZ10. Schnell klicke ich auf die Fashionbilder. Hier lautet der EXIF-Eintrag: Olympus OM-D. Ich gehe jetzt alle Bilder durch. Die Tempelbilder, die Aufnahmen auf dem Friedhof und die Fotos mit den alten Texten wurden mit einer Panasonic TZ10 fotografiert. Bei den Fashionshows und den anderen Bildern aus Bangkok verzeichnen die Einträge eine Olympus. Meine Müdigkeit fällt schlagartig ab. Oft sprach ich mit John über Fotoapparate. Er benutzte immer teure Kameras. Letztes Jahr kaufte er eine kleinere Olympus OM-D, ebenfalls eine Profikamera. Ich gehe nochmals alle Fotos durch und notiere mir die Daten. Jetzt bin ich mir sicher, die Tempelfotos und die Abbildungen der Schriftrollen fotografierte nicht John. Warum sollte er gerade die Tempelbilder mit einer Amateurkamera fotografieren. Mein Denken ist verwirrt, und Nattis Handy immer noch stumm.

„Ich habe Michel Bescheid gegeben, dass du unten bist, er möchte dich sprechen."

Nach wenigen Minuten stürmt Michael mit einer Reisetasche aus dem Aufzug.

„Hi, du musst mir unbedingt einen Gefallen tun. Bei meinem letzten Englischseminar lernte ich ein tolles Mädchen aus Nong Khai kennen. Sie ist Pharmazeutin und fand in Bangkok einen neuen Job. Ich versprach ihr, dass sie eine Weile bei mir wohnen kann. Ist doch praktisch, oder? Sie kommt morgen mit dem Zug, hier ist der Zettel. Ich muss über das Wochenende meinen Kollegen bei einem Seminar in der Provinz vertreten. Hole sie bitte ab. Sie kann ja zwischenzeitlich bei dir wohnen. Am Montag bin ich wieder zurück."

Bevor ich etwas entgegnen kann, erreicht er bereits die Tür, dreht sich nochmals um.

„Du kannst ihr ein wenig von Bangkok zeigen. Mit dem Essen brauchst du dir keine Gedanken zu machen, die Isaanmädchen essen sowieso nur die billigen geschnippelten Salate. Übrigens, sie ist noch eine halbe Jungfrau, hatte bisher nur einen Freund."

Er lacht, und die Tür schließt. Apa schüttelt den Kopf und tut so, als ob sie nichts hörte. Zu einem anderen Zeitpunkt hätte mir diese verantwortungsvolle Aufgabe sicherlich Spaß gemacht. Jetzt verschlechtert sich meine Laune zusätzlich. Meine Gedanken sind bei Natti, und ich verspüre keine Lust, das Wochenende mit einem Mädchen aus dem Isaan zu verbringen.

Warum spielt Michael mir immer solche Streiche. Vor einer Woche war das genauso. „Darling hat dir Obst mitgebracht, komm vorbei", lautete seine Line-Message. Darling ist unsere Essensmuse. Sie betreibt neben dem Liberty eine Straßenküche mit Papayasalat und gegrillten Hähnchenteilen. Darling ist immer gut gelaunt und scherzt mit jedem. Manchmal besucht sie Michael. Er bringt ihr englische Sätze bei und praktiziert mit ihr Thai. „Du kannst doch Darling mitnehmen, es wird ihr gefallen", war sein Vorschlag, als er von meinen sonntäglichen Plänen erfuhr. Eine einfache Frau aus dem Isaan soll gerade das MOCA mit seinen surrealistisch erotischen Gemälden besuchen. Ich konnte in ihrer Gegenwart nicht ablehnen. Darling war begeistert, sie war noch nie in einem Museum. Mit ihrem Handy fotografierte sie die Bilder und Skulpturen, befragte die Museumswächter. Manche Gemälde konnte ich ihr erklären, trotz schwieriger Verständigung. Michael hatte recht, es war ein Erlebnis für sie, und auch ich habe dazugelernt.

Sopa zieht einen großen grünen Koffer hinter sich her. Sie begrüßt mich überschwänglich. Gut, dass die asiatischen Aufenthalte bereits mein Denken und Fühlen beeinflussen. Früher hätte ich meine schlechte Laune gepflegt, hätte ständig mit dem Schicksal gehadert. Jetzt füge ich mich in das Unabänderliche. Das Leben geht weiter; „betrachte nur die lichte Seite, begrabe die düstere“, würde Buddha raten. Und sie ist außerdem eine Frau; knapp dreißig, zierlich, und trägt ein gleichmäßig unauffälliges Gesicht mit lebendigen Augen. In ihrem Rock und der weißen Bluse gleicht sie den vielen Bangkoker Büromädchen, die zu Tausenden die Geschäftswelt der Hauptstadt in Gang halten. Ihre englische Aussprache spricht präzise, obwohl ich nicht alle Wörter gleich verstehe. Das liegt wohl an ihrer früheren Englischlehrerin, manche Ausdrücke dürften im 19. Jahrhundert modern gewesen sein. Ich nehme ihr den Koffer ab und wir schlendern durch die stickige Unterführung zur U-Bahn. Sopa war bisher nur einmal in Bangkok. Mit Ausnahme ihres Studiums in Ubon Thani verbrachte sie ihr bisheriges Leben in Nong Khai, einer kleinen Stadt am Mekong, direkt gegenüber Vientiane. Eine Freundin verschaffte ihr den Job in einer Apotheke in der Silom.

Sopa freut sich, dass ich ihr Bangkok zeigen werde. Als ich auf das Bett deute, wo sie ausruhen kann, schaut sie verlegen. Für das Abendessen ist es zu früh, und ich verspüre wenig Lust, kurz vor der Abenddämmerung die schwüle heiße Luft zu atmen. Das Summen meines Handys signalisiert eine SMS. Sie stammt von Natti: „Morgen um 7.00 Uhr fahren wir mit dem Zug nach Lampang, die Tickets habe ich bereits gekauft. Wir treffen uns am Bahnsteig. Buche zwei Zimmer in einem Hotel, ich komme nicht an meinen Computer. Ich erkläre dir alles im Zug.“ Ich rufe zurück, ihr Handy antwortet nicht. Mit Natti in einem Hotel, gleich hellt meine Laune auf. Lampang wartet in Nordthailand, 80 km vor Chiang Mai. Mit Mühe gelingt es mir, die letzten zwei Zimmer im River Lodge Resort zu buchen. Fast alle Zimmer in der Stadt sind wegen eines Festivals ausgebucht. Sopa schlief zwischenzeitlich ein, so drehe ich den Ton des Fernsehers leise und beschäftige mich weiter mit Lampang. Plötzlich kommt mir in den Sinn, dass Michael erst am Montag zurückkehren wird. Etwas wird mir schon einfallen.

Sopa verlässt nach einer halben Stunde endlich das Bad, ich erkenne sie kaum wieder. Das Bürooutfit tauschte sie gegen kurze gefranste Shorts und eine lange weiße Bluse. Ihr Gesicht veränderte die schminkende Behandlung. Jetzt merke ich, dass sie hübsch ist.

„I would like to try some European food, never eat before.“

Michael lag falsch, ich werde ihn an der Rechnung beteiligen. Wir verlassen das Liberty. Sopas Augen leuchten. Schnell verwerfe ich den Gedanken, ihr erstes European Food im benachbarten New Cowboys oder dem Parrot zu bestellen. So wähle ich die Pizzeria Bella Napoli in der Soi 31, erprobt von früheren Dates. Der italienische Eigentümer Claudio Conversi bereitet hier seine Pizza und Pasta seit 15 Jahren und liefert hausgemachtes Gelato an mehrere Bangkoker Luxushotels. Mit offenem Mund bleibt Sopa von der Queen's Park Plaza stehen. Mehr als dreißig Girlie-Bars konkurrieren hier mit den sportlicheren Schwestern. Barmädchen spielen mit Farangs Billard, helfen ihnen das Trinkregime einzuhalten, *once more söör* schallt aus allen Ecken. Warum besuchen Männer solche Bars? Diese Frage stellte mir unlängst eine deutsche Reiseleiterin, noch frisch in ihrem Gewerbe. Drei Anläufe benötigte meine Antwort, und schließlich gestand ich ein, dass ich es so genau nicht weiß. Ich stellte mir diese Frage bisher nicht. Das ist äußerst beunruhigend, denn westliches Denken braucht Antworten und Gründe, muss einordnen und bewerten. Vielleicht fand die neugierige

Dame die Antwort selbst, ohne es zu wissen. Später besuchten wir eine dieser Bars. Ich fragte sie, ob es ihr gefalle: „Es ist hier alles so ungezwungen, alle Besucher sind vergnügt, lachen miteinander, auch als Frau fühle mich hier nicht fremd." Und wenn ein Kollege ihr die gleiche Frage stellen wird, was wird sie ihm antworten? Es ist für westliche Menschen nicht leicht, die erträgliche Leichtigkeit des Seins zu beschreiben und noch schwieriger, sie zu akzeptieren und zu leben. Die unerträgliche Seite unserer Existenz steht uns näher.

Wir teilen uns die Pizza und Pasta. Sopa bestaunt die Gäste, plappert unaufhörlich und bestellt schon den zweiten Rotwein. Zuvor trank sie noch nie Wein. Sie fragt mich über Michael aus. Die Antworten dürften meine Karmabilanz erheblich beschädigt haben. Sopa freut sich auf ihr neues Leben in Bangkok, ist glücklich, dass sie Michael traf. Mein Magen krampft. Letzte Woche betete sie jeden Tag bei einem viergesichtigen Buddha für ihr Glück. Ich sage ihr nicht, dass es einen viergesichtigen Buddha nicht gibt, es war der hinduistische Schöpfergott Rahma, zu dem sie betete. Statt eines Gelato zum Nachtisch möchte sie einen Cocktail probieren. Für die wenigen hundert Meter zum Liberty nehme ich lieber ein Taxi.

Eingewickelt in mein weißes Handtuch liegt sie neben mir auf dem Bett. Ich hauche ihr einen Gutenachtkuss auf den Mund. Sie schmiegt sich an, der Alkohol wirkt. Das weiße Handtuch, ein pawlowscher Reflex, mein Gehirn läuft im Notstandsmodus. Gemeinsam befreiten wir ihren Körper aus der Wicklung: Schlank, zierlich, rundlich geformte Brüste, kein Tattoo schmückt die makellose Haut. Hätte Michelangelo im Isaan gewohnt, ein David wäre nie entstanden. Es sind immer die gleichen Laufwege, mit denen ich bei meinen Geliebten die höchste Lust entfache, erprobt an unzähligen Frauenkörpern, tausendfach bewährt. Zunächst mit den Fingern über das Gesicht streicheln, den Hals entlang fahren, mit der Epidermis der Brüste spielen, immer tiefer, den feuchten Spalt besuchen, dann nimmt der Mund den gleichen Weg. Als ich tiefer gleite, spüre ein Zittern, Sopas Körper verkrampft. Ich schaue hoch, merke meinen Fehler, der Rausch verfliegt.

Bemüht lächle ich sie an: „Michael?"

Sie nickt, hat Tränen in den Augen.

„Wir müssen es Michael nicht erzählen, es ist ja nichts passiert."

Ihr Gesicht entspannt, lächelt sogar. Michael hätte es nichts ausgemacht. Wie eine eitle Geliebte beansprucht die Stadt der Sinne alle Eifersucht für sich. Für die Menschen bleibt nichts mehr übrig. Und wie ein Junky zahlen sie dafür einen hohen Preis, die Gefühle gehen Bankrott. Zu einer schicksalhaften Leidenschaft, dem besonderen Liebeserlebnis, dem *Amour fou,* sind die Genießer nicht mehr fähig. Sopa wickelte ihren Körper wieder ein. Traurig betrachtete ich dieses weiße Bündel. Warum tut er ihr das an, warum tut er sich das an? Er hat bereits ein Girlfriend. Sie studiert ein Auslandssemester in Japan, täglich Skypen sie miteinander. Kennt er nicht den Lebenstraum dieses Mädchens? Wie können Männer wie Michael mit ihren ständigen Lügen leben, die Tränen ihrer wechselnden Freundinnen ertragen. Warum lädt er nicht eines der Massagemädchen aus der Soi ein. Auch diese Mädchen träumen von einem Farang als Freund, kommen gern nach Dienstschluss. Der Geldschein beim Abschied wahrt Distanz.

Die Weckfunktion des Handys plärrt unbarmherzig. Kurz erzähle ich Sopa, dass ich verreisen muss, erkläre ihr den elektronischen Zimmerschlüssel und beschreibe den

Weg zum Terminal 21. Zum Abschied drücke ich ihr einen 500 Bahtschein für die Shopping-Mall in die Hand. Sopa lacht, ihre Fröhlichkeit kam zurück. Sie fragt mich, ob wir zusammen wieder essen gehen. Michael werde bestimmt nichts dagegen haben.

Höllenhunde

Wenn Kathedralen die Gedanken der Sehnsüchtigen nach oben lenken, lotsen sie Bahnhöfe in die Ferne; Wartende hier wie dort. Die Bahnhofshalle kultiviert den Stil der Neo-Renaissance. Zwei italienische Ingenieure waren die Täter und hierließen auch noch weitere Spuren in der Stadt. Generationen von westlichen Reisenden pflegten an diesem Ort ihre Sehnsucht, heute übernehmen Billigairlines. Eine Gruppe von Musliminnen besetzte den Marmorboden. Die exklusiven Sitzreihen für die Herren in Orange umspannt eine goldfarbene Kordel. Menschen schleppen unförmige Kartons, schieben Hausrat. Es sind die einfacheren ihrer Gattung. Traveller mit unförmigen Schneckenhäuschen auf dem Buckel recken die Hälse und beschauen die Anzeigetafel. In drei Richtungen fahren die wenigen Züge: nach Norden, Nordwesten und Süden.

An den Seitenwänden versorgen Essensstände, von der Empore schielen Cafés. Auch abgepacktes Sushi ist zu haben, nur 90 Baht die Schachtel. Die Toilette bitte lieber nicht benutzen. Nicht viel änderte sich in den 100 Jahren. Bald übernimmt Bang Sue Central Station, und der verblichene Chulalangkorn wird aus seinem Bild auf ein Museum blicken. Moderne Thais werden stolz ihren neuen Bahnhof feiern und traditionelle Farangs kalte Tränen nach ihrem Hua Lampong vergießen ob der verlorenen Sehnsucht.

Natti wartet bereits auf dem Bahnsteig. Ihre aufgesetzte Fröhlichkeit verbirgt nicht die Anspannung in ihrem Gesicht. Der Zug ruckelt pünktlich los. Zum Glück nahm ich einen Pullover mit. Eine 10-stündige Fahrt in einen Kühlschrank kann nur ein Thai leicht bekleidet überleben.

„Wie du weißt, zog ich zu meiner Schwester. Ich war gerade unterwegs, da rief sie mich an. Mehrere Stunden stand neben dem Haus ein Pickup. Als meine Schwester vom Einkaufen zurückkam, telefonierte ein Mann neben dem Wagen. Meine Schwester blieb stehen und vernahm deutlich meinen Namen. Die letzten beiden Nächte verbrachte ich bei Freunden. Mein Kollege besuchte in Lampang einen früheren Mitarbeiter meines Vaters. Mr. Meta ist ebenfalls Indologe. Er lebt seit mehreren Jahren im Kloster Wat Phra Kaeo Don Tao. Mr. Meta rief mich an. Er klang kryptisch, ich solle ihn sofort aufsuchen."

Natti schaut mich eine Weile stumm an.

„Er sagte ausdrücklich zu mir, bringe deinen europäischen Freund mit. Ich bin mir fast sicher, dass dich mein Kollege nicht erwähnt hatte, auch ich habe mit niemand über dich gesprochen. Außerdem ist mit nicht klar, von wo er meine Telefonnummer hat."

Als ich etwas sagen möchte, unterbricht sie mich.

„Warte, ich muss noch ein paar Unterlagen durchlesen, unterwegs haben wir viel Zeit."

Apathisch schaue ich aus dem Fenster. Triste Hinterhöfe, stinkende Kloaken und Slumkinder, die wie Ratten in den Abfällen wühlen, ziehen vorbei. Durch das geschlossene Fenster dringt das gequälte Gebell eines Hundes. T-Shirts flattern auf krummen Stangen. Alte Frauen bereiten in Mörsern und Woks das Straßenessen. Ihre Töchter werden später die verrosteten mobilen Küchen an strategisch günstige Plätze karren. Hier häutet sich die Stadt. Hier schlägt ihr dunkles Herz. Hier wohnt das Leben ungeschminkt und nackt. Seitlich gegenüber sitzt ein junges Paar, Rucksackreisende; Chiang Mai ist vermutlich das

Ziel. Vielleicht buchten sie bereits eine Trackingtour in entlegene Bergdörfer: Wandern durch gelichteten Bergwald, Elefanten und Gruppenerlebnis inklusive. Ja, die exotischen Menschen sind bitter arm, aber sie tragen bunte Trachten und sie lachen so fröhlich. Das macht sich gut auf den Fotos. An die bettelnden Kinder nur Kugelschreiber und Bücher verteilen, aber bitte kein Geld und Süßigkeiten, das verderbe den Charakter, wird ihnen ihr Guide erklären. Und jetzt noch schnell ein Selfie schießen, die nächste Gruppe ist bereits im Anmarsch. Seit einer Stunde torkelt der Zug durch das Stadtgebiet. Die Erlebnisreisende bearbeitet ihr Handy, ihr Gefährte hält die Augen geschlossen. Kopfhörer stecken in seinen Ohren. Auch die Thais im Zug interessieren nicht die Vorstädte und die Menschen in den Slums entlang der Bahngleise.

Ist das Leben der Slumbewohner tatsächlich eine gerechte Strafe für das schlechte Karma, das sie im vorherigen Leben erwarben? Und müssten sie nicht sogar froh darüber sein, es hätte sie in den buddhistischen Höllen noch weit schlimmer treffen können. Sehr anschaulich beschreibt Dalai Lama diese Höllen in seinen tibetischen Schriften und schreckt damit junge Mönche und die einfachen Menschen. Begreift Dalai Lama, die spirituelle Stilikone für westliche Sinnsuchende, so das weltliche Ideal? Kennen die Bewunderer seiner östlichen Weisheit und Friedensliebe, die von ihm vertretene Karmalehre?

Der Zug verlässt das Stadtgebiet. Reisfelder, Büsche, Dörfer und träge blinzelnde Wasserbüffel ziehen vorbei, immer die gleichen Bilder. Nur noch gedämpft höre ich das regelmäßige Klappern der Radreifen.

„Was hast du gestern Nacht getrieben, jetzt schläfst du schon seit zwei Stunden, der Tisch ist gedeckt."

Diese Worte wirken wie ein Stromstoß. Adrenalin flutet mein Gehirn. Merkte sie etwas, sah sie mir die letzte Nacht an? Thais sind empathischer als Europäer, erahnen Situationen, manche sehen sogar in die Zukunft. Mehrere Styroporschachteln belagern die zwei Klapptische der Rückenlehnen. Aus Zellophantüten spähen Früchte.

„Das habe ich in den Bahnhöfen eingesammelt."

„Weißt du, wo dieses Essen zubereitet wird?", frage ich Natti.

„Ja, in den Häusern entlang der Bahn, und wenn der Zug an einem Bahnhof hält, schwärmen die Verkäufer durch die Waggons. Ganze Familien leben davon."

Ich sage lieber nichts, öffne eine Schachtel und fange an zu essen. Die nächste Stunde plaudern wir belanglos, kauen Obst aus den Tüten, möchten das Thema nicht eröffnen. Zur gleichen Zeit, wie ferngesteuert, schauen wir uns an, bleiben einen Augenblick stumm, prusten lachend heraus.

„Ich weiß nicht, wo ich anfangen soll, es ist alles so verworren, undurchsichtig, nichts erscheint logisch. Zunächst zu den alten Schriften. Meinen Vater beschäftigte sein Leben lang der historische Siddhartha Gautama, der spätere Buddha. Er kam zu dem Ergebnis, dass eine solche Gestalt historisch nicht nachgewiesen werden kann. Es sei sogar wahrscheinlich, dass sie nie existiert hatte."

„Das ist neu für mich. Nirgendwo habe ich so etwas bisher gelesen. Auch der christliche Jesus von Nazareth soll nach der Auffassung von kritischen Forschern keine reale Person gewesen sein. Seine Existenz belegten ebenfalls keine historischen Quellen. Erst im 2. Jahrhundert soll er aus antiken Mythen komponiert worden sein."

„Ja, das weiß ich, aber einen wesentlichen Unterschied gibt es doch. Anders als im Christentum sind für den

Buddhismus nur die Lehren Buddhas bedeutsam und nicht die Person, die sie verkündet hat. Und hier liegt das Problem. Es gibt zwar verschiedene buddhistische Richtungen und unzählige buddhistische Schriften, sie alle gehen jedoch von einer gemeinsamen Grundlage aus. Was glaubst du, wäre die Reaktion der brahmanischen Priester und der Menschen im fünften oder vierten Jahrhundert v. Chr. gewesen, wenn ein Asket oder eine Gruppe von Wanderpredigern folgende Weisheiten verkündet hätten: *Ich kam unter einem Bodhibaum zu der Erleuchtung: Alles Leben ist Leiden. Ursachen des Leidens sind Gier, Hass und Verblendung; Erlöschen die Ursachen, erlischt das Leiden, der Kreislauf der Wiedergeburten wird unterbrochen.*"

„Ich weiß es nicht. Diese Sätze bilden doch das buddhistische Glaubensbekenntnis, die Grundlage der buddhistischen Lehre."

„Das stimmt, und dennoch hätten die Brahmanen und die Menschen in den Märkten nicht ehrfürchtig gelauscht, sondern schallend gelacht. Und weißt du warum? Bereits hunderte Jahre vor Buddha wurde in Indien gelehrt, dass jegliches Leben leidvoll sei. Es existierten unzählige Geschichten von mythischen Gestalten, die in die Wälder gingen, um die Wahrheit zu suchen. Und sie kamen alle mit dem gleichen Ergebnis heim wie Siddhartha Gautama. Eine dieser mythischen Gestalten, Yagnavalkya, dessen Lebenslegende mit der von Siddhartha Gautama fast identisch ist, formulierte lange vor Buddha: *Wer Gutes tat, wird als Gut geboren, wer Böses tat, wird als Böser geboren, heilig wird er durch heiliges Werk, böse durch Böses. Wer ohne Verlangen, frei von Verlangen, gestilltes Verlangen ist, dessen Lebensgeister gehen im Weltganzen auf.* Samsara, der buddhistische Lebenskreislauf, kopiert die Lehre von der Seelenwanderung aus den Upanischaden."

„Jetzt bin ich verwirrt, alle diese Aussagen werden doch Buddha zugeschrieben. Wenn das so stimmt, ist seine Lehre das reinste Plagiat. Warum entstand dann überhaupt die buddhistische Bewegung? Und was hat das mit unserer Angelegenheit zu tun?"

Natti neigt ihren Kopf zu Seite und lächelt. Meine letzte Frage kam bei ihr nicht an.

„Du strengst dich zu wenig an, überlege."

„Hmm, vielleicht hat Siddhartha oder jemand anders der alten indischen Leidensphilosophie noch etwas zugefügt, was die Menschen damals fasziniert hat und was neu war. Enthalten das die alten Schriften?"

„Es ist möglich, ich bin mir nicht sicher. Es ist schwer, diese Schriften zu entziffern. Die fotokopierten Texte in der Kharosthi-Schrift sind nicht vom Original der Palmblätter eingescannt worden. Es sind Fotokopien einer Abschrift. Die Bedeutung mancher abstrakten Begriffe der Ghandari-Sprache ist nicht eindeutig. In manchen Satzteilen kommen nebeneinander die Begriffe *Leben und Freude* vor, wie: *Menschen verlieren Freude, Menschen verursachen selbst ihr Leid.* Einige Passagen enthalten abfällige Bemerkungen über Brahmanen und Mönche. Ein Satz enthält die Aussage: *von den Brahmanen befreit, von den Mönchen gefangen.* Die in Sanskrit abgefassten Texte sind überwiegend Kommentare zu buddhistischen Lehrsätzen. Manche Stellen verweisen auf alte buddhistische Texte, die nicht in den Kanon aufgenommen wurden. Es ist dort mehrfach erwähnt, dass die ausgeschlossenen Texte häretische Aussagen über buddhistische Klöster und Mönche enthielten."

Plötzlich kommt mir Johns eigenartige Interpretation des Buddhismus in den Sinn. Und als ich Natti erzähle, dass die Tempelfotos nicht von John stammen, schüttelt sie den Kopf und sagt kein Wort mehr.

„Und was bedeutet das alles für die buddhistische Religion und Lehre?“, will ich von ihr wissen, um sie abzulenken.

Tatsächlich, es half. Die Wissenschaftlerin kam durch, sie lacht wieder fröhlich.

„Ich werde zunächst mit Mr. Meta sprechen, manches ist mir nicht ganz klar.“

„Nochmals, glaubst du wirklich, dass all die Geschehnisse um uns herum mit den alten buddhistischen Lehrsätzen zusammenhängen?“

Natti schaut mich böse an.

„Ich weiß es nicht. Das müssen wir ja gerade herausfinden. Warum glaubst du, besuchte mein Freund Mr. Meta.“

Wir beenden das Thema. Natti sammelt bei den nächsten Aufenthalten weitere Schächtelchen ein und wir starten eine neue Essensrunde. Bewaldete Gebirgslandschaften verdrängten die monotonen Reisfelder. Akha Frauen in schwarzen Gewändern und mit glänzendem metallischen Kopfschmuck marschieren entlang der Strecke, winken dem eisernen Ungetüm zu. Die zwei digitalen Autisten neben uns starren immer noch auf ihre Handys, sie starrten den gesamten Weg, sprachen miteinander kein Wort.

Vor dem Bahnhof in Lamphang schnaufen bunte Pferdegespanne, trotzen standhaft den beräderten Kollegen. Wir schaukeln durch die Straßen der verschlafenen thailändischen Provinzstadt. Es sind immer die gleichen eintönigen Straßen, immer die gleichen zweistöckigen Häuser mit Läden im Erdgeschoss, immer die gleichen Plätze mit Glockenturm. Solche Städte kommen bescheiden daher, heischen nicht um Aufmerksamkeit, verstecken ihre Schätze hinter der Normalität des täglichen Lebens. Das Pferdegespann hält am Fluss, deshalb firmiert das Guesthouse zu Recht als River View.

Aufkommender Flussnebel schluckt die erlöschenden Sonnenstrahlen, bedeckt den Wasserlauf mit einem rotbraunen Schleier. Longtailboote tuckern wie schwarze Flussgeister den Wang River entlang. Vom Fluss weht kühler Abendwind auf die Terrasse des Restaurants. Natti analysiert die Speisekarte. Mein einziger intellektueller Beitrag zum Dinner ist eine Flasche SangSom. Als ob es lebensnotwendig wäre, erklärt Natti den Inhalt der einzelnen Schälchen: *Gaeng hunglay,* marinierte Fleischwürfel aus Schweinebauch mit Schalotten und Knoblauch in einer Ingwer-Tamarinden Sauce, *Moo ob,* scharf gewürzte dünne Schweinesteaks, *Gaeng ho,* gebratene Bohnennudeln in einer Currysause, *Tam kanun,* gehackte junge Jackfrucht mit Chillies, Knoblauch und Schalotten, *Nam prik ong,* kleine Schweinestücken in gewürzter Tomatensauce,...Die flackernden Lichter der antiken Petroleumlampen inszenieren an den Holzwänden ein indonesisches Schattenspiel. Urzeitliche Reptilien nutzen den Schein, warten auf ihre Beute, schnellen hervor und verschlingen das unvorsichtige Insekt.

Natti verlässt erstmals das Hier und Jetzt, erzählt von ihrem früheren Freund Lars in Schweden, von ihren Träumen und Ängsten. Sie waren fast zwei Jahre zusammen. Lars ist ein Experte für IT-Sicherheit, studierte Kybernetik und künstliche Intelligenz.

„Weißt du, in Schweden konnten wir jede Stadt besuchen, die Menschen nahmen uns auf, wir konnten mit jedem sprechen. Und ich konnte jederzeit die Freunde meines Freundes und deren Freunde treffen."

„Und das ist in Thailand nicht so? Überall wo ich hinkomme, sind die Menschen freundlich, wollen sich mit mir zu unterhalten. Und es liegt nur an mir, wenn das sprachlich nicht so ganz klappt."

Natti schaut mich lange an, sagt kein Wort; ihr Gesicht wirkt durchsichtig, blass, traurig. Beschleichen sie jetzt Depressionen wegen unserer Situation? Bisher zeigte sie keine Gefühle, handelte sachlich, nüchtern, als ob sie einen Leichnam sezieren würde.

„Ich weiß nicht, ob das ein Farang verstehen kann. Die Menschen im Westen leben in einer offenen Welt, verstehen einander sofort. Das ist bei uns anders. Hier lebt jeder in der eigenen Welt. Diese Welt bilden die Familie, die Verwandtschaft, enge Freunde und die Gesellschaftsschicht, aus der sie stammen."

„Ja, aber auch im Westen bestehen unterschiedliche Gesellschaftskreise und Bildungsschichten."

„Du hast mich nicht verstanden. Im Westen kann ich mit jedem ausgehen, kann mich mit jedem unterhalten. Die Themen mögen unterschiedlich sein, die Menschen gehen sich jedoch nicht aus dem Weg."

„Na gut, die Thais leben zwar konservativ, aber es gibt doch keinen Zwang so zu leben."

„Das stimmt nicht. Aus der Wertegemeinschaft kann der Einzelne nur schwer ausbrechen. Das ist aber nicht das Hauptproblem."

„Was ist das Hauptproblem. Ich verstehe immer noch nicht."

Natti schüttelt den Kopf.

„Ich habe es dir bereits gesagt. Es sind die geschlossenen Welten. Ein Mädchen aus dem Isaan lebt in der eigenen geschlossenen Welt, genauso wie das Büromädchen, die Krankenschwester oder der attraktive junge Mann aus der

Oberschicht. Diese Welten mischen sich nicht untereinander. Und das noch nicht mal, wenn die Menschen zu der gleichen Schicht gehören."

„Willst du damit sagen, dass du dich nicht mit den Freunden deines Kollegen treffen kannst?"

„Na endlich, ich wollte schon aufgeben, jetzt hast du es begriffen. Mein Kollege lebt mit seiner Familie und seinem Freundeskreis in der eigenen geschlossenen Welt. Er kann mich nicht zu seiner Familie mitnehmen, es sei denn, ich wäre seine akzeptierte Verlobte. Und seine Freunde würden mich als Fremdkörper empfinden, als jemand der in deren Welt eindringt. Ich müsste zunächst ein Teil ihrer Welt werden."

Langsam dreht sich mir von den vielen Welten der Kopf, mit dem ich verständnisvoll nicke. So ganz verstehe ich ihr Problem immer noch nicht. Gut, dass Farangs davon verschont bleiben. Bisher hatte noch kein thailändisches Mädchen ein Problem damit, in meine Welt einzudringen. Und was thailändische Männer anbelangt, das weiß ich nicht, ich verkehre mit keinem. Offenbar lebt Natti einen Lebensentwurf, zerrissen zwischen Gestern und Heute, zwischen Tradition und Moderne. Die Moderne, das ist der westliche Lebensstil. Mit ungebremster Kraft dringt das Westliche in die konservative thailändische Gesellschaft, überrennt die Menschen, drängt sie in die kulturelle Schizophrenie.

Dunkelheit verschlingt den schmalen Pfad. Fahles Mondlicht verwandelt die Bäume an den Ufern zu vorsintflutlichen Ungeheuern. Lodernde Feuerstellen funkeln aus den verstreuten Hütten. Die umliegenden Reisfelder träumen bereits vom nächsten Tag. Natti beschlagnahmte meinen Arm. Stumm wandern unsere Gestalten durch die Nacht. Wir können miteinander auch gut schweigen, jetzt schweigt jeder für sich. Ich bringe Natti zu ihrem Zimmer, meines liegt auf der anderen Seite des Korridors. Für einen Nachtkuss nehme ich sie in die Arme, spüre flüchtig ihren Mund und straffen Körper. Vor der Zimmertür neigt sie den Kopf, schaut zu mir hoch, ein Blick, der alles sagt und nichts verspricht. Warum habe ich die nette Dame an der Rezeption nicht bestochen? Ein paar Süßigkeiten hätten genügt, und nur noch ein einziges Zimmer wäre frei gewesen.

Zwei goldene Schlangenwesen, die mythische Nagas, empfangen uns am Eingang zum Tempelbezirk. Mr. Meta wartet im Mondop, einem offenen Pavillon im burmesischen Stil. Wir durchqueren verwinkelte Gänge. Mr. Meta öffnet eine unscheinbare Eisentür. Wir betreten einen kleinen Saal. Glattpoliertes Teakholz täfelte den Boden. Rotbraune Ledersofas machen auf elegant. Die Bibliothek umspannt zwei Wände. Auf dem gedrechselten Schreibtisch blinzelt ein großer Flachbildschirm.

Mr. Meta ist ein kleiner, rundlicher Mann mit indischen Gesichtszügen. Sein Alter erreichte bereits das Zeitlose. Mit einem schelmischen Lächeln reagiert auf unsere erstaunten Blicke.

„Ihr wisst es doch. Buddha hat von seinen Jüngern eine materielle und geistige Bedürfnislosigkeit gefordert, aber kein asketisches Leben. Innerlich hänge ich nicht an dem Teakholz und den Ledersofas, sie sind nur praktisch."

Mr. Meta drückt auf einen Knopf, ein junger Mönch bringt ein Teegedeck und Snacks. Nach einer Weile bittet mich Mr. Meta um ein wenig Geduld. Mit Natti beehrt er den gedrechselten Schreibtisch, sie diskutieren angeregt vor dem Monitor. Inzwischen bestaune ich die im Raum verteilten Buddha-Statuen. In einer Ecke, von einem Regal halb verdeckt, hängen vier kleine Bilder. Sie kommen mir bekannt vor. Drei von ihnen ähneln den Abbildungen aus dem Wat Hong Rattanaram. Auf dem vierten Bild thront ein goldener Buddha auf einem überdachten Podest. Darunter lehnen aneinander zwei verschwommene grüne Buddha-Figuren. Unauffällig fotografiere ich die Bilder mit meinem Handy. Sekunden später ertönt Mr. Metas sonore Stimme.

„Ihre kluge wie hübsche Freundin stellte einige bemerkenswerte Theorien auf."

Auf Nattis Gesicht sprießen rötliche Schleier. Mr. Meta schweigt, richtet seinen Blick lange auf Natti.

„Nicht durch das Studium alter Schriften gelangen wir zum Urgrund der alten buddhistischen Lehre. Manche der heutigen buddhistischen Strömungen sind von der alten buddhistischen Philosophie so weit entfernt wie die Scheiterhaufen der mittelalterlichen Kirche von der Bergpredigt Jesu."

Mr. Metas freundliches Gesicht erstarrt plötzlich. Seine Augen wandern zwischen Natti und mir hin und her.

„Diese alten Schriften sind nicht der einzige Grund, warum wir uns heute hier treffen. Die Schriften schreckten ein mächtiges Kloster auf, und es kommt noch schlimmer. Bereits Menschen vor euch haben Höllenhunde zum Leben erweckt. Dies geschah in den vergangenen Jahrhunderten immer wieder. Viele Menschen starben deswegen. Ihr seid gewarnt worden. Jetzt habt ihr die Aufmerksamkeit dieser grausamen Kreaturen auf euch gelenkt. Nur wenn ihr ihnen das zum Fraß vorwerfen werdet, was sie haben möchten, könntet ihr aus der Sache heil herauskommen. Es gibt keinen Weg mehr zurück."

Natti will etwas einwenden. Mr. Meta bringt sie mit einer Handbewegung zum Schweigen.

„Ihr könntet es schaffen, ihr könntet die Höllenhunde beruhigen. Euer Kollege wollte dies allein machen. Ich habe ihn gewarnt. Vielleicht nahm er die Warnung ernst und meditiert jetzt irgendwo in einem Kloster. Es bleibt nicht mehr viel Zeit. Nur müsst ihr endlich die Trugbilder der Illusion wegziehen. *Maya* verschleiert euren Blick."

Sein Gesicht hellt auf, er blickt auf Natti, das schelmische Lächeln kam zurück.

„Du kennst doch sicherlich das Katha-Upanischad: *Nicht durch Studium kommt man zum heiligen Wissen, auch nicht durch Genie. Der Suchende soll auf das Lernen verzichten und zum Kind werden.* Alles liegt offen vor euch wie in einem weit aufgeschlagenen Buch: Schriften, Fotos, Tempel, Friedhöfe, tote Menschen, verschwundene Menschen, seltsame Menschen und vieles mehr. Jetzt müsst ihr mich entschuldigen, ich erwarte hohen Besuch."

Zum Abschied drückt er jedem von uns fest die Hand und schaut lange in meine Augen. Dann blickt er auf Natti.

„Mit deinem Farang hast du einen guten Fang gemacht. Er hätte auch deinem Vater gefallen. Zwar trampelt er laut wie ein Elefant, aber manchmal hat er gute Ideen."

Natti läuft knallrot an. Wir verlassen das Arbeitszimmer, stolpern durch die verwinkelten Gänge zum Ausgang. Erst die kühle Morgenluft senkt meinen flackernden Puls.

„Was hat dir Mr. Meta erzählt?"

Natti bleibt stumm, ihr Brustkorb hebt und senkt sich, sie atmet schwer. Vor dem Seiteneingang des Gebäudes hält ein Kleinbus mit schwarz getönten Scheiben. Drei Mönche in orangenen Gewändern, die Augen von Sonnenbrillen verborgen, steigen aus und wenden die Köpfe. Wir gehen sofort weiter. Wie auf ein Kommando drehen wir uns um, die Mönche schauen hinter uns her. Unser Pferdegespann wartet auf uns. Wir hatten es nicht bestellt. Die Pferde bewiesen den sechsten Sinn. Wir steigen ein, keiner spricht ein Wort. Nach einer längeren Weile fast mich Natti am Arm.

„Ist das nicht romantisch. Habt ihr in Europa auch Pferdegespanne? Warum schaust du so erstaunt? Mr. Meta war ein guter Freund meines Vaters. Er will uns helfen. Was mich beunruhigt, ist seine letzte Bemerkung"

„Das mit dem Farang Freund?"

Nattis Gesichtsfarbe verändert wieder die Schattierung.

„Nein, die Erwähnung des Friedhofs. Ich habe mit keinem Menschen darüber gesprochen, auch nicht mit meinem Kollegen. Woher kann er das wissen? Übrigens, der Kleinbus mit den Mönchen hat ein Bangkoker Kennzeichen. Ich habe es mir notiert."

Nattis Ruhe überrascht mich. Ich kann keinen klaren Gedanken fassen und sie schwadroniert über romantische Pferdegespanne. Was sind das für Höllenhunde, für deren Fressen wir sorgen sollen? Nur knapp erreichen wir den Vormittagszug nach Bangkok. Natti sammelt schon wieder Schächtelchen mit Essensgaben für unseren Lunch.

„Was ist mit den alten buddhistischen Schriften und den Höllenhunden?"

„Hast du jetzt ein Faible für Indologie entdeckt? Mr. Meta hat recht. Wir werden aus diesen Schriften niemals den Urgrund der buddhistischen Philosophie erfahren."

Hat sie jetzt völlig den Verstand verloren, was hat die buddhistische Philosophie damit zu tun. Jetzt nur nicht das Gesicht verlieren, tief durchatmen, das hilft. Und es könnten auch die Essensschälchen helfen: in einer Honig-Sojasauce gebratenes Hühnerfleisch, marinierte Fleischbällchen, Papayasalad mit Cashewnüssen, scharfe Herzmuscheln... Langsam verstehe ich, warum es wichtig ist, Thaimädchen alle drei Stunden mit Nahrung zu versorgen. Der im Magen konzentrierte Blutfluss stellt das Gehirn ruhig. Meine antrainierte asiatische Ruhe kehrt langsam zurück. Weitere drei Essensorgien stehen bis Bangkok noch aus. Der Fitnessraum wird Überstunden schieben müssen. Natti schaut stumm aus dem Fenster. Nach einer halben Stunde versuche ich es nochmals.

„Wenn die Schriften nicht so wichtig sind, wie Mr. Meta andeutete, was meinte er mit den Höllenhunden, kommen sie aus dem Kloster?"

Diesmal wirkten die Speisen nicht. Natti faucht gleich los.

„Hast du nicht richtig zugehört? Selbstverständlich sind die Schriften wichtig. Er meinte nur, dass wir uns ebenso um die anderen Sachen kümmern sollten. Bis du schon mit Bodenhamer weitergekommen? Und was ist mit dem Schließfach?"

Ich beuge mich vor, hauche ihr einen Kuss auf die Wange, das hilft. Sie lächelt. Auch Wissenschaftlerinnen sind nur Frauen.

"Ich weiß nicht genau, von welchem Kloster er sprach. Zu den Schriften äußerte er einige interessante Ideen. Als die erste buddhistische Bewegung entstand, gab es in Indien zwei gegensätzliche philosophische Strömungen. Die ältere Lehre beruhte auf den alten Veden und den Upanischaden. Das ist die traditionelle indische Leidenslehre. Davon habe ich dir bereits erzählt. Diese Lehre fordert von den Menschen eine moralische und asketische Lebensweise. Die Priesterkaste der Brahmanen trat dabei als Mittler zwischen den Menschen und den Göttern auf. Nur die Priester kannten die Riten und Opferformeln, um die Götter zu besänftigen und die Menschen vom Leid der Wiedergeburt zu erlösen. Die Brahmanen waren dadurch mächtiger als die Könige. Die neue Strömung verspottete die alte Religion und die Brahmanen. Nach dieser Lehre war das einzige und höchste Ziel des Menschen die ungezügelte Sinneslust. Einer ihrer bekanntesten Vertreter verkündete: *Schlürfe Fett und mache Schulden, lebe froh die kurze Zeit, wo das Leben dir gegeben. Musst du erst den Tod erdulden, wiederkommen nimmer ist.* Die Menschen strömten in Scharen."

„Jetzt weiß ich endlich, woher der Sanuk stammt. Diese Lehre hat heute noch zahlreiche Anhänger in Thailand, hauptsächlich in Bangkok."

Natti verdreht die Augen.

„Die Fürsten und Könige saßen in einer Zwickmühle. Sinnes frohe Untertanen, die ihr Leben genießen, konnten sie nicht gebrauchen. Ebenso so wenig wie leidgeplagte Untertanen, die ständig über die eigene Erlösung meditieren und als Asketen durch die Wälder wandeln. Außerdem fürchteten sie die wachsende Macht der Priester. So, du bist zu dieser Zeit ein König und könntest eine Religion erfinden. Wie würde diese Religion aussehen?"

„Ich würde den Menschen mehr Lebensfreude gönnen, aber ihnen gleichzeitig Angst vor einem unmoralischen Leben machen. Und selbstverständlich würde ich ihnen sagen, dass sie zu ihrem moralischen Leben keine Priester benötigen und nur auf sich selbst gestellt sind. Könnte so die alte buddhistische Lehre ausgesehen haben?"

„Und was werden die Brahmanen dazu sagen?", fragt Natti.

„Wenn sie klug sind, was sie offensichtlich waren, nichts. Sie werden die neue Bewegung unterwandern und versuchen, die ursprüngliche Fassung der Leidenslehre in die gemäßigten buddhistischen Gedanken zu pflanzen. Sie werden den Verkündern der neuen Lehre, den Mönchen, einflüstern, dass sie etwas Besonderes sind, dass sie der

Erleuchtung näher stünden als die normalen Sterblichen. Sie werden dafür sorgen, dass sich die Mönche von den gewöhnlichen Menschen in Klöstern absondern. Sie werden die Vergöttlichung Buddhas fördern und die Mönche als Mittler zwischen den Gläubigen und der buddhistischen Erlösung unentbehrlich machen. Und mit der Zeit werden sie die Mönche unterwandern. Ist das der Grund, warum der Buddhismus später aus Indien verschwand, weil er kaum noch von dem alten Brahmanismus zu unterscheiden war?"

„Du würdest einen guten Indologen abgeben. So ähnlich formulierte es auch Mr. Meta. Zunächst sollten wir aber unser Puzzle neu zusammensetzen. Du weißt doch, ich habe hierfür eine besondere Software. Ich bin mir nicht mehr sicher, dass die metaphorischen Höllenhunde ausschließlich etwas mit den alten Schriften zu tun haben."

Sie hält inne und beide lachen wir zur selben Zeit los.

„Mein Kollege verfolgte eine weitere Spur. Es interessierten ihn nur noch die Tempelbilder und die jüngeren Textstellen in den Kopien. Wir müssen neu beginnen. Mr. Meta weiß sicherlich mehr. Warum sprach er nur in Andeutungen. Seine Warnungen waren jedoch deutlich."

Ich schaue kaum noch aus dem Fenster. Immer die gleichen Landschaften, immer die gleichen Reisfelder, immer die gleichen Wasserbüffel, die träge den Kopf hin und her wiegen. Jetzt fallen mir die Abbildungen in Mr. Metas Büro ein. Ich drehe mich zur Natti. Sie schläft, ihr Gesicht ruht entspannt. Lange betrachte ich die regelmäßigen Gesichtszüge, die zerzausten schwarzen Haare, lausche dem gleichmäßigen Atem. Ihre Bluse verrutschte, legt den Brustansatz frei. Indische Götter waren anders als der zornige Jahve gesellig und sinnenfroh, erfreuten sich am Anblick schöner Frauen.

Herren in Braun

Der Zug aus Lampang erreichte den Hauptbahnhof pünktlich. Natti wollte gleich zu ihrer neuen Unterkunft. So beehre ich die U-Bahn und dann die BTS. Der See entlässt Dunstschwaden. Enten watscheln über die gekrümmten Wege. Die Parkwächter scheuchen die letzten Besucher aus dem Benjasiri Park. Ohne sie zu beachten, gehe ich zu dem hinteren Eingang des Imperial Queens Park Hotels, der Abkürzung zur Soi 22. Der Eingang ist verschlossen. Ein Schild verkündet die Renovierung des Hotels für die nächsten zwei Jahre. Gereizt kehre ich um. Der grauschwarze Himmel befeuert meinen Missmut. Schwülwarme Luft lässt dem Körper keine Chance. Schweißströme rieseln über den Rücken. Der Riemen der Reisetasche drückt an der Schulter. Die Soi 22 kleidet bereits das Nachtgewand wie jeden Abend; immer der gleiche Anblick, immer die gleichen Geräusche. Ich nehme sie nicht mehr wahr, die lauten Bars, die 7/11s, die Massagesalons mit den Mädchen in bunten T-Shirts, die dampfenden Straßenküchen, die alte Frau am Gehweg mit ihrer altertümlichen Singer Nähmaschine. Die Straße läuft an mir vorbei wie ein hundertfach gesehener Film.

Ein Stromstoß reißt mich aus der Lethargie. Dort, wo mich jeden Abend mein Wohnzimmer empfängt, die Theaterbühne, versperrt ein welliger Bauzaun die Sicht. Danny's Corner, das Sidewalk-Café, die Reste des früheren Washington Squares liegen in Schutt und Asche. Es ist wie das Erwachen aus einem Alptraum, wenn Traum und Wirklichkeit noch miteinander kämpfen. Ich fühle mich heimatlos und verloren. An einer Straßenecke erblicke ich die Eigentümerin von Danny's Corner, sie lächelt mir zu.

„Ja, es wurde abgerissen. Hier entsteht ein neues Shopping-Center, genauso wie gegenüber dem Emporium, mit direktem Zugang von der BTS. Das neue Danny's eröffnet im Erdgeschoss des Holiday Inns. Es wird größer und schöner."

Betrübt trotte ich zum Liberty. Wann werden die alten Häuser in dieser Straße modernen Apartments weichen, mit Weinbars, Starbucks und amerikanischem Steakhaus im Erdgeschoss. Werde ich im neuen Danny's vor einem SangSom den Touristen von den old good Days der Soi 22 erzählen. Warum können westliche Gehirne nicht in der Gegenwart leben, haften an dem Vergangenen, schaudern vor dem Neuen. Thais lachen über das Verblichene, begrüßen das Neue und Schönere. Buddha klatscht in die Hände und wiederholt unermüdlich: *Laufe nicht der Vergangenheit nach, verliere dich nicht in der Zukunft. Die Vergangenheit ist nicht mehr. Die Zukunft ist noch nicht gekommen. Das Leben ist hier und jetzt.*

Die Luft im Zimmer wabert stickig; zunächst die Aircon, dann die Dusche, zuletzt das Notebook. Die externe Maus reagiert nicht, der USB-Stecker ist ausgeklinkt, der Konnektor verbogen. Ich habe die Maus nicht entkoppelt. Das Betriebssystem startet im Notregime. Die externe Tastatur funktioniert ebenfalls nicht. Ich greife sofort zum Handy. Michael versichert, dass Sopa den Computer nicht anrührte. Jetzt schaue ich mich genauer um: Das Bett frisch bezogen, neue Handtücher im Bad, etwas ist anders, aber was? Jetzt sehe ich es, die Vorhänge sind zugezogen. Die Hausdamen öffnen immer die Vorhänge, befestigen deren Enden sorgfältig in Laschen. Ich öffne die Schubladen am Schreibtisch, weiß nicht, wie der Inhalt auszusehen hat, habe keinen Ordnungssinn. Nein, so sieht mein Inhalt nicht aus. Im Schrank, jetzt ist es eindeutig, wühlte jemand alles um. Schweißperlen rollen über die Stirn. Vielleicht war es doch Sopa. Das Gehirn versucht, die naheliegenden Gründe zu verdrängen, sucht nach einfachen Erklärungen, will sie glauben. Das mit dem Konnektor ist ärgerlich, ich nutze ihn für die Kopfhörer zum Skypen. Das eingebaute Mikrofon am Notebook funktioniert nicht. Bogdan ist in seinem Zimmer. Das Notregime bereitet ihm kein Problem. Auch die externe Tastatur erweckt er zum Leben. Den Konnektor kann er nicht zurechtbiegen.

Wir nehmen ein Taxi nach Ratchada, wollen dort einen neuen Konnektor erwerben. Bogdan gab noch schnell seiner deutschen Freundin Marta Bescheid. Seit drei Wochen wohnen sie zusammen. Marta studierte Betriebswirtschaft, arbeitete bei großen internationalen Konzernen, zuletzt bei McKinsey. Diesen Job gab sie vor einigen Jahren auf, arbeitet online für ein israelisches Start-up, das weltweit IT-Experten vermittelt. Ihr Büro sind Cafés, Bistros, Apartments. Sie reist ständig, genießt ihre Freiheit, den Kontakt zu anderen Menschen. Der Inhalt eines mittelgroßen Koffers ist ihr ganzer Besitz. In Bogdan fand sie eine verwandte Seele. Ein großes deutsches Online-Magazin brachte einen Bericht über sie. Marta war entsetzt über die aggressiven Kommentare im Leserforum. Menschen, die sie nicht kannten, diskutierten ihre Karriere, nannten sie unverantwortlich und Sozialschmarotzer, spekulierten über ihre Einsamkeit, ohne Familie und feste Freunde. Martas andersartigen Lebensentwurf empfanden die Foristen als Angriff auf das eigene Leben.

Das Taxi hält vor der Fortune Town, einer Shopping-Mall. Auf mehreren Stockwerken schlummern kleine IT-Läden. Bogdan findet sofort den richtigen. Nach zwanzig

Minuten verlasen wir das Gebäude mit einem passenden Teil. Die U-Bahn ist nicht weit. Unterwegs bleibt Bogdan vor einem Gebäude mit einer zehn Meter hohen Glasfront stehen. Über der hohen Eingangstür droht martialisch der griechische Gott Neptun mit seinem vergoldeten Dreizack.

„Du weißt nicht, was das ist? Komm mit, wir gehen hinein, ich habe eine Idee."

In der Eingangshalle empfängt uns ein livrierter Herr in einer Fantasieuniform. Ich frage nach dem Manager. Nach zwei Minuten erscheint eine Dame in einem engen blauen Business-Kostüm. Sie sei der Customer Relation Manager. Aus einer Plastikhülle, in der ich noch die Kopie meines Passes und einen 1.000 Baht Notschein verwahre, überreiche ich ihr die Visitenkarte meiner Firma. Mit einem aufgesetzten Businessgesicht sage ich zu ihr, dass unsere Firmengruppe in zwei Monate ein Meeting mit 500 Mitarbeitern in Bangkok abhalten werde. Wir möchten zehn Managern des Executive-Boards eine besondere Überraschung bereiten. Poseidon sei uns empfohlen worden. Die Managerin studiert eine nicht endende Ewigkeit meine Visitenkarte und mustert dabei kritisch unsere Outfits. Mein Herzschlag beschleunigt. Schließlich greift sie zum Handy. Offensichtlich beeindruckte sie der akademische Titel, und sie tat unsere Kleidung als Faranglaune ab.

Ein freundlicher Herr im dunklen Anzug erscheint. Er werde uns das Haus und die Leistungen präsentieren. Zunächst das Restaurant: Kellner in schwarzen Anzügen bedienen im Ambiente eines 5-Sterne Hotels mehrere asiatische Herrenrunden. Es sei eines der besten Restaurants im Bangkok, thailändische, chinesische und japanische Küche. Selbstverständlich könnten die Köche auch europäische Speisen zubereiten, wenn Bedarf entsteht. An dem Karaokeclub mit dem neuesten Soundsystem sind wir nicht interessiert. Unser Fremdenführer zeigt Verständnis. Wir fahren mit dem Lift in den zweiten Stock. Bogdan kann seine Augen von der Glaswand nicht lassen. Auf stufenartig angeordneten Pritschen, überzogen mit rotem Stoff, rekeln mehr als 50 Mädchen in erotischer Unterwäsche ihre schlanken Körper. So sahen auch die ersten Massagesalons in den Siebzigern aus, die Soapys mit den Fishbowls. An den Mädchen haften Nummern. Der Besucher wählt ein Mädchen, nennt die Zahl, geht mit seiner Auserwählten auf das Zimmer und genießt für die nächsten zweieinhalb Stunden Bade-, Massage- und Sexfreuden. Heutzutage frequentieren die zu luxuriösen Entertainment-Komplexen mutierten alten Soapys meist asiatische Kunden. Die westlichen Farangs finden ihre Vergnügungen woanders, preiswerter und mit der Illusion des vorherigen sozialen Kontakts.

Unser Begleiter geleitet uns eine Treppe höher in den dritten Stock. Eine elegante Lobby empfängt die Gäste im viktorianischen Stil. Asiaten scheinen eine Vorliebe für diese Stilrichtung zu haben. Herren in hochwertigem Zwirn und mit weltmännischer Pose belagern runde Plüschsofas und die Bar. Getränke stehen in Lauerstellung, ebenso wie die wunderschönen Mädchen, hochgewachsen und ausgestattet mit hellem Teint. Gedämpftes Geplauder füllt den Raum. Violine, Kontrabass und der Pianist am schwarzen Flügel heischen nach Aufmerksamkeit.

„Das ist unsere Modelling-Lobby, hier können ihre Vorgesetzten die Begleiterinnen wählen. Die meisten Damen arbeiten als professionelle Models. Unsere Kunden können sie auf einem Sicherheitsserver online betrachten. Vorbestellungen sind möglich. Am besten wäre ein Package-Arrangement. Ich schicke ihnen ein Angebot mit großzügigem Rabatt. Unsere Buchhaltung beschäftigt einen kreativen Spezialisten, der alle Rechnungen gemäß dem jeweiligen nationalen Steuerrecht ausstellt."

Die Models stecken in Modellkleidern, rollen mit den Augen und machen Lust. Bogdan staunt mit offenem Mund. Im Schnelldurchgang bekommen wir eine Führung durch die unterschiedlichen Zimmertypen: Zweihundert Zimmer auf acht Etagen beherbergen die Genießer, *African Style, Egypt Stile, Victorian Style, Greece Style,* alle mit großen, runden Jacuzzi Pools. Leider könne er uns nicht den *Palace Style* zeigen, mit Empfangsraum, Butler und Karaoke-System, diese Zimmer seien alle belegt. Er habe aber noch etwas Besonderes, erst vor wenigen Tagen fertiggestellt.

Wir fahren mit dem Lift in den 11. Stock. Unser Begleiter bittet uns die Schuhe auszuziehen. Dann betreten wir ein Zimmer. Den Raum belagern helle Glasplättchen, auch die Decke und der eingelassene Pool blieben nicht verschont. Seitlich unter einer halbrunden Kuppel schmachtet ein rundes Bett. Unser Begleiter bedient einen Touchscreen. Plötzlich mutiert der gesamte Raum zu einem Aquarium. Leise Musik ertönt. Über uns, unter uns, neben uns, überall Fische, ein Korallenriff, um das kleine weiße Haie kreisen. Das Aquarium verschwindet und wir stehen inmitten eines Dschungels mit schrillen Tiergeräuschen. Ein Tiger stürzt auf mich zu, ich zucke zusammen. Die hochauflösenden Displays visualisieren perfekt. Eine Wüste mit hohen Sanddünen erscheint, gefolgt von einer kitschigen Alpenlandschaft. Unser Demiurg verwandelt dem Raum zu einem schwarzen Sternenhimmel. In der Kuppel über dem Bett schwebt der Blaue Planet. Wie ein Raumschiff umkreist das Bett die Erde. Mehr als dreißig Szenarien könnten die Gäste abrufen, auch sehr erotische.

Überwältigt fahren wir zurück zum Ausgang. Mit gesenkter Stimme bitte ich unseren Begleiter um Visitenkarten und frage nach dem Preisen für die Mädchen in der Fishbowl. Ich deute an, dass manche der anderen männlichen Teilnehmer diesen Ort gerne nutzen möchten. Die Firma könne in diesem Fall jedoch nicht die Kosten übernehmen. Seine Augen leuchten, der Kopf nickt. Die anderen Herren könnten ihn jederzeit persönlich anrufen, er werde für die Arrangements sorgen. Rabatte seien selbstverständlich. Plötzlich gelangt unser Cicerone zu einem spontanen Entschluss. Er lädt uns ein, auf Kosten des Hauses die Zimmer zu testen. Bogdan öffnet den Mund und bleibt stumm. Ich zeige auf ihn, meine Frau erwarte mich im Hotel. Der Wohltäter führt Bogdan zum Aufzug, bleibt stehen, dreht sich um und schaut mich an. Aus seinen Augen linst Mitleid.

Nein, heute nicht. Die ganze Schwere kam zurück. Wie gerne hätte ich mich in den Jacuzzi gelegt, allein, die Fische im Aquarium bewundert, mit den Löwen gespielt, wäre mit dem Bett um die Erde gekreist; nicht denken, nichts fühlen, vergessen: die Höllenhunde, Danny's Corner, das durchwühlte Zimmer. Poseidon lockt mit seinem Dreizack immer noch die Gäste. Er hätte keinen besseren Ort für seinen Ruhestand wählen können; mit hübschen Mädchen im Jacuzzi planschen, statt gichtgeplagt die Meere zu durchbrausen. Schweißgebadet gehe ich die vier Kilometer zu Fuß nach Hause, ohne zu denken, ohne zu fühlen, ohne zu hören.

Am hinteren Eingang des Liberty halte ich die Zimmerkarte an das Lesegerät. Zusammen mit dem melodiösen *your are authorized* ertönt eine männliche Stimme: „Mr. Pierre?". Hinter mir steht ein junger Herr in Braun. Sein Chef wolle mich wegen einer Zeugenaussage sprechen. Mehr wisse er nicht. Nervös steige ich in den Polizeiwagen. Der junge Mann wirkt freundlich, besetzt neben mir den Rücksitz und plaudert Belangloses in gutem Englisch. Nach einer halben Stunde erreichen wir in einem Vorort die Polizeistation. An den Wänden des alten Gebäudes klebt stickige Luft. Essenspackungen belagern den dunklen Korridor, bieten Kakerlaken Unterschlupf. Kaltes trübes Neonlicht bescheint das Büro. Papiere und Ordner eroberten Boden und Stühle. Ein vorsintflutlicher PC-Monitor beflimmert den abgehärmten Schreibtisch. Der Deckenventilator imitiert flatternde Vogelgeräusche, formt hüpfende Schatten auf den Papierstapeln. Ich komme mir vor wie in einem amerikanischen *Film Noir* Movie.

Nach einer Weile erscheint der Chef, ein Mann Mitte vierzig mit einer schwammigen Gestalt. Aus der engen Uniform quillt das gutgefüllte Hemd. Er mustert mich wie ein neues Möbel, spuckt den Zahnstocher, auf dem er die ganze Zeit kaute, in den überquellenden Aschenbecher. Der Chef spricht in Thai, der freundliche junge Mann übersetzt. Es sei eigentlich nichts Besonderes vorgefallen. Eine junge Dame, die ich in der Sukhumvit aufgelesen haben soll, erstattete Anzeige. Ich hätte ihr statt der vereinbarten 1.000 Baht nur 500 ausgehändigt. Ungläubig und mit aufgerissenen Augen starre ich in das füllige Gesicht. Mit zittriger Stimme versuche ich zu erklären, dass ich in den letzten Monaten keine Damen aus der Sukhumvit mitgenommen habe. Mit spöttischer Mine schiebt er mir ein Blatt Papier zu. Die Zimmernummer sei doch 725? Den Grundriss meines Zimmers hätte ein Innenarchitekt kaum besser hinbekommen. Schlagartig wird mir die Situation bewusst. Tief durchatmen, mit ruhiger Stimme und gequältem Lächeln wiederhole ich, dass ich mich an eine Dame nicht erinnern kann. Und jetzt kommt der Zaubersatz, auf den er hoffentlich schon wartet.

„Könnten wir das irgendwie regeln?“

Das Quallengesicht lächelt. Das ist bestimmt ein gutes Zeichen.

„Regeln können wir vieles, aber es gibt da noch ein kleines Problem. Die junge Dame ist erst siebzehn, und es war Geld im Spiel. Das könnte nach den thailändischen Gesetzen als Prostitution ausgelegt werden. In einem solchen Fall müsste die Begleiterin schon achtzehn sein. Das Gesetz sieht hierfür einen Strafrahmen von 1 bis 3 Jahren vor.“

Er fixiert mein erstarrtes Gesicht und verzieht den Mund zu einem Grinsen. Er habe ja hierfür Verständnis, auch er nehme kein Mädchen mit, das älter als zwanzig ist. Leider wurde der Vorfall bereits bei einer anderen Dienstelle protokolliert. Er wolle das Mädchen noch einmal vorladen, ihre Aussagen hätten konfus geklungen. Solange müsse ich eben hier bleiben. Nach diesen Worten steht er auf und verlässt den Raum. Ein anderer Beamter tritt ein, greift meinen Arm, verlangt mein Handy und führt mich zu einer Auffangzelle.

Fünfzehn Männer sitzen oder liegen auf dem Boden: keine Pritschen, keine Decken, keine Kopfkissen, nur verdreckte Bastmatten. Durch die faulige schwüle Luft wabern Schwaden aus Schweiß und Urin. Myriaden von Moskitos umschwirren die fahlen Deckenlampen. Verirrte Küchenschaben klettern die Wände empor. Manche Männer krümmten ihre Körper zu Bündeln, andere stieren apathisch mit leeren Augen auf die Zellentür. Kaum einer spricht. Der einzige Farang im Raum lehnt an der Wand. Ich packe eine leere Matte und ziehe sie in seine Nähe.

Paul, ein Engländer mit verlebtem, faltigem Gesicht, fragt in einem kaum verständlichen Cockney-Akzent, warum ich hier sei. Ich erzähle ihm die Geschichte, er schüttelt den Kopf.

„Die Herren in Braun sind zwar korrupt. Ich habe jedoch noch nicht davon gehört, dass die Polizei Geschichten mit Straßenmädchen erfindet. Morgen bin ich wieder frei, meine Frau bringt den Umschlag. Du solltest es nochmals mit Geld versuchen."

Paul arbeitet in einer Bar, eingetragen auf seine thailändische Frau. Die Polizei lässt ihn sonst in Ruhe, weiß, dass er keine Arbeitserlaubnis besitzt. Er zahlt jeden Monat einen Beitrag an die lokalen Herren in Braun, deshalb darf er sogar die Sperrstunde überschreiten. Ein neidischer Konkurrent hätte ihn angezeigt.

Morgens um sieben zum Schichtwechsel bringen zwei uniformierte Beamte Reis und ranzige Suppe. Paul spricht gut Thai, ich bitte ihn, die Herren nach dem diensthabenden Beamten zu fragen. Der Officer sei bereits nach Hause gegangen, lautet die Antwort. Mit wem ich über meinen Fall sprechen könnte. Nur mit ihm, er komme heute Nacht um zehn. Meine Frage, ob ich die deutsche Botschaft anrufen könnte, übersetzt Paul nicht, zieht mich am Arm.

„Auf gar keinen Fall die Botschaft und keinen Anwalt. Wenn die Botschaft informiert ist, kann die lokale Polizeistelle nichts mehr machen. Dann wird es langwierig und teuer. Die Herren hier sind noch bescheiden. Vorsicht vor Anwälten, ihr einziges Interesse ist das Honorar. Umso länger die Haft dauert, umso mehr Geld sprudelt. Spätere Arrangements sind mit Anwalt immer teurer, oft sind die Anwälte an dem Geldsegen selbst beteiligt."

Deprimiert setze ich mich auf die Matte, kratze einen Moskitostich auf. Mein Essen nahm inzwischen ein Hungriger. Zum Glück habe ich mehrere hundert Baht eingesteckt, und auch die Notreserve in der Plastikhülle kann aushelfen. Damit kaufe ich bei den Wärtern Cola und Snacks. Paul rät mir, ich solle mich von den anderen fernhalten, nicht mal mit Kleinstbeträgen aushelfen. Sie würden versuchen, mich später zu beklauen. Viele von ihnen seien wegen Drogendelikten hier, haben nichts mehr zu verlieren. Übermüdet versuche ich zu schlafen. Auf der harten Matte gelingt es nicht. Die letzten Ereignisse rasen durch die Synapsen: Mr. Meta, das beschädigte Notebook, das durchwühlte Zimmer, die absurden Anschuldigungen. Das hier ist kein Zufall, die Höllenhunde nehmen Gestalt an.

Die Zeit dehnt das Warten wie Gummi. Ich flüchte in Tagträume: Grinsende Wasserbüffel, pulsierende Sternenhimmel, Buddha-Figuren, die wie Raumschiffe den Blauen Planeten umkreise, aufgetürmte Schälchen kollabieren, Mr. Metta reitet auf einem schwarzen Hund. Ungeduldig warte ich auf den Schichtwechsel, frage nach dem Officer of Duty. Er sei heute nicht erschienen. Ich frage, wer für meinen Fall zuständig ist, nur er, ist die Antwort. Ich frage nach dem jungen Officer, er sei heute nicht da. Mein Essen spendiere ich einer ausgemergelten Gestalt mit einem Gesicht wie nach drei Generationen Syphilis. Die Wärter lächeln freundlich, bringen Hähnchenfleisch mit Reis und eine Dose Bier, nur 250 Baht. Für drei Tage reicht noch mein Geld. Manche Zelleninsassen harren hier schon seit zwei Wochen, ohne mit einem Officer gesprochen zu haben, verriet mir gestern Paul.

Erschöpft lege ich mich auf die harte Matte, eine weitere schlaflose Nacht vor mir. Die nächtlichen Wachträume martern das Gehirn: Bilder aus Filmen, Artikel über thailändische Gefängnisse, Bangkok Hilton, immer wieder Bangkok Hilton, eine endlose Filmschleife; warum gerade ich, warum ich. Hätte nicht zunächst ein warnender Anruf kommen müssen? Ich versuche an Natti zu denken, kann ihr Gesicht nicht erkennen, es erscheint mit einem weißen Leichentuch verhüllt. Die Moskitos sind lästig, ich lasse sie gewähren, es ist zwecklos.

Gleich morgens laufe ich zu den Wärtern. Mein zuständiger Officer sei immer noch nicht erschienen, der jüngere mit dem guten Englisch komme in einer Stunde. Ich kaufe ihnen Rührei mit Reis ab, einen dünnen Kaffee erhalte ich gratis. Mein trockener Reis und die ranzige Suppe finden einen dankbaren Abnehmer. Die zusätzliche Investition von 300 Baht an die Wärter half. Sie überzeugten den jungen Officer, dass er mich empfängt. Hastig ordne ich die verklebten Haare. Meine helle Hose, vom Dreck patiniert, korrespondiert mit dem Gestank des verschwitzten T-Shirts. Mit einem freundlichen Lächeln bittet mich der junge Officer zu seinem Schreibtisch. Sein Chef liege im Krankenhaus, er hatte einen Motorradunfall: tief durchatmen, ruhig bleiben, *jai yen*, kühles Herz bewahren. Thais mögen keine hysterischen Farangs.

„Jetzt müsste eigentlich der Vorgang an einen Richter weitergeleitet werden. Er entscheidet über die Untersuchungshaft. Das ist derzeit aber nicht möglich, es fehlt noch die weitere Aussage der jungen Dame. Ich weiß nicht, ob mein Chef bereits ein Gesuch an die lokale Dienststelle verfasst hat. Die Dame ist offiziell in Surinam gemeldet. Auch wenn sie in Bangkok wohnen sollte, der Dienstweg muss eingehalten werden.“

Lustlos blättert er in der Akte und zuckt mehrmals die Schultern. Die Akte enthalte nur die Skizze meines Zimmers und ein leeres Blatt mit Telefonnummern.

„Mein Chef könnte die Unterlagen bei sich haben. Das kommt öfters vor. In drei Tagen habe ich frei, werde ihn im Krankenhaus besuchen und könnte danach fragen."

Ich fühle mich verzweifelt wie Josef K., hilflos einer surrealen Bürokratie ausgeliefert, ein kafkaesker Alptraum. Tief durchatmen, ruhig bleiben, Thais mögen keine hysterischen Farangs.

Beiläufig stelle ich wieder die magische Frage: „Könnten wir das nicht anders regeln?"

Der junge Officer schaut mich lange an, lächelt dabei freundlich.

„Khun Pierre, Sie haben nichts Verwerfliches getan. Die Dame war ja nicht minderjährig, in zwei Monaten ist sie bereits achtzehn. Wir verfolgen solche Fälle nicht besonders. Leider kam es zu der dummen Anzeige. Der Vorgang ist bereits aktenkundig. Sie sind schon länger in Thailand und sicherlich haben sie den Ausweis dieses Nachtfalters eingesehen. Manche dieser Damen nutzen gefälschte Ausweispapiere, machen sich ein wenig älter. Ich könnte dies so protokollieren. Eine kleine Spende, ich denke da so an 50.000 Baht für unser privates Hilfswerk zur Unterstützung verletzter Kollegen, wäre dabei hilfreich. Die Spende würde meinen Chef besänftigen. Ich bin für diesen Fall eigentlich nicht zuständig."

Jetzt stecke ich in der Zwickmühle. Gehe ich auf diesen Vorschlag ein, ist das ein Geständnis. Wenn nicht, sitze ich weitere Tage, Wochen, Monate in der alptraumhaften Zelle. Die bisherigen zwei Tage genügten. Es war ein ausreichender Vorgeschmack auf thailändische Gefängnisse, die weltlichen buddhistischen Höllen. Menschen sterben in diesen Gefängnissen, viele Menschen. Sie werden krank, sie werden erstochen, sie werden vergewaltigt, sie begehen Suizid. Und wenn sie überleben, sind sie niemals mehr dieselben. Nein, es gibt keine Wahl. Der freundliche Officer greift unter den Schreibtisch, stellt eine Flasche Whiskey auf den Tisch und schenkt zwei Gläser ein. Er fertigt ein Protokoll und reicht mir ein weiteres amtliches Formular. Das seien die Entlassungspapiere. Mit meiner Unterschrift soll ich bestätigen, dass ich korrekt behandelt worden bin und dass kein Geld von mir verlangt wurde. Dann empfiehlt er mir mit einem freundlichen Lächeln, nicht mehr auffällig zu werden, sonst könnten seine Vorgesetzten in das Protokoll den Vermerk „unglaubwürdig“ eintragen.

Diesmal lenkt der Officer den Dienstwagen selbst. Trotz eingeschalteter Klimatisierung öffnet er die Fenster, gut, dass ich mich selbst nicht riechen kann. Ich hole meine zwei Kreditkarten und wir fahren zum nächsten ATM. Das Tageslimit reicht knapp. Das Fahrzeug hält im Hinterhof des Liberty. Mein Retter reicht mir mein Handy, lächelt freundlich. Das Geld ließ ich auf dem Rücksitz liegen, zählte nicht nach. Nur noch weg, in der Dusche diesen Alptraum abwaschen.

In das *your are autorized* dringt wieder seine freundliche Stimme, „Khun Pierre“. Wie Lots Frau erstarre ich zur Salzsäule. Ist jetzt die Falle zugeschnappt? Er hat das Geld, er hat das Geständnis. Wird er wie der burmesische Bezirksrichter Po Kyin in Orwells *Burmese Days* das Geld annehmen und dann strikt nach Gesetz handeln? Mit schlotternden Knien gehe ich zum Fahrzeug und beuge mich zu der geöffneten Seitenscheibe. Er lächelt mir zu.

„Khun Pierre, Thailand hat viele Sehenswürdigkeiten, nicht nur in Bangkok. Das Land kann man auch über

Satun mit einem Fischerboot nach Malaysia verlassen. Der Flughafen ist nicht immer die beste Option. Sie sollten nicht zögern."

Wie konnte ich nur zweifeln. Die Warnung war deutlich. Die Höllenhunde sind nicht mehr fern. Apa begrüßt mich freundlich, sie habe sich bereits Sorgen gemacht. Zum Glück bekam sie meinen Begleitschutz nicht mit. Zu meiner Erscheinung sagt sie kein Wort, es gilt als unhöflich, neugierig zu sein. Mein Handy signalisiert mehrere Anrufe von Natti. Ich rufe zurück. Ihre Stimme klingt kalt.

„Komme sofort, sage zu keinem Menschen ein Wort, ich sende die Adresse in Thai."

Hastig packe ich meine Sachen. Apa fragt nicht weiter und holt aus dem Tresor die Mietkaution. Ich erkläre ihr, dass ich dringend heimkehren müsste, das genügt. Apathisch zeige ich dem Taxifahrer die Adresse und schlafe auf dem Rücksitz sofort ein. Ein Ziehen am Arm weckt mich, das Taxi hielt neben einem 7/11 am Ende einer engen Soi. Niedrige zweistöckige Häuser erzeugen ein kleinstädtisches, fast ländliches Ambiente. Verwirrt schaue ich auf den Fahrer. Er steigt aus und winkt mir zu. Wir durchqueren einen schmalen Durchgang zwischen den Häusern und gelangen zu einer Brücke. Die schmale Fußgänger-Brücke überquert einen Khlong. Der Fahrer zeigt auf das andere Ufer, dort schlängelt einen Holzsteg am Kanal entlang. Ich verstehe. Wie ein Traumtänzer erreiche ich den Steg, taumle an offenen Holzhäusern vorbei. Die Räder meiner Reisetasche klappern rhythmisch auf den Holzplanken. Nach wenigen Metern erblicke ich Natti. Sie sitzt neben einem nackten Mann, einer rot angemalten lebensgroßen Figur, die ihre Beine ins Wasser streckt. Natti springt auf und umarmt mich so heftig, dass wir fast in das trübe Wasser stürzen. Sie blickt auf meine

Reisetasche. Dramatisch erzähle ich, was geschah. Sie scheint die Worte kaum wahrzunehmen. Jetzt erst merke ich die Tränen in ihren Augen.

„Meine jüngste Schwester ist im Kloster, sie wurde entführt. Ein Mann rief mich an. Sie werde ihren Weg zu Buddha in tiefer Meditation so lange fortsetzen bis er bekäme, was wir haben. Ich sagte ihm, dass wir nichts hätten und nicht wüssten, was er haben möchte. Seine Antwort war, dann müsst ihr es eben finden. Er gab mir eine Telefonnummer und legte auf."

„Was für ein Kloster, wieso Meditation, was sollen wir haben?", stammle ich verwirrt.

„Er sprach nicht von einem Kloster, die Andeutung war jedoch klar. Ich weiß auch nicht, was er haben möchte. Wir müssen alle neuen Informationen in den Computer eingeben, vielleicht entdeckt die Software ein paar Zusammenhänge, aber erst morgen. Hast du Hunger? Meiner Schwester dürfte ein kurzzeitiger Aufenthalt im Kloster bestimmt nicht schaden."

Natti lächelt, ihre Emotion verflog, wich der pragmatischen Weltsicht. Insgeheim trug ich mich mit dem Gedanken, das Land über Satun zu verlassen. Wie könnte ich sie jetzt im Stich lassen. Den ganzen Schlamassel habe ich ihr doch eingebrockt.

„Warum sind eigentlich alle Männer von minderjährigen Straßenmädchen so fasziniert, worüber können sie sich mit ihnen unterhalten?"

Hörte sie nicht zu. Warum bedauert sie mich nicht.

„Weil die älteren guten Mädchen immer zuerst heiraten wollen. Was bleibt den Männern anderes übrig, wenn sie ein wenig Spaß haben möchten."

Leider kann ich diesmal ihr Lächeln nicht deuten.

„Komm, ich stelle dich meinem Freund vor, du kennst ihn schon aus dem MOCA. Seine Familie lässt mich hier wohnen. Für dich finden wir auch einen Platz."

Ein junger Mann in einem schwarzen T-Shirt und roter Hose malt gerade das Porträt eines jungen Mädchens.

„Willkommen im Artist-House. Ich verstehe nicht, warum dich Natti nicht schon früher mitgebracht hat. Selbstverständlich kannst du hier wohnen. Hier leben immer einige Künstler. Jeder Mensch ist ein Künstler, er muss nur seine Kunst in sich entdecken."

An einem Holztisch sitzen zwei Koreanerinnen und trinken Kaffee. Bilder, Masken, lebensgroße Puppen und sonstige Artefakte füllen Wände, spähen aus Ecken. Auf einem Sofa schläft ein kleiner Junge. Ein Longtailboot schrammt den privaten Pier. Farangs steigen aus. Die Vorstellung beginnt in wenigen Minuten, erklärt Natti. Das war das Stichwort. Wie aus einem Traum gerissen, wird mir bewusst, dass ich mich seit zwei Tagen nicht mehr im Büro gemeldet habe. Die beste Lüge ist die Wahrheit mit kleinen Änderungen. Mein Telefonat klingt dramatisch, ich erzähle alle Details, den Hintergrund lasse ich weg. Niemand vermisste mich, niemand bedauert mich. Meine Frau fragt ironisch, was ich an minderjährigen Straßenmädchen so toll fände. Ein weiteres Longtail hält vor dem Haus. Es ist ein schwimmender Eishändler mit hausgemachtem Kokoseis. Der Händler reicht Natti zwei Portionen.

„Das ist die Vorspeise, das Essen gibt es später. Es wird bereits zubereitet. Meine Freunde freuen sich über unseren Gast."

Im angrenzenden tropischen Garten stehen mehrere junge Männer und Frauen in dunklen Gewändern vor einen steinernen Chedi. Ihre Gesichter bedecken schwarze

Masken. In den Händen halten sie Puppen. Die Gartenbühne umranken hohe Bambusstauden und verwilderte Gräser. Vertrocknete Lianen hängen herab, berühren Tongefäße, deren Zweck niemand mehr kennt. Natti braucht mir nichts erklären, Hanuman, Rama, Ravana, Sita, es sind Szenen aus dem Ramayana. Die Vorstellung findet jeden Tag statt, flüstert sie mir zu. Ab und zu holt ein Spieler einen Touristen auf die Gartenbühne, bindet ihn in die Spielszenen ein.

Nach dem Ende der Vorstellung steigen wir eine steile Treppe hoch. Das obere Stockwerk der hölzernen Hauskonstruktion umschließen überdachte Terrassen. Die eine Seite empfängt die Blicke des Khlongs, die andere Seite bestaunt den Hof mit dem alten steinernen Chedi. Von den Wänden beobachten uns buntbemalte Masken. Wir setzen uns in Korbstühle. Nur noch wenige Touristenboote rasen vorbei. Die siechenden Sonnenstrahlen flirten mit dem Blumenschmuck der Khlonghäuser. Wir schweigen, jeder ist mit seinen Gedanken allein.

„Was ich nicht verstehe, warum betonte der Anrufer, genauso wie Mr. Meta, dass wir beide zusammen die mysteriöse Sache finden sollen. Und gleichzeitig empfiehlt dir der Polizist, dass du so schnell wie möglich Bangkok verlassen sollst. Das passt nicht zusammen.“

Die Essensorgie dauert zwei Stunden. Ein junger Mann spielt auf einer Gitarre. Zwei kleine Mädchen beobachten mich neugierig, lachen, wenn eine der Speisen meine Schleimhaut verätzt. In dem flackernden Kerzenlicht erwachen die Masken zum Leben, begaffen die Menschen, zeigen Charakter, bieten Projektionsflächen für die Maskenlosen. Der junge Künstler lotst uns die hölzerne Treppe hinauf. Auf der offenen Terrasse warten bereits dünne Matratzen und gebatikte Decken. Bunte Kopfkissen leisten Gesellschaft. Natti zeigt mir das Bad, ein halb offener Raum. Das Wasser fließt durch die Zwischenräume in den Khlong.

„Abnam duay gan?"

Natti lächelt, zieht eine verschämte Miene und hält den Finger vor den Mund. Wir plaudern belanglos wie ein vertrautes Ehepaar. Es ist ein angenehmes Plaudern, leicht und unbeschwert. Jetzt könnte einer dieser magischen Momente entstehen, wenn die Blicke von Mann und Frau einander zufällig begegnen; die Energiefelder verschmelzen, Yin und Yang im Walzertackt, ein Augenblick für die Ewigkeit, der wieder auf dem Totenbett aufleuchtet, für den allein es sich gelohnt hatte zu leben

Kühle Nachtluft verdrängt die Schwüle. Hier am Khlong Bang Luang, tief in den Eingeweiden von Thonburi, ist die Langsamkeit zu Hause. Die dörfliche Umgebung hält die Hektik der Großstadt fern, genießt die Nachtruhe früh. Dunkelheit färbt die Schatten schwarz. Am tiefsten ist die Nacht, dort wo nichts hörbar ist als der Atem der Schlafenden, wo die Tage im gleichen Rhythmus enden, wo die Menschen ihre Sorgen ablegen wie Schuhe vor den Tempeln. Und der neue Tag erwacht frei von den Plagen des gestrigen. Lachend nehmen die Menschen die neuen Mühen in die Arme wie eine vertraute Geliebte. Warum schleppen westliche Menschen ihre Sorgen und Ängste wie Mauleseln herum, laden sich immer neues Gepäck auf den Rücken?

Für einen Kuss finden unsere Lippen kurz zusammen, dann wendet sie auf die andere Seite. Oxytocin flutet meinen Körper; entspannt, zufrieden, übermüdet, schlaflos, stundenlang im Wachrausch. Vorbeiziehende Wolken spielen mit dem schwachen Mondlicht wie unerzogene Kinder, verzerren die Masken an den Wänden zu Fratzen.

Jetzt verloschen auch die letzten flackernden Lichter von gegenüber. Schweigen ergriff die windschiefen Häuser. Nur gelegentliches Hundegebell weht herüber, und manch ein Husten ist vernehmbar, wie es durch die offenen Fenster schallt. Die Bilder der letzten Tage fluten mein Bewusstsein. Das Kaleidoskop dreht immer schneller, immer schneller: Dreckige Matten, ausgemergelte Gestalten, grienende Polizisten, Mr. Meta, Buddha-Figuren, tänzelnde Reisfelder und Natti, immer wieder Natti, dazwischen drängt Sopas nackter Körper; Brüste, offene Schenkel, der Geschmack ihrer Pussy.

Die Augen wiegen schwer, wollen den Tag nicht einlassen, jetzt noch nicht, später, nur noch fünf Minuten. Der Hahn kennt kein Erbarmen, krächzt immer lauter nach seinem Harem. Nur ein Auge öffnen, es sieht ein fröhliches Lächeln. Natti sitzt im Lehnstuhl, eine Tasse Kaffee in der Hand. Die Sonne steht hoch, wie in Watte, klebrig und heiß. Ein Longtail schippert geruhsam den Khlong entlang. Bugwellen verwandeln die Spiegelbilder der Khlonghäuser zu abstrakten Gemälden.

„Es wird auch Zeit. Ich arbeite bereits seit drei Stunden. Dein Sandwich ist schon zerlaufen, oder hättest du lieber eine Reissuppe gegessen?"

Nur schwer erhebe ich mich von der dünnen Matte. Europäische Körper sind für so etwas nicht gebaut. Könnte ich an diesem Ort leben, die Langsamkeit genießen, Spiegelbilder im Wasser betrachten, den Künstler in mir entdecken, morgens mit Nattis lächelndem Gesicht aufwachen? Was sind das wieder für Gedanken, westliche Gedanken. Die Menschen hier wurden in diese Umgebung hineingeboren, passten ihr Leben an. Hätten sie die Möglichkeit, würden sie in einem hässlichen klimatisierten

Apartmentblock an der Sukhumvit wohnen. Ich frage Natti nach dem Ergebnis ihrer morgendlichen Arbeit.

„Es ist alles so verworren, nichts passt zusammen. Ich habe die neuen Informationen eingegeben, wechselte die Einstellungen. Die Software zeigt keine Zusammenhänge. Ich weiß nicht mehr weiter."

Ein paar Tränen fluten ihre Augen. Es ist schon das zweite Mal seit gestern. Hilflos senke ich den Blick. Am Boden neben der Matratze döst mein geöffnetes Notizbuch, *Lean Manager,* mein neuestes Projekt. Das ist das Stichwort: Prozesse visualisieren, Zusammenhänge transparent machen. Ich bitte Natti um ein großes Blatt Papier und erkläre ihr die Vorgehensweise. Zunächst werden wir auf das Blatt alle Personen und Objekte eintragen, die irgendetwas mit der Sache zu tun haben. Dann ordnen wir den Subjekten und Objekten alle Informationen zu, die sie betreffen. Und zum Schluss visualisieren wir mit Linien die Zusammenhänge zwischen den Personen, den verschiedenen Objekten und den einzelnen Informationen. Natti schaut mit weit geöffneten Augen, ich deute dies als bewundernden Blick. Sie geht das Papier besorgen, ohne ein weiteres Wort zu verlieren.

Nach zwei Stunden sind wir so weit. Die Visualisierung auf die altmodische Art zeigt einige überraschende Ergebnisse, jedoch keine klare Lösung. Ein Subjekt will von uns irgendwelche Unterlagen. Ein weiteres Subjekt versucht das offenbar zu verhindern. Sonst würden die Empfehlungen des freundlichen Polizisten keinen Sinn ergeben. Immer wieder erscheint der kleine grüne Buddha. Viele Fragen bleiben offen. Welche Rolle spielt Bodenhamer? Der getötete Chef von Georg und wahrscheinlich auch Bodenhamer gehörten einer Law Enforcement Unit an. Gibt es einen Zusammenhang? Was weiß Georg darüber.

Wie ist der getötete Professor in die Sache eingebunden? Was geschah mit John, wo ist er, warum meldet er sich nicht? In welchem Verhältnis steht er zu dem Unbekannten, der die Tempelbilder und die alten Texte fotografierte. Und wer ist dieser Unbekannte? Mehrere Linien führen zu Mr. Meta. Was weiß er, welche Rolle spielt er, warum will er uns helfen, warum sagt er nichts Konkretes? Eines dürfte sicher sein, das mächtige Wat ist offensichtlich dasjenige Subjekt, das die Unterlagen haben will und Nattis Schwester entführte. Die Polizei handelte im Auftrag des Unbekannten, der nicht möchte, dass wir uns damit weiter befassen. Dieser Unbekannte könnte mit den Höllenhunden gemeint sein, die Mr. Meta erwähnte.

„Was wollte Mr. Meta mit den Trugbildern und der Maya ausdrücken, die unseren Blick verschleiern sollen? Warum zitierte er ein Upanischad, warum spricht er in Rätseln?"

Natti zuckt mit den Schultern.

„Ich rief ihn nochmals an, er wollte mit mir nicht sprechen, er habe alles gesagt, was es zu sagen gibt."

„Kannst du dir einen Reim auf seine Worte machen?"

„Wie du weißt oder auch nicht, sieht die alte indische Philosophie in den realen Dingen der Welt nur ein Trugbild, eine Illusion, Maya genannt. Die Wahrheit liege im Geiste und kann nur durch innere Meditation erfahren werden wie mit dem unschuldigen Blick eines Kindes."

„So ähnlich sagte es bereits der griechische Philosoph Platon in seinem Höhlengleichnis."

Natti schaut mich erstaunt an.

„Ja, das ist mir aufgefallen, als wir im Seminar die griechische Philosophie behandelt haben. Und beide Lehren entstanden zur gleichen Zeit, ist das nicht interessant? Das bringt uns jetzt aber nicht weiter. Ich glaube nicht, dass wir durch Meditation zu einer Lösung gelangen."

Natti, eine typische Wissenschaftlerin, wie gerne hätte ich jetzt mit ihr an einem stillen Ort mit bequemen Liegen meditiert. Das mit dem Kind ist ein Déjà-vu; Professor Singer, heureka: „Es müsste richtigerweise heißen, die Bäume vor lauter Wald nicht zu sehen."

„Wir sollten nicht nur nach Zusammenhängen fahnden, sondern anfangen, die Dinge einzeln zu betrachten."

Nur schwer kann ich Natti davon überzeugen, die alten Schriften für einen Augenblick zu vergessen. Deswegen werden keine Menschen entführt oder getötet.

„Sagtest du nicht, dass sich dein Kollege zum Schluss nur noch mit den Tempelfotos befasst hat?"

Wir beginnen mit dem grünen Buddha. Ich lade die bei Mr. Meta aufgenommenen Fotos von meinem Handy in Natties Notebook. Wir schauen uns nochmals die einzelnen Bilder genau an. Bis auf eine Szene gleichen die Abbildungen einander. Natti springt auf.

„Warum fiel mir das nicht früher ein. Im Wat Phra Kaeo Don Tao, wo wir Mr. Meta trafen, wurde im 15. Jahrhundert der berühmte Jade-Buddha aufbewahrt. Der grüne Buddha könnte der Jade-Buddha sein. Aber was bedeuten die weiteren Szenen. Warum trägt jemand eine verhüllte identische Buddha-Figur weg?"

Auf dem vierten Gemälde, aufgenommen in Mr. Metas Büro, ist in einem schwebenden Bot eine weitere Buddha-Figur zu erkennen. Vier grimmig blickende Wächter mit Affengesichtern umringen einen goldenen Buddha. Er gleicht haargenau dem grünen Buddha. Natti klickt hastig am Notebook.

„Diese zwei Blätter beachtete ich bisher kaum. Sie waren nicht Teil der Unterlagen, die mir John brachte. Es sind die

Fotokopien aus seinem Zimmer, die du uns freundlicherweise so lange vorenthalten hast. Die Texte sind in Thai verfasst und neueren Datums. Darin wird der Shambhala Mythos beschrieben."

Auf mein unwissendes Kopfschütteln erhalte ich ein verzückendes Lächeln und eine Lektion in buddhistischer Mythologie.

„Das Kalachara Tantra aus dem 10. Jahrhundert schildert die prophezeite zukünftige Shambhala Schlacht: Wilde buddhistische Krieger mit mörderischen Superwaffen besiegen die Feinde der Lehre. Das Kalachara Tantra ist bis heute ein heiliger Text des tibetischen Buddhismus."

„Und ich dachte immer, dass der Buddhismus eine friedfertige Religion ist, anders als das mittelalterliche Christentum und der kriegerische Islam mit seiner lebensverachtenden Kultur."

„Selbstverständlich ist der Buddhismus eine friedfertige Religion. Du kannst dir sicherlich vorstellen, was Laien und einige westliche Gelehrte mit diesem alten Text anstellen. Sogar vom buddhistischen Jihad ist die Rede. Der arme Dalai Lama wird immer wieder auf diesen mehr als tausend Jahre alten Text angesprochen. Westliche Experten vergessen offenbar, dass die Philosophie im alten Indien von der arischen Herrscherkaste entwickelt wurde, und die Arier waren Krieger. Die damaligen Philosophen bezeichneten abstrakte Begriffe mit kriegerischen Ausdrücken. Und Jahrhunderte später als deren Texte schriftlich aufgezeichnet und weiterentwickelt wurden, blieben diese Ausdrücke und die Diktion erhalten. Das nur nebenbei. Am Ende des kopierten Textes ist verzeichnet, dass es gelang, den goldenen Buddha zu retten. Wenn die Zeit komme, werde er die Heerscharen in die Schlacht führen. Seine magische Macht sei grenzenlos. Die weiteren Seiten fehlen. Eine der unvollständigen Textzeile lautet: *in dem Tempel von Dusit Thani, im langen Schlaf erstarrt, wartet auf den Tag der letzten Schlacht...*

„Werden wir die nächste Nacht in diesem 5-Sterne Hotel verbringen?"

Natti schüttelt lachend den Kopf.

„In diesem Hotel schläft kein Buddha. Dusit Thani bedeutet eigentlich Stadt im Himmel. König Vajiravudh, Rama VI, errichtete in den Gärten seines Palastes eine utopische Miniaturstadt, die er Dusit Thani nannte: mit Häusern, Tempeln, Theater, Bürgern, mit einer eigenen Verfassung, demokratische Wahlen, Mitbestimmung... Warte, es gibt genaue Zeichnungen und etliche Fotos, dort könnten wir etwas entdecken. Ein Freund arbeitet als Archivar im Museum des Phya Thai Palastes."

„Es ist nützlich, wenn man überall gute Freunde hat." Nattis Wangen beschleichen rötliche Flecken. Mein Rücken schmerzt, das Hotel wäre mir lieber gewesen.

„Was meinte Mr. Meta mit dem mächtigen Wat?"

Ich bin mir nicht sicher, es gibt viele mächtige Wats in Thailand. Die Mönche, die uns so seltsam ansahen, ich schrieb mir doch das Kennzeichen auf."

„Und sicher hast du auch einen guten Freund in der Verkehrsbehörde."

Natti schüttelt verlegen den Kopf. Mir fällt gleich Georg ein.

„So, jetzt wo wir ein wenig Licht in das Dunkel gebracht haben, ist der nächste Schritt ein Projektplan. Du telefonierst mit Georg wegen des Kennzeichens. Bei dieser Gelegenheit kannst du ihn nach Bodenhammer fragen, er muss etwas wissen. Wann hast du das letzte Mal mit Curt gesprochen? Und was ist mit dem Schließfach? Ich rufe meinen Freund im Phaya Thai Palace an. Wir machen uns gleich auf den Weg. Zuvor besuchen wir noch Wat Hong Rattanaram, das Wat liegt nicht weit von hier."

Ich öffne den Mund und schließe ihn gleich wieder.

Der doppelte Buddha

Der Vater des jungen Künstlers dreht am Gashebel. Die lange Antriebsschraube wühlt durch wuchernde Wasserhyazinthen. Dort, wo wir geruhsam dümpeln, haben die Turboboote der Ausflügler keine Chance. Zu eng, zu unbedeutend und ohne Attraktionen ist diese Welt; keine Schlangenfarm oder royale Barken. In den bewachsenen Seitenkanälen erinnern nur noch wenige Spuren an die frühere Garnisonstadt. Die Garnison entstand unter König Taksin nach der Zerstörung von Ayutthaya durch die Burmesen. Als der nachfolgende König auf die andere Uferseite zog, atmete Thonburi tief durch und harrte zwei Jahrhunderte im Hyazinthenschlaf.

Forderndes Blau flutet durch Bäume, streichelt die Menschen, versinkt in den grünen Schatten der drängenden Vegetation. Jedes Haus lehnt an Stelzen, manches gar dem Nirwana nahe. Frauen in Wickeltüchern und halbnackte Männer winken von den Ufern. In einem engen Boot wackeln zwei junge Mönche mit den Paddeln, das Wat um die Ecke ist wohl das Ziel. Neue und alte Tempel sprießen an den Ufern, eine Angewohnheit aus früheren Zeiten, als Straßen noch Wasserwege waren. Natti beschmiegt meinen Arm, ich spüre sie nicht. Wir erreichen den breiten Khlong. Das Boot spurtet los. Jetzt geht es schnell. Der kleine Pier vor dem Wat Hong Rattanaram nimmt uns auf. Wir eilen gleich zum Bot. Die buddhistischen Höllen quälen immer noch die Sünder. Ich deute auf *Rati*, das Sinnbild der Lust.

„Trägt sie nicht deine Züge?“

Natti betrachtet die Gestalt mit den rund geformten Brüsten und antwortet mit der Mimik eines altklugen Biologieprofessors: „Eher in der Dame daneben, der mit dem verwaschenen Körper und den intelligenten Augen könnte ich mich erkennen."

Sie zeigt auf *Arati,* das Sinnbild der Unzufriedenheit. Die Sonne steht hoch, nur wenig Licht fällt in den Raum. Das Triptychon liegt im Schatten. Natti studiert konzentriert die dunklen Zeichnungen.

„Hmm, du hast tatsächlich alle Details fotografiert."

Zweifelte sie daran? Ich gewöhnte mir ab, Bemerkungen anderer Personen persönlich zu nehmen. Der Äußernde sieht in dem anderen das eigene Spiegelbild. Das was er über uns sagt, hat mit uns nichts zu tun, betrifft nur ihn selbst. Aus dem gleichen Grund mache ich mir keine Annahmen über andere Menschen. Unsere Annahmen über das, was andere Menschen sagen oder tun, beziehen wir auf uns und beschuldigen dann diejenige Person. Was Natti anbelangt, hier geht es um das Prinzip.

„Komm, wir suchen den Abt, er könnte etwas über das Triptychon wissen."

Mit freundlichen Worten und schmeichelnder Mimik gelinkt es Natti einen Mönch zu bewegen, dass er uns zum Abt zu führt. Las sie nicht westliche Reiseführer? Frauen sollen doch keine Mönche ansprechen oder ihnen etwas reichen. Die Autoren hätten vorher besser selbst bei den Herren in Orange nachfragen sollen. Auch Mönche sind nur Männer mit einem funktionierenden archaischen Stammhirn. Der alte Herr mit dem Kopf einer ausgewachsenen Schildkröte sitzt in einem klimatisierten Raum vor einem Fernseher und verfolgt einen Boxkampf. Nattis Empathie führt auch bei ihm zum Erfolg. Der Schildkrötenkopf betrachtet sie ausgiebig. Mich beachtet er nicht.

Seine Worte klingen so, als ob er ein Mantra aufsagte. Natti fragt und der Abt antwortet. Plötzlich friert sein Gesicht ein. Natti sagt etwas. Die Antwort klingt hart und bestimmt. Seine Geste ist eindeutig, wir sollen den Raum verlassen. Ich brauche nicht zu fragen, sie sprudelt draußen gleich los.

„Ich hatte mir einen Frageplan vorbereitet, zunächst nur unverfängliche Fragen. Der Abt erzählte, dass ich in kurzer Zeit bereits die zweite indologisch geschulte Person bin, die sich für die Bilder interessiert. Ein junger Mann sei da gewesen und habe ihn darüber ebenfalls ausgefragt. Ein ferner Verwandter von Noi Hong, des chinesischen Erbauers des Wats, stiftete um die Mitte des 19. Jahrhunderts das Triptychon. Der Wat stammt bereits aus der Ayutthaya Periode, ist sehr alt. Dabei erwähne der Abt, dass dort zunächst vier Bilder gehangen haben sollen. Bei einer Renovierung sei ein Bild schwer beschädigt worden, so dass man die drei verbliebenen zu einem Triptychon vereint hat. Bei der Darstellung handelt es sich um den berühmten Jade-Buddha auf seinem Transport von Chiang Rai nach Chiang Mai. Ich fragte ihn, ob auf der Darstellung des vierten Bildes möglicherweise zwei Jade-Buddhas nebeneinander abgebildet waren. Seine Reaktion hast du ja mitbekommen. Das sei alles Unfug, es gebe nur einen, den im Wat Phra Kaeo. Nach dem goldenen Buddha habe ich lieber erst gar nicht gefragt."

„Meinst du, der junge Mann war dein Kollege?"

„Ich bin mir fast sicher. Wir sind auf der richtigen Spur. Vielleicht kommen wir im Pyathai Palace weiter."

Das Taxi benötigt für die sieben Kilometer fast eine Stunde. Schwere koloniale Ledersessel umschmeicheln zwei zierliche Art Deco Tische. Auf einem schimmert Nattis japanischer Matcha Ice Tee. Auf dem anderen verströmt brasilianischer Bourbon Santos Kaffee seinen unnachahmlichen Duft. Vergoldete Lampen in mattierten Fassungen blinzeln auf das blankpolierte Fischgrät-Parkett. An den Wänden verzerren Spiegel, die sich selbst nicht mehr ernst nehmen, das koloniale Ambiente. Irisierende Sonnenstrahlen erzeugen Schattenspiele, in denen die vormaligen Noblen auferstehen. Sie übten an diesem Ort den europäischen Lebensstil. Wir sind die einzigen Gäste im Café de Norasingha. Vor wenigen Jahren inkarnierte es aus dem ersten europäischen Café in Siam.

Der Herr Archivar lässt auf sich warten. Mir macht es nichts aus, entrückt aus der Wirklichkeit in eine vergangene Epoche genieße ich den Raum ohne Menschen, die Stille. Schließlich erscheint ein altmodisch gekleideter junger Mann und zelebriert einen Wai. Er steckt in einer weiten dunklen Hose, sein helles Hemd könnte das Segel einer Jacht ersetzen. Der Pyathai Palace habe wegen Renovierung geschlossen, niemand werde uns stören.

„Auch wenn der Palast geöffnet ist, stören die Besucher kaum. Thais und Touristen zeigen kein Interesse an den versteckten Schätzen der Vergangenheit, ein alter Bahnhof hier, ein Palais dort. Groß und prächtig müsse es sein, mindestens der Goldene Palast oder der Wat Po. Die Thais sind nicht besonders geschichtsbewusst, sie leiden an einer kollektiven Amnesie über die eigene Geschichte. Das ist eine Schande."

„Vielleicht machen die Thais nur nicht so viel Aufheben über ihre Geschichte, die Vergangenheit, weil sie nicht existiert. Die Vergangenheit ist doch nur eine Idee, eine Illusion, reine Maya, die das reale Leben zu verschleiern versucht. Lehrt der Buddhismus denn nicht, das Leben entstehe in jedem Augenblick immer wieder aufs Neue?"

Natti rollt die Augen. Der junge Archivar antwortet mir nicht. Mit einem melancholischen Gesicht führt er uns durch die langen Gänge.

„Ihr wisst es sicherlich, Rama VI lebte hier. Dieser kleinwüchsige Mann war ein wunderlicher König, er passte nicht in seine Zeit. Es war nicht nur Dusit Thani, seine utopisch demokratische Gesellschaft, er schrieb auch Gedichte und übersetzte europäische Theaterstücke. Habt ihr das gewusst? Damals interessierten sich die Menschen genauso wenig wie heute für europäische Theaterstücke und Gedichte."

Zwei Krankenschwestern kreuzen unseren Weg und spähen hinter uns her. Wir steigen eine verschlissene Holztreppe hinauf. Das Echo der Schritte flutet die leeren Gänge, hallt durch die verwinkelten Korridore. Lose Kabel bekriechen die Ecken. In manchen Räumen warten halb restaurierte italienische Fresken mit barocken Engelsgestalten auf den letzten Pinselstrich. Der Archivar erzählt die Geschichte des Palastes: zunächst Palast, später luxuriöses Hotel, erste Radiostation in Thailand. Das Gebäude gehört jetzt zum Mongkut Klao Hospital. Warum das Hotel schloss, wisse er nicht, es war zu altmodisch oder woanders entstand ein neues.

Unser Guide öffnet eine verschlossene Tür. In einem Vorzimmer verstauben abgestellte Möbelstücke. An der Wand grüßt das lebensgroße Portrait von Rama VI. Der König präsentiert stolz seine weiße Militäruniform. Das weltentrückte runde Gesicht könnte von Goya stammen. Warum wollten die Menschen nicht in seinem Dusit Thani leben? Erkannten sie seine Utopie? Trauten sie einem Monarchen nicht, der Gedichte schrieb und europäische Theaterstücken übersetzte? Noch eine weitere Tür und wir sind am Ziel. Papierrollen und Folianten quellen aus

Schränken und Kommoden. Ordner lehnen auf Stühlen, überwuchern Tische. Der Archivar verscheucht zwei Papierstapel, und wir besetzen zwei klassizistische Sessel, überzogen mit abgewetztem rotem Samtstoff. Die Luft ist stickig, geschwängert mit feinem Papierstaub. So roch es zu Schulzeiten bei der Sammlung von Altpapier. Fragend schaue ich Natti an. Sie entlässt eines ihrer Mona Lisa Lächeln. Natti verfügt über ein unerschöpfliches Repertoire an Lächeln. Dieses besagt, ich solle mir keine Gedanken machen, sie werde es schon richten.

Der Archivar wühlt in einem kolonialen Schreibtisch, entlockt der Schublade einen Karteikasten und birgt eine vergilbte Karteikarte. Nach dem sorgfältigen Studium des Inhalts gelingt es ihm, aus einer störrischen Kommode zwei Folianten mit Schwarzweißbildern zu zerren. Miniaturhäuser, menschliche Figuren, Straßen, Parks und Tempel schwächeln durch das bleiche Fotopapier. Natti blättert vorsichtig durch die aufgeklebten Fotos. Feiner Staub wirbelt auf, schon lange sahen diese Bilder keinen menschlichen Betrachter mehr. Eine Detailaufnahme zeigt die Miniatur eines Bots, dessen Wände verschwommene Wandgemälde zieren. In einer seitlichen Nische ist eine Buddha-Figur zu erkennen: ein Buddha auf dem Rücken eines Elefanten unter einem Baldachin. Es ist die gleiche Figur wie auf den Tempelbildern. Fragend schaue ich Natti an. Diesmal stammt ihr Lächeln aus der Kategorie des wohlwollenden Mitleids. Auch den Archivar trifft ein Lächeln und dazu noch einige süße Worte. Folgsam steht er auf. Nach zwanzig Minuten verzweifeltem Suchen bringt er einen weiteren Ordner. Natti beugt ihren Kopf über eine wellige vergilbte Architekturzeichnung. Auf einen kleinen Zettel schreibt sie Wat Sra Bua Kaew in Khon Kaen. Der junge Archivar kann sich glücklich schätzen, Natti widmet ihm ein weiteres Lächeln, ein Lächeln, das alles sagt und nichts verspricht. Er verstand, die Melancholie wich aus seinem Gesicht. Und ich bin froh, dass wir das stickige Gebäude verlassen können.

Der angrenzende Park verschluckte bereits die Utopie von Dusit Thani. Dort, wo gewöhnliche Bauern durch Paläste wandelten, stolzieren korrekt gezogene Rasenrabatte. Zwei weibliche Frauenfiguren aus hellem Marmor, den Kopf züchtig gesenkt, bewachen den Eingang zu einem Palladianischen Pavillon. Sind das die stummen Musen des sonderbaren Königs? Flüsterten sie ihm die Ideen von einer demokratischen Gesellschaft in sein königliches Ohr? Und war das der Grund für das Militär, die absolute Monarchie im Jahr 1932 abzuschaffen? Ein Staatsoberhaupt, das Gedichte schreibt und von einer gerechten Gesellschaft träumt, würde auch heutzutage nicht lange die Geschicke seines Landes lenken. Für solche Überlegungen besitzt Natti keinen Sinn. Mit dem Habitus der Vorsitzenden eines Aufsichtsrats fasst sie die Ergebnisse unseres heutigen Arbeitstags zusammen.

„Das seltsame Verhalten des Abts und das Interesse meines Kollegen an den Wandgemälden könnten bedeuten, dass wir eine wichtige Spur verfolgen. Die Erwähnung von Dusit Thani in dem Schriftstück ist symbolisch gemeint. Dusit Thani war das Symbol für einen idealen Staat. Die thailändische Ikonografie beruht auf symbolhaften Darstellungen. Einzelne Symbolbilder können auf andere Symbole verweisen, bis am Ende eine reale Gegebenheit auftaucht. Solche realen Gegebenheiten können handelnde Menschen, historische Geschichten oder geistig abstrakte Prinzipien sein. Der Text bedeutet deshalb nicht unbedingt, dass der goldene Buddha hier in Pyathai ruhte. Wir müssen unbedingt nach Khon Kaen. In dem Original des hier nachgebauten Wats könnte es weitere Spuren geben. Du hast doch bestimmt mitbekommen, dass der Grundriss, nach dem das Miniaturwat gebaut wurde, vom Wat Sra Bua Kaew in Khon Kaen stammt."

Und ich bekomme auch den Krach der lärmenden Ratchawithi Road mit. Wir trotten zur BTS am Victory Monument. Gleißende Sonnenstrahlen belästigen dunkle Regenwolken. Schwüle Luft erschwert das Atmen. Die Beine schreiten von selbst, getrieben von unbewussten zerebralen Impulsen. Natti ist nicht mehr neben mir. Ich drehe mich um, sie steht, zittert.

„Sie sind da, was wollen sie von uns, woher wissen sie es", stammelt sie vor sich hin.

„Mein Freund rief mich an, der Künstler. Ein Mann saß drei Stunden im Künstlerhaus und trank Kaffee, dabei las er immer wieder in der Zeitung. Das kam meinem Freund seltsam vor. Als der Mann auf der Toilette war, ging er zu dem Tisch. Neben der Zeitung lagen Papiere. Er hob sie an. Darunter waren zwei Fotos, auf einem warst du, auf dem anderen ich."

Ich umarme sie, bewegungslos stehen wir inmitten der vorbeieilenden Fußgänger.

„Wir können dort nicht weiter bleiben. Wie konnten sie uns finden?"

Auf ihren fragenden Blick schüttle ich den Kopf, bleibe ruhig. Gefahren, die immer wieder entstehen, stumpfen ab, dringen kaum noch in das Bewusstsein. So wie bei Curts Kameraden in den lebensfeindlichen Dschungeln von Laos. Obwohl der Vietcong in der Nähe war, beschallten sie den Dschungel aus improvisierten Lautsprechern mit „Paint it black". Plötzlich durchzuckt mich ein genialer Gedanke, Georg. Ich telefonierte gestern mit Georg wegen des Kennzeichens. Er erwähnte dies doch in seiner Geschichte mit den Zwillingen.

„Es sind unsere Telefone, wenn sie die Nummer haben, können sie uns jederzeit finden. Genauer gesagt, die Telefongesellschaft kann unseren Standort orten. Wir müssen sofort neue SIM-Karten besorgen."

Natti schaut mich erstaunt an. Sie zittert immer noch. Ich schüttle und umarme sie nochmals. Die vorbeieilenden Fußgänger drehen erstaunt die Köpfe. Natti schaltet sofort ihr Handy aus. Ich folge ihrem Beispiel.

„Und was sagte Georg zu dem Foto mit Bodenhamer?"

Nattis Jagdinstinkt erwachte wieder.

„Ich habe ihn nicht gefragt. Es dürfte sinnvoller sein, dass wir zunächst Curt treffen. Er hat neue Informationen, wollte darüber nicht am Telefon sprechen. Am Wochenende kommt er nach Bangkok."

„Gut, folgender Plan: Jetzt kaufen wir im 7/11 neue SIM-Karten, ich hole unsere Sachen, du besorgst für eine Nacht ein Hotel, es muss nicht unbedingt das Dusit Thani sein. Anschließend kaufst du zwei Zugtickets nach Khon Kaen und schickst mir eine SMS mit der Adresse des Hotels. Wir treffen uns dort später."

Ich öffne den Mund und schließe ihn gleich wieder. Im nächstgelegen 7/11 kaufen wir neue SIM-Karten. Natti telefoniert sofort und entschwindet in einem Taxi. Mein Denken ist leer, welches Hotel, wohin, vielleicht eines an der Sukhumvit? Wie gerne würde ich jetzt im Lehnstuhl das geruhsame Leben am Khlong beobachten, stolz den Touristen in den rasenden Booten zuwinken; keine laute Sukhumvit, nein, kein Hotel in der Sukhumvit. „River View Guesthouse China Town", zu meiner Überraschung fährt das Taxi ohne weitere Nachfragen los und hält erst wieder, als ein Berg aus Eisenschrot den Weg versperrt.

Weiter geht es nicht, die Soi ist zu eng. Das Zimmer im 4. Stock verweigert den Flussblick. Das macht nichts, ich weiß wohin.

Der knarzende Aufzug hält im 8. Stock. Nur wenige Gäste sitzen an den einfachen Holztischen des offenen *River Vibe Restaurant*. Eine breite Sofareihe durchquert den länglichen Raum. Neben mir bewälzen zwei junge Frauen das Polstermöbel. Es sind digitale Autisten mit Kopfhörern in den Ohren. Stumm bearbeiten sie ihre Handys, haben keinen Blick für den Chao Phraya, den mächtigen majestätischen Fluss. Wie eine vorsintflutliche Schlange hebt er den Kopf, streckt den gewundenen Körper in die Ferne, kriecht durch gezähmte Felder. Die untergehende Abendsonne schlägt ihren glühenden Atem um Wolkenkratzer, taucht den filigranen chinesischen Tempel von gegenüber in ein rötliches Kleid. Das gemarterte Gehirn will Ruhe, Gedanken erlöschen, die Iris streikt, verweigert der Retina die Lichtimpulse.

„Du wolltest bestimmt meine Orientierung prüfen, komplizierter ging es wohl nicht, aber es ist ein wunderschöner Ausblick. Noch nie sah ich den Fluss von so weit oben. Das Gepäck ist bereits auf dem Zimmer."

Dabei sah sie noch nicht den Ausblick aus dem Restaurant unter freiem Himmel, eine Treppe höher: den Flusslauf mit seinen Biegungen, Tempel, Hochhäuser, die rückwärtige China Town, das hohe Baiyoke Sky Hotel, den Wat Arun in der Ferne. Natti legt sich neben mich. Der Kellner bringt zwei Fruchtshakes. Sie passen nicht zu meinem Garlic-Bread. Warum gibt es nicht mehr solcher Plätze in Bangkok. Das ist eine Marktlücke. Auch im alten Rom belagerten die Menschen beim Essen bequeme Kanapees. Schweigend beobachten wir den Fluss. Die Gedanken an das Geschehene belästigen das Bewusstsein, stören die Harmonie des Augenblicks. Es begann als eine belanglose Laune, erst John, dann Natti, ein amüsantes Spiel. Später übernahmen andere, Unbekannte, spielen nach Regeln, die wir nicht kennen. Wir sind nicht mehr die Spieler, nur noch Getriebene. Natti zaubert ein Lächeln hervor, es gehört in die Kategorie der Bewunderung. Gerade erzählte ich ihr von dem geänderten Projektplan. Statt der zweimaligen achtstündigen Zugfahrt buchte ich preiswerte Flugtickets nach Khon Kaen mit Air Asia.

Für das Abendessen ist es noch zu früh. Wir verlassen das Hotel. Angerostete Getriebe, LKW-Achsen und Motorenteile versperren wie intergalaktische Insekten die engen Sois, behauchen uns mit ölgeschwängerter Luft. In der untergehenden Abendsonne erzeugen die Eisenhaufen bizarre Muster. Wir erkunden die verwinkelten Gassen. Auf verwilderten Grundstücken spielen Kinder. Alte Frauen dösen vor den geduckten Hütten. Knorrige Bäume schmückten ihre Rinde mit bunten Schleifen. In Geisterhäuschen verzehren *Phi* ihre abendliche Mahlzeit. Der kleine chinesische Tempel dämmert schon im Schatten. Oberhalb des Gesimses winden sich zwei mythische Nagas im Liebesspiel. Die Tür steht offen, kein Laut dringt in den engen Raum. Bärtige Ahnengestalten an den Wänden sorgen für irdischen Reichtum; hier versöhnte der pragmatische Konfuzius die Lehre Buddhas mit der archaischen Seele des Menschen.

Enge Stichpfade führen zu den verfallenden Flusshäusern. Ein älterer Mann mit gegerbtem Gesicht winkt uns zu. Es ist ein Flusstaucher. Mit seinem Sohn sucht er im Schlamm des Chao Phraya nach Schätzen aus vergangenen Tagen. Stolz zeigt er uns die selbstgebaute Taucherglocke, gespeist aus dem Kompressor seines Longtails. Ich müsse doch unbedingt einen seiner geborgenen Schätze kaufen:

bunte chinesische Keramik, alte Münzen, Buddha-Figuren, Amulette; nein, bitte keinen Buddha, dann wenigstens einen Glücksbringer. Für 200 Baht erwerbe ich einen kleinen hölzernen Phallus. Der Sohn grinst, und Nattis Gesicht verändert die Farbe.

Wir gehen weiter, entdecken immer neue Winkel, spähen durch die dunklen Fenster, grüßen die Flussbewohner, schäkern mit den Flussgeistern. Es ist eine Welt, die abgeschieden lebt, wo Zeit keine Eile gebiert, wo dem Heute ein Morgen folgt. Aus ihren Hütten beobachten die Menschen gelassen und ruhig die tosenden Expressboote, winken in die Objektive, ahnen nicht, dass sie es sind, die vorbeirasen an den Booten. Vom schwankenden Anlegepier lassen wir uns in die Dunkelheit schaukeln. In den Flusshütten klappert Kochgeschirr. Feuerstellen lodern. Die Hochhäuser in der Ferne beflimmern den Strom mit tausenden Lichtern. Der Himmel schwärzte sich, einige dunkelrote Wolkenfetzen geben nicht auf, taumeln verlassen umher, spiegeln ihr feuriges Antlitz im Fluss. Bald verschluckt sie die Finsternis. Andächtig betrachten wir dieses Schauspiel. Seit ewigen Zeiten fasziniert Wasser die Menschen, es ist die Erinnerung an unseren Ursprung, tief eingeritzt in den Windungen unseres Stammhirns. Die ersten nächtlichen Abendbuffets mit den zierlichen Tänzerinnen kreuzen vorbei. Das ist das Zeichen. Eine Stichstraße führt direkt zum River View Guesthouse. Plötzlich zieht mich Natti am Arm. Wir rennen zurück zum Pier. Sie hält den Finger vor den Mund, flüstert.

„Mein Freund aus dem Künstlerhaus folgte später dem seltsamen Besucher. Einige Straßen weiter stand ein alter weißer Mercedes mit einem Mann auf dem Beifahrersitz. Der Besucher stieg ein und setzte sich auf den Rücksitz. Mein Freund beobachtete das Fahrzeug noch zwanzig

Minuten und als es immer noch nicht abfuhr, kehrte er zurück. Auf dem Parkplatz dort vorne steht ein alter weißer Mercedes. Daneben lehnt ein Mann an einem Pfeiler und raucht. Das kann kein Zufall sein."

Diesmal wirkt Natti ruhig und gefasst. Sie lässt sich nicht von ihrer Idee abbringen. Warum kann hier nicht ein alter weißer Mercedes zufällig parken. Ab und zu sah ich bereits welche in Bangkok. Langsam bekomme auch ich Zweifel. Der einzige Weg vom Pier führt an dem überdachten Parkplatz vorbei. Wir sitzen in der Falle. Zum Glück erinnere ich mich an zwei junge Farangs, die hier von einer Betontraverse waghalsig ihre Beine schaukeln ließen. In der Dunkelheit ist die Traverse kaum zu erkennen. Sie führt vom Pier quer am Fluss entlang und erreicht nach etwa dreißig Metern wieder das Ufer. Ich sage zu Natti, dass nichts passieren kann, darunter ist nur Wasser. Diese Bemerkung hätte ich besser für mich behalten sollen. Natti kann wie die meisten Thais nicht schwimmen. Ich reiche ihr die Hand und empfehle ihr, bei jedem Schritt tief zu atmen, um den Schwerpunkt des Körpers nach unten zu verlagern. Langsam, Schritt für Schritt, kommen wir unserem Ziel näher. Über Schutt und Pflanzenteile robben wir das Ufer hoch. Durch eine unbewohnte Hausruine erreichen wir die benachbarte Soi.

Was jetzt, das Gepäck aus dem Hotel abholen wäre zu riskant. Hilfsbereit händigt die freundliche Dame an der Rezeption dem Tuk-Tuk Fahrer unser Gepäck aus. Mein Anruf aus dem Krankenhaus genügte. Das Zimmer bezahlte ich zum Glück bereits im Voraus. Wir hätten besser ein Taxi nehmen sollen. Die ruckelnde Slalomfahrt ist nur etwas für Charaktere mit einem festen Glauben an die Wiedergeburt. Wieso haben sie uns schon wieder aufgespürt. Wir wechselten doch die SIM-Karten. Waren wir nicht voreilig? Natti bestreitet vehement, dass ihr jemand gefolgt sein konnte. Der Vater ihres Freundes brachte sie mit dem Longtail direkt zum Pier.

Das Tuk-Tuk hält vor der Nana Plaza in Soi 4. Wohin sollte ein Farang ansonsten hinwollen, wenn er als Ziel Sukhumvit nennt. Wir drängeln durch die Touristen, laufen an den lauten Bars vorbei, irgendwo hin unter viele Menschen, nur nicht auffallen. Hinter einem Parkplatz bemerken wir mehrere offenen Sportsbars. Hier ist es ruhiger. Nur wenige Farangs halten Zwiesprache mit ihrem Bier, spielen mit den Mädchen Billard oder glotzen stumm vor sich hin. Wir setzen uns in die hinterste Ecke. Und ich habe schon die zweite geniale Idee am heutigen Tag. Unter einem Vorwand rufe ich Georg an und frage nach den technischen Möglichkeiten.

„Selbstverständlich kann die Telefongesellschaft jedes Handy orten, es geht inzwischen noch einfacher. Mit einer im Handy installieren Tracking-Software lässt sich der Nutzer bis auf wenige Meter orten. Einige meiner Kollegen überwachen damit ihre Mädchen, ob sie mit Kunden ausgehen, die es versäumt haben, die Barfine zu bezahlen. Das mache ich selbstverständlich nicht. Und noch etwas, solange eine SIM-Karte eingelegt ist, kann mit einem professionellen Programm das Handy sogar dann geortet werden, wenn das Gerät ausgeschaltet ist. Übrigens, das Kfz-Kennzeichen ist auf eine Dhammakaya Foundation registriert."

Natti beteuert, ihr Handy niemals aus der Hand gegeben zu haben. Mein Handy lag zwei Tage im Gewahrsam der Polizei. Wir schalten unsere Handys sofort aus und entfernen die SIM-Karten. Hört denn dieser Alptraum niemals auf. Natti steht auf und lächelt. Gerade als die

Bedienung ein San Miguel Light vor mich stellt, kommt sie zurück und legt zwei neue einfache Handys auf den Tisch.

„So, jetzt sind wir sicher. Warum hast du kein Essen bestellt?“

Wie kann sie jetzt nur ans Essen denken. Mir fiel noch nicht mal auf, dass die Sportsbar essbare Genüsse bereithält. Natti studiert sofort die Speisekarte. Ich habe keinen Hunger. Auch nach vielen Jahren in Asien werden westliche Gehirne niemals asiatisches Denken annehmen. Warum sollte Natti nicht an das Essen denken? Das Problem mit den Telefonen löste sie, die Höllenhunde sind im Augenblick nicht aktuell, wir können nichts Weiteres tun. Ihr Denken ist frei für das Nächstliegende, unbeschwert von dem, was war und was kommen mag. Westliche Gehirne können nicht loslassen. Die Gedanken an das Geschehene und die Furcht vor dem Zukünftigen beherrschen unser Denken, lähmen die Sinne, nerven die Mitmenschen, verursachen Magengeschwüre.

Wo sollen wir jetzt ein Hotel suchen? Müdigkeit lähmt meinen Lebenswillen. So frage ich die Bedienung nach einem billigen und ruhigen Hotel in der Nähe. Sie zeigt in die kleine seitliche Soi gegenüber; eine Leuchtreklame verkündet *„24-Hours“*. Die phlegmatische Dame an der Rezeption interessieren unsere Ausweise nicht. Die ganze Nacht koste 800 Baht. Den Betrag kassiert sie sofort. Das Zimmer ist klein und abgewohnt. Wenigstens summt die Aircon leise. Verdutzt betrachtet Natti die sorgfältig gefalteten Handtücher, auf denen zwei grüne Kondome blinzeln. Offensichtlich landeten wir in einem der vielen Stundenhotels in dieser Gegend.

Unerbittlich lärmt die Weckfunktion meines Handys. Das gemarterte Gehirn möchte den behütenden Schlaf nicht verlassen. Nur langsam versiegt der Blutstau, mein vegetatives Nervensystem erspürte Natties tantrische Energie. Sie ist schon wach, gerade noch erheischte ich ihren neugierigen Blick. Die phlegmatische Dame von gestern schlummert an ihrem Platz. Dunkle Ringe schmücken ihre Augen. Ja, sie sei am Abend noch da. Unser Gepäck verstaut sie im kleinen Büro nebenan. Die 200 Baht Spende faltet sie sorgfältig zusammen und schiebt die Scheine in die Hülle ihres Handys.

Die morgendliche BTS verstopfen müde Gesichter. Nur zögerlich entleert der Zug seinen Inhalt auf dem Weg zur Endstation Mo Chit. Das Taxi erstürmt den alten Flughafen Don Muang in fünfzehn Minuten. Wir sind eineinhalb Stunden zu früh. So hat Natti genügend Zeit, um die Essensstände zu inspizieren. Allmählich erwachen die Erinnerungen an diesen Ort: Das euphorische Gefühl bei den Ankünften, die Tränen in den Augen der Mädchen beim Abschied von ihren Kurzeitfreunden, überladene Koffer mit umgebundenen Holzschirmen und bäuerlichen Strohhüten, die Seufzer der Abreisenden, als sie durch das traurigste Abflug-Gate der Welt schlichen. An einer Wand berichten Fotos von der Geschichte des Flughafens. Vor 101 Jahren in den Reisfeldern als militärische Flugbasis geboren, begrüßte er zehn Jahre später die ersten Passagiere im Land des Lächelns. Stewardessen mit Kurzhaarfrisuren posieren vor Propeller-Maschinen, aus denen up to past gewandete Herren in Anzügen und Damen in halblangen Kleidern steigen. Vor wenigen Jahren erwachte der neue Flughafen, benannt nach dem „Goldenen Land", Suvarnabhumi, dem Sehnsuchtsort der Reisenden vor 2.500 Jahren. Bis heute streiten Thailand und Burma unerbittlich über die genaue Lage dieses mythischen Orts. Billigairlines hauchen dem alten Don Muang neues Leben ein.

„Kennst du die Foundation, die Georg erwähnte?“, frage ich Natti.

Gestern schliefen wir sofort ein, sprachen nicht mehr darüber.

„Ich habe es vermutet und noch mehr befürchtet. Diese Foundation gehört zum Wat Phra Dhammakaya. Das ist nicht nur ein mächtiges Wat, es ist der mächtigste buddhistische Tempel in Thailand und vielleicht sogar auf der ganzen Welt. Der Tempel unterhält zahlreiche Ableger in vielen Ländern und besitzt sogar einen eigenen Satellitensender. Ich werde dir später von diesem Wat erzählen. Jetzt sollten wir uns mit unserem Frühstück beeilen.“

Der Flug dauert kaum 50 Minuten. Im Sinkflug gleitet die kleine Boeing über ausgedorrte Reisfelder und landet auf dem einzigen Runway. In der Ankunftshalle grüßt ein riesiger Dinosaurus die Fluggäste und bewirbt damit die Knochenfunde seiner zahlreichen Vorfahren in dieser Gegend. Unser Taxi aus dem Zeitalter der Dinosaurier wippt über die verlassene Landstraße zum Wat Sra Bua Kaeo in dem staubigen Dorf Wang Koon. Mythische Drachengestalten und zwei Kinderskulpturen mit gigantischen Köpfen wie aus einem Horrorfilm bewachen den Eingang zum kleinen Bot. Die Wände bedecken Wandmalereien: folkloristische Szenen aus dem Landleben und das obligate Ramayana. Einige Bildfolgen zeigen den Sieg Buddhas über Mara, das Prinzip des Bösen. Ein junger Mönch gesellt sich zu uns. Er kann seine Augen von Natti nicht lassen. Die seitliche Wand des Bots verhüllen Stofftücher. Natti hebt ein Tuch an. Der junge Mönch protestiert. Natti lächelt ihm zu. Er lamentiert weiter. Jetzt neigt sie den Kopf zur Seite, ihr schüchtern auffordernder Blick trifft den Knaben unvermittelt. Wie der amerikanische Präsident bei Yingluck zappelt der junge Mönch hilflos im

Spinnennetz ihres weiblichen Charmes. Mit kindlichen Augen stiert er sie an, schaut sich um, geht zum Ausgang und kommt zurück. Vorsichtig zieht er die Stoffbespannung zur Seite. Ich zücke das Handy. Jetzt gestikuliert er wieder. Natti rollt die Augen. Ich begreife. Unauffällig öffnet sie ihre Tasche, und auch sie kennt die urgermanische Kampfstrategie. Sie fragt etwas, zeigt nach oben und reicht mir schnell ein Notizbuch. Ich habe verstanden.

Auf einem Pferd sitzen zwei Gestalten mit einem tempelförmigen Kopfschmuck. Einer der beiden Reiter strahlt grünlich, der andere golden. Der grüne Reiter hält eine Frucht in der Hand. Auf dem nächsten Bild stürzt das Pferd. Der grüne Reiter hält krampfhaft den Sattel fest, kann den Sturz aber nicht vermeiden. Darunter verwandelt sich die schemenhafte grüne Reiterfigur zu einem grimmig blickenden Affen. Auf dem nächsten Bild sprich das Pferd zu dem im Lotussitz sitzenden goldenen Reiter. Der junge Mönch schaut nochmals zum Eingang. Er scheint Angst zu haben. Schnell zieht er die Stoffbespannung zu. Wir gehen weiter. Jetzt entspannt das Gesicht des Jungen. Vor einer anderen Wand erklärt er Natti die Zeichnungen. Dann zeigt der junge Mönch ehrfürchtig auf ein weiteres Bild. Es ist keines der üblichen blässlichen Wandgemälde. Die Zeichnungen in kräftigen Farben zieren eine Holzplatte, eingelassen in der Mauer. Aus Nattis Geste entnehme ich, dass dieses Bild wichtig ist. Vier Buddhas im Schneidersitz ruhen unter vier Brotbäumen. Zwei von ihnen tragen ein graues Gewand, einer ein grünes und einer ein gelbes. Darüber thront eine weitere Buddha-Figur in einem strahlend goldenen Gewand. Der goldene Buddha scheint zu lächeln. Plötzlich hören wir Stimmen. Der junge Mönch erstarrt. Drei ältere Mönche erscheinen und gestikulieren laut. Natti sagt zu ihnen etwas, sie beruhigen sich nicht. Instinktiv gehe ich zum Ausgang. Draußen telefoniert ein weiterer Mönch. Er schaut mich an, verändert den Ton. Ich verstehe. Mit einem Satz bin ich bei Natti und reiße sie weg. Wir spurten zum Ausgang. Unser Taxi ist nicht mehr da, obwohl es versprach zu warten. Wir drehen uns um. Die Mönche stehen noch da, scheinen verdutzt zu sein. Jetzt bewegen sich zwei, ihre Schritte werden schneller. Das ist kein gutes Zeichen. Auf einem angrenzenden Reisfeld erblicke ich ein Fahrzeug. Wir rennen hin. Mit einem Lächeln und ihrem verzaubernden Blick überzeugt Natti den alten Reisfarmer und seinen klapprigen Truck. Wir springen auf, der Truck fährt los. Die Mönche sehe ich nicht mehr. Erst jetzt fange ich an zu zittern. Natti ist außer Atem, wirkt jedoch ruhig und gefasst.

„Stell dir vor, das letzte Wandgemälde zeigt Buddha Maitreya und seine vier Vorgänger. Der vierte Buddha auf dem Bild, der in dem gelben Gewand, ist Siddhartha Gautama. Du weißt doch oder auch nicht, dass nach der buddhistischen Legende der Buddha Siddhartha Gautama nicht der einzige Buddha ist. Es gab schon unzählige vor ihm. Der nächste Buddha wird als Buddha Maitreya bezeichnet. Noch nirgends habe ich eine solche Abbildung gesehen. Ob das ein Zufall ist? Warum hast du mich so panisch weggezerrt? Ich dachte schon, da draußen lauern die Höllenhunde."

Ist sie jetzt völlig von Sinnen. Wie kann sie in einer solchen Situation von einem künftigen Buddha schwadronieren.

„Die Mönche gestikulierten und einer telefonierte. Ich bin sicher, wegen uns."

Natti lächelt.

„Du wolltest mich wirklich retten? Ja, sie waren etwas laut, das Bot sei wegen Einsturzgefahr der Decke geschlossen. Deshalb habe das Kloster begonnen, zum Schutz der Zeichnungen die Wände zu verhüllen. Und außerdem, du solltest doch wissen, dass buddhistische Mönche sanftmütig sind. Die alten Herren hätten uns kaum folgen können. Vielleicht bestellte der telefonierende Mönch nur einen Snack im Dorf."

„Und du glaubst das mit der Einsturzgefahr?"

„Nein"

Manchmal zeigt Natti einen seltsamen Sinn für Humor. Beleidigt ziehe ich es vor zu schweigen. Im Flugzeug sprechen wir nochmals über das Wat. Mit dem Dhamakaya Tempel sind die mächtigsten und reichsten Familien Thailands verbunden, sogar die Spitzen der Polizei und des Militärs gehen dort ein und aus. Das sind keine guten Aussichten.

Chinesische Ahnen

Das Khlongboot rast durch die Hinterhöfe der Stadt. Im fahlen Zwielicht der Dämmerung huschen die Häuser vorbei wie aufgescheuchte Wassergeister. Die Bugwellen schlagen gegen die bröckelnden Fundamente. Passagiere krallen krampfhaft an den Sitzen. Die blaugestreiften Schutzplanen schützen kaum vor dem Spritzwasser aus der Kloake. Tausende Pendler nutzen täglich diese tosenden Kähne. Von der Romantik des früheren Venedig des Ostens ist nichts mehr zu spüren.

In der Shopping-Mall Bang Kapi erwartet uns Nattis Freundin. Wir können bei Mae wohnen. Mae ist ein Kopf kleiner als Natti. Sie besteht aus einem kräftigen Körperbau, halblangen schwarzen Haaren, einem runden Gesicht mit Steckdosennase und dunklem Teint. Das lässt auf bäuerliche Vorfahren schließen. Mit ihrer Mimik ähnelt sie einem Ferkel. Mae gehört zu denjenigen Frauen, die ihr Äußeres akzeptieren, es selbstbewusst tragen. Ihre lustige und eigenwillige Art fasziniert andere Menschen, macht sie zu einer Persönlichkeit. Die Wohnung in einem modernen Apartmenthaus unweit des Khlongs kaufte sie zusammen mit ihrer Familie. Nein, einen Freund habe sie nicht. Mit einem lebte sie mehrere Jahre zusammen. Er nutzte sie zum Schluss als Geldautomaten. An der Uni, wo sie in der Verwaltung arbeitet, interessiere sich ein älterer Professor für sie. Vielleicht werde sie ihn heiraten. Was bleibe ihr auch anderes übrig, sie ist schon 29 und ein Mädchen mit Vergangenheit. Wie ein verwilderter Gourmand schnüffelt der Einkaufswagen durch die Regale der

Lebensmittelabteilung. Mae bereitet das Abendessen, und ich versuche mit Natti die neuen Informationen zu ordnen.

„Warum glaubst du, waren die Zeichnungen verhüllt, und ist der goldene Buddha Maitreya auf der Wandzeichnung derjenige, der im langen Schlaf erstarrt auf den Tag der letzten Schlacht wartet?“

„Sicherlich waren Malerein nicht wegen Deckenschäden abgedeckt. Solche Schäden konnte ich jedenfalls nicht erkennen. Buddha Maitreya ist bestimmt nicht dasjenige Subjekt, das irgendwo auf eine letzte Schlacht wartet. Er ist ja bisher überhaupt noch nicht erschienen.“

Natti erzählt den Mythos von dem künftigen Buddha Maitreya. Er soll der letzte Buddha sein, der je erscheinen werde, ein Verkünder der reinen Lehre. Manche Schriften erhalten Ausführungen zu einem Endkampf zwischen Gut und Böse. In der mythischen Schlacht von Shambhala soll Mara endgültig besiegt werden und alle Religionen vereinen sich unter dem Mantel der einzigen Wahrheit.

„Die alten buddhistischen Schriften sprechen davon, dass Maitreya 2500 Jahre nach dem Tod des jetzigen Buddhas Siddhartha Gautama als der lächelnde Buddha erscheinen werde. Siddhartha Gautama soll nach einer verbreiteten Ansicht im Jahr 483 v. Chr. verstorben sein. Buddha Maitreya würde danach schon im Jahr 2017 erscheinen. Ob das ein Zufall ist?“

„Dann bleibt uns für ein sündiges Leben nicht mehr viel Zeit.“

Natti streckt die Zunge heraus. Den Tisch eroberten bereits zahlreiche Schälchen. Mae begleitet jede Speise mit ihrer Mimik, worauf es mir gelingt, deren Inhalt sofort zu erraten. Plötzlich springt Natti auf.

„Der Abt im Wat Hong Rattanaram hat doch erzählt, dass das Triptychon eine Spende eines fernen Verwandten des ursprünglichen chinesischen Erbauers gewesen sein soll. Es muss doch einen Grund gehabt haben, warum dieser Verwandte diese Zeichnungen dort anbringen ließ. Wir sollten uns bei der chinesischen Vereinigung in Bangkok erkundigen. Vielleicht wissen die Chinesen etwas darüber. Die Reaktion des Abts war jedenfalls seltsam. Die Chinesen sind bekannt für ihren Ahnenkult und könnten noch alte Aufzeichnungen in den Archiven haben. Wir sollten alle Informationen..., wie heißt deine Methode nochmals?“

„Das wird nicht so einfach sein. Wenn man von Chinesen spricht, ist es so, als ob man von Europäern spräche. Es ist schon ein Unterschied, ob es Hokkien, Tae Liu oder Cantonese Chinesen sind und diese teilen sich noch nach den jeweiligen Provinzen auf. Ich könnte ja Pam fragen. Vielleicht hat sie eine Idee oder kann weiterhelfen.“

Nattis Gesichtszüge erstarren.

„Du kennst Pam?“

Diese Worte kamen kalt und scharf daher wie Kruppstahl. Nie sprach ich mit Natti über meine weiblichen Bekannten, und sie fragte auch nie danach. Meine zerebralen Verknüpfungen assoziierten Pam und Natti mit Professor Singer: „Passen Sie gut auf meine Studentinnen auf.“ Jetzt nur keinen Fehler machen. Die beste Lüge ist die Wahrheit mit kleinen Änderungen. So erzähle ich mit betont ruhiger Stimme meine Begegnung mit Professor Singer und Pam. Sogar das gemeinsame Abendessen erwähne ich. Das Thema unseres Diskurses lasse ich aus, ebenso wie unsere weiteren Treffen. Natti sagt dazu nichts, nicht mal einen ironischen Kommentar. Das ist kein gutes Zeichen. Sie schweigt, die ausgelassene Stimmung ist dahin. Nach dem Essen belegen Natti und Mae das Schlafzimmer. Mir überlassen sie das Wohnzimmer mit den halbvollen Schälchen. Im Fernsehen läuft der neueste Geisterfilm. Wehmütig denke ich an meine beiden Sweethearts. Zum Schlafen ist es noch zu früh, so lasse ich mir den Schlüssel geben.

Die Straßen leben laut, aber anders. Jede Straße dieser Stadt verfügt über die eigene Nacht. Die junge Nacht der Sukhumvit, wild und ungebändigt, lockt, brodelt, glitzert, verspricht Geschichten aus Tausendundeiner Nacht. Die späte Nacht lotst die Kraftlosen und Hoffnungsvollen in die Quartiere, allein, zu zweit, zu dritt: in ein Apartment, Hotel oder Häusernische. Hier in den Gassen von Bang Kapi, weit weg von der Stadt der Farangs, saugt die Nacht den Atem der Schlafenden, verhüllt die Ruhelosen, spendet Kraft den Entkräfteten. Menschen, weder glücklich noch unglücklich, sitzen, gehen, stehen, bewegen bedächtig ihre Körper im schmutzigen Neonlicht. Solche Bewegungen vollführen Menschen, die ihr Leben akzeptieren, das kleine tägliche Glück genießen. Der heutige Tag soll nicht anderes sein als der gestrige. Die Leichtigkeit der Normalität, das Alltägliche, beherrscht das Leben der Bewohner in diesem Stadtteil.

Gedämpftes Nachtlicht entreißt dem Grau der verhärmten Fassaden die architektonische Tristesse. Auf einem vergitterten Balkon raucht ein junger Mann mit nacktem, tätowiertem Oberkörper eine Zigarette. Ein dünnes Mädchen in einem schwarzen BH haftet an seiner Seite. Ein Liebespaar im Ruhemodus ermattet nach dem Liebesrausch. In einem düsteren Eckladen kaufe ich eine Flasche Bier. Kein Schild regelt das Trinkregime. Ich setze mich auf die Treppe vor einem Hauseingang. Wie ein Pariser Clochard, ruhig und entspannt, beobachte ich die wenigen Vorbeischlürfenden. Eine Katze springt nach der fiependen Ratte. Das Mondlicht streift über die dunklen Fensterscheiben. Der junge Mann auf dem vergitterten Balkon raucht immer noch, das Mädchen ist verschwunden. Ich brauche kein Danny's Corner mehr.

Die Essensreste retten mein Frühstück. An einem Milchreis finde ich immer noch keinen Gefallen. Nattis Fröhlichkeit kehrte zurück, trotz meines Telefonats mit Pam. Ich wählte gestern Nacht ihre Nummer, hielt mich an unsere Vereinbarung, sie nie vor zwei Uhr morgens anzurufen. Eine schlaftrunkene Stimme fragte mich, ob ich wisse, wie spät es sei. Selbstverständlich wusste ich es. Ihr neuer Begleiter entführte sie zu einem Abstecher nach Japan, und dort eilte die Zeit um zwei Stunden voraus. Dennoch begriff sie mein Anliegen. Sie wollte sich melden.

„Aus den Zeichnungen werde ich nicht schlau. Visualisieren, so heißt doch deine Methode?"

Nattis Ironie kam zurück. Sie braucht meine Methode nicht. Die Fotos aus dem Wat Hong Rattanaram und meine Skizzen aus dem Wat Sra Bua Kaeo visualisierte die Software professionell. Unsere Annahme hat sich bestätigt. Die Geschichte handelt von zwei Jade-Buddhas und einem goldenen Buddha. Einen der beiden Jade-Buddhas tragen Menschen irgendwo hin. Dem Abt war dieser Umstand nicht angenehm. Die Erwähnung eines zweiten Buddhas irritierte ihn. Der goldene Buddha erscheint erstmals im Wat Phra Kaeo Don Tao bei Mr. Meta. Dort thront ein goldener Buddha auf einem Podest. Zwei grünlich verschwommene Buddha-Figuren sitzen ihm zu Füßen. Auch diese Zeichnung unterstreicht die Existenz von zwei Jade-Buddhas. Und es wird einen Grund haben, warum der Unbekannte diese Zeichnungen fotografierte.

„Meinst du, dass es sich bei der goldenen Figur in Mr. Metas Büro um den Buddha Maitreya handelt?"

„Ich weiß es nicht, bin mir nicht sicher. Anders als die Maitreya Darstellung im Wat Sra Bua Kaeo lächelt die Buddha-Figur auf dem Podest nicht."

Mit den Reiterbildern im Wat Sra Bua Kaeo kommen wir nicht zurecht. Wir erkennen keinen Zusammenhang mit den vorherigen Bildern, obwohl es einen Zusammenhang geben muss. Diese Bilder wurden bestimmt nicht wegen Renovierungsarbeiten abgedeckt. Irgendjemand scheint einen Grund zu haben, diese Bilder verbergen zu wollen. Natti will ein Archiv aufsuchen, und ich bin froh, endlich Zeit für meine Projekte zu haben. In den letzten Tagen kam ich fast nicht mehr dazu, mein Büro drängt bereits. Ich packe das Notebook aus. Die Tür zum Schlafzimmer steht offen. Auf dem Bett lümmelt ein benutztes weißes Handtuch. Erinnerungen werden wach; nur fünf Minuten.

Ich schmeiße kleine Würste in die Höhe. Die Höllenhunde schnappen danach, fangen sie mit den Zähnen. Mehr und mehr Hunde drängeln, zerren an meinem Arm, überall Hunde, blonde Hunde, Golden Retrievers, neben mir, unter mir, über mir, das Atmen fällt schwer, ich habe keine Würste mehr, gleich werden sie mir den Arm herausreißen. Ich öffne die Augen, Natti rüttelt an meinem Arm.

„Ich habe alte historische Aufzeichnungen gewälzt und du okkupierst hier unser Bett. Wenigstens das Essen hättest du in den Kühlschrank räumen können. Und du willst mir immer weismachen, dass europäische Männer emanzipiert sind, was den Haushalt anbelangt."

Verwirrt schaue ich auf mein Handy. Aus den fünf Minuten wurden vier Stunden.

„Und was hast du in den Archiven entdeckt?"

„Nichts, keine Hinweise auf die Zeichnungen in den beiden Klöstern und die zwei Jade-Buddhas. Auch von einem mythischen goldenen Buddha im Zusammenhang mit Maitreya ist nichts verzeichnet. Ich glaube nicht, dass uns deine Chinesin weiterhelfen kann. Der Archivar erzählte mir, dass ein früherer Student meines Vaters als Chef des Fernsehsenders im Wat Dhammakaya arbeitet. Ich werde ihn anrufen. Der getötete Professor war ebenfalls mit diesem Wat verbunden. Die Mönche bei Mr. Meta, das alles war bestimmt kein Zufall."

Die Chinesin, das war das Stichwort. Ich öffne mein Nootebook und lese stolz die Nachricht von Pam laut vor: *Heute um 17 Uhr im Kian-Un-Keng Schrein, ein Bekannter von mir, er wird euch weiterhelfen, bitte seit pünktlich.* Den zweiten Satz behalte ich lieber für mich: *Na, hat Natti es endlich geschafft, ihren schwedischen Freund zu heiraten. Die Ärmste gab sich doch so viel Mühe*. Warum müssen Frauen untereinander immer so boshaft sein. Ich schaue auf mein Handy. Wir haben knapp vierzig Minuten. Ohne weitere Erklärung packe ich Natti am Arm. Kian-Un-Keng Schrein, das Taxi rollt verständnislos mit den Augen, dann eben ein anderes Ziel: Thonburi, Santa Cruz. Thonburi ja, bei Santa Cruz schüttelt der Fahrer den Kopf. Wie konnte ich nur annehmen, dass er die zweitälteste Kirche in Bangkok kennt. Noch ein Versuch, Wat Kalaya. Jetzt fährt er los. Im Taxi erkläre ich Natti, dass Kian-Un-Keng ein chinesischer Tempel ist, der vor 200 Jahren von Hokkien-Chinesen gestiftet wurde und der Kuan Yin geweiht ist. Erst jetzt findet Natti ihre Sprache wieder.

„Es freut mich, dass du bei Pams Exkursionen so gut aufgepasst hast."

Diesmal liegt sie falsch. Den Tempel entdeckte ich bei meinen Wanderungen in Thonburi. Nachts leuchtet er wie ein Juwel zwischen den düsteren Flusshütten am Chao Phraya. Mein Wissen über den Schrein initiierte nicht Pam, sondern Niko. Wir gingen zusammen den Flusspfad entlang, und sie erblickte den Tempel. Ihre angeborene Neugierde zwang mich, solange die Nachbarhäuser zu befragen, bis uns ein herbeigeeilter Schlüssel die Tür öffnete. Niko war außer sich vor Freude, als sie in dem Tempel die geschnitzte Figur der japanischen Göttin Kannon entdeckte. Das kam mir seltsam vor. Sie hatte aber teilweise recht, wie meine schnelle Google-Recherche mit dem Handy ergab. So habe ich sie gleich mit meinem Fachwissen über das buddhistische Pantheon beeindrucken können. Kannon ist keine japanische Göttin, obwohl sie in Japan als solche verehrt wird, sondern ein weiblicher Bothisattwa. Im Mahayana Buddhismus sind Bodhisattwas Wesen, die auf dem Weg zur Erleuchtung weit fortgeschritten sind. Bevor diese Erleuchtungswesen selbst ins Nirvana eingehen, helfen sie den Nachhinkenden auf ihrem dornenreichen Weg. Neben irdischen menschlichen Bothisattwas gibt es noch überirdische Wesen. Aus einem der überirdischen Wesen, dem *Avalokiteshvara*, entwickelte sich mit der Zeit eine weibliche Form als das Prinzip des Mitgefühls. Die weibliche Form dieses Bothisattwas wird in ganz Asien unter verschiedenen Namen verehrt, bei den Chinesen als Kuan Yin und bei den Japaner als Kannon. Auch der Buddhismus verbindet Mitgefühl eher mit Frauen als mit Männern, genauso wie das Christentum mit der Marienverehrung.

Das Taxi hält vor dem Wat Kalayanamitra. Über Hinterhöfe erreichen wir den schmalen Pfad am Chao Phraya. Ein enger Betonsteg führt entlang eines mit Wasseralgen und Plastikflaschen bewachsenen Kanals zum Tempel. Das Tor im Metallzaun ist geschlossen. Sind wir zu spät? Das Handy zeigt 5 Minuten bis 17 Uhr. Ratlos stehen wir vor dem Zaun, spähen durch die Eisenstäbe auf das rotbraune Terrakottapflaster. Der gedrungene dreigliedrige Tempel blickt verlassen und düster. Nattis Gesicht kann sich nicht entscheiden, Triumph oder Enttäuschung. Plötzlich schreiten die grimmig blickenden Kriegergestalten auf der hohen Flügeltüre zur Seite. Ein geduckter alter Mann erscheint, kommt näher und öffnet das Eisentor. Er spricht nicht. Wir folgen ihm.

Das Innere des Tempels beleuchten Scheinwerfer. Von einem Podest beobachtet uns die Holzfigur der Kuan Yin. Diesmal sehe ich die Fresken an den Wänden deutlicher. Beim letzten Mal erhellte nur Tageslicht den Raum. Es sind Szenen aus dem Alltagsleben. Einige Köpfe der abgebildeten Personen wirken so lebendig, als ob sie von den Körpern lebender Menschen abgetrennt worden wären. Natti sagt etwas zu dem alten Mann. Sein Gesicht erwacht. Ich weiß, was jetzt folgen wird. Mich zieht es nach draußen, verzichte auf die Erklärungen der Wandbilder in Thai. Auch die Außenwände des Tempels bemalten die verblichenen Künstler. An diesen verwitterten Zeichnungen finde ich eher gefallen, sie beflügeln die Fantasie. Ein Bild mit einem Pferd in einer Seitennische passt so gar nicht zu den verschwommenen Ahnen in den Bildrahmen aus kobaltblauen Kacheln. Der Vorderhuf des Pferdes ruht auf einer runden Frucht. Davor steht eine undeutliche Gestalt, ihre Hand berührt die Frucht. Eine weitere Gestalt schwebt über der Szene, ihr ausgestreckter Arm scheint auf die Frucht zu deuten. Das könnte ein Buddha sein, jedenfalls sind die Beine verschränkt wie bei vielen Buddha-Figuren. Die Farben seines Gewands bleichte der Regen, an einigen Stellen schimmert etwas Gelb. Jetzt fällt es mir ein, die Szene erinnert an die Bildfolgen im Wat Wat Sra Bua Kaew in Khon Kaen. Bevor ich mein Handy betriebsbereit habe, erscheint Natti und winkt mich herbei.

Der alte Mann verschließt das Tor und eilt mit schnellem Schritt den Steg entlang. Ich kann kaum folgen. Bei der Santa Cruz Kirche biegt er ab. Der Himmel brennt, die untergehende Abendsonne veranstaltet über dem zierlichen neugotischen Bau expressionistische Farbspiele. Portugiesische Händler und Missionare erbauten im 18. Jahrhundert die Vorgängerkirche aus Holz. Das schien den chinesischen Kaufleuten verdächtig, und sie beteiligten sich fortan an der Renovierung. Als das Holz mit der Zeit morsch wurde, entnahmen die mitfühlenden Chinesen der Portokasse etwas Geld und steckten es zwei italienischen Architekten zu. Gli Architetti, die zuvor bereits am Hauptbahnhof ein wenig übten, nahmen dankbar an und erbauten 1916 das heutige steinerne Gotteshaus.

Das Taxi überquert die Memorialbridge und frisst sich immer tiefer in die verwinkelten Gassen der Chinatown. Ich versuche mich zu orientieren. Es ist zwecklos. In dieser Gegend war ich zuvor noch nicht. Vor einem Häuserblock steigen wir aus. Der alte Mann packt Natti am Arm und zieht sie in einen schwach beleuchteten Durchgang. Ich trotte hinter ihnen her. Plötzlich bleibt unser Begleiter stehen, dreht sich nach mir um und sagt etwas zu Natti. Ihre Gesichtszüge versteinern. Ich solle hierbleiben und warten. Bevor ich die Situation erfasse, entschwindet er mit Natti in dem Durchgang.

War das eine Falle, die Höllenhunde? Die Gedanken an Pam beruhigen. Unsicher gehe ich zurück zur Straße. Es ist eine der vielen Straßen, wo das Alltägliche zu Hause ist, wo geschundene Fassaden stolz der Vergänglichkeit trotzen. Hie und da erklärt ein Schild in Englisch die chinesischen Schriftzeichen: Import, Export. In dieser Gegend rattern noch die störrischen Tuk-Tuks. Von den rostigen Kästen der Klimaanlagen rieselt Kondenswasser herab. Hunde lecken den Asphalt, pinkeln auf zertretene Markierungen, die nichts mehr bedeuten. Die Menschen zogen sich zurück in ihre Behausungen. Nur wenige Hungrige sitzen an der Suppenküche im Niemandsland zwischen zwei Gebäuden. Aus dem Mundstück eines verrosteten Rohrs kräuselt weißer Rauch empor; eine Wäscherei oder Werkstatt, vermutlich beides. Vier ältere Frauen und ein hagerer Mann falten in dem kärglich beleuchteten Raum Kleidungsstücke, die Gesichter ausdruckslos und stumm. Woran haben diese chinesischen Menschen ihre Freude, die kleinen täglichen Freuden. Wovon träumen sie nachts, träumen sie überhaupt. Träume sind die Geier des Unterbewusstseins, fressen die Sorgen, reinigen das Gehirn von den Tagesängsten. Haben diese Menschen überhaupt Ängste. Haben sie Zukunftsangst wie ihre westlichen Artgenossen. An was glauben sie. Glauben sie an das Vermächtnis der Ahnen, an die gemästeten chinesischen Buddha-Figuren, die ihnen Glück versprechen. Glauben sie an das bessere Leben der Kinder, die Spende an den Tempel als Versicherung für ihr Karma. Warum fragte ich nicht Pam?

Die Zeit fließt wie Gummi, *jam karet*, die Gummizeit, sagen hierzu die Indonesier. Umso mehr wir auf die Zeit achten, umso zäher fließt sie. Jetzt ist es schon zwanzig Minuten, eine Ewigkeit. Mich hält es nicht mehr auf der Straße. Kein Lichtschein erhellt die Passage. Düster und beängstigend erscheint der Durchgang wie in einem alten Edgar-Wallace-Film. Gleich steigt der Londoner Nebel hoch. Vorsichtig taste ich mich vor. Nach einer weiteren Einmündung leuchtet ein breiter Platz. Teakholz, Drachen, Balkone, Figuren, dazwischen Glasflächen. Ein chinesisch-barockes Gesamtkunstwerk füllt den gepflasterten Hof. Dunkle edle Limousinen warten andächtig auf ihre

Besitzer. Ebenso dunkel gewandete Herren mit ernsten Mienen lungern vor dem Eingang. Mit denen ist besser nicht zu spaßen. Jetzt vergeht die Zeit schneller, die Angst ängstigt sich weniger. Die Beleuchtung und der Luxus vermitteln Vertrauen. Hier hausen keine Höllenhunde. Natti erscheint im Hof, ein Anzugträger begleitet sie. Er deutet auf ein schmiedeeisernes Tor, auf dem goldene Verzierungen das Licht brechen. Natti zeigt auf den dunklen Durchgang, er lässt sie gewähren. Mein Arm erschreckt. Sie umarmt mich kurz. Ein Taxi hält, wir steigen ein.

„Stell dir vor, hier wohnt einer der reichsten Männer der Stadt. Sein fast hundertjähriger Onkel war früher der Vorsitzende der bedeutenden Wirtschaftsvereinigung der Hokkien-Chinesen. Du weißt doch, dass es in Bangkok verschiedene ethnische Chinesen-Gruppen gibt."

Ich mache den Mund auf und gleich wieder zu.

„Der alte Vorsitzende erzählte von einem geheimen Mythos. Er bat mich ausdrücklich, mit niemand darüber zu sprechen und die Geschichte in meinen Studien nur vorsichtig zu erwähnen. Die Sage handelt von einer Buddha-Figur, die Mönche vor einigen Jahrhunderten in einem Tempel in Nordthailand fanden. Als in den Tempel ein Blitz einschlug, blätterte der Putz von einem Ziegel-Buddha ab. Unter dem abgeblätterten Stuck kam eine grüne Buddha-Figur zum Vorschein.

„Das alles erinnert an die Geschichte von dem bekannten Smaragd-Buddha, der eigentlich aus Jade ist und im Wat Phra Kaeo die Touristen verzückt", glänze ich mit meinem Wissen.

Natti wirft mir einen bewundernden Blick zu.

„Das ist aber nicht alles. Einige Mönche entdeckten später unter der grünen Farbe eine Buddha-Figur aus

Gold. In einem Hohlraum im Sockel fanden sie eine Schrift. Darin soll verzeichnet sein, dass diese Buddha-Figur den künftigen Buddha Maitreya aus den Fängen von Mara retten soll. Bis dahin muss der goldene Buddha vor den Blicken der Menschen verborgen bleiben. Er deutete noch an, dass in die Geschichte um den goldenen Buddha chinesische Kaufleute verwickelt waren. Später soll es zu einer Auseinandersetzung, mit wem auch immer, gekommen sein. Menschen starben, einer seiner Vorfahren war betroffen. Was der Grund war, ist nicht mehr bekannt. Die Aufzeichnungen in den Archiven über diese Geschichte wurden später gelöscht. Sein Großvater habe ihn ausdrücklich gewarnt, irgendwelchen Spuren nachzugehen. Diese Sache könnte einen Konflikt zwischen ethnischen Chinesen und Thais heraufbeschwören."

„Die Menschen glauben wirklich, dass eine Buddha-Figur solche magische Kräfte besitzen kann?"

Natti antwortet mit einer ernsten Miene.

„Wie du sicherlich weißt oder auch nicht, soll der Legende nach Buddhas Körper beim Übergang ins Nirvana zweimal geleuchtet haben. Beim zweiten Mal sah sein Körper wie aus Gold aus, als ob er in ein überirdisches Licht getaucht gewesen wäre. Auf vielen Abbildungen ist die Buddha-Figur deshalb mit einem Strahlenkranz versehen. Dieser Strahlenkranz symbolisiert die wundersame Kraft *Teja,* eine Art Energie, die sich Buddha als Folge seiner Erleuchtung angeeignet haben soll. Die Inder bezeichnen diese Energie als die Kraft aus dem Kosmos, etwa gleichzusetzen mit dem fünften Element. Und deshalb glauben viele Menschen, dass es aufgrund der Teja-Energie mächtige Buddha-Statuen gibt, die Dinge in der Welt beherrschen können."

„Und was glaubst du?"

Natti neigt den Kopf zur Seite.

„Was ich glaube, ist nicht wichtig. Wie heißt es noch in der christlichen Religion: Glaube kann Wasser versetzen. Und mein schwedischer Freund...," Natti stockt einen Augenblick „zitierte immer einen mittelalterlichen englischen Philosophen: *There are more things in heaven and earth, than are dreamt in your science."*

Na gut, immerhin kennt der Nachfahre der Wikinger den englischen Dramatiker William Shakespeare, auch wenn er dessen Beruf und das Zitat etwas abwandelte. Aber er traf wie Natti die Pointe. Das Versetzen von Wasser ist gewiss schwieriger als das eines Berges. Und wenn die geheimnisvolle Kraft *Teja* dies bewirken kann, sollten Farangs diese Energie genauso ernst nehmen.

◆

Wir eilen zum Pier von Bang Kapi. Natti wollte unbedingt mitkommen. Unseren Weg säumt ein Gewirr von Kraftströmen: Telefonkabeln, Leitungen, Transformatoren, Überbrückungen. Funken sprühen, wenn eine verwirrte Ratte, Maus oder Gecko die Leitung streift oder Wasser an der falschen Stelle eindringt. Überführungen scheuchen die Menschen vor sich her. Straßenstände eroberten die Gehwege, drängen die Fußgänger zwischen die Songthaews. Kein Haus gleicht dem anderen, klein, groß, schief, bunt, ein dadaistischer Aufschrei gegen die Uniformität der Moderne. Das letzte Khlong-Boot rast halb leer die Wasserstraße entlang. So finden wir einen Platz, wo uns das Spritzwasser nicht erreichen kann. Jetzt erst kann ich die Hinterhöfe in Ruhe beobachten, brauche nicht um meine Existenz fürchten. Nein, es sind keine Hinterhöfe. Die düsteren Gebäude zeigen Fassade und Persönlichkeit, folgen dem Kanal und seinem Lebensrhythmus: geschäftige Menschen, spielende Kinder, verwilderte Gärten, daneben nobel und stolz ein Palast. Die Kloake ist vergessen. Viel anders sah das Venedig des Ostens in den verblichenen Tagen auch nicht aus. Nur unsere Augen verlernten zu sehen, folgen Träumen und Vorstellungen, suchen das Große und Bedeutende, sehen die Bäume vor lauter Wald nicht.

Wir treffen Curt im Coffee-Shop des Hotels Malaysia. Er wohnt in einem kleinen Guesthouse in der Gegend. Fasziniert betrachtet er Natti. Ich betrachte fasziniert die alten Fotos an den Wänden. Es sind Erinnerungen an die frühen Tage des Hotels. Hier wohnten die ersten Backpacker, lange bevor sie die Stadt in das Farang-Ghetto um die Khaosan und die Soi Rambuttri verbannte. Hier planten sie ihre Trips nach Chiang Mai oder an die leeren Strände von Koh Samui und Krabi. Hier lauschten sie den Erzählungen der noch jungen Vietnamveteranen. Hier kauften sie ihre Drogen und spendierten ihren Kurzzeitfreundinnen das erste europäische Essen.

Curt erzählt Natti über sein Leben in Südostasien und den geheimen Krieg in Laos. Er erzählt von seinen amerikanischen Studenten, die keinen Pass besaßen, das Leben nur aus Filmen und Büchern kannten. Und deshalb genau wussten, was die amerikanischen Soldaten den friedliebenden Vietnamesen böses antaten, bevor sie von den tapferen Vietcong-Freiheitskämpfern vertrieben wurden.

„Deshalb seit ihr aber nicht hier. Wie ich vermutet habe, gehörte Bodenhamer zu einer Law-Enforcement-Einheit. Er half der damaligen thailändischen Regierung, den Waffenschmuggel an die kommunistischen Guerillas in den Bergen zu bekämpfen. Später verwickelte er sich in eine Geschichte um eine wertvolle Antiquität.

Bodenhamer, einige Militärs und Beamte kamen ums Leben. Es schlug Wellen bis in die höchsten Regierungskreise in Bangkok und Washington. Mehr geben die Akten nicht her, die Einzelheiten wurden gelöscht, sind nicht mehr auffindbar."

Curt schaut ernst, wippt mit dem Kopf hin und her.

„Wenn eine alte Akte immer noch einer so hohen Geheimhaltungsstufe unterliegt, könnte das bedeuten, dass die Sache heute noch aktuell ist. Ihr solltet vorsichtig sein, jedenfalls was Bodenhamer betrifft.

Nicht nur aus Nattis Gesicht schwindet das Blut. Curt merkt uns nichts an, erzählt von seinem neuesten Opernprojekt. Wir begleiten ihn zu seinem Guesthouse. Unterwegs fragt er nach meiner japanischen Freundin. Ich befürchtete diese Frage bereits und habe die passende Antwort gleich parat: „Sie kehrte mit ihrem Verlobten nach Japan zurück." Nachdem wir Curt bei seinem Guesthouse verlassen hatten, blickt mich Natti an. So schaut sie immer, wenn eine boshafte Bemerkung folgt.

„Minderjährige Straßenmädchen, irgendeine japanische Verlobte, dazu noch eine chinesische Kurtisane. Was kommt als nächstes? Ein längerer Aufenthalt in einem Kloster würde dir auch nicht schaden."

Ich sage dazu lieber nichts. Manchmal ist es besser zu schweigen, den anderen im eigenen gedanklichen Saft schmoren zu lassen.

◆

Natti verabredete sich mit dem Bekannten ihres Vaters direkt im Wat Dhammakaya. Er könnte uns mit ihrer Schwester helfen. Und vielleicht weiß er etwas. Immer noch wissen wir nicht genau, wie die Geschehnisse um die Höllenhunde genau zusammenhängen und was jemand von uns will. Bei den tausenden Mönchen und Besuchern am heutigen Visakha Bucha Feiertag werden wir nicht auffallen. Alle Zufahrtsstraßen zum Tempel verstopfen Taxis und Busse. Durch geschickte Manöver über ausgetrocknete Feldwege entrinnt unser Gefährt dem Verkehrschaos. Bereits von weitem sehen wir die zwei gigantischen runden Gebäudekuppeln, die sich auf dem vier Quadratkilometer großen Platz wie galaktische UFOs niederließen. In der riesigen Versammlungshalle können bis zu 300.000 Menschen für ihre irdische Erlösung meditieren und eine Million auf dem Gelände davor. Es ist die größte Klosteranlage der Welt.

Nach mehreren Telefonaten gelingt es Natti, den Freund ihres Vaters in einem weitläufigen Komplex zu entdecken. Hier wohnen und arbeiten mehr als 3.000 Mönche und weitere tausend Zivilbeschäftigte. An den Wänden des modernen Großraumbüros flimmern riesige Monitore. Ein lächelnder Herr in Zivilkleidung, der einem Modemagazin entsprungen sein könnte, führt uns in einen eiskalten Besprechungsraum. Natti spricht mit ihm englisch. Er scheint über ihre offenen Worte kaum überrascht zu sein. Der Ausdruck „Höllenhunde“ amüsiert ihn, er wiederholt ihn mehrfach. Falls Nattis Schwester die Ehre zuteilgeworden sei, als Novizin im Dhammarkaya Orden zu weilen, dann bestimmt nicht an diesem Ort. Für solche

Fälle nutze der Tempel Einrichtungen in der Provinz. Er wolle sich umhören. Lange schaut er uns schweigend an.

„Nur durch gute Taten und Meditation lässt sich das Karma verbessern, die Hölle vermeiden. Die Zeit wird knapp. Kommt zu der abendlichen Ordination der Mönche, genießt die gemeinsame Meditation. Ihr werdet verstehen und die richtigen Entscheidungen treffen. Inzwischen könnt ihr euch hier im Informationszentrum etwas umsehen."

Wie Mr. Meta scheint er etwas zu wissen, sagt jedoch nichts Konkretes, nur Andeutungen. Wenigstens versprach er, sich nach Nattis Schwester umzuhören. Wir stöbern durch ein Labyrinth von offenen Räumen: ein summender Bienenschwarm aus Computern, Druckern, Broschüren, Angestellten, Sprachgewirr, Kamerateams, Fotografen und Übersetzern.

Plötzlich setzen alle Beseelten ihre Körper in Bewegung. Gelbgewandete Mönche mit Armbinden und zivile Angestellte führen die Besucher generalstabsmäßig aus den Räumen. Wir folgen einer Gruppe. Wer kam auf die Idee, dass die kugelförmige goldene Stupa mit den kreisrunden Treppen wie ein UFO aussehe. Auf mich macht sie eher den Eindruck einer gigantischen galaktischen Brustwarze. Tausende Novizen harren ob ihrer Ordination in der Versammlungshalle. Tausende Mönche kauern mit Kerzen in der Hand in konzentrischen Kreisen um die Stupa. Hinter den Mönchen flattern wie in einer Ariel-Werbung tausende weißgekleidete Männer und Frauen im milden Abendwind. Und dahinter, lose verteilt in allen Ecken, üben sich weitere tausende Zivilmenschen in Geduld. Hoch oben vor einem Eingang in den Tempel thront Abt Phra Dhammachayo in einer klimatisierten Loge. Die letzten Sonnenstrahlen erlöschen, aus dem Off ertönt ein dumpfer Gong. Hunderte Scheinwerfer tauchen das UFO in ein goldenes Licht.

Natti flüstert mir zu, dass die goldene Farbe 300.000 kleine bronzene Buddha-Figuren erzeugen. Weitere 700.000 Figuren bewachen das Innere des Tempels. Für eine Spende von 20.000 bis unendlich Baht kann jeder Nirvana-Kandidat eine Patenschaft für eine dieser Figuren übernehmen; je höher die Figur innerhalb der Stupa, umso teurer die Spende, desto besser das erworbene Karma. Die Dhammakaya Bewegung versucht den Weg zu der Lehre Buddhas und der Erlösung über die Meditation zu erreichen. Dieser Wat ist ein riesiges Meditationszentrum, in dem auch viele ausländische Heilsuchende ihre unsterbliche Seele bekämpfen.

Wir suchen uns einen Platz weit hinten bei den lose Verteilten. Ein weiterer dumpfer Gongschlag, die Massen verstummen. Phra Dhammachayos melodiöse Mantras kriechen in die Gehirne, brechen sie auf, stimmen sie ein. Immer tiefer dringt seine Stimme in mein Bewusstsein, immer stärker schwingen die Gammawellen, verschmelzen mit den Wellen der Hunderttausende. Verzweifelt stemme ich mich dagegen, versuche mein Denken zu behalten. Zwecklos. Wie ein Dementor saugt der oberste Mönch das Denken und Fühlen aus meinem Gehirn, schaltet es zusammen mit den Gehirnen der anderen. Raum und Zeit kollabieren. Die Menschen zerfließen wie Luftgeister in zinnoberroten Flammen, versinken in einem transparenten Lichtermeer, werden geführt von einer alles beherrschenden Stimme. So muss Moses geklungen haben, als er in grauer Vorzeit die zehn Gebote verkündete. Über dem Menschenmeer ragt die goldene Stupa. Nein, nein, es ist ein lächelnder goldener Buddha, der alles überstrahlt. Plötzlich erlischt die Stimme. Stille lastet auf den

Menschen wie ein Felsmassiv, schwer und undurchdringlich, raubt den letzten Rest des Bewusstseins. Ein heftiges Rütteln an meinem Arm wirft mich in die Welt zurück.

„Wir müssen hier weg."

Erschrocken schaue ich Natti an.

„Nein, nein, es droht keine Gefahr. Nur bekommen wir später kein Taxi."

Frauen und Wissenschaftlerinnen im Besonderen sind für meditative Übungen wohl nicht besonders geeignet. Vorne geht das Spektakel weiter. Leni Riefenstahl hätte es nicht besser komponieren können: Mönche mit Kerzen in kugelförmigen Glasbehältern umkreisen im Uhrzeigesinn die Stupa, die wie ein Feuerball in den Nachthimmel strahlt. Wir stehen auf. Natti lächelt mir zu.

„Ich habe jetzt verstanden."

„Ich auch."

Die Mediation wirkte. Spontan nehmen wir uns in die Arme. Der Kuss schmeckt salzig. Zuvor aßen wir gesalzenes Gebäck. Hunderte Augen starren entsetzt, die Ordner drehen die Köpfe. Haben wir jetzt diesen heiligen Ort entweiht? Vielleicht kann die Patenschaft über eine Buddha-Figur das Karma richten. Auch das fünfte Taxi ist nur bereit, zum dreifachen Preis zu fahren. Natti versteht meine Aufregung nicht.

„Es sind viele Menschen hier, dann ist der Fahrpreis eben hoch."

Boshaft stelle ich mir vor, wie der gierige Taximensch als Rikscha-Fahrer wiedergeboren wird, oder noch schlimmer als Inder. Nein, keine weiteren Essensschälchen, keine Geistermovies, keine meditative Stille, nur noch pures lautes Straßentheater. Der künftige Rikscha-Fahrer beugt sich ihrem Willen, Sukhumvit. Unterwegs geht mir das meditative Erlebnis nicht aus dem Kopf. Warum wurden mir einige Zusammenhänge bewusst, als die Meditation mein Denken lahmlegte? Worin liegt das Geheimnis der Meditation, ein Zustand, in dem wir nicht denken, nur erfahren. Es war nicht das erste Mal in dieser Stadt, dass ich Geschehnisse erspürte und Sachen erblickte, die mit bewusstem Denken nicht greifbar waren. Und war das nicht die abschließende Lebens-Erkenntnis des tiefsten Philosophen des 20. Jahrhunderts, Martin Heideggers, in seinem Todesjahr: *„Fragen heißt: hören auf das, was sich einem zuspricht; das Denken lernen wir, indem wir auf das achten, was es zu bedenken gibt; das Denken ist ein Er-hören“*.

Das Taxi hält vor der Soi 8. Die Meditation leerte das Gehirn, und jetzt will es wie ein Junky nur noch Lebensenergie saugen, wie ein Embryo mit stumpfen Pupillen enigmatische Fratzen auf die Retina spiegeln, mit huronischem Getöse die Stille verdrängen. Natti inspiziert die Straßenküche, Chicken Rice, why not. Fasziniert beobachtet Natti das Treiben, eine für sie fremde Welt. Warum nahm ich sie nicht früher hierher? Sukhumvit, hier ist die Bühne, hier sind die Gaukler, hier trommelt das Straßenorchester im Staccato. Wie eine grell geschminkte Trash-Queen lockt die Straße die Lebenssüchtigen, tröstet die Einsamen, verspricht den Unentschlossenen: „Alles ist möglich, nichts unmöglich, Realität oder Möglichkeit, niemand muss sich entscheiden, morgen ist auch ein Tag, der heutige könnte aber dein letzter sein.“

Will man in Bangkok Bekannte treffen, Freunde wäre ein zu hehres Wort, es sind immer die gleichen Orte. Olaf und Patrick winken aus der „We 4 U“. Noch nie sah ich Patrick mit Olaf zusammen, traf ihn immer nur mit Michael. Patrick ist ein schüchterner Australier, Pensionär wie so viele. Gerne höre ich seine Geschichten aus Japan, wo er die letzten Jahre arbeitete. Natti ist der Katalysator, die Runden wollen nicht enden. Der pakistanische Eigentümer gesellt sich zu uns. Wir sind auf einer Beerdigung. Sein Mietvertrag läuft aus, die einfache Bar muss weichen. Natti entschuldigt ihr Handy. Jetzt sind wir unter uns. Olaf überlegt, in den Philippinen auf einer Insel zu leben. Patrick ist interessiert. Bangkok wiederhole sich, sei immer das gleiche Skript. Werden sie tatsächlich gehen? Werde auch ich eines Tages folgen? Ich stelle ihnen meine notorische Frage. Beide zucken mit den Schultern und murmeln sinngemäß das Gleiche wie John: Kennst du eine Stadt, wo... Olaf fügt seine Aphorismen hinzu: „Hier sind die Menschen nicht benommen von den großen Dingen, hier wird hingenommen, was ins Auge trifft." Die Bar schließt pünktlich. Der Eigentümer spendet den Herren in Braun wohl nur einen geringen Betrag.

Die Sackgasse zwischen den Häusern täuscht. An deren Ende neben der Blowjob-Bar, *come in Söör, 700 Baht, in the first flor*, entlässt uns ein unscheinbarer Durchgang in die versteckte Soi 6. Dann nur noch wenige Meter: Menschen verschwimmen mit den zuckenden Lichtern, tanzen zu einer stummen Melodie den Totentanz. Bars speien Musik in die glitzernde Nacht. Straßenstände werben mit gesiedeten Insekten, die Mädchen lecken sich die Finger. Neapel sehen und sterben, das war einmal. Natti erkennt die Soi, hier sind wir vorbeigekommen auf unserer Flucht. Endlich, die Junta zeigte Erbarmen und hob die Ausgangssperre auf. Die Stadt erholt sich langsam aus der Schockstarre, ihre Lebenskraft sprießt aus allen Ritzen.

Noch einen letzten Drink im Eingang zur Nana Plaza. Natti beobachtet neugierig die kapriziösen Ladyboys auf dem Gehweg. Auf drei Stockwerken buhlen laute Gogo-Bars um die Gunst der Kunden. „Liveshow zu jeder vollen

Stunde“ verkündet ein Plakat: Mädchen schießen mit Pfeilen aus ihren Pussys auf Luftballons und mit Pingpongbällen nach den Gästen, die begabteren malen mit der gleichen Technik florale Kunstwerke aufs Papier, und stellvertretend für die Schüchternen praktiziert ein junges Paar mit gelangweiltem Gesichtsausdruck das Buum-Buum auf der Bühne.

„Morgen müssen wir unbedingt Georg aufsuchen, vielleicht kann er mit Bodenhamer weiterhelfen.“

Natti nickt wortlos, die Augen stumm, das Gesicht ausdruckslos. Sie tut mir leid. Einem kleinen Mädchen mit müden Kulleraugen kaufe ich eine Rose ab und lege sie vor Natti auf den Tisch. Sie lächelt, drückt meinen Arm. Der Taxifahrer verlangt nach Bang Kapi nur den doppelten Preis.

Georg ist noch nicht in der Bar. Es ist zu warm, um draußen zu sitzen. Drinnen kümmern sich zwei gähnende Barmädchen um die wenigen Gäste. Apathisch starren alle auf den Bildschirm: Stämmige Männer mit leeren Gesichtern beugen sich vor, fassen einander an den Schultern und warten bis ein Mann in Gelb einen Ball zwischen sie wirft, dann läuft einer mit dem ovalen Ball los und nach einer Weile wiederholt sich das gleiche Ritual.

Georg mustert mit Kennerblick die schlanke sexy Gestalt in engen Shorts, knallrot angemalten Lippen und sinnlich zerzaustem Haar. Natti entschloss sich, den Barmädchen zu konkurrieren, die Blicke auf sich zu ziehen. Ohne Umschweife erzähle ich Georg in groben Zügen die Geschichte. Er könne sich auch keinen Reim darauf machen. Das Foto mit Bodenhamer sah er nur kurz in einem Ordner seines früheren Chefs. Dann ereilt ihn doch noch eine nützliche Idee. John verkehrte in der Bar seines Bekannten in der Soi Cowboy. Der Bekannte kannte seinen früheren Chef und arbeitete zuvor ebenfalls bei der amerikanischen Botschaft. Unauffällig deutet Georg auf Natti. Sie bekommt es mit.

„Dürfen denn Frauen keine Bars in der Soi Cowboy besuchen?"

George murmelt unverständlich vor sich hin und geht zum Ausgang. Ich verstehe seine Geste ebenfalls nicht. Selbstverständlich können Frauen alle Bars in der Soi Cowboy besuchen, und sie besuchen sie auch, meistens aber nur Touristinnen. Jeder ist dort willkommen, der den Umsatz erhöht. Ein bürgerliches Thaimädchen würde eine solche Bar jedoch niemals betreten. Jetzt in der frühen Abendstunde gelangt unser Taxi nur auf Umwegen zur Soi Cowboy. Die Sukhumvit ruht stoisch im Verkehrsstau. Im Country Road erwachten "The Doors", ihre Musik graust: *This is the end, beautiful friend; this is the end, my only friend, the end.* Naht jetzt unser Ende? Mädchen in knappen Outfits locken die Besucher zur Happy Hour. Neugierig schielt Natti durch die geöffneten Eingänge der Bars. Auf den Bühnen wellen spärlich bekleidete Mädchen ihre Körper an Stangen. Was verdienen diese Mädchen, möchte Natti wissen. Ohne stehen zu bleiben, antwortet Georg mit einer monotonen Stimme.

„15-20.000 Baht Grundgehalt, und es hängt auch davon ab, wie hübsch sie sind, wie viele Ladydrinks sie bekommen und wie gut sie Englisch sprechen, was bei diesen Farmgirls immer ein Problem ist. Und natürlich, wie oft sie die Gäste mitnehmen. Manche verdienen monatlich bis zu 50.000 Baht und mehr."

„So viel verdient nicht einmal mein Chef. Und was könnte ein Mädchen verdienten, das hübsch aussieht, gut Englisch spricht und dazu noch klug und gebildet ist?"

Jetzt bleibt Georg stehen, dreht sich um, fixiert Natti mit einem ungläubigen Blick und zuckt die Schultern. Kann er sich nicht vorstellen, dass es Männer gibt, die vor oder nach dem Buum-Buum mit einem Mädchen intelligent parlieren möchten und dafür bereit wären mehr zu bezahlen? Kein Nobler an einem chinesischen Fürstenhof hätte die Yin- und Yang Energien mit einem einfachen Bauernmädchen getauscht. Seine Liebesdamen waren immer gebildete Frauen, Dichterinnen und Erzählerinnen, erklärte mir Pam. Ich muss unbedingt nochmals mit Georg darüber sprechen. Das ist eine Marktlücke. SCIENTIA BAR in großen Leuchtbuchstaben, davor winken Mädchen in knappen weißen Bikinis und mit schwarzen Doktorhüten auf dem Kopf. Die Tänzerinnen an den Stangen tragen farbige Nummern, die jedem Gast sofort ihre „special Skills" verraten: Marketing blau, Fashion rot, Buddhismus orange... Georg kümmert sich um die Mädchen wie ein Vater, hält uns die Konkurrenz vom Leib und bezahlt die Polizei. Ich werde als Scout die Bibliotheken der Universitäten abgrasen und in meinem Apartment bei Käse und Wein die „special Skills" der Kandidatinnen testen.

Am Ende der Soi Cowboy biegen wir in die benachbarte Soi 23 ab. Nach wenigen Metern erreichen wir eine weitere Gogo-Bar. Wir treten ein, und sofort verstehe ich Georgs vorherige Geste. Die Mädchen auf der Bühne tanzen nackt. Über ihren Köpfen auf eine Glasdecke tanzen weitere nackte Mädchen. Und nackte Mädchen liegen in den Armen der wenigen Gäste. Es ist noch früh für das erotische Abendmahl. Jetzt wirkt Natti doch etwas konsterniert. Wir setzen uns an einen der kleinen runden Tische an der Wand. Die wenigen männlichen Voyeure besetzten die Barhocker direkt vor der Bühne. Manchmal klemmt ein großzügiger Gast der Tänzerin einen Schein unter das Armband mit ihrer Nummer. Kunstvoll vollführt sie dann einen Spagat. An einem Nebentisch geht es lustig zu. Ein Gast mittleren Alters sitzt neben einem gut angezogenen Mädchen. Mehrere Gogo-Girls in dünnen Bademänteln umringen das Paar.

„Das ist ein berühmter dänischer Neurochirurg", flüstert Georg.

„Seine Freundin traf er in diesem Lokal. Er zahlt ihr eine monatliche Apanage. Wenn er in Bangkok weilt, wohnen sie zusammen in einem 5-Sterne Hotel. Fast jeden Abend besucht das Paar die Freundinnen der Auserwählten und lassen die Mädchen mit unzähligen Getränke-Runden an ihrem Glück mit teilhaben."

Georg entschwindet im hinteren Bereich des Lokals. Zwei Mädchen in Bademänteln kommen an unseren Tisch und fragen, ob sie sich setzen dürften. Ich drehe verneinend den Kopf. Gelassen erklimmen sie die Bühne, legen die Bademäntel ab und wellen unbeholfen ihre Körper. Eine verdeckt mit der Hand ständig ihre Scham. Scherzhaft Frage ich Natti, ob sie gewollt hätte. Sie fing sich wieder, lächelt.

„Selbstverständlich, beide für mich, du bezahlst die Drinks und kannst uns neidisch beobachten."

„Gerne, wenn du dich dem Outfit der beiden anpasst, ohne Bademantel natürlich."

Ihr Antlitz verfließt mit dem spärlichen Lieblingslicht der Bars. Georg kommt zurück. Sein Bekannter wolle mit uns nicht sprechen. Dennoch verriet er ein paar interessante Informationen. Wir verlassen die Gogo-Bar. Ich drehe mich um, ein Mädchen zelebriert gerade einen Spagat. Es ist wie bei einem Geburtstag, bei dem die Geschenke unverpackt auf dem Tisch liegen. Welchen Genuss können die männlichen Voyeure an den nackten Körpern dieser Farmgirls empfinden. Der Reiz der Erotik liegt im Geheimnisvollen, dem Unerwarteten, Verbotenen. Das wusste schon Salome, die antike Ur-Mutter aller Stripteasetänzerin, als sie bei ihrem erotischen Schleiertanz vor Herodes ihre sieben Schleier nur langsam ablegte. Wir setzen uns an einen Außenplatz von „Little Italy“, geöffnet 24 Stunden. Natti analysiert sorgfältig die Speisekarte. Georg erzählt seine Neuigkeiten.

„Die Sache mit einer alten und unvorstellbar wertvollen Figur geistert in amerikanischen Schlapphutkreisen seit Jahrzehnten und nicht nur dort. Auch der in den Cameron Highlands Verschwundene soll damit zu tun gehabt haben. Immer wieder versuchten Abenteurer aus dieser Zunft, diese Figur zu finden. Und immer wieder ereilten sie unerklärliche Todesfälle. Vor einiger Zeit brachte John einen Skandinavier in die Bar. Es soll sich um einen Historiker gehandelt haben. Mit John führte er stundenlange Diskussionen über den Buddhismus, dabei begafften sie die Tänzerinnen. Der neue Eigentümer des Atlanta Hotels händigte dem Skandinavier eine Schatulle aus, in der sich alte Schriften befanden.“

Nach dieser Bemerkung legt Natti die Speisekarte aus der Hand.

„Es war der vergessene Nachlass seines verstorbenen Vaters, ein Freund des Skandinaviers. Eines Abends stürmte der Skandinavier aufgeregt in die Bar. Er übergab meinem Bekannten eine Tüte mit Papieren für John und verließ eilig das Lokal. Später erschienen mehrfach unbekannte Männer in der Bar und erkundigten sich detailliert nach John und dem Skandinavier. Sie wirkten bedrohlich. Dies ist der Grund, warum mein Bekannter mit euch nicht sprechen wollte.“

Die Bedienung nimmt die Bestellung auf. Sie trägt ein seltsames Kleid, das an ein Dirndl erinnert. Offenbar stammt der italienische Besitzer des Restaurants aus Bayern. Natti bestellt nur eine einzige Speise. Das muss an meinem schlechten Einfluss liegen. Beiläufig frage ich Georg, warum mir der nette Herr in Braun empfahl, das Land über Satun zu verlassen und nicht über den Flughafen Suvarnabhumi. Georg lacht.

„Die Computer der Immigration an den Flughäfen und großen Grenzübergängen zapfen verschiedene Dienste an. Dies ist bei einem kleinen Grenzübergang wie Satun nicht der Fall."

Die Antwort beruhigt mich ein wenig. Und es überfällt mich ein genialer Gedanke. Das Schließfach, das wir suchen, wird vermutlich dem Skandinavier gehören. Dort deponierte er die vererbte Schatulle. Die Tüte für John enthielt wohl nur die Kopien und die SD-Karte, die ich in seinem Zimmer vorfand. Ich frage Georg, wie sich ein Schließfach finden lässt, wenn die Quittung nur wenige Buchstaben und eine unvollkommene Telefonnummer enthält. Er überlegt eine Weile.

„Wenn man wüsste, in welchem Stadtteil sich das Schließfach befindet, ließe sich mit einer Flasche Jack Daniels die Lage ungefähr bestimmen. Die von der Telefongesellschaft vergebenen Festnetznummern folgen einer bestimmten Logik."

Georg verabschiedet sich. Bevor er geht, gibt er uns noch einen Tipp. Wenn es uns gelänge herauszufinden, wo der Nutzer des Schließfachs in Bangkok wohnt, wären wir schon einen Schritt weiter. Sollte es in der Gegend ein Schließfach geben, wird die Schatulle bestimmt dort sein. Das klingt plausibel. Nicht nur die Thais verlassen ungern ihre Wohngegend, wo sie alles vorfinden, was sie zum

Leben brauchen. Natti beteiligte sich nicht an unserer Unterhaltung, geistesabwesend kaut sie an ihrer Pasta. Hat sie resigniert? Nein, wir können jetzt nicht aufgeben. Es ist zu spät. Langsam erscheinen im Nebel schwache Konturen. Und ich bin mir sicher, dass wir bald noch klarer sehen werden. Mr. Meta hat recht: *Der Suchende soll auf das Lernen verzichten und zum Kind werden*. Unsere Gehirne sind programmiert wie ein Computer, spulen nur das vorgegebene Programm ab. Das ist bei Kindern anders. Der erste Programmierer programmierte bei ihnen ein unvollständiges Grundmuster, das ihre Augen nicht verschleiert. Andere fügen weitere Programme hinzu. Wie Eisenspäne auf einem Magneten folgen die Programme dem Grundmuster, formen die Gehirne nach demselben Ur-Konzept, machen die Erwachsenen zu Automaten: immer die gleichen Ideen, immer das gleiche Handeln, immer die gleichen Menschen. War dies Nietzsches großer Gedanke von der ewigen Wiederkunft des Gleichen? Und beruht auf dieser Idee nicht auch die buddhistische Lehre vom ewigen Kreislauf des Leidens, der erst durch das Nirvana unterbrochen wird?

„Es würde mich schon interessieren, was der skandinavische Historiker in den alten Schriften fand."

Die Mozzarellakugel aus meinem Salat verfehlt ihren Kopf nur knapp. Stumm gehen wir die Sukhumvit entlang. Ein Heer grüngelber Heuschrecken mit rot aufleuchtenden Rückenpartien verstopft die Straße. Wie ein Barmädchen ergreift Natti meine Hand, hält sie fest, blickt gedankenverloren. Ich kann mir ihre wechselnden Gefühlsschwankungen nicht erklären. Bisher agierte sie wie ein abgebrühter Pathologe.

Erwachte Träume

„Ich schlief, ich schlief,
Aus tiefem Traum bin ich erwacht...“

Diesmal sorge ich für das Frühstück: Baguette, Brezeln, gesalzene australische Butter, englischer Cheddar, französischer Boursin, kalabrische Chiaccita und Schwarzwälder Schinken; ein Vermögen. Mit einem koketten Lachen studiert die schlanke Verkäuferin die Köstlichkeiten und verpackt jede einzeln in seidig glänzendes Packpapier. Ich lächle zurück und studiere ihre Gestalt: lange Haare, schmale Wangen, gleichmäßiges ovales Gesicht, eine Taille wie ein Schaufenster-Torso. Ich bin der einzige Kunde in dem kleinen Spezialitätenladen, versteckt in einer vergessenen Ecke der Shopping-Mall. Würde sie der Einladung folgen, diese Schätze zusammen mit einer Flasche Rotwein in meinem Apartment zu genießen? Warum wohne ich in einer Gegend mit so vielen Farangs, setze mich unnötig der Konkurrenz aus. Hier wäre ich der Einzige, der König. Und wie viele solche Läden gibt es allein in dieser Mall, voll mit schlanken Mädchen mit auffordernden Lächeln. Why not, ich drehe um und nehme eine Flasche Prosecco aus dem Regal. Ein europäisches Frühstück mit Sekt, Natti wird begeistert sein. Mit dem Prosecco bezahle ich einige Süßigkeiten und drücke die Leckereien dem Mädchen in die Hand. Ihr Mund entlässt ein weiteres Lächeln, die Augen strahlen. Jetzt bin ich mir sicher.

Mehrere Schälchen bedecken bereits den Tisch. Es ist Nattis Beitrag zum Frühstück; ein klares Zeichen von Misstrauen und eine rassistische Diskriminierung von Farangs ob deren Essenskultur. Stolz lege ich meine Delikatessen aus. Das Frühstücksbuffet in einem kleinen 5-Sterne-Hotel würde ähnlich aussehen. Den europäischen Brauch mit dem Sekt zum Frühstück will mir Natti nicht abnehmen. In Schweden sei das nicht so gewesen. Schließlich überzeugt sie der Hinweis auf die Nachfahren der unkultivierten Wikinger. Das Frühstück verdauen wir auf dem Bett. Wieder und wieder suchen wir nach Zusammenhängen, ordnen die Fakten, spekulieren. Irgendwo fehlt immer ein Baustein. Warum ist es mir nicht schon gestern eingefallen, Charles Henn.

„Wir sollten heute noch Charles Henn aufsuchen. Er könnte uns mit dem Skandinavier weiterhelfen."

Natti reagiert nicht, kaut traurig auf einer Scheibe Schwarzwälder Schinkens. Ich versuche sie aufzuheitern, necke sie mit den nackten Tänzerinnen aus der Gogo-Bar in einem konservativen buddhistischen Land.

„Du hast den Buddhismus nicht richtig verstanden. Der Buddhismus bewertet nicht Lebensweisen, er definiert bestimmte individuelle Abhängigkeiten, welche den Weg zum Nirvana erschweren. Diese Abhängigkeiten erinnern zwar an Laster im christlichen Verständnis, daraus lässt sich jedoch keine verbindliche Lebensmoral ableiten. *Triffst du Buddha, töte ihn,* lautet ein Lehrsatz von Zen-Meister Rinzai. Dieser Lehrsatz besagt: Jedes Bild, jedes Konzept oder jede Wertung, die Menschen über Buddha und das Leben als solches haben, sollten sie ablegen und abtöten, stattdessen solle sich jeder selbst ergründen und erfahren."

„Das mag ja so richtig sein, ändert aber nichts daran, dass Thailand ein konservatives Land ist, wo jegliche Form der Sexualität tabuisiert wird."

„Du magst recht haben, in unserer Kultur kommt der Sexualität traditionell keine besondere Bedeutung zu wie in den meisten asiatischen Ländern."

Jetzt fällt es mir wieder ein: Kultur, Sex. Ich schalte den Computer ein und öffne den Ordner mit Tempelbildern. Bevor ich die Tempel mit den Wandmalereien aufsuchte, googelte ich danach. Dabei stieß ich auf Wandmalereien mit erotischem Inhalt. Ich habe die Bilder gespeichert und wollte damit später Natti necken.

„Siehst du, in früheren Jahrhunderten waren die Menschen nicht so prüde, vergnügten sich sogar öffentlich."

Natti bestaunt interessiert das Bild. Es zeigt eine dörfliche Szene. Ein Mann im Outfit eines Sumo-Ringers stochert zusammen mit einer Frau mit langen Hölzern in einem Bottich. Daneben sitzt ein junges Paar. Der Mann umarmt von hinten das halbnackte Mädchen. Über ihnen im zweiten Stockwerk des Hauses spielt sich eine weitere erotische Szene ab. Durch ein Fenster sind ineinander verschlungene Beine zu erkennen. Auch ohne viel Fantasie zu entwickeln, hier praktiziert ein Paar Buum-Buum. Weitere Frauen und ein Mann beobachten von draußen durch die Fenster das Geschehen. Daneben lehnt eine halbnackte Frau und hält sich erschöpft den Kopf. Offenbar eine sexuelle Orgie. Plötzlich springt Natti auf.

„Schau da, darunter"

Auf einem Pferd sitzen zwei Reiter, der eine mit einer grünen Stupa auf dem Kopf, der andere mit einer goldenen. Daneben auf einer Wiese mit Pflanzen bockt ein Pferd, vermutlich schmiss es die Reiter ab. Auf dem weiteren Bild galoppiert ein fremder Reiter mit den zwei

Figuren aus dem ersten Bild davon. Ich verstehe sofort. Natti wirft mir einen bösen Blick zu.

„Warum kommst du mit dem Bild erst jetzt?"

„Es stammt ja aus keinem der Tempel, die du mir geschickt hast. Außerdem ist mir das nicht aufgefallen."

Die letzte Bemerkung hätte ich mir lieber sparen sollen. Jetzt dreht Natti den Kopf ungläubig hin und her.

„Na und, ich muss dir doch nicht alles vorbeten. Du kannst doch sicherlich auch selbst denken. Wenn man jedoch nur Sex im Sinn hat, sieht man die wichtigen Dinge eben nicht?"

Bevor ich zu einer beleidigten Reaktion fähig bin, lächelt sie schon wieder.

„Weißt du noch, aus welchem Tempel das Bild stammt."

„Nein, aber das ist kein Problem."

Der Bildrand verzeichnet ein „alamy stock foto". Dieser Suchbegriff, angereichert mit den Worten „erotic tempel mural painting", offenbart nach einigen weiteren Klicks den Wat Chong Nonsi. Jetzt erhalte ich sogar einen bewundernden Blick. Natti googelt ebenfalls.

„Das überrascht mich nicht. Es ist einer der ältesten Wats in Bangkok und stammt aus dem 17. Jahrhundert. Komm wir machen uns gleich auf den Weg."

„Hoffentlich ist Mr. Henn im Atlanta."

„Nein, zunächst fahren wir zu dem Wat. Vielleicht entdecken wir dort weitere Spuren."

Ich sage lieber nichts, auch wenn ich die Schatulle für wichtiger halte. Es ist ja nur ein kurzer Umweg. Wenigstens erwachte Nattis Jagdtrieb wieder. Das Taxi braucht für die achtzehn Kilometer nur 40 Minuten. In dieser abgelegenen Gegend in einer Biegung des Chao Phraya im Süden der Stadt war ich zuvor noch nicht. Hölzerne zweistöckige Häuser halten nachmittägliche Siesta. Nur gelegentlich dröhnt ein Moped an den verschachtelten Fassaden vorbei und erschreckt einen dösenden Ladenbesitzer. Die Menschen hier blieben von der Eile und Hektik der Großstadt bisher verschont.

Das Wat umschließt eine hohe weißgetünchte Mauer. Durch eine breite Einfahrt gelangen wir zu einem betonierten Hof. Nirgendwo sehen wir ein Tor, durch das wir in den inneren Tempelbezirk gelangen könnten. Im Eingang eines der seitlichen Häuser lehnt ein alter Mann. Nur widerwillig macht er sich auf den Weg. Nach fünfzehn Minuten erscheint eine Autorität in schwarzer Uniform. Der Würdenträger schüttelt mehrfach mit dem Haupt, und ich weiß, was jetzt kommen wird. Natti legt den Kopf zu Seite, schaut mit einem schmachtenden Blick von unten nach oben und entlässt das Lächeln der Mona Lisa. Es half auch diesmal. Wir durchqueren das Haus und gelangen auf das Tempelgelände. Den alten Glockenturm und den noch älteren Ubosot umschließt ein Zaun mit scharfen blattförmigen Spitzen. Kleine steinerne Chedis aus vergangenen Zeiten lungern verstreut neben dem bootförmigen Gebäude. Die hohe Holztür reagiert. Der Schlüsselwart sagt etwas und lässt uns allein. Natti ist die Erleichterung anzusehen.

„Diese alte Ordinationshalle mit den Wandmalereien ist der Öffentlichkeit nicht zugänglich."

Die elektrische Beleuchtung funktioniert nicht. Durch die Fenster fällt kein Licht ein. Wir lassen die Tür offen. Das hilft nur wenig, der längliche Raum reagiert düster. Natti schaut mich an und wie in einer Zeitlupe zieht sie aus ihrer Handtasche eine Taschenlampe.

„Siehst du, wenn man mitdenkt, hat man so etwas dabei."

Auch mit dieser Lichtspende können wir die Malereien nur punktuell erkennen. Fläche für Fläche versuchen wir die Zeichnungen zu entziffern. Das feuchte Klima fand an der Erotik keinen Gefallen; verwittert, verschwommen, abgefallener Stuck. Plötzlich erstarrt Natti. Andächtig schreitet sie zur Kopfseite des Raums. Auf einem Podest oberhalb eines Sammelsuriums aus verziertem Holzmobiliar thront eine vergoldete Buddha-Figur. Darunter sitzen vier weitere kleinere Buddhas. Jeder von ihnen trägt einen anderen Gesichtsausdruck. Natti lenkt den Strahl der Taschenlampe auf den großen Buddha. Jetzt sehe ich es auch. Sein Gesicht lächelt. Die vier kleineren Figuren lächeln nicht. Natti wühlt sich durch die buddhistischen Devotionalien. Einer schmalen Holzvitrine entnimmt sie ein Buch und blättert darin.

Ein dumpfer Schlag. Hinter uns knarzt ein metallisches Geräusch. Schlagartig wird der Raum dunkel. Panisch laufen wir zur Tür. Die Tür ist verschlossen. Nur langsam erwachen wir aus der Schockstarre. Die Situation ist eindeutig. Tief durchatmen, nur keine Panik. Natti wirkt ruhig, das hilft. Ich rüttle an der Tür und merke schnell, dass sie nach innen öffnet. Eintreten geht nicht. Natti eilt zu einem der ovalen Fenster. Ich laufe hinter ihr her. Das eingebaute Holz gibt nicht nach, ist stabil. Ja, jetzt sitzen wir in der Falle.

„Warte“

Natti leuchtet mit der Taschenlampe nach oben.

„Siehst du, die Decke ist offen, nicht geschlossen, anders als bei den meisten Ubosots. Da müssen wir hoch.“

„Was, warum da hoch?“

„Ich habe mir die Dachkonstruktion von außen nicht genau angesehen. Bei diesem alten Bau aus der Ayutthaya-Periode handelt es sich bestimmt um ein einfaches Stufendach aus Holz. Wenn das Holz nicht dicht mit dem Mauerwerk verbunden ist, könnten dort Öffnungen sein, über die wir ins Freie gelangen.“

Jetzt kann auch ich es erkennen. Die Seitenwände der Längsseite des Schiffes überspannen lange Balken. Darüber scheint der Raum offen zu sein. Durch einige Ritzen dringt etwas Tageslicht. Aus vier Metern den Boden zu erreichen, sollte nicht schwierig sein, insbesondere in unserer Lage. Aber wie kommen wir da hoch? Natti errät meine Gedanken.

„Wir könnten versuchen über die Buddha-Figuren hoch zu klettern.“

Der große Buddha lehnt an der Wand. Sein Kopf erreicht fast den oberen Balken. Natti leuchtet mit der Taschenlampe und ich erklimme über die ineinander verschachtelten Holzteile das steinerne Podest der Figur. Der weitere Weg wäre jetzt, über den glatten Körper die Schultern der Figur zu erreichen. Der Kopf ist der einzige Haltepunkt, an dem ich mich hochziehen könnte. Intuitiv klopfe ich an die Figur. Der Buddha antwortet mit einem hohlen Ton. An einigen abgewetzten Stellen schimmert weißgraue Farbe. Die Figur besteht aus Gips. Auf so etwas zu steigen, ergibt keinen Sinn. Und auf dem Kopf eines Buddhas herumtrampeln, ist auch in unserer Lage nicht ratsam. Das schlechte Karma würde uns direkt in eine buddhistische Hölle verfrachten. Ich springe von dem Podest hinunter, dabei rutsche ich aus. Das Holzmobiliar stürzt krachend zusammen und begräbt mich teilweise. Wäre die Lage nicht so ernst, mit dieser Slapstick-Einlage würde ich Buster Keaton ernsthaft konkurrieren. Während ich mich im Schein der Taschenlampe aus den Holzteilen befreie, ereilt mich eine geniale Idee.

„Wir versuchen einige der Holzgestelle zwischen die Mauer und den kleinen Buddha zu klemmen, dann sehen wir weiter."
Diese Figur sitzt auf einem kleineren Podest unweit der Ecke des Raumes. Zunächst wuchten wir das Holzpodest hoch, auf dem das gesamte Mobiliar thronte, und lehnen es an die Wand. Darauf hieve ich den länglichen Buchkasten und klemme ihn zwischen die Wand und die Figur. Die Fächer des Kastens bilden eine ideale Treppe. Plötzlich erlischt der Schein. Ich drehe mich um. Natti beleuchtet eines der herausgefallenen Bücher. Mein Schrei hilft. Natti sichert das Podest, und es gelingt mir, über das Buchregal den oberen Mauerrand zu erreichen. Jetzt ist Natti dran. Sie wirft mir die Taschenlampe hoch. Der Wurf ist zu kurz. Unsere Lichtquelle kracht nach unten und versteckt sich in dem Holzhaufen. Beim zweiten Mal ist der Wurf zu lang. Ich komme mit der Hand noch dran, kann die Lampe aber nicht festhalten. Sie kullert hinter mir zum unteren Dachende. Jetzt sitzen wir völlig im Dunkeln. Natti hat die rettende Idee. Der schwache Schein meines Handys spendet das notwendige Licht. Natti gelangt über das Podest zum Buchgestell und versucht sich daran hochzuziehen. Das Gestell schwankt bedenklich. Ich reiche ihr die Hand. Das innere Regal bricht. Natti gelingt es noch, sich etwas abzustoßen. Mit einem verzweifelten schnellen Ruck ziehe ich sie hoch. Rettung im letzten Augenblick wie in einem Actionfilm. Ich werde mich besonders bei meinem Fitness-Raum bedanken.

Vorsichtig kriechen wir auf der oberen Mauer entlang in Richtung Ausgang. Von dort fällt Tageslicht ein. Tatsächlich, die Frontseite des Daches ist offen. Unter dem Dachausgang verläuft das Dachgesims. Von dort bis zum Boden sind es rund drei Meter. Zu weiteren Überlegungen kommen wir nicht. Zwei Männer stehen unweit des Eingangs vor dem Eisenzaun und bereden etwas. Zum Glück bemerkten sie uns nicht. Panisch robben wir zurück. Von der seitlichen Dachtraufe fällt schwaches Tageslicht ein. Zwischen Traufe und Außenmauer klafft eine längliche Öffnung. Natti überlegt nicht lange, klettert zur Öffnung. Jetzt erreiche auch ich die Öffnung. Nattit ist nicht mehr da. Sie winkt mir von unten zu und zischt etwas. Einen Meter unter der Öffnung bemerke ich ein Säulenkapitell. Quer darunter verläuft eine Holzstrebe. Von hieraus könnte ich auf den Mauervorsprung am unteren Teils des Gebäudes aufspringen. Ich klettre vorsichtig auf das Kapitell, drehe mich herum und hänge mich an die Holzstrebe. Jetzt sehe ich den Vorsprung nicht mehr. Natti zischt wieder etwas. So umklammere ich mit den Armen die Säule, um an ihr herunterzugleiten. Das war ein Fehler. Ich hätte mich an der Seitenwand der Säule herablassen sollen, dort ist der Mauervorsprung breiter. Ich komme zwar an, spüre den Vorsprung, kann mich aber nicht halten und knalle aus etwa eineinhalb Metern auf den Steinboden. Die Schulter schmerzt höllisch. Und sie schmerzt noch mehr, als mich Natti an ihr packt und wegzerrt.

Wir laufen zum Eisenzaun. Zum Glück wartet ein Abfalleimer in der Nähe. Ich stülpe den Eimer um, steige drauf und ziehe mich an einem runden Zaunpfosten hoch. Ohne den Eimer hätte ich mich bestimmt an den spitzen Blattenden aufgespießt. Den hinteren Bereich des Grundstücks bewachsen Bäume und Sträucher. Eine halbhohe zerbröckelte Mauer grenzt das Grundstück von der Straße ab. Es gelingt mir gerade noch, Natti davon abzuhalten auf die Mauer zu steigen. Sie will etwas sagen, ich halte ihr dem Mund zu und packe sie am Arm. Wir rennen gebückt zu einem Gebüsch neben einem Abfallhaufen. Zwischen dem Abfall und einem kleinen Cheddi entstand ein Hohlraum. Wir kriechen hinein. Natti versteht immer noch nicht.

„Es ist gefährlich, in dieser Gegend werden wir auffallen, können uns nirgendwo verstecken", flüstere ich ihr zu.

Ich weiß nicht, wieso ich plötzlich zu dieser Eingebung kam. Vermutlich reproduzierten die mit Adrenalin vollgepumpten neuronalen Verknüpfungen einige Fluchtszenen aus Hollywoodfilmen. Die schurkischen Verfolger kommen immer näher und der Held, eine Frau mit weit aufgerissenen Augen im Schlepptau, hat alle Hände voll zu tun, über Hinterhöfe und dunkle Kinosäle zu entkommen. Warum versteckten sich die Flüchtenden nicht in einer Seitenstraße hinter einer Mülltonne? Damit hätten sie sich all die Mühe sparen können. Die Zuschauer und der Regisseur wären jedoch um die spannende Fluchtszene gekommen.

Natti nickt und fasst vorsichtig an meine Schulter, ihre weiblichen Gene erwachten. Die Schulter schmerzt, scheint jedoch nicht gebrochen zu sein. Jetzt bin ich froh, dass wir nicht dem Buddha auf den Kopf gestiegen sind. Es wäre sonst bestimmt schlimmer ausgefallen. In die Stille unseres Verstecks dringen laute Motorengeräusche, ein Auto rast auf der anderen Seite der Mauer. Bremsen quietschen. Natti dreht sich zu mir um, lächelt und haucht mir einen Kuss auf die Wange. Ich überlege mir gerade eine Replik, dass ich noch einen verdient hätte, weil sie uns in diese missliche Lage brachte. Plötzlich hören wir Stimmen. Und ich höre auch meinen Herzschlag. Aus Nattis Gesicht weicht das Blut. Die Stimmen kommen näher. Vielleicht war das doch nicht so eine gute Idee. Die Zeit gerinnt. Nach einer Weile verstummen die Stimmen. Wir sitzen reglos wie gelähmt. Fliegen, Ungeziefer, Abfälle, ich spüre davon nichts. Natti greift nach meinem Arm, ich ergreife ihren. Wir halten uns fest. Keiner spricht ein Wort.

Erst die Dämmerung mobilisiert Energie. Wir warten die vollständige Dunkelheit ab. Ich klettre auf die Mauer. Nur wenige Menschen begehen die enge Gasse. Baumelnde Neonleuchten versprühen flaues Licht, erwecken die wuchernden Sträucher und Bananenstauden zu grünen Ungeheuern. Diesmal gelingt meine Landung sicher. Ich breite die Arme aus. Natti lässt sich tatsächlich fallen. Hätte ich nicht im letzten Augenblick meinen Körper angespannt, wären wir im Staub gelandet. So halte ich sie in den Armen, drücke ihren Körper fest an mich, spüre die wohltuende Wärme. Wir schauen uns in die Augen. Ein lautes Moped rauscht vorbei, reißt uns in die Wirklichkeit. Schnell weg. Ein querstehendes Haus versperrt den Weg, eine Sackgasse. Nattis Blick sagt alles. Meine Intuition war richtig. Wir drehen um, jetzt keimt Leben auf: dösen Menschen vor den Häusern, Krämerläden, Suppenküchen, spielende Kinder, die mich bestaunen. Nach einer weiteren Biegung ist Schluss, nur ein enger Durchgang, gerade breit genug für ein Motorrad. Ein undurchdringliches Labyrinth aus verwinkelten Gassen. Natti schaut hilflos. Auch ich habe genug. Zu einem anderen Zeitpunkt wäre ich gerne in dieses Knäuel eingetaucht, hätte die Menschen bei ihrer Alltäglichkeit beobachtet. Jetzt wirkt diese Welt fremd, bedrohlich, hält uns gefangen. Meine Wandererfahrung hilft. Durch Häusernischen erspähe ich hohe Häuser, dort muss es breite Straßen geben. Das ist unsere Richtung. Nach einer Weile erreichen wir den rückwärtigen Eingang eines Klosters. Nur widerwillig betreten wir das Gelände. Verkaufsstände verhökern gutes Karma. Menschen mit hoffnungsvollen Gesichtern pflanzen Räucherstäbchen in Gefäße und flüstern mit den Buddha-Statuen. Ohne uns umzuschauen, durchqueren wir die buddhistische Kirmes. Am Ausgang tost der Verkehr. Erst im Taxi sinkt der Adrenalinspiegel, die Synapsen beruhigen die geschundenen Nervenzellen.

„Und was meinst du, hatte das alles zu bedeuten? Wir sollten endlich aufhören, schlafende Wandgemälde zu erschrecken und künftige Buddhas zu belästigen."

Dieser Satz rutschte mir in einem ungewöhnlich aggressiven Ton heraus. Natti schweigt, blickt stumpf nach vorn ins Unendliche. Erst nach einer längeren Weile kommt sie zu sich.

„Das waren bestimmt die Höllenhunde. Es ist doch kein Zufall, dass in diesem Tempel eine Figur des Buddhas Maitreya und seiner vier Vorgänger aufgestellt wurde. Ich habe zuvor davon noch nichts gehört. Nur die erotischen Zeichnungen waren mir bekannt."

Bei dem letzten Satz stockt sie und dreht sich zu mir um.

„Ich glaube immer mehr, dass der goldene Buddha im Mittelpunkt der Geschehnisse steht. Du weißt sicherlich noch, was uns Georg darüber erzählt hat. Das Artefakt, das die erwähnten Menschen suchten und deshalb in Schwierigkeiten geraten sind, muss diese goldene Figur sein. Wir sollten uns jetzt hauptsächlich um die Kassette des Skandinaviers kümmern. Dort könnte der Schlüssel zur Lösung liegen. Du hast doch dem Taxifahrer gesagt, dass er ins Atlanta fahren soll, oder?"

Ich öffne den Mund und schließe ihn gleich wieder. Das Taxi hörte zu und hält folgsam vor dem Atlanta. Ockerfarbiges Licht bezirzt die klassizistische Einrichtung. Ein Paar mit kurz geschnittenen grauen Haaren sitzt auf dem schwarzen Ledersofa und blättert in einem dicken Reiseführer. Sie müssen schon lange ihr Leben miteinander teilen, ihre Physiognomien glichen sich bereits an. Die

Dame an der Rezeption entstand neu, ich sah sie zuvor noch nicht. Mr. Henn sei derzeit in England. Wann er zurückkehre, wisse sie nicht. Nein, seine Telefonnummer könne sie uns nicht geben. Nein, wir könnten hier keinen Kaffee trinken, das Restaurant ist nur für Gäste. Die zwei langgestreckten bronzenen Dackel verdrehen die Augen. Natti versteht nicht meine freundliche Art gegenüber dieser patzigen Naga.

„Uns Farangs wird doch immer eingebläut, dass wir in jeder Situation gelassen bleiben sollen und niemals Emotionen zeigen dürfen. Sie gab uns eine korrekte Auskunft."

„Wir müssen aber unbedingt mit Mr. Henn sprechen."

„Werden wir. Es sollte nicht schwer sein, von seiner englischen Universität einen Kontakt zu erhalten."

Natti beglückt mich mit einem bewundernden Lächeln. Erst jetzt fällt mir ein, dass auch Charles' Vater, Max Henn, mit dem amerikanischen Geheimdienst verbunden war. Der Weg zurück zur Sukhumvit quält. Auf meinem T-Shirt erblühten die ersten schlierigen Salzflecken. Die Insektenstiche brennen. Für die kleinen Plagegeister in unserem Abfallversteck war ich eine willkommene Mahlzeit. Natti möchte an einer Außenbar ein Bier trinken. Ich sehne mich nach einem kühlen Raum, sogar ein McDonald's wäre mir recht. Gleich neben uns, in einem Durchgang zur Sois 4, leuchtet eine kleine Bar. Wir besetzen zwei Barhocker vor der einfachen Holztheke. Drei Mädchen huschen an uns vorbei und verschwinden im Hauseingang. An der seitlichen Wand locken Fotos von weiteren Mädchen im sexy Outfit. Darüber erklärt ein Schild: *The World Famous Annie's Soapy Massage Bangkok, our tradition since 1972*. Ein weiteres Schild erläutert: *ALL GIRLS 2 Hours In House 2500 Baht, Takeout 5000 Baht, Couples welcome, our special trained staff will take care*. Jetzt erst sehe ich die lila Schrift über dem Eingang. Die Bar gehört zu einer Soapy. Auf Nattis fragenden Blick bleibt mir nichts anderes übrig, als ihr die Leistungen einer SOAPY zu erklären.

„Wenigstens landeten wir nicht wieder in einem Stundenhotel. Gibt es Soapys auch in Europa? Warum besuchen Männer solche Einrichtungen?"

„Nein, Soapys gibt es in Europa nicht."

Ich habe keine Laune mit ihr zu diskutieren, warum Männer solche Einrichtungen besuchen. Sie würde es nicht verstehen. Welche europäische Frau verstünde es? Bereits die Gespräche über westliche Beziehungen sind schwierig. Sie begreift es, kann sich jedoch nicht aus ihrem genetisch vererbten Lebensentwurf lösen. Warum sollte sie? Führen denn westliche Paare ein glücklicheres Leben als die traditionellen thailändischen? Ich nehme sie in den Arm und zeige auf das Schild *Couples welcome.*

„Wenn wir aus der Sache heil herauskommen."; was für ein Versprechen.

Hier draußen an der Außenbar fallen die Plagen der letzten Stunden von uns ab. Das Leben läuft wieder ab mit der Leichtigkeit eines Films, der uns berührt, aber nichts angeht. Worin liegt diese Leichtigkeit, warum entsteht sie? Schon öfters dachte ich über diese Frage nach. Könnte es mit dem Leben auf der Straße zusammenhängen, draußen sein, nicht eingesperrt in einer Wohn-Höhle? Aus anthropologischer Sicht ist der Mensch eigentlich ein Höhlentier und gefällt sich, in seiner Höhle zu bleiben, verlässt sie nur für Raub und Nahrungssuche. Oder sind es die Menschen? Menschliche Energiefelder durchdringen einander hier draußen einfacher, verfließen zur Ganzheit, teilen Freuden, Plagen, Ängste; erlauben nicht die Abschottung des Individuums, Vereinsamung, ein Dasein in der eigenen Lebensblase. Ist es ein Zufall, dass die meisten der quälenden, die menschliche Seele zerfleischenden Dramen der Weltliteratur und die spekulative, misogyn angehauchte Philosophie eher in dem kälteren, düsteren Teil Europas entstanden sind. Und nicht in den südlichen Ländern mit sonnengetränkten Piazzas, wo die Menschen gemeinsam ihren Cappuccino schlürfen, statt in den eigenen Wohn-Höhlen einsam zu grübeln.

„Es ist mir immer noch nicht ganz klar, wie die Reiterbilder in den Tempeln mit dem goldenen Buddha zusammenhängen?"

Fängt sie schon wieder damit an. Plötzlich fällt mir das Pferd und die Frucht im Kian-Un-Keng Tempel in Tonburi ein. Eine Eingebung folgt.

„Das ist doch einfach. Die Tempelbilder im Wat Hong Rattanaram zeigen die Entführung oder Rettung, was auch immer, des Goldenen-Buddhas aus dem Wat Phra Kaeo in Lampang. Auf seinen Platz stellten die Mönche eine andere Figur, den bekannten Jade-Buddha. Die Zwillings-Figuren auf dem Pferd in Wat Sra Bua Kaew stellen den Jade-Buddha und den Goldenen-Buddha dar. Eine ähnliche Szene enthalten die Bilder in Mr. Metas Büro im Wat Phra Kaeo, sowie im Wat Chong Nonsi. Der Jade-Buddha verhielt sich wie die unfolgsame Ur-Mutter des Christengeschlechts und aß eine magische Frucht, die ihn in einen Affen verwandelte. Diese Geschichte erzählt das Pferd dem goldenen Reiter. Dieser Reiter ist eigentlich der goldene Buddha, und das Pferd bittet ihn, seinen grünen Herren aus der Affenverkleidung zu befreien, weil er später noch gebraucht wird. Langsam kenne ich mich in den Symbolen der buddhistischen Ikonographie aus."

Natti öffnet den Mund und schließt ihn erst wieder, als ich zwei Peanuts hineinstecke.

„Und irgendwo wartet jetzt der Goldene-Buddha auf seinen Herren Maitreya, um ihn vor Mara zu retten und seine letzte Schlacht zu unterstützen, wie heißt diese Schlacht nochmal?"

Natti wirft mir ein Lächeln zu. Es gehört diesmal in die Kategorie der besonderen Bewunderung. Die Erwähnung des goldenen Buddhas lässt mein Blut stocken; die Höllenhunde. Warum habe ich nicht früher daran gedacht, auch Natti nicht mit ihrem analytischen Verstand. Beide vermuten wir immer mehr, dass es die Dokumente in der Schatulle des Skandinaviers sein könnten, die das mächtige Wat oder die Höllenhunde haben wollen. Beide glauben offenbar, dass dort Informationen über den goldenen Buddha enthalten sein könnten. Wenn wir die Kassette finden und dem Tempel übergeben, wird das Wat schweigen, die Höllenhunde uns weiter jagen. Sollen wir ständig an den Fäden der Puppenspieler zappeln. Nein, wir müssen endlich selbst an den Schnüren ziehen, aktiv handeln, das Wat und die Höllenhunde bewegen. Plötzlich bekomme ich eine geniale Idee.

„Hast du noch die alten SIM-Karten?"

Natti schaut verwundert, kramt in ihrer Handtasche und entnimmt einem Umschlag zwei SIM-Karten. Sofort erkläre ich ihr den Plan.

„Und wenn sie uns finden, während wir schlafen?"

„Wir nehmen die SIM-Karten nachts heraus. Tagsüber bleiben wir nie lange an einem Ort. Ich bin mir fast sicher, dass sie auch die Handys abhören. George erzählte mir, dies wäre eine Kleinigkeit. Wir bereiten uns die Dialoge sorgfältig vor. Wenn die Telefonate plausibel klingen, werden sie keinen Verdacht schöpfen."

„Und wenn die Sache schiefgeht?"

„Sie wird nicht schiefgehen. Gleich morgen werden wir am Erawan-Schrein zum viergesichtigen Buddha beten."

Natti schaut mich erstaunt an.

„Es gibt keinen viergesichtigen Buddha, das ist der indische Schöpfergott..."

Sie trifft mit ihrer Peanuts zielgenau.

„Und werden sie meine Schwester frei lassen? Meine Mutter ist ganz verzweifelt, sie isst kaum noch, ruft mich jeden Tag an."

Warum erzählte sie mir nichts davon. Jetzt verstehe ich ihre Gefühlsschwankungen in den letzten Tagen.

„Ich weiß es nicht, glaube schon. Was sollen sie mit einem Mädchen in einem Kloster anfangen, das sich nur für Mode und gutes Essen interessiert und dabei den Mönchen den Kopf verdreht."

„Aber was ist mit den vielen Todesfällen, die Georg erwähnt hat?"

„Das haben bestimmt die Höllenhunde auf dem Gewissen. Die Dhammakaya Bewegung gibt es noch nicht lange, so habe ich es in der Wikipedia gelesen."

Ihr Gesicht entspannt sich und sie bestellt nach dem zweiten Bier einen Gin and Tonic. Das muss ebenfalls an meinem schlechten Einfluss liegen.

◆

Bereits der dritte Anruf und wieder lehnt die freundliche Dame ab, mir die Telefonnummer von Charles Henn zu verraten. So etwas verstoße gegen das Datenschutzgesetz und die Richtlinien der Universität. Ich soll eine schriftliche Anfrage senden. Nein, nicht per E-Mail, die Universität beantworte nur postalische Anfragen mit einem klar identifizierbaren Absender. Jetzt weiß ich nicht mehr weiter. Auf dem riesigen Display vor dem Siam Paragon galoppieren Pferde durch eine Wiesenlandschaft, die Werbung für eine naturverbundene Whitening-Creme. Pferde, Georg, ja, Georg könnte helfen. Vielleicht erschreckte die Dame in der noblen Universität mein deutscher Akzent. Ich verabschiede mich von Natti. Sie möchte weiter zum MBK, um dort ihre Garderobe aufzufrischen. Die Rolltreppe bringt mich zur BTS nach Phrong Phong. Neben mir sitzt ein etwa sechsjähriges Mädchen, und spielt auf ihrem Hady Minecraft, baut eine Festung mit Falltüren und Swimmingpool. Wie einfach es doch die heutigen Kids haben. Brauchen keine Bücher mehr von Jules Werne zu wälzen, um geheimnisvolle Inseln zu betreten. Sie bauen sich solche Welten selbst.

Gut, dass Natti nicht mitkam. Gleich am Eingang fällt mir Fon um den Hals. Ihr neuer australischer Freund kehrte für mehrere Monate zu seiner Familie zurück. Er schickt ihr zwar Geld, sie hielt es jedoch nicht mehr zu Hause in ihrem Dorf aus. Sie wohnt jetzt wieder in ihrem alten Apartmenthaus mit ihrer Freundin Dao. Das Mädchen brachte sie mit. Dao lächelt schüchtern aus einem unscheinbar hübschen Gesicht und verbiegt lasziv ihre schlanke Figur. Fon erteilte ihr offensichtlich bereits einige Lektionen in Barmädchen-Marketing. Wie gerne hätte ich mich für ein nächtliches Picknick eingeladen; vielleicht ein anderes Mal, wenn alles vorbei ist. Georg besucht sein Büro. Nach zehn Minuten kommt er zurück und reicht mir grinsend einen Zettel.

„Für die britische Botschaft in Bangkok gilt selbstverständlich kein Datenschutz. Die Dame im Sekretariat war mehr als bereit. Du kannst jetzt gleich anrufen, Mr. Henn ist gerade in seinem Büro. Und sie verriet mir auch, dass es schon immer ihr Traum war, Bangkok zu besuchen. Selbstverständlich werde ich ihr alle Sehenswürdigkeiten persönlich zeigen. Hier habe ich ihre private Nummer. Sie freut sich schon auf meinen Anruf nach Feierabend. Hoffentlich finde ich auf der Uni-Webseite ein Foto von ihr."

Charles erinnert sich an mich. Der Schwede Lars Karlsson wohnt in der Nähe der BTS Ari. Er war ein langjähriger Freund seines verstorbenen Vaters. Vor ein paar Monaten übergab Charles ihm eine vergessene Kassette mit Dokumenten. Was für ein Glücksfall, jetzt wissen wir sogar seinen Namen. Ich habe eine weitere geniale Idee und nutze Georgs gute Laune. Er entnimmt dem Tresen eine Flasche Jack Daniels und macht sich gleich auf den Weg.

Zwischenzeitlich beschäftige ich mich mit Dao. Sie ist intelligent. Mit großen, wachen Augen schaut sie mich neugierig an und antwortet auf eine humorvolle Art. Es fehlt ihr die übliche dörfliche Naivität vieler Mädchen aus dem Isaan. Immer mehr verstehe ich, warum westliche Männer solchen Mädchen verfallen. Der feminisierte Zeitgeist bläut westlichen Frauen ständig ein, dass sie gegenüber Männern das eigene Selbstgefühl und Individualität ausspielen müssen. Jeder Kompromiss wird als Schwäche gegenüber den jahrhundertealten Mechanismen der Unterdrückung interpretiert. Das macht die Beziehungen kopflastig. Der Zauber der weiblichen und männlichen Natürlichkeit geht verloren. Wie dem auch sei, bei mir löst die anerzogene Bedienungs-Mentalität der thailändischen Frauen eher Aggressionen aus. Insbesondere, wenn Besucherinnen meine querstehenden Schuhe gerade ausrichten oder mich mit Getränke aus meinem Kühlschrank bedienen wollen. Georg kommt bereits nach einer Stunde von der Immigration zurück und reicht mir einen weiteren Zettel. Mit meiner genialen Idee lag ich richtig. Lars trug in das Einreisedokument die genaue Adresse seines Apartments ein. Ich verabschiede mich von Dao und Fon, dabei erwähne ich das nächtliche Dinner. Fon nickt zustimmend.

Frohgelaunt mache mich sofort auf den Weg. Das Apartment liegt in einem achtstöckigen Häuserblock in einer engen Soi, unweit der BTS Ari. Die nette Dame an der Rezeption kennt Lars. Er unterschrieb einen einjährigen Mietvertrag und zahlte die Miete im Voraus. Dafür gibt es einen dreißig prozentigen Mietnachlass. Sie habe ihn seit einigen Monaten nicht gesehen. Das sei nichts Besonderes, einige Bewohner seien ständig unterwegs. Ich stelle mich als sein Freund aus Schweden vor, dem Lars dieses Apartmenthaus empfahl. Und erzähle ihr, dass ich eine Unterkunft für mehrere Jahre suche. Die enthusiastische Dame zeigt mir auf einem Tablett die einzelnen Zimmertypen. Wir gehen alle Einzelheiten durch. Eines der teureren 2-Zimmer Apartments gefällt mir besonders gut. Ich hätte nur eine Sorge, Lars erwähnte in einem Telefonat, dass in einem benachbarten Apartment eingebrochen worden sei. Die Dame schaut mich erstaunt an. Das stimme nicht, davon habe sie nichts gehört. Seit fünf Jahren arbeite sie hier, jeden Tag, fünf Tage die Woche. Es sei nicht möglich, unbemerkt in ein Zimmer zu gelangen. Das Apartmenthaus verfüge über ein modernes Sicherheitssystem. Auf jedem Stockwerk gebe es Kameras. Die Zimmertüren werden durch elektronische Kartenleser gesichert. Jetzt weiß ich, die Höllenhunde und das Wat kennen seine Unterkunft nicht. Hier könnte es Spuren geben, die uns weiterhelfen. Ich zeige mich beruhigt und verspreche bald wiederzukommen. Frohgelaunt verlasse ich das Gebäude. Jetzt gibt es noch ein Problem, wie soll ich unbemerkt in das Zimmer von Lars gelangen. Meine Idee, die Dame an der Rezeption mittels einer Geschichte zu veranlassen, mir das Zimmer zu öffnen, verwerfe ich gleich wieder. Auch ein Bestechungsversuch wäre zu riskant. Vielleicht fällt Georg etwas ein, als früherer Privatdetektiv kennt er bestimmt geeignete Strategien. Draußen rufe ich ihn gleich an. Er ist zunächst zögerlich. Ein paar Schmeicheleien helfen. Den Privatdetektiv legte er noch nicht ganz ab. Die Dame an der Rezeption freut sich, mich so bald wiederzusehen.

„Das Apartment gefällt mir, ein solches möchte ich mieten. Wäre es möglich, in einem freien Apartment für drei Tage zu wohnen, um die Gegend besser kennenzulernen."

„Das geht nicht. Wir vermieten keine Apartments für einen kurzfristigen Aufenthalt. Die Mindestmietzeit beträgt drei Monate. Und wir haben auch keine Tarife für Tagesmieten."

Ich zwinkere ihr zu, erwähne nochmals das schöne Apartment und eine langfristige Miete. Dabei deute ich an, dass wir keinen Mietvertrag schließen müssten, da ich die Miete für die drei Tage im Voraus in bar bezahlen würde. Schließlich tauscht sie die elektronische Karte gegen 3000 Baht. Das kleine, enge, stickige Eckzimmer blickt auf einen tristen Hinterhof. Warum gab sie mir nicht das große 2-Zimmer Appartement? Ja klar, ich wollte nur die Gegend erforschen und nicht das Appartement testen. Nein, es war die pragmatische Lebensphilosophie der Thais. Der Chef wird nichts merken, die 3000 Baht in die eigene Tasche sind das Risiko wert. Wenigstens verriet sie mir, ohne weitere Nachfragen Lars' Zimmernummer. Die Klimaanlage surrt leise, der Fernseher spielt HBO, das reicht.

Ich treffe Georg vor dem Hauseingang. Um seine Schulter baumelt ein kleiner Kunststoffkoffer. Die Rezeption verwaiste bereits. Georg schaut durch die Glastür in das Büro und lacht. Dort flimmern kleine Bildschirme an der Wand.

„Das moderne Sicherheitssystem besteht aus vorsintflutlichen CCTV-Kameras, die nur ein Standbild übertragen und nichts aufzeichnen.“

Wir nehmen den Aufzug zu meinem Kabuff. Georg entnimmt dem Koffer ein elektronisches Gerät und steckt sich mehrere Schraubenzieher in die Hosentaschen. Das Apartment von Lars liegt zwei Etagen tiefer. Der Gang ist leer und ruhig, nur einige aufgeschreckte Geckos ergreifen panisch die Flucht. Georg klemmt die Überwachungskamera ab. Dann legt er sein elektronisches Gerät an den Kartensensor. Zahlen rasen in schneller Reihenfolge über das Display, ein leiser Klick, und die Zimmertür steht offen. Das Apartment wirkt aufgeräumt, scheint längere Zeit nicht bewohnt zu ein. Nur wenige Kleidungsstücke hängen im Schrank. Die Schubladen belagern Nippes. Neben dem Schreibtisch entdecken wir den Safe. Er ist verschlossen. Fragend schaue ich Georg an. Mit stoischer Ruhe entnimmt er seiner Hosentasche einen Schraubenzieher mit gebogener Spitze und steckt ihn in die seitliche Öffnung des Safes. Die Safetür springt auf. Im Safe gähnt das Nichts.

„Solche Zimmersafes schützen nur vor diebischen Zimmermädchen. Regelmäßig vergessen die Nutzer den Code oder geben einen falschen ein. Die Dame an der Rezeption ruft einen befreundeten Wachmann, der mit großem Brimborium den Safe auf die gleiche Weise öffnet. Selbstverständlich bekommt der vergessliche Mieter für

diese fachmännische Leistung eine gepfefferte Rechnung. Hier änderte man noch nicht mal die Werkseinstellung."
Wir durchsuchen jede Ecke des Zimmers und alle Schränke, nirgendwo finden wir eine Spur.

„Übrigens, die Telefonnummer auf der Quittung stammt tatsächlich aus dieser Gegend. Bisher gelang es mir noch nicht, die Straße herauszufinden. Die Dame in der Telefongesellschaft ist entzückend, sie versucht ihr Bestes. Bisher fielen lediglich einige Süßigkeiten an. Ein Abendessen wird folgen. Ein solches Vergnügen auf deine Kosten habe ich mir bestimmt verdient, auch wenn die Nummer zu einer Wäscherei gehören sollte. Kontakte zur Telefongesellschaft sind immer nützlich. Ein wenig helfe ich noch guten Freunden, aber es sind keine Überwachungen von Barmädchen mehr. Du kannst dich ja in der Gegend selbst umhören. Vergiss dabei nicht die Motorradtaxis."

Auch wenn Georg mich kaum für entzückend halten dürfte, lade ich ihn zu einem Dinner ein. Langsam gewöhne ich mich daran, nicht mehr alleine zu essen. Im Garten der Mad-Bar fläzen wir uns auf Sacksessel. Der Innenarchitekt konnte sich nicht entscheiden: einfache Holztische mit Gartenbänken auf der einen Seite, bläuliche Designersofas auf der anderen. Georg ist begeistert. Nicht wegen der architektonischen Finessen, es ist das schottische BrewDog Bier auf der Karte. Könnte er sich vorstellen wieder in Schottland zu leben? In sich gekehrt betrachtet er andächtig sein Bier.

„Wenn du morgens im Halbschlaf von einem hübschen Mädchen träumst, vor was hast du die meiste Angst?"

„Dass ich aufwache."

„Ich träume fast jede Nacht von den Highlands, den Seen, dem rauen windigen Klima, den kleinen Kneipen mit schottischem Bier, den maulfaulen Menschen, der

Pferdezucht. Und was, wenn ich dort eines Tages aufwache und merke: In der Telefongesellschaft sitzt kein hübsches Mädchen, und nicht mal das hässliche geht mit mir essen, das Bier hat immer den gleichen Geschmack, die mürrischen Männer in den Kneipen nörgeln über ihre Frauen, diskutieren stundenlang über Fußballergebnisse und ein neues Referendum. Und wenn ich dann alleine die Kneipe verlasse, bläst mir ein kalter Windstoß die Mütze vom Kopf."

„Und was fasziniert dich an Bangkok?"

Georg schweigt, zuckt mit den Schultern und bestellt ein weiteres Bier zu seinen Fish and Chips.

„Eine Dame wartet auf Sie in der Rezeption", bellt die Rezeptionistin mit schriller Stimme in das Telefon. Natti sitzt gutgelaunt auf dem Ledersofa.

„Dein neues Domizil zeigst du mir später. Ich habe einen genauen Plan ausgearbeitet, wie wir vorgehen. Du klapperst alle Serviced Apartments in der Gegend ab und fragst die Damen an den Rezeptionen, wo sich hier Schließfächer befinden. Die Damen werden dir bestimmt gerne Auskunft geben."

Ihr spöttischer Unterton ist nicht zu überhören.

„Ich werde mich zwischenzeitlich mit den Motorradtaxis vergnügen. In vier Stunden treffen wir uns in der Rezeption, ruhen uns ein wenig aus und gehen später essen. In dieser Gegend soll es gute Restaurants geben. Ich habe mir bereits einige notiert."

Stumm nicke ich dem Plan zu. Ich wollte das Gleiche vorschlagen, bis auf das Essen. Auch hier gibt es überall Suppenküchen, seit mehreren Tagen sah mich keine mehr. Nachts träume ich bereits von dem pikanten Gebräu. Baumalleen säumen die engen Sois. Manche Apartments verstecken sich in lauschigen Gärten. Gigantische Wohnmaschinen wachsen in dieser Gegend nur langsam heran. Zunächst fällt es mir schwer, Condos von Serviced Apartments zu unterscheiden. Ich laufe kreuz und quer, später gehe ich systematisch vor. Das Jagdfieber schärft den Instinkt, die Trefferquote steigt. Natti lag richtig. Die Damen an den Rezeptionen geben mir gerne Auskunft, lächeln mich an, fragen die Putzgeister, die Gärtner und den Security-Mann. Vier Handynummern besitze ich bereits. Gerne wollen sie mir, *new in Bangkok*, die Restaurants und Bars der Gegend persönlich zeigen. Leider konnte mir keine ein Schließfach oder Aufbewahrung nennen. Pünktlich nach vier Stunden stehe ich vor der Rezeption, eine halbe davon verbrachte ich an einer Suppenküche, eine volle in einem klimatisierten Café. Natti werde ich nichts vom Gesetz der statistischen Wahrscheinlichkeit verraten, auf dem all die falschen Wahlprognosen beruhen. Unweigerlich denke ich an Pam. Wie verschieden diese beiden Frauen doch sind, und jede ist auf die andere eifersüchtig. Natti kennt das freie europäische Leben, ist davon fasziniert, kann sich aber nicht aus ihrer Tradition lösen, beneidet Pam um deren Freiheit. Pam ist frei und ungebunden, spielt mit den Traditionen, aber im Inneren der Seele träumt sie von einer traditionellen Familie. Beide können in ihrer eigenen Welt nicht mehr zufrieden leben.

„Ihre Freundin ist schon auf dem Zimmer, ich habe ihr die Tür geöffnet. Sie haben doch bestimmt nichts dagegen?“

Natürlich habe ich etwas dagegen, nicht wegen Natti. Apa hätte niemals eine Dame ohne zweimalige diskrete Rückfrage nur in den Aufzug gelassen, geschweige denn ihr die Zimmertür geöffnet. Natti ruht auf dem Bett, die Augen geschlossen. Leise lege ich mich neben sie. Noch nie konnte ich ihre geschwungenen, vollen Lippen mit dem tief ausgeschnittenen Amorbogen aus einer solchen Nähe ungestört beobachten. Ein schwacher Schimmer berührt die feinen vertikalen Rillen, spielt mit der hellroten Epidermis. Jetzt wäre die Gelegenheit. Wie mit einem feinen Pinsel berühre ich die Konturen ihres Gesichts, umrunde die Augen, gleite an der Nasenwand herab, erspüre die Form ihres Mundes. Wie mag dieses Gesicht die höchsten Entzückungen erleben, *la petite mort*, der kleine Tod, wie die Franzosen diesen Zustand nennen, in dem die Wirklichkeit für einen Augenblick stirbt. Ist sie wach oder beschleunigte das vegetative Nervensystem ihren Atem? Laut und gefühllos meldet sich mein Handy. Es ist Olaf.

Natti öffnet die Augen, lächelt, schaut mich fragend an. Auf mein Kopfschütteln antwortet sie mit dem ihrigen.

„Ich habe einen Median gebildet und an den vier Ecken eines imaginären Vierecks die Motorradfahrer befragt. Das ist eine wissenschaftliche Methode, mit der sich statistische Wahrscheinlichkeiten berechnen lassen. Wenn man sich nächtens nicht in Bars oder Soapys herumtreibt, lässt sich diese Methode erlernen. Morgen mache ich beim Victory Monument weiter. Dort könnte es eine Aufbewahrung geben, vermutete ein Motorradfahrer."

Ich sage nichts, setze mein Kunstwerk fort: Vom Ohrläppchen einen Abstecher zum Unterkiefer, die Halsschlagader zweimal entlang, eine kurze Pause am Atlaswirbel, von hier aus ist der Weg schon vorgezeichnet, das Brustbein wartet. Auch Natti ist stumm, hält den Mund leicht geöffnet, blickt geradeaus ins Unendliche, ihr Atem ist deutlich vernehmbar. Ein lautes Surren, das Gemälde zerfließt in den düsteren Farben des kargen Raumes.

Diesmal modellieren die akustischen Schwingungen Georgs Stimme. Er fand nicht nur die Straße, sondern gleich das Gebäude. Die Telefonnummer gehört der Siam Commercial Bank in einer benachbarten Soi. Natti springt auf, wir müssten sofort hin. Als wir ankommen, hat die kleine Filiale zum Glück bereits geschlossen. In unserem Eifer hätten wir die Sache bestimmt verdorben. Schweigend folgen wir Nattis Zettel in das nächstgelegene Restaurant. Plötzlich befallen mich Zweifel.

„Und wenn das Schließfach doch nicht eine so große Rolle spielt und wir etwas übersehen haben. Wir sollten nochmals alle Informationen durchgehen. Ja, ich weiß, dies versuchten wir schon öfters und drehten uns immer wieder wie ein Kreisel."

Natti schaut teilnahmslos aus dem Fenster, beachtet die Bedienung nicht, die ungeduldig auf die Bestellung wartet. Unwirsch zeigt sie auf zwei Gerichte und schweigt weiter. Auf einmal leuchten ihre Augen.

„Ich habe nochmals alle Information in meinen Computer eingegeben und in der Auswertung etwas entdeckt, was wir zuvor übersehen haben. Als jemand die Kopien entwendet hat und meine Computerdaten löschte, betraf dies nur die alten Texte. Und dann wurde mir klar, wer und warum. Einige Telefonate haben dies bestätigt. Es ist tatsächlich das Wat Dhammakaya. Derzeit tobt ein religiöser und politischer Kampf wegen dieses Klosters. Wenn nun alte buddhistische Texte auftauchen würden, die sich kritisch mit der Rolle der Klöster für die buddhistische Religion befassen, wäre das eine willkommene Waffe für die Gegner dieses mächtigen Tempels. Die fotokopierten Seiten mit den Hinweisen auf den goldenen Buddha gabst du mir erst später."

„Warte, willst du wieder behaupten, dass die ganze Sache mit den alten Texten zusammenhängt?“

„Nein, nein. Irgendwann erfuhr das Wat von dem mythischen goldenen Buddha. Sollte es dem Kloster gelingen, den Helfer des zukünftigen Erleuchteten zu erlangen, wäre dem Tempel die Macht nicht mehr zu nehmen. Gleichzeitig wurden die Höllenhunde auf uns aufmerksam, die ausschließlich diejenigen verfolgt haben, die sich für den goldenen Buddha interessierten. Die Höllenhunde glauben offenbar, dass wir irgendwelchen Spuren folgen, die zu dem goldenen Buddha führen.“

Nattis Erkenntnisse beruhigen mich nur wenig, dass alles war mir bereits vorher in Umrissen klar.

„Aber wie kamen das Wat und die unbekannten Höllenhunde auf uns? Von wo konnten sie wissen, dass ich mich mit den Schriften befasse und wir nach weiteren Spuren suchen. Wir haben miteinander nicht darüber telefoniert, sprachen immer nur per Skype oder tauschten Informationen in unseren Mails.“

„Ja, über das denke ich schon die ganze Zeit nach. Du hast recht, das passt nicht.“

Plötzlich bekomme ich eine geniale Eingebung. Natti bestätigt, dass sie oft mit dem Server im Institut kommunizierte.

„Eine gewöhnliche Spy-Software, eingespeist durch den Server des Instituts, hat deinen Bildschirm eins zu eins auf den Bildschirm eines anderen Empfängers kopiert. Das Kloster und sicherlich auch die Höllenhunde konnten alle Dokumente, unsere E-Mails, unser Skype und sogar die erotischen Bilder der attraktiven jungen Männer jederzeit verfolgen.“

Die letzte Bemerkung hätte ich mir lieber sparen sollen. Natti fängt an zu zittern, ihr Gesicht wurde kreidebleich. Schnell nehme ich sie in die Arme.

„Jetzt wissen wir endgültig, dass wir auf dem richtigen Weg sind."

In Nattis Gesicht kehrt langsam die Farbe zurück. Blitzartig durchzuckt mich ein ungeheuerlicher Gedanke. Vor lauter Jagdeifer nach dem Schließfach sah keiner von uns die Möglichkeit, dass die Kassette nicht mehr im Schließfach liegen könnte. Wir besitzen lediglich eine gewöhnliche Quittung. Was, wenn Lars das Schließfach bereits leerte. Mein Plan besteht darin, die Höllenhunde und das Kloster mittels geschickter Dialoge davon zu überzeugen, dass die gesuchten Unterlagen im Safe liegen und wir deren Inhalt nicht kennen. Bevor wir eine solche Geschichte inszenieren, müssen wir sicher sein, dass sich die Kassette noch im Schließfach befindet. Ich blicke zu Natti herüber. Sie kaut versonnen und zufrieden an ihrem *Pad Thai*. Nein, jetzt kein neues Problem aufwerfen. Mich überfällt eine geniale Idee, schon die zweite in wenigen Minuten.

„Komm, wir werden sofort Georg aufsuchen, ich habe einen Plan."

Den gesamten Weg bleibe ich unbarmherzig, verrate ihr nicht die geniale Idee. Mein Herzklopfen war unbegründet. Fon ist nicht anwesend. Georg ist gut gelaunt, scherzt sofort mit Natti. Er habe für sie Probetanzen in der Soi Cowboy arrangiert, zunächst nur züchtig im Bikini. Diesmal verändert ihr Gesicht nicht die Farbe. Gleich erzählt er uns begeistert von seiner Telefondame. Ihr Bruder betreibt im Isaan einen Pferderennstall. Bereits am Wochenende werden sie ihn zusammen besuchen. Jetzt weiß ich, Georg wird mir meine Bitte nicht abschlagen.

Wir verabreden uns für den nächsten Tag. Jetzt ist Natti unbarmherzig, lässt sich nicht überzeugen, dass es praktischer wäre, in meinem Apartment zu übernachten. Es ist noch für eine Nacht bezahlt. Sie bräuchte einige frische Sachen, und auch meine Bereitschaft, dafür unterwegs in einer Shopping-Mall zu sorgen, kann sie nicht erweichen.

Wir warten in einem kleinen Restaurant in der Nähe der Siam Commercial Bank. Zum ersten Mal studiert Natti nicht die Speisekarte, bestellte nur einen Eistee. Immer wieder stelle ich mir vor, wie Georg an unseren Tisch kommt, mit den Schultern zuckt und verneinend den Kopf dreht. Alle unsere Hoffnungen gründen auf dem Schließfach. Ich habe keinen Plan B, Natti offensichtlich auch nicht. Das Warten nimmt kein Ende. Plötzlich steht Georg vor uns, ein seriös wirkender Herr in einer schwarzen Hose und einem weißen Hemd. Unter seinem Arm klemmt eine braune Ledertasche. Er kam von der anderen Seite, verließ die Bank durch den Seiteneingang. Mit seinem breiten Grinsen legt er einen kleinen Zettel mit der Zahl 402 auf den Tisch.

„Die Masche mit der Botschaft zieht immer noch. Die stellvertretende Bankdirektorin, zwar schon knapp vor dem Verfallsdatum, würde nur zu gerne an dem Gartenfest unserer Botschaft teilnehmen. Und sie hatte dafür Verständnis, dass die Familie des verunfallten Karlsson wissen möchte, was ihr Angehöriger bei der Bank deponiert hat. Schließlich fiel ihr ein Stein vom Herzen, als ich die Kassette nicht mitnehmen wollte, dazu wäre eine amtliche Vollmacht notwendig. Leider war die Kassette verschlossen. Zu meiner großen Überraschung nahm sie die Kassette aus dem Schließfach. Wir gingen in einen anderen Raum und dort offenbarte ein Scanner das

Geheimnis: keine Goldbarren, keine Diamanten, kein Geld, nur Schriftstücke. Den Zweck des Scanners will sie mir vertraulich bei der Party verraten."

Beide sind wir zu keiner Reaktion fähig. Plötzlich springt Natti auf, umarmt Georg und haucht ihm einen Kuss auf die Wange; eine ungewöhnliche Geste für ein konservatives Thaimädchen. Sogar Georg scheint von diesem Gefühlsausbruch überrascht zu sein. Ich drücke ihm fest die Hand. Er wirkt abwesend, murmelt von seiner Telefondame und verabschiedet sich. Lange schauen wir uns an, sagen kein Wort.

„Und wie sieht dein Plan jetzt aus?"

„Du bist doch für die Projektpläne zuständig."

Es sollte eine ironische Replik sein. Natti schweigt. Gerade beginne ich meinen Plan nochmals zu erklären; die Worte frieren ein und ich spüre, wie das Blut aus meinem Gesicht weicht. Natti schaut entsetzt. Auch wenn wir das Wat und die Höllenhunde durch gezielte Dialoge überzeugen, dass sich alle Informationen über den goldenen Buddha ausschließlich in der Kassette befinden, was ändert das? Das Wat wird weiterhin von uns die Unterlagen verlangen und es hat Nattis Schwester als Faustpfand. Es wird ja nicht offenbaren, dass sie unsere Kommunikation abhören. Und was, wenn das Wat mit dem Inhalt der Schatulle nicht zufrieden ist oder glaubt, dass wir Dokumente zurückgehalten hätten. Und was, wenn das Gleiche die Höllenhunde denken. Einem Hercule Poirot und Miss Marple wäre dies gleich eingefallen und sie hätten wie Schachprofis mehrere Züge im Voraus geplant. Aber das sind gewiefte Romanfiguren, und wir agieren dagegen wie blutige Laien, hangeln uns von einem Problem zum anderen. Natti schaut immer noch, wartet auf eine Antwort. Und das zu Recht, es war doch eigentlich meine Idee, mein Plan. Ein japanisches Pärchen am Nachbartisch stochert im Essen, mich ereilt ein Déjà-vu.

„Ein berühmter chinesischer Militärstratege mit dem Namen Sunzi formulierte vor 2500 Jahren einige bemerkenswerte Strategien, wie man seine Feinde besiegen kann, etwa: Wenn du deinen Feind kennst und dich selbst kennst, brauchst du das Ergebnis von 100 Schlachten nicht zu fürchten; der Krieg ist ein Weg der Täuschung; was den Gegner dazu bewegt sich zu nähern, ist die Aussicht auf Vorteil, was den Gegner vom Kommen abhält, ist die Aussicht auf Schaden."

Eine Weile schaut mich Natti staunend an und bemerkt dann trocken: „Das klingt interessant, ist jedoch kein Projektplan."

„Den müssen wir auf der Grundlage dieser Weisheiten erst ausarbeiten."

Das war das Stichwort. Sie ist wieder dabei und ich habe die alleinige Verantwortung los.

„Uns kennen wir ja zu genüge", sie stockt einen Augenblick.

„Aber wir kennen unsere Feinde nicht richtig, und wenn ich den alten Chinesen, Sunzi war doch sein Name, oder, richtig verstanden habe, meint er mit *Kennen*, dass wir die Interessen, Pläne und Ängste unserer Feinde abschätzen. Und du hast uns mit deinem Übereifer vermutlich auch noch die Chinesen auf den Hals gehetzt."

Ihr Lächeln fällt jetzt in die Kategorie Überlegenheit. Ist das der Grund, warum Wissenschaftlerinnen immer mehr ihre männlichen Kollegen verdrängen? Mit Leichtigkeit beherrschen sie die Kunst, sogar die Ideen urzeitlicher chinesischer Heerführer sofort an sich zu reißen. Mit ihrer treffenden Zusammenfassung bringt sie mich auf einen Gedanken.

„Wir wissen doch, dass die Höllenhunde und das Kloster unsere Mails sowie die aufgerufenen Internetseiten einsehen können."

Nattis Gesichtsfarbe verändert sich wieder. Ich verkneife es mir, sie mit dem naheliegenden Grund zu necken.

„Jetzt brauchen wir uns nicht nur auf die abgehörten Telefonate verlassen, sondern haben eine weitere mächtige Waffe in der Hand. Und eigentlich kennen wir die Interessen und Ängste unserer Feinde. Seit Jahrhunderten versuchten immer wieder Glücksritter, den goldenen Buddha zu finden. Offensichtlich bewacht ihn ein Geheimbund von Mönchen. Und komische Scherzbolde erfreuten sich daran, in Texten und Tempelbildern richtige oder falsche Spuren zu legen. Die Höllenhunde verfolgen uns, weil sie annehmen, dass wir nach dem goldenen Buddha oder nach Informationen suchen. Vielleicht wissen sie sogar, dass uns das Kloster hierzu veranlasst hat."

Natti schaut mich bewundernd an und haucht mir einen Kuss auf die Wange. Meine Berührungen brachten anscheinend ihren Jin- und Yang Haushalt durcheinander.

„So, nachdem wir die Interessen, Pläne und Ängste unserer Feinde analysiert haben, können wir dazu übergehen, einen detaillierten Projektplan auszuarbeiten. Wir werden die Höllenhunde und das Wat täuschen und beide gleichzeitig zum Schließfach der Bank locken. Den Geheimbund werden wir überzeugen, dass wir nur auf Druck des Wat Dhammakaya nach den verschwundenen Texten von Lars suchen. Wir müssen das Wat und die Höllenhunde glauben machen, dass in dem Safe Informationen über den goldenen Buddha sein könnten, die auch wir nicht kennen. Dass die Kassette in einem Safe liegt, ist ein Glücksfall für uns. Weder das Kloster noch die Höllenhunde werden uns verdächtigen, dass wir über den Inhalt informiert sind. Als Werkzeug für diese Täuschung nützen wir den Umstand, dass die Höllenhunde und das Wat unsere Telefone orten und abhören können sowie mit der Spy-Software unsere Korrespondenz einsehen. Wir richten es so ein, dass auf jeden Fall das Wat zuerst an die Unterlagen im Safe gelangt. Das bin ich meiner Schwester schuldig, auch wenn es ihr nicht schaden würde, das Klosterleben noch etwas länger zu genießen. Außerdem hetzen wir dadurch die Höllenhunde und das Kloster aufeinander. Beide werden das Interesse an uns verlieren. Für das genaue Drehbuch habe ich bereits einige Ideen. Übrigens, ich besitze ja zusätzlich noch die Telefonnummer des geheimnisvollen Anrufers aus dem Wat. Wir beginnen sofort damit."

Ich öffne den Mund und schließe ihn gleich wieder. Natti zieht aus ihrer Handtasche ein Notizbuch und bestellt fast den gesamten Inhalt der Speisekarte.

◆

Schrille Stimmen wie von einer Schar betrunkener Vögel schwirren durch die Luft. Schnatternd naht eine Gruppe von Touristen. Sie befallen diese mittelalterliche Stadt wie Heuschrecken, haben kein Ohr für das Flüstern der alten Steine. Ich hebe den Kopf, lächle ihnen zu, sie gehen an mir vorbei, beachten mich nicht. Der betagten Burg, gebaut für die Ewigkeit, hoch oben über der Moldau, macht es nichts aus, sie erlebte über die Jahrhunderte weitaus bedeutendere Ereignisse. Die abendlichen Dampfschiffe putzten bereits ihr Gewand heraus, wollen den steinernen Figuren auf der Karlsbrücke ihre Gäste an den opulenten

Büfetts zeigen. In den konzentrischen Bugwellen kreisen wie in einer endlosen Filmschleife die Ereignisse der letzten Wochen.

Nattis Projektplan, gewürzt mit meinen bescheidenen Eingebungen, war erfolgreich. Sogar die Bangkok Post vermerkte die Geschehnisse. Es soll Verletzte gegeben haben. Der heraneilende Rettungswagen und die Polizei fanden niemanden mehr vor. Geld und Wertgegenstände seien nicht entwendet worden, nur ein unbedeutendes Schließfach eines Ausländers wurde geleert, rätselte das Blatt. Kurz darauf erhielt Natti einen Anruf von Mr. Meta. Er bestellte uns zu einem Wat. Das Kloster in dem entlegenen Stadtteil war nur schwer zu finden. Mit klopfenden Herzen betraten wir ein längliches Haus aus edlem Teakholz. Jetzt ging alles schnell. Ein junges hübsches Mädchen mit abgeschnittenen Haaren viel Natti in die Arme. In einem tiefen Ledersessel lachte John. Neben ihm stand grinsend Mr. Meta und zeigte auf uns.

„Professor Singer sah es voraus, dass es der eifrigen Indologin und ihrem Farang Freund gelingen wird, die Höllenhunde abzulenken. Deine Gewissensbisse waren unbegründet. Sie haben sich freiwillig in Gefahr begeben, wurden ausdrücklich gewarnt und wir gaben ihnen nur ein wenig spirituelle Anleitung. Aber was interessiert uns das Vergangene, es ist sowieso Teil des vorbestimmten Weltenlaufs."

Nur unwillig gaben uns Mr. Meta und John einige Erklärungen. Lars, der schwedische Historiker, erzähle John von den alten Texten. Später fand Lars Hinweise auf eine mythische Geschichte, deren Inhalt lieber nicht ausgesprochen werden sollte. Er begab sich auf Spurensuche und weckte damit die Höllenhunde. Bevor Lars eiligst verschwand, übergab er John einige Fotokopien und weitere Unterlagen. Jetzt bekam John die Höllenhunde zu spüren. John wandte sich in seiner Not an Professor Singer. Mr. Meta, ein Freund von Prof. Singer, half, und John widmete sich fortan der Meditation in einem abgelegenen Kloster in Nordthailand. Aus der Ferne beobachteten sie, wie wir uns abmühten, und waren über alle unsere Schritte, von wo auch immer, genauestens informiert. Nicht nur, dass Puppenspieler uns an Fäden baumeln ließen, wir baumelten vor einem erlesenen Publikum.

„Obwohl jetzt die Höllenhunde und das Kloster miteinander beschäftigt sein werden, wäre es besser für euch, ihnen für eine Weile aus dem Weg zu gehen und so schnell wie möglich das Land zu verlassen. Das Institut arrangierte bereits für Natti einen wissenschaftlichen Aufenthalt am indologischen Institut in Stockholm. Auf Natti wartet in Stockholm sogar eine besondere private Überraschung. Wie wir wissen, war der Kontakt nicht vollständig abgebrochen."

Bei diesen Worten von Mr. Meta flutete eine Orgie aus roten und weißen Farbtönen Nattis blassen Teint. Ich hatte das Gefühl, dass sie es vermied, mich anzusehen. Der Fahrer wollte Natti gleich nach Hause bringen, ihr Flug ging bereits am Nachmittag. Ich hatte keine Möglichkeit mehr, mich von ihr allein zu verabschieden. Stumm tauschten wir einen gegenseitigen Blick, einen Blick, der nichts besagt und alles verspricht, ein Blick für die Ewigkeit. Selbstverständlich stand auch für mich ein Fahrer bereit, der mich zum Flughafen bringen wollte. Ich erinnerte mich an den Rat des freundlichen Herrn in Braun und ließ mich zum Don Muang kutschieren und buchte einen Flug nach Hat Yai. Von hieraus war es nicht weit nach Satun.

Der kleine Käfer krabbelt verzweifelt den Grashalm hoch. Unter seinem Gewicht beugt sich der Halm, der Käfer fällt herab, und wie Sisyphus versucht das Insekt es immer wieder aufs Neue. Im lauen Abendwind kräuselt das Wasser der Moldau, verschmilzt mit den Erinnerungen an einen anderen Fluss, in einer anderen Stadt, wo Mönche in orangenen Gewändern in ein Longtail steigen. Ich komme mir vor wie der kleine Käfer. Immer wieder versuche ich, die Faszination dieser Stadt zu ergründen, immer wieder. Und was, wenn die Faszination nur ein Traum ist, ein luzider Traum, ein Traum im Traum? Und was, wenn ich aufwache und merke, es war nur ein Traum. Wie sagte nochmals John: „Kennst du eine Stadt, wo...“ oder Olaf: „Es gibt schlimmere Orte zum Leben.“ Nein, nein, jetzt braucht mein gemartertes Gehirn erstmal Ruhe.

„...Weh spricht: Vergeh!
Doch alle Lust will Ewigkeit, will tiefe, tiefe Ewigkeit!"

Epilog

Orte vergehen, neue entstehen; was gestern war, ist heute nicht mehr. Auch das royale Trauerjahr veränderte die Stadt. Manche Namen wurden geändert, um die Privatsphäre der beteiligten Personen zu schützen. Ebenso habe ich einige Realien verfremdet, welche die Geschichte um John betreffen. Ich möchte hiermit ausdrücklich alle Leser warnen, irgendwelchen Spuren nachzugehen. Die Höllenhunde sind noch wach. Vielleicht gelingt es, die Geschichte eines Tages ganz aufzuklären oder auch nicht.

Steve Casal, 2017

11201154R00240

Printed in Germany
by Amazon Distribution
GmbH, Leipzig